Band 20
Franz Kafka
Das Schloß

Fanz Kafka
Das Schloß

Band 20
1.Auflage
TLK Taschenbuch - Literatur - Klassiker
Herausgeber Frank Weber, Marburg
Bibliografische Information der Deutschen Nationalbibliothek:
Die Deutsche Nationalbibliothek verzeichnet diese Publikation in der Deutschen
Nationalbibliografie; detaillierte bibliografische Daten sind im Internet abrufbar über
http://dnb.dnb.de
© 2019 Franz Kafka
ISBN: 9783749480272
Herstellung und Verlag: BoD – Books on Demand, Norderstedt

Inhalt:

Das erste Kapitel

Es war spät abends, als K. ankam. Das Dorf lag in tiefem Schnee. Vom Schloßberg war nichts zu sehen, Nebel und Finsternis umgaben ihn, auch nicht der schwächste Lichtschein deutete das große Schloß an. Lange stand K. auf der Holzbrücke, die von der Landstraße zum Dorf führte, und blickte in die scheinbare Leere empor.

Dann ging er ein Nachtlager suchen; im Wirtshaus war man noch wach, der Wirt hatte zwar kein Zimmer zu vermieten, aber er wollte, von dem späten Gast äußerst überrascht und verwirrt, K. in der Wirtsstube auf einem Strohsack schlafen lassen. K. war damit einverstanden. Einige Bauern waren noch beim Bier, aber er wollte sich mit niemandem unterhalten, holte selbst den Strohsack vom Dachboden und legte sich in der Nähe des Ofens hin. Warm war es, die Bauern waren still, ein wenig prüfte er sie noch mit den müden Augen, dann schlief er ein. Aber kurze Zeit darauf wurde er schon geweckt. Ein junger Mann, städtisch angezogen, mit schauspielerhaftem Gesicht, die Augen schmal, die Augenbrauen stark, stand mit dem Wirt neben ihm. Die Bauern waren auch noch da, einige hatten ihre Sessel herumgedreht, um besser zu sehen und zu hören. Der junge Mann entschuldigte sich sehr höflich, K. geweckt zu haben, stellte sich als Sohn des Schloß-Kastellans vor und sagte dann: „Dieses Dorf ist im Besitze des Schlosses, wer hier wohnt oder übernachtet, wohnt oder übernachtet gewissermaßen im Schloß. Niemand darf das ohne gräfliche Erlaubnis. Sie aber haben eine solche Erlaubnis nicht oder haben sie wenigstens nicht vorgezeigt."

K. hatte sich halb aufgerichtet, hatte die Haare zurecht gestrichen, blickte die Leute von unten her an und sagte: „In welches Dorf habe ich mich verirrt? Ist denn hier ein Schloß?"

„Allerdings," sagte der junge Mann langsam, während hier und dort einer den Kopf über K. schüttelte, „das Schloß des Herrn Grafen Westwest."

„Und man muß die Erlaubnis zum Übernachten haben?" fragte K., als wolle er sich davon überzeugen, ob er die früheren Mitteilungen nicht vielleicht geträumt hätte.

„Die Erlaubnis muß man haben", war die Antwort und es lag darin ein grober Spott für K., als der junge Mann mit ausgestrecktem Arm den

Wirt und die Gäste fragte: „Oder muß man etwa die Erlaubnis nicht haben?"

„Dann werde ich mir also die Erlaubnis holen müssen", sagte K. gähnend und schob die Decke von sich, als wolle er aufstehen.

„Ja von wem denn?" fragte der junge Mann.

„Vom Herrn Grafen," sagte K., „es wird nichts anderes übrigbleiben."

„Jetzt um Mitternacht die Erlaubnis vom Herrn Grafen holen?" rief der junge Mann und trat einen Schritt zurück.

„Ist das nicht möglich?" fragte K. gleichmütig. „Warum haben Sie mich also geweckt?"

Nun geriet aber der junge Mann außer sich. „Landstreichermanieren!" rief er, „ich verlange Respekt vor der gräflichen Behörde! Ich habe Sie deshalb geweckt, um Ihnen mitzuteilen, daß Sie sofort das gräfliche Gebiet verlassen müssen." „Genug der Komödie", sagte K. auffallend leise, legte sich nieder und zog die Decke über sich. „Sie gehen, junger Mann, ein wenig zu weit und ich werde morgen noch auf Ihr Benehmen zurückkommen. Der Wirt und die Herren dort sind Zeugen, soweit ich überhaupt Zeugen brauche. Sonst aber lassen Sie es sich gesagt sein, daß ich der Landvermesser bin, den der Graf hat kommen lassen. Meine Gehilfen mit den Apparaten kommen morgen im Wagen nach. Ich wollte mir den Marsch durch den Schnee nicht entgehen lassen, bin aber leider einigemal vom Weg abgeirrt und deshalb erst so spät angekommen. Daß es jetzt zu spät war, mich im Schloß zu melden, wußte ich schon aus Eigenem, noch vor Ihrer Belehrung. Deshalb habe ich mich auch mit diesem Nachtlager hier begnügt, das zu stören Sie die – gelinde gesagt – Unhöflichkeit hatten. Damit sind meine Erklärungen beendet. Gute Nacht, meine Herren." Und K. drehte sich zum Ofen hin.

„Landvermesser?" hörte er noch hinter seinem Rücken zögernd fragen, dann war allgemeine Stille. Aber der junge Mann faßte sich bald und sagte zum Wirt in einem Ton, der genug gedämpft war, um als Rücksichtnahme auf K.s Schlaf zu gelten, und laut genug, um ihm verständlich zu sein: „Ich werde telephonisch anfragen." Wie, auch ein Telephon war in diesem Dorfwirtshaus? Man war vorzüglich eingerichtet. Im einzelnen überraschte es K., im ganzen hatte er es freilich erwartet. Es zeigte sich, daß das Telephon fast über seinem Kopf angebracht war, in seiner Verschlafenheit hatte er es übersehen.

Wenn nun der junge Mann telephonieren mußte, dann konnte er beim besten Willen K.s Schlaf nicht schonen, es handelte sich nur darum, ob K. ihn telephonieren lassen wollte, er beschloß, es zuzulassen. Dann hatte es aber freilich auch keinen Sinn, den Schlafenden zu spielen, und er kehrte deshalb in die Rückenlage zurück. Er sah die Bauern schon zusammenrücken und sich besprechen, die Ankunft eines Landvermessers war nichts Geringes. Die Tür der Küche hatte sich geöffnet, türfüllend stand dort die mächtige Gestalt der Wirtin, auf den Fußspitzen näherte sich ihr der Wirt, um ihr zu berichten. Und nun begann das Telephongespräch. Der Kastellan schlief, aber ein Unterkastellan, einer der Unterkastellane, ein Herr Fritz, war da. Der junge Mann, der sich als Schwarzer vorstellte, erzählte wie er K. gefunden, einen Mann in den Dreißigern, recht zerlumpt, auf einem Strohsack ruhig schlafend, mit einem winzigen Rucksack als Kopfkissen, einen Knotenstock in Reichweite. Nun sei er ihm natürlich verdächtig gewesen, und da der Wirt offenbar seine Pflicht vernachlässigt hatte, sei es seine, Schwarzers, Pflicht gewesen, der Sache auf den Grund zu gehn. Das Gewecktwerden, das Verhör, die pflichtgemäße Androhung der Verweisung aus der Grafschaft habe K. sehr ungnädig aufgenommen, übrigens, wie sich schließlich gezeigt habe, vielleicht mit Recht, denn er behaupte, ein vom Grafen bestellter Landvermesser zu sein. Natürlich sei es zumindest formelle Pflicht, die Behauptung nachzuprüfen, und Schwarzer bitte deshalb Herrn Fritz, sich in der Zentralkanzlei zu erkundigen, ob ein Landvermesser dieser Art wirklich erwartet werde, und die Antwort gleich zu telephonieren. Dann war es still, Fritz erkundigte sich drüben und hier wartete man auf die Antwort. K. blieb wie bisher, drehte sich nicht einmal um, schien gar nicht neugierig, sah vor sich hin. Die Erzählung Schwarzers in ihrer Mischung von Bosheit und Vorsicht gab ihm eine Vorstellung von der gewissermaßen diplomatischen Bildung, über die im Schloß selbst kleine Leute wie Schwarzer leicht verfügten. Und auch an Fleiß ließen sie es dort nicht fehlen; die Zentralkanzlei hatte Nachtdienst. Und gab offenbar sehr schnell Antwort, denn schon klingelte Fritz. Dieser Bericht schien allerdings sehr kurz, denn sofort warf Schwarzer wütend den Hörer hin. „Ich habe es ja gesagt," schrie er, „keine Spur von Landvermesser, ein gemeiner lügnerischer Landstreicher, wahrscheinlich aber Ärgeres."

Einen Augenblick dachte K., alle, Schwarzer, Bauern, Wirt und Wirtin würden sich auf ihn stürzen. Um wenigstens dem ersten Ansturm auszuweichen, verkroch er sich ganz unter die Decke. Da läutete das Telephon nochmals und, wie es K. schien, besonders stark. Er steckte langsam den Kopf wieder hervor. Trotzdem es unwahrscheinlich war, daß es wieder K. betraf, stockten alle und Schwarzer kehrte zum Apparat zurück. Er hörte dort eine längere Erklärung ab und sagte dann leise: „Ein Irrtum also? Das ist mir recht unangenehm. Der Bureauchef selbst hat telephoniert? Sonderbar, sonderbar. Wie soll ich es dem Herrn Landvermesser erklären?"

K. horchte auf. Das Schloß hatte ihn also zum Landvermesser ernannt. Das war einerseits ungünstig für ihn, denn es zeigte, daß man im Schloß alles Nötige über ihn wußte, die Kräfteverhältnisse abgewogen hatte und den Kampf lächelnd aufnahm. Es war aber andererseits auch günstig, denn es bewies seiner Meinung nach, daß man ihn unterschätzte und daß er mehr Freiheit haben würde, als er hätte von vornherein hoffen dürfen. Und wenn man glaubte, durch diese geistig gewiß überlegene Anerkennung seiner Landvermesserschaft ihn dauernd in Schrecken halten zu können, so täuschte man sich; es überschauerte ihn leicht, das war aber alles.

Dem sich schüchtern nähernden Schwarzer winkte K. ab; ins Zimmer des Wirtes zu übersiedeln, wozu man ihn drängte, weigerte er sich, nahm nur vom Wirt einen Schlaftrunk an, von der Wirtin ein Waschbecken mit Seife und Handtuch und mußte gar nicht erst verlangen, daß der Saal geleert werde, denn alles drängte mit abgewendeten Gesichtern hinaus, um nicht etwa morgen von ihm erkannt zu werden. Die Lampe wurde ausgelöscht und er hatte endlich Ruhe. Er schlief tief, kaum ein-, zweimal von vorüberhuschenden Ratten gestört, bis zum Morgen.

Nach dem Frühstück, das nach Angabe des Wirts, wie überhaupt K.s ganze Verpflegung, vom Schloß bezahlt werden sollte, wollte er gleich ins Dorf gehn. Aber da der Wirt, mit dem er bisher in Erinnerung an sein gestriges Benehmen nur das Notwendigste gesprochen hatte, mit stummer Bitte sich immerfort um ihn herumdrehte, erbarmte er sich seiner und ließ ihn für ein Weilchen sich niedersetzen.

„Ich kenne den Grafen noch nicht," sagte K., „er soll gute Arbeit gut bezahlen, ist das wahr? Wenn man, wie ich, so weit von Frau und Kind reist, dann will man auch etwas heimbringen."

„In dieser Hinsicht muß sich der Herr keine Sorge machen, über schlechte Bezahlung hört man keine Klage."

„Nun," sagte K., „ich gehöre ja nicht zu den Schüchternen und kann auch einem Grafen meine Meinung sagen, aber in Frieden mit den Herren fertig zu werden ist natürlich weit besser."

Der Wirt saß K. gegenüber am Rand der Fensterbank, bequemer wagte er sich nicht zu setzen und sah K. die ganze Zeit mit großen braunen, ängstlichen Augen an. Zuerst hatte er sich an K. herangedrängt, und nun schien es, als wolle er am liebsten weglaufen. Fürchtete er, über den Grafen ausgefragt zu werden? Fürchtete er die Unzuverlässigkeit des „Herrn", für den er K. hielt? K. mußte ihn ablenken. Er blickte auf die Uhr und sagte: „Nun werden bald meine Gehilfen kommen, wirst du sie hier unterbringen können?"

„Gewiß, Herr," sagte er, „werden sie aber nicht mit dir im Schlosse wohnen?"

Verzichtete er so leicht und gern auf die Gäste und auf K. besonders, den er unbedingt ins Schloß verwies?

„Das ist noch nicht sicher," sagte K., „erst muß ich erfahren, was für eine Arbeit man für mich hat. Sollte ich z. B. hier unten arbeiten, dann wird es auch vernünftiger sein, hier unten zu wohnen. Auch fürchte ich, daß mir das Leben oben im Schlosse nicht zusagen würde. Ich will immer frei sein." „Du kennst das Schloß nicht", sagte der Wirt leise.

„Freilich," sagte K., „man soll nicht verfrüht urteilen. Vorläufig weiß ich ja vom Schloß nichts weiter, als daß man es dort versteht, sich den richtigen Landvermesser auszusuchen. Vielleicht gibt es dort noch andere Vorzüge." Und er stand auf, um den unruhig seine Lippen beißenden Wirt von sich zu befreien. Leicht war das Vertrauen dieses Mannes nicht zu gewinnen.

Im Fortgehen fiel K. an der Wand ein dunkles Porträt in einem dunklen Rahmen auf. Schon von seinem Lager aus hatte er es bemerkt, hatte aber in der Entfernung die Einzelheiten nicht unterscheiden können und geglaubt, nur einen schwarzen Rückendeckel zu sehen. Aber es war doch ein Bild, wie sich jetzt zeigte, das Brustbild eines etwa 50jährigen Mannes. Den Kopf hielt er so tief auf die Brust gesenkt, daß man kaum etwas von den Augen sah, entscheidend für die Senkung schien die hohe lastende Stirn und die starke hinabgekrümmte Nase. Der Vollbart, infolge der Kopfhaltung am Kinn eingedrückt, stand weiter unten ab.

Die linke Hand lag gespreizt in den vollen Haaren, konnte aber den Kopf nicht mehr heben. „Wer ist das?" fragte K., „Der Graf?" K. stand vor dem Bild und blickte sich gar nicht nach dem Wirt um. „Nein," sagte der Wirt, „der Kastellan." „Einen schönen Kastellan haben sie im Schloß, das ist wahr," sagte K., „schade, daß er einen so mißratenen Sohn hat." „Nein," sagte der Wirt, zog K. ein wenig zu sich herunter und flüsterte ihm ins Ohr: „Schwarzer hat gestern übertrieben, sein Vater ist nur ein Unterkastellan und sogar einer der letzten." In diesem Augenblick kam der Wirt K. wie ein Kind vor. „Der Lump!" sagte K. lachend, aber der Wirt lachte nicht, sondern sagte: „Auch sein Vater ist mächtig." „Geh," sagte K. „du hältst jeden für mächtig. Mich etwa auch?" „Dich", sagte er schüchtern, aber ernsthaft, „halte ich nicht für mächtig." „Du verstehst aber doch recht gut zu beobachten," sagte K., „mächtig bin ich nämlich im Vertrauen gesagt wirklich nicht. Und habe infolgedessen vor den Mächtigen wahrscheinlich nicht weniger Respekt als du, nur bin ich nicht so aufrichtig wie du und will es nicht immer eingestehen." Und K. klopfte dem Wirt, um ihn zu trösten und sich geneigter zu machen, leicht auf die Wange. Nun lächelte er doch ein wenig. Er war wirklich ein Junge mit seinem weichen, fast bartlosem Gesicht. Wie war er zu seiner breiten, ältlichen Frau gekommen, die man nebenan hinter einem Querfenster, weit die Ellbogen vom Leib, in der Küche hantieren sah. K. wollte aber jetzt nicht mehr weiter in ihn drängen, das endlich bewirkte Lächeln nicht verjagen. Er gab ihm also nur noch einen Wink, ihm die Tür zu öffnen, und trat in den schönen Wintermorgen hinaus.

Nun sah er oben das Schloß deutlich umrissen in der klaren Luft und noch deutlicher durch den alle Formen nachbildenden, in dünner Schicht überall liegenden Schnee. Übrigens schien oben auf dem Berg viel weniger Schnee zu sein als hier im Dorf, wo sich K. nicht weniger mühsam vorwärts brachte als gestern auf der Landstraße. Hier reichte der Schnee bis zu den Fenstern der Hütten und lastete gleich wieder auf dem niedrigen Dach, aber oben auf dem Berge ragte alles frei und leicht empor, wenigstens schien es so von hier aus.

Im ganzen entsprach das Schloß, wie es sich hier von der Ferne zeigte, K.s Erwartungen. Es war weder eine alte Ritterburg, noch ein neuer Prunkbau, sondern eine ausgedehnte Anlage, die aus wenigen zweistöckigen, aber aus vielen eng aneinander stehenden niedrigen Bauten bestand; hätte man nicht gewußt, daß es ein Schloß ist, hätte man es für ein Städtchen halten können. Nur einen Turm sah K., ob er zu einem Wohngebäude oder einer Kirche gehörte, war nicht zu erkennen. Schwärme von Krähen umkreisten ihn. Die Augen auf das Schloß gerichtet, ging K. weiter, nichts sonst kümmerte ihn. Aber im Näherkommen enttäuschte ihn das Schloß, es war doch nur ein recht elendes Städtchen, aus Dorfhäusern zusammengetragen, ausgezeichnet nur dadurch, daß vielleicht alles aus Stein gebaut war, aber der Anstrich war längst abgefallen und der Stein schien abzubröckeln. Flüchtig erinnerte sich K. an sein Heimatstädtchen. Es stand diesem angeblichen Schlosse kaum nach, wäre es K. nur auf die Besichtigung angekommen, dann wäre es schade um die lange Wanderschaft gewesen und er hätte vernünftiger gehandelt, wieder einmal die alte Heimat zu besuchen, wo er schon so lange nicht gewesen war. Und er verglich in Gedanken den Kirchturm der Heimat mit dem Turm dort oben. Jener Turm, bestimmt, ohne Zögern geradewegs nach oben sich verjüngend, breitdachig, abschließend mit roten Ziegeln, ein irdisches Gebäude – was können wir anderes bauen? – aber mit höherem Ziel als das niedrige Hausvergemenge und mit klarerem Ausdruck, als ihn der trübe Werktag hat. Der Turm hier oben – es war der einzige sichtbare – der Turm eines Wohnhauses, wie sich jetzt zeigte, vielleicht des Hauptschlosses, war ein einförmiger Rundbau, zum Teil gnädig von Efeu verdeckt, mit kleinen Fenstern, die jetzt in der Sonne aufstrahlten, etwas Irrsinniges hatte das, und einem söllerartigen Abschluß, dessen Mauerzinnen unsicher, unregelmäßig, brüchig, wie von ängstlicher oder nachlässiger Kinderhand gezeichnet, sich in den blauen Himmel zackten. Es war, wie wenn ein trübseliger Hausbewohner, der gerechterweise im entlegensten Zimmer des Hauses sich hätte eingesperrt halten sollen, das Dach durchbrochen und sich erhoben hätte, um sich der Welt zu zeigen.

Wieder stand K. still, als hätte er im Stillestehen mehr Kraft des Urteils. Aber er wurde gestört. Hinter der Dorfkirche, bei der er stehengeblieben war – es war eigentlich nur eine Kapelle, scheunenartig erweitert, um die Gemeinde aufnehmen zu können – war die Schule. Ein niedriges langes Gebäude, merkwürdig den Charakter der Provisorischen und des sehr Alten vereinigend, lag es hinter einem umgitterten Garten, der jetzt ein Schneefeld war. Eben kamen die Kinder mit dem Lehrer heraus.

In einem dichten Haufen umgaben sie den Lehrer, aller Augen blickten auf ihn, unaufhörlich schwatzten sie von allen Seiten, K. verstand ihr schnelles Sprechen gar nicht. Der Lehrer, ein junger, kleiner, schmalschultriger Mensch, aber ohne daß es lächerlich wurde, sehr aufrecht, hatte K. schon von der Ferne ins Auge gefaßt, allerdings war außer seiner Gruppe K. der einzige Mensch weit und breit. K. als Fremder grüßte zuerst, gar einen so befehlshaberischen kleinen Mann. „Guten Tag, Herr Lehrer", sagte er. Mit einem Schlag verstummten die Kinder, diese plötzliche Stille als Vorbereitung für seine Worte mochte wohl dem Lehrer gefallen. „Ihr sehet das Schloß an?" fragte er, sanftmütiger, als K. erwartet hatte, aber in einem Tone, als billige er nicht das, was K. tue. „Ja," sagte K., „ich bin hier fremd, erst seit gestern abend im Ort." „Das Schloß gefällt Euch nicht?" fragte der Lehrer schnell. „Wie?" fragte K. zurück, ein wenig verblüfft, und wiederholte in milderer Form die Frage: „Ob mir das Schloß gefällt? Warum nehmet Ihr an, daß es mir nicht gefällt?" „Keinem Fremden gefällt es", sagte der Lehrer. Um hier nichts Unwillkommenes zu sagen, wendete K. das Gespräch und fragte: „Sie kennen wohl den Grafen?" „Nein", sagte der Lehrer und wollte sich abwenden. K. gab aber nicht nach und fragte nochmals: „Wie? Sie kennen den Grafen nicht?" „Wie sollte ich ihn kennen?" sagte der Lehrer leise und fügte laut auf französisch hinzu: „Nehmen Sie Rücksicht auf die Anwesenheit unschuldiger Kinder." K. holte daraus das Recht zu fragen: „Könnte ich Sie, Herr Lehrer, einmal besuchen? Ich bleibe längere Zeit hier und fühle mich schon jetzt ein wenig verlassen, zu den Bauern gehöre ich nicht und ins Schloß wohl auch nicht." „Zwischen den Bauern und dem Schloß ist kein Unterschied", sagte der Lehrer. „Mag sein," sagte K., „das ändert an meiner Lage nichts. Könnte ich Sie einmal besuchen?" „Ich wohne in der Schwanengasse beim Fleischhauer." Das war nun zwar mehr eine Adressenangabe als eine Einladung, dennoch sagte K.: „Gut, ich werde kommen." Der Lehrer nickte und zog mit den gleich wieder losschreienden Kinderhaufen weiter. Sie verschwanden bald in einem jäh abfallenden Gäßchen.

K. aber war zerstreut, durch das Gespräch verärgert. Zum erstenmal seit seinem Kommen fühlte er wirkliche Müdigkeit. Der weite Weg hierher schien ihn ursprünglich gar nicht angegriffen zu haben, wie war er durch die Tage gewandert, ruhig, Schritt für Schritt! – jetzt aber zeigten sich doch die Folgen der übergroßen Anstrengung, zur Unzeit freilich. Es zog ihn unwiderstehlich hin, neue Bekanntschaften zu suchen, aber jede neue Bekanntschaft verstärkte die Müdigkeit. Wenn er sich in seinem heutigen Zustand zwang, seinen Spaziergang wenigstens bis zum Eingang des Schlosses auszudehnen, war übergenug getan.

So ging er wieder vorwärts, aber es war ein langer Weg. Die Straße nämlich, diese Hauptstraße des Dorfes, führte nicht zum Schloßberg, sie führte nur nahe heran, dann aber wie absichtlich bog sie ab und wenn sie sich auch vom Schloß nicht entfernte, so kam sie ihm doch auch nicht näher. Immer erwartete K., daß nun endlich die Straße zum Schloß einlenken müsse, und nur weil er es erwartete, ging er weiter; offenbar infolge seiner Müdigkeit zögerte er, die Straße zu verlassen, auch staunte er über die Länge des Dorfes, das kein Ende nahm, immer wieder die kleinen Häuschen und vereisten Fensterscheiben und Schnee und Menschenleere – endlich riß er sich los von dieser festhaltenden Straße, ein schmales Gäßchen nahm ihn auf, noch tieferer Schnee, das Herausziehen der einsinkenden Füße war eine schwere Arbeit, Schweiß brach ihm aus, plötzlich stand er still und konnte nicht mehr weiter.

Nun, er war ja nicht verlassen, rechts und links standen Bauernhütten. Er machte einen Schneeball und warf ihn gegen ein Fenster. Gleich öffnete sich die Türe – die erste sich öffnende Türe während des ganzen Dorfweges – und ein alter Bauer in brauner Pelzjoppe, den Kopf seitwärts geneigt, freundlich und schwach, stand dort. „Darf ich ein wenig zu Euch kommen?" sagte K., „ich bin sehr müde." Er hörte gar nicht, was der Alte sagte, dankbar nahm er es an, daß ihm ein Brett entgegengeschoben wurde, das ihn gleich aus dem Schnee rettete, und mit ein paar Schritten stand er in der Stube.

Eine große Stube im Dämmerlicht. Der von draußen Kommende sah zuerst gar nichts. K. taumelte gegen einen Waschtrog, eine Frauenhand hielt ihn zurück. Aus einer Ecke kam viel Kindergeschrei. Aus einer anderen Ecke wälzte sich Rauch und machte aus Halblicht Finsternis. K. stand wie in Wolken. „Er ist ja betrunken", sagte jemand. „Wer seid Ihr?" rief eine herrische Stimme und wohl zu dem Alten gewendet: „Warum hast du ihn hereingelassen? Kann man alles hereinlassen, was auf der Straße herumschleicht?"

„Ich bin der gräfliche Landvermesser", sagte K. und suchte sich so vor den noch immer Unsichtbaren zu verantworten. „Ach, es ist der Landvermesser", sagte eine weibliche Stimme, und nun folgte eine vollkommene Stille. „Ihr kennt mich?" fragte K. „Gewiß", sagte noch kurz die gleiche Stimme. Daß man K. kannte, schien ihn nicht zu empfehlen. Endlich verflüchtigte sich ein wenig der Rauch und K. konnte sich langsam zurechtfinden. Es schien ein allgemeiner Waschtag zu sein. In der Nähe der Tür wurde Wäsche gewaschen. Der Rauch war aber aus der andern Ecke gekommen, wo in einem Holzschaff, so groß, wie K. noch nie eines gesehen hatte, es hatte etwa den Umfang von zwei Betten, in dampfendem Wasser zwei Männer badeten. Aber noch überraschender, ohne daß man genau wußte, worin das Überraschende bestand, war die rechte Ecke. Aus einer großen Lücke, der einzigen in der Stubenrückwand, kam dort, wohl vom Hof her bleiches Schneelicht und gab dem Kleid einer Frau, die tief in der Ecke in einem hohen Lehnstuhl müde fast lag, einen Schein wie von Seide. Sie trug einen Säugling an der Brust. Um sie herum spielten paar Kinder, Bauernkinder, wie zu sehen war, sie aber schien nicht zu ihnen zu gehören, freilich, Krankheit und Müdigkeit macht auch Bauern fein. „Setzt Euch!" sagte der eine der Männer, ein Vollbärtiger, überdies mit einem Schnurrbart, unter dem er den Mund schnaufend immer offen hielt, zeigte, komisch anzusehn, mit der Hand über den Rand des Kübels auf eine Truhe hin und bespritzte dabei K. mit warmem Wasser das ganze Gesicht. Auf der Truhe saß schon, vor sich hindämmernd, der Alte, der K. eingelassen hatte. K. war dankbar, sich endlich setzen zu dürfen. Nun kümmerte sich niemand mehr um ihn. Die Frau beim Waschtrog, blond, in jugendlicher Fülle, sang leise bei der Arbeit, die Männer im Bad stampften und drehten sich, die Kinder wollten sich ihnen nähern, wurden aber durch mächtige Wasserspritzer, die auch K. nicht verschonten, immer wieder zurückgetrieben, die Frau im Lehnstuhl lag wie leblos, nicht einmal auf das Kind an ihrer Brust blickte sie hinab, sondern unbestimmt in die Höhe.

K. hatte sie wohl lange angesehen, dieses sich nicht verändernde schöne traurige Bild, dann aber mußte er eingeschlafen sein, denn als er, von einer lauten Stimme gerufen, aufschreckte, lag sein Kopf an der Schulter des Alten neben ihm. Die Männer hatten ihr Bad beendet, in dem sich jetzt die Kinder, von der blonden Frau beaufsichtigt, herumtrieben, und standen angezogen vor K.

Es zeigte sich, daß der schreierische Vollbärtige der Geringere von den zweien war. Der andere nämlich, nicht größer als der Vollbärtige und mit viel geringerem Bart, war ein stiller langsam denkender Mann, von breiter Gestalt, auch das Gesicht breit, den Kopf hielt er gesenkt. „Herr Landvermesser," sagte er, „hier könnt Ihr nicht bleiben. Verzeiht die Unhöflichkeit." „Ich wollte auch nicht bleiben," sagte K., „nur ein wenig mich ausruhen. Das ist geschehen, und nun gehe ich." „Ihr wundert Euch wahrscheinlich über die geringe Gastfreundlichkeit," sagte der Mann, „aber Gastfreundlichkeit ist bei uns nicht Sitte, wir brauchen keine Gäste." Ein wenig erfrischt vom Schlaf, ein wenig hellhöriger als früher, freute sich K. über die offenen Worte. Er bewegte sich freier, stützte seinen Stock einmal hier, einmal dort auf, näherte sich der Frau im Lehnstuhl, war übrigens auch der körperlich Größte im Zimmer.

„Gewiß," sagte K., „wozu brauchtet ihr Gäste. Aber hie und da braucht man doch einen, z. B. mich, den Landvermesser." „Das weiß ich nicht," sagte der Mann langsam, „hat man Euch gerufen, so braucht man Euch wahrscheinlich, das ist wohl eine Ausnahme, wir aber, wir kleinen Leute, halten uns an die Regel, das könnt Ihr uns nicht verdenken." „Nein, nein," sagte K., „ich habe Euch nur zu danken, Euch und allen hier." Und unerwartet für jedermann kehrte sich K. förmlich in einem Sprunge um und stand vor der Frau. Aus müden, blauen Augen blickte sie K. an, ein seidenes, durchsichtiges Kopftuch reichte ihr bis in die Mitte der Stirn hinab, der Säugling schlief an ihrer Brust. „Wer bist du?" fragte K. wegwerfend, es war undeutlich, ob die Verächtlichkeit K. oder ihrer eigenen Antwort galt, sagte sie: „Ein Mädchen aus dem Schloß."

Das alles hatte nur einen Augenblick gedauert, schon hatte K. rechts und links einen der Männer und wurde, als gäbe es kein anderes Verständigungsmittel, schweigend, aber mit aller Kraft zur Tür gezogen. Der Alte freute sich über irgend etwas dabei und klatschte in die Hände. Auch die Wäscherin lachte bei den plötzlich wie toll lärmenden Kindern.

K. aber stand bald auf der Gasse, die Männer beaufsichtigten ihn von der Schwelle aus. Es fiel wieder Schnee, trotzdem schien es ein wenig heller zu sein. Der Vollbärtige rief ungeduldig: „Wohin wollt Ihr gehn? Hier führt es zum Schloß, hier zum Dorf."

Ihm antwortete K. nicht, aber zu dem andern, der ihm trotz seiner Verlegenheit der zugänglichere schien, sagte er: „Wer seid Ihr? Wem habe ich für den Aufenthalt zu danken?" „Ich bin der Gerbermeister Lasemann," war die Antwort, „zu danken habt Ihr aber niemandem." „Gut," sagte K., „vielleicht werden wir noch zusammenkommen." „Ich glaube nicht", sagte der Mann. In diesem Augenblick rief der Vollbärtige mit erhobener Hand: „Guten Tag, Artur, guten Tag, Jeremias!" K. wandte sich um, es zeigten sich in diesem Dorf also doch noch Menschen auf der Gasse! Aus der Richtung vom Schlosse her kamen zwei junge Männer von mittlerer Größe, beide sehr schlank, in engen Kleidern, auch im Gesicht einander sehr ähnlich. Die Gesichtsfarbe war ein dunkles Braun, von dem ein Spitzbart in seiner besonderen Schwärze dennoch abstach. Sie gingen bei diesen Straßenverhältnissen erstaunlich schnell, warfen im Takt die schlanken Beine. „Was habt ihr?" rief der Vollbärtige. Man konnte sich nur rufend mit ihnen verständigen, so schnell gingen sie und hielten nicht ein. „Geschäfte", riefen sie lachend zurück. „Wo?" „Im Wirtshaus." „Dorthin gehe auch ich," schrie K. auf einmal mehr als alle andern, er hatte großes Verlangen, von den zweien mitgenommen zu werden; ihre Bekanntschaft schien ihm zwar nicht sehr ergiebig, aber gute, aufmunternde Wegbegleiter waren sie offenbar. Sie hörten K.s Worte, nickten jedoch nur und waren schon vorüber.

K. stand noch immer im Schnee, hatte wenig Lust den Fuß aus dem Schnee zu heben, um ihn ein Stückchen weiter wieder in die Tiefe zu senken; der Gerbermeister und sein Genosse, zufrieden damit, K. endgültig hinausgeschafft zu haben, schoben sich langsam, immer nach K. zurückblickend, durch die nur wenig geöffnete Tür ins Haus und K. war mit dem ihn einhüllenden Schnee allein. „Gelegenheit zu einer kleinen Verzweiflung," fiel ihm ein, „wenn ich nur zufällig nicht absichtlich hier stünde."

Da öffnete sich in der Hütte linker Hand ein winziges Fenster, geschlossen hatte es tiefblau ausgesehen, vielleicht im Widerschein des Schnees, und war so winzig, daß, als es jetzt geöffnet war, nicht das ganze Gesicht des Hinausschauenden zu sehen war, sondern nur die Augen, alte braune Augen. „Dort steht er", hörte K. eine zittrige Frauenstimme sagen. „Es ist der Landvermesser", sagte eine Männerstimme. Dann trat der Mann zum Fenster und fragte nicht unfreundlich, aber doch so, als sei ihm daran gelegen, daß auf der

Straße vor seinem Haus alles in Ordnung sei: „Auf wen wartet Ihr?" „Auf einen Schlitten, der mich mitnimmt", sagte K. „Hier kommt kein Schlitten," sagte der Mann, „hier ist kein Verkehr." „Es ist doch die Straße, die zum Schloß führt", wendete K. ein. „Trotzdem, trotzdem," sagte der Mann mit einer gewissen Unerbittlichkeit, „hier ist kein Verkehr." Dann schwiegen beide. Aber der Mann überlegte offenbar etwas, denn das Fenster, aus dem Rauch strömte, hielt er noch immer offen. „Ein schlechter Weg", sagte K., um ihm nachzuhelfen. Er aber sagte nur: „Ja freilich." Nach einem Weilchen sagte er aber doch: „Wenn Ihr wollt, fahre ich Euch mit meinem Schlitten." „Tut das, bitte", sagte K. erfreut, „wieviel verlangt Ihr dafür?" „Nichts", sagte der Mann. K. wunderte sich sehr. „Ihr seid doch der Landvermesser," sagte der Mann erklärend, „und gehört zum Schloß. Wohin wollt Ihr denn fahren?" „Ins Schloß", sagte K. schnell. „Dann fahre ich nicht", sagte der Mann sofort. „Ich gehöre doch zum Schloß", sagte K., des Mannes eigene Worte wiederholend. „Mag sein", sagte der Mann abweisend. „Dann fahrt mich also zum Wirtshaus", sagte K. „Gut," sagte der Mann, „ich komme gleich mit dem Schlitten." Das Ganze machte nicht den Eindruck besonderer Freundlichkeit, sondern eher den einer Art sehr eigensüchtigen, ängstlichen, fast pedantischen Bestrebens, K. von dem Platz vor dem Hause wegzuschaffen.

Das Hoftor öffnete sich und ein kleiner Schlitten für leichte Lasten, ganz flach, ohne irgendwelchen Sitz, von einem schwachen Pferdchen gezogen, kam hervor, dahinter der Mann, gebückt, schwach, hinkend, mit magerem, rotem, verschnupftem Gesicht, das besonders klein erschien durch einen fest um den Kopf gewickelten Wollschal. Der Mann war sichtlich krank, und nur um K. wegbefördern zu können, war er doch hervorgekommen. K. erwähnte etwas Derartiges, aber der Mann winkte ab. Nur daß er der Fuhrmann Gerstäcker war, erfuhr K. und daß er diesen unbequemen Schlitten genommen habe, weil er gerade bereit stand und das Hervorziehen eines anderen zu viel Zeit gebraucht hätte. „Setzt Euch", sagte er und zeigte mit der Peitsche hinten auf den Schlitten. „Ich werde mich neben Euch setzen", sagte K. „Ich werde gehn", sagte Gerstäcker. „Warum denn?" fragte K. „Ich werde gehn", wiederholte Gerstäcker und bekam einen Hustenanfall, der ihn so schüttelte, daß er die Beine in den Schnee stemmen und mit den Händen den Schlittenrand halten mußte.

K. sagte nichts weiter, setzte sich hinten auf den Schlitten, der Husten beruhigte sich langsam und sie fuhren.

Das Schloß dort oben, merkwürdig dunkel schon, das K. heute noch zu erreichen gehofft hatte, entfernte sich wieder. Als sollte ihm aber doch noch zum vorläufigen Abschied ein Zeichen gegeben werden, erklang dort ein Glockenton, fröhlich beschwingt, eine Glocke, die wenigstens einen Augenblick lang das Herz erbeben ließ, so als drohe ihm, denn auch schmerzlich war der Klang, die Erfüllung dessen, wonach es sich unsicher sehnte. Aber bald verstummte diese große Glocke und wurde von einem schwachen, eintönigen Glöckchen abgelöst, vielleicht noch oben, vielleicht aber schon im Dorfe. Dieses Geklingel paßte freilich besser zu der langsamen Fahrt und dem jämmerlichen, aber unerbittlichen Fuhrmann.

„Du," rief K. plötzlich - sie waren schon in der Nähe der Kirche, der Weg ins Wirtshaus nicht mehr weit, K. durfte schon etwas wagen - „ich wundere mich sehr, daß du auf deine eigene Verantwortung mich herumzufahren wagst, darfst du denn das?" Gerstäcker kümmerte sich nicht darum und schritt ruhig weiter neben dem Pferdchen. „He", rief K., ballte etwas Schnee vom Schlitten zusammen und traf Gerstäcker damit voll ins Ohr. Nun blieb dieser stehen und drehte sich um; als ihn K. aber nun so nahe bei sich sah - der Schlitten hatte sich noch ein wenig weiter geschoben - diese gebückte, gewissermaßen mißhandelte Gestalt, das rote müde schmale Gesicht mit irgendwie verschiedenen Wangen, die eine flach, die andere eingefallen, den offenen aufhorchenden Mund, in dem nur ein paar vereinzelte Zähne waren, mußte er das, was er früher aus Bosheit gesagt hatte, jetzt aus Mitleid wiederholen, ob Gerstäcker nicht dafür, daß er K. transportierte, gestraft werden könne. „Was willst du?" fragte Gerstäcker verständnislos, erwartete aber auch keine weitere Erklärung, rief dem Pferdchen zu und sie fuhren wieder.

Das zweite Kapitel

Als sie - K. erkannte es an einer Wegbiegung - fast beim Wirtshaus waren, war es zu seinem Erstaunen schon völlig finster. War er so lange fort gewesen? Doch nur ein, zwei Stunden etwa nach seiner Rechnung. Und am Morgen war er fortgegangen.

Und kein Essenbedürfnis hatte er gehabt. Und bis vor kurzem war gleichmäßige Tageshelle gewesen, erst jetzt die Finsternis. „Kurze Tage, kurze Tage", sagte er zu sich, glitt vom Schlitten und ging dem Wirtshaus zu.

Oben auf der kleinen Vortreppe des Hauses stand, ihm sehr willkommen, der Wirt und leuchtete mit erhobener Laterne ihm entgegen. Flüchtig an den Fuhrmann sich erinnernd, blieb K. stehn, irgendwo hustete es im Dunkeln, das war er. Nun, er würde ihn ja nächstens wiedersehen. Erst als er oben beim Wirt war, der demütig grüßt, bemerkte er zu beiden Seiten der Tür je einen Mann. Er nahm die Laterne aus der Hand des Wirts und beleuchtete die zwei; es waren die Männer, die er schon getroffen hatte und die Artur und Jeremias angerufen worden waren. Sie salutierten jetzt. In Erinnerung an seine Militärzeit, an diese glücklichen Zeiten, lachte er. „Wer seid ihr?" fragte er und sah von einem zum andern. „Euere Gehilfen", antworteten sie. „Es sind die Gehilfen", bestätigte leise der Wirt. „Wie?" fragte K. „Ihr seid meine alten Gehilfen, die ich nachkommen ließ, die ich erwarte?" Sie bejahten es. „Das ist gut," sagte K. nach einem Weilchen, „es ist gut, daß ihr gekommen seid." „Übrigens," sagte K. nach einem weiteren Weilchen, „ihr habt euch sehr verspätet, ihr seid sehr nachlässig." „Es war ein weiter Weg", sagte der eine. „Ein weiter Weg," wiederholte K., „aber ich habe euch getroffen, wie ihr vom Schlosse kamt." „Ja", sagten sie ohne weitere Erklärung. „Wo habt ihr die Apparate?" fragte K. „Wir haben keine", sagten sie. „Die Apparate, die ich euch anvertraut habe", sagte K. „Wir haben keine", wiederholten sie. „Ach, seid ihr Leute!" sagte K., „versteht ihr etwas von Landvermessung?" „Nein", sagten sie. „Wenn ihr aber meine alten Gehilfen seid, müßt ihr das doch verstehen", sagte K. Sie schwiegen. „Dann kommt also", sagte K. und schob sie vor sich ins Haus.

Sie saßen dann zu dritt ziemlich schweigsam in der Wirtsstube beim Bier, an einem kleinen Tischchen, K. in der Mitte, rechts und links die Gehilfen. Sonst war nur ein Tisch mit Bauern besetzt, ähnlich wie am Abend vorher. „Es ist schwer mit euch," sagte K. und verglich wie schon öfters ihre Gesichter, „wie soll ich euch denn unterscheiden. Ihr unterscheidet euch nur durch die Namen, sonst seid ihr euch ähnlich wie" - er stockte, unwillkürlich fuhr er dann fort - „sonst seid ihr euch ja ähnlich wie Schlangen." Sie lächelten. „Man unterscheidet uns sonst gut", sagten sie zur Rechtfertigung.

„Ich glaube es," sagte K., „ich war ja selbst Zeuge dessen, aber ich sehe nur mit meinen Augen und mit denen kann ich euch nicht unterscheiden. Ich werde euch deshalb wie einen einzigen Mann behandeln und beide Artur nennen, so heißt doch einer von euch, du etwa?" - fragte K. den einen. „Nein," sagte dieser, „ich heiße Jeremias." „Es ist ja gleichgültig," sagte K., „ich werde euch beide Artur nennen. Schicke ich Artur irgendwohin, so geht ihr beide, gebe ich Artur eine Arbeit, so macht ihr sie beide, das hat zwar für mich den großen Nachteil, daß ich euch nicht für gesonderte Arbeit verwenden kann, aber dafür den Vorteil, daß ihr für alles, was ich euch auftrage, gemeinsam ungeteilt die Verantwortung tragt. Wie ihr unter euch die Arbeit aufteilt, ist mir gleichgültig, nur ausreden dürft ihr euch nicht aufeinander, ihr seid für mich nur ein einziger Mann." Sie überlegten das und sagten: „Das wäre uns recht unangenehm." „Wie denn nicht," sagte K., „natürlich muß euch das unangenehm sein, aber es bleibt so." Schon ein Weilchen lang hatte K. einen der Bauern den Tisch umschleichen sehn, endlich entschloß er sich, ging auf einen Gehilfen zu und wollte ihm etwas zuflüstern. „Verzeiht," sagte K., schlug mit der Hand auf den Tisch und stand auf, „dies sind meine Gehilfen und wir haben jetzt eine Besprechung. Niemand hat das Recht, uns zu stören." „O bitte, o bitte", sagte der Bauer ängstlich und ging rücklings zu seiner Gesellschaft zurück. „Dieses müßt ihr vor allem beachten", sagte K. dann wieder sitzend. „Ihr dürft mit niemand ohne meine Erlaubnis sprechen. Ich bin hier ein Fremder, und wenn ihr meine alten Gehilfen seid, dann seid auch ihr Fremde. Wir drei Fremde müssen deshalb zusammenhalten, reicht mir daraufhin eure Hände." Allzu bereitwillig streckten sie sie K. entgegen. „Laßt euch die Pratzen," sagte er, „mein Befehl aber gilt. Ich werde jetzt schlafen gehen und auch euch rate ich das zu tun. Heute haben wir einen Arbeitstag versäumt, morgen muß die Arbeit sehr frühzeitig beginnen. Ihr müßt einen Schlitten zur Fahrt ins Schloß verschaffen und um 6 Uhr hier vor dem Haus mit ihm bereitstehn." „Gut", sagte der eine. Der andere aber fuhr dazwischen: „Du sagst: Gut, und weißt doch, daß es nicht möglich ist." „Ruhe", sagte K., „Ihr wollt wohl anfangen, euch voneinander zu unterscheiden." Doch nun sagte auch schon der erste: „Er hat recht, es ist unmöglich, ohne Erlaubnis darf kein Fremder ins Schloß." „Wo muß man um die Erlaubnis ansuchen?" „Ich weiß nicht, vielleicht beim Kastellan."

„Dann werden wir dort telephonisch ansuchen, telephoniert sofort an den Kastellan, beide." Sie liefen zum Apparat, erlangten die Verbindung - wie sie sich dort drängten! im Äußerlichen waren sie lächerlich folgsam - und fragten, ob K. mit ihnen morgen ins Schloß kommen dürfe. Das „Nein" der Antwort hörte K. bis zu seinem Tisch. Die Antwort war aber noch ausführlicher, sie lautete: „Weder morgen noch ein andermal." „Ich werde selbst telephonieren", sagte K. und stand auf. Während K. und seine Gehilfen bisher, abgesehen von dem Zwischenfall des einen Bauern, wenig beachtet worden waren, erregte seine letzte Bemerkung allgemeine Aufmerksamkeit. Alle erhoben sich mit K., und trotzdem sie der Wirt zurückzudrängen suchte, gruppierten sie sich beim Apparat in engem Halbkreis um ihn. Es überwog unter ihnen die Meinung, daß K. gar keine Antwort bekommen werde. K. mußte sie bitten, ruhig zu sein, er verlange nicht, ihre Meinungen zu hören.

Aus der Hörmuschel kam ein Summen, wie K. es sonst beim Telephonieren nie gehört hatte. Es war, wie wenn sich aus dem Summen zahlloser kindlicher Stimmen - aber auch dieses Summen war keines, sondern war Gesang fernster, allerfernster Stimmen - wie wenn sich aus diesem Summen in einer geradezu unmöglichen Weise eine einzige hohe, aber starke Stimme bildete, die an das Ohr schlug, so, wie wenn sie fordere, tiefer einzudringen als nur in das armselige Gehör. K. horchte ohne zu telephonieren, den linken Arm hatte er auf das Telephonpult gestützt und horchte so.

Er wußte nicht wie lange - so lange, bis ihn der Wirt am Rock zupfte, ein Bote sei für ihn gekommen. „Weg", schrie K. unbeherrscht, vielleicht in das Telephon hinein, denn nun meldete sich jemand. Es entwickelte sich folgendes Gespräch: „Hier Oswald, wer dort?" rief eine strenge hochmütige Stimme, mit einem kleinen Sprachfehler, wie K. schien, den sie über sich selbst hinaus durch eine weitere Zugabe von Strenge auszugleichen versuchte. K. zögerte sich zu nennen, dem Telephon gegenüber war er wehrlos, der andere konnte ihn niederdonnern, die Hörmuschel weglegen und K. hatte sich einen vielleicht nicht unwichtigen Weg versperrt. K.s Zögern machte den Mann ungeduldig. „Wer dort?" wiederholte er und fügte hinzu, „es wäre mir sehr lieb, wenn dortseits nicht so viel telephoniert würde, erst vor einem Augenblick ist telephoniert worden."

K. ging auf diese Bemerkung nicht ein und meldete mit einem plötzlichen Entschluß: „Hier der Gehilfe des Herrn Landvermessers." „Welcher Gehilfe? Welcher Herr? Welcher Landvermesser?" K. fiel das gestrige Telephongespräch ein. „Fragen Sie Fritz", sagte er kurz. Es half, zu seinem eigenen Erstaunen. Aber mehr noch als darüber, daß es half, staunte er über die Einheitlichkeit des Dienstes dort. Die Antwort war: „Ich weiß schon. Der ewige Landvermesser. Ja, ja. Was weiter? Welcher Gehilfe?" „Josef", sagte K. Ein wenig störte ihn hinter seinem Rücken das Murmeln der Bauern, offenbar waren sie nicht damit einverstanden, daß er sich nicht richtig meldete. K. hatte aber keine Zeit, sich mit ihnen zu beschäftigen, denn das Gespräch nahm ihn sehr in Anspruch. „Josef?" fragte es zurück. „Die Gehilfen heißen - eine kleine Pause, offenbar verlangte er die Namen jemandem andern ab - Artur und Jeremias." „Das sind die neuen Gehilfen", sagte K. „Nein, das sind die alten." „Es sind die neuen, ich aber bin der alte, der dem Herrn Landvermesser heute nachkam." - „Nein", schrie es nun. „Wer bin ich also?" fragte K. ruhig wie bisher. Und nach einer Pause sagte die gleiche Stimme mit dem gleichen Sprachfehler und war doch wie eine andere tiefere achtungswertere Stimme: „Du bist der alte Gehilfe."

K. horchte dem Stimmklang nach und überhörte dabei fast die Frage: „Was willst du?" Am liebsten hätte er den Hörer schon weggelegt. Von diesem Gespräch erwartete er nichts mehr. Nur gezwungen fragte er noch schnell: „Wann darf mein Herr ins Schloß kommen?" „Niemals", war die Antwort. „Gut", sagte K. und hing den Hörer an.

Hinter ihm waren die Bauern schon ganz nah an ihn herangerückt. Die Gehilfen waren mit vielen Seitenblicken nach ihm damit beschäftigt, die Bauern von ihm abzuhalten. Es schien aber nur Komödie zu sein, auch gaben die Bauern, von dem Ergebnis des Gesprächs befriedigt, langsam nach. Da wurde ihre Gruppe von hinten mit raschem Schritt von einem Mann geteilt, der sich vor K. verneigte und ihm einen Brief übergab. K. behielt den Brief in der Hand und sah den Mann an, der ihm im Augenblick wichtiger schien. Es bestand eine große Ähnlichkeit zwischen ihm und den Gehilfen, er war so schlank wie sie, ebenso knapp gekleidet, auch so gelenkig und flink wie sie, aber doch ganz anders. Hätte K. doch lieber ihn als Gehilfen gehabt! Ein wenig erinnerte er ihn an die Frau mit dem Säugling, die er beim Gerbermeister gesehen hatte. Er war fast weiß gekleidet, das Kleid war wohl nicht aus Seide, es war ein Winterkleid wie alle anderen, aber die Zartheit und Feierlichkeit eines Seidenkleides hatte es.

Sein Gesicht war hell und offen, die Augen übergroß. Sein Lächeln war ungemein aufmunternd; er fuhr mit der Hand über sein Gesicht, so als wolle er dieses Lächeln verscheuchen, doch gelang ihm das nicht. „Wer bist du?" fragte K. „Barnabas heiße ich," sagte er, „ein Bote bin ich." Männlich und doch sanft öffneten und schlossen sich seine Lippen beim Reden. „Gefällt es dir hier?" fragte K. und zeigte auf die Bauern, für die er noch immer nicht an Interesse verloren hatte und die mit ihren förmlich gequälten Gesichtern - der Schädel sah aus, als sei er oben platt geschlagen worden und die Gesichtszüge hätten sich im Schmerz des Geschlagenwerdens gebildet - ihren wulstigen Lippen, ihren offenen Mündern zusahen, aber doch auch wieder nicht zusahn, denn manchmal irrte ihr Blick ab und blieb, ehe er zurückkehrte, an irgendeinem gleichgültigen Gegenstand haften, und dann zeigte K. auch auf die Gehilfen, die einander umfaßt hielten, Wange an Wange lehnten und lächelten, man wußte nicht ob demütig oder spöttisch, er zeigte ihm diese alle, so als stellte er ein ihm durch besondere Umstände aufgezwungenes Gefolge vor und erwartete - darin lag Vertraulichkeit, auf die kam es K. an -, daß Barnabas ständig unterscheiden werde zwischen ihm und ihnen. Aber Barnabas nahm - in aller Unschuld freilich, das war zu erkennen - die Frage gar nicht auf, ließ sie über sich ergehen, wie ein wohlerzogener Diener ein für ihn nur scheinbar bestimmtes Wort des Herrn, blickte nur im Sinne der Frage umher, begrüßte durch Handdrücken Bekannte unter den Bauern und tauschte mit den Gehilfen ein paar Worte aus, das alles frei und selbständig, ohne sich mit ihnen zu vermischen. K. kehrte - abgewiesen, aber nicht beschämt - zu dem Brief in seiner Hand zurück und öffnete ihn. - Sein Wortlaut war: „Sehr geehrter Herr! Sie sind, wie Sie wissen, in die herrschaftlichen Dienste aufgenommen. Ihr nächster Vorgesetzter ist der Gemeindevorsteher des Dorfes, der Ihnen auch alles Nähere über Ihre Arbeit und die Lohnbedingungen mitteilen wird und dem Sie auch Rechenschaft schuldig sein werden. Trotzdem werde aber auch ich Sie nicht aus den Augen verlieren. Barnabas, der Überbringer dieses Briefes, wird von Zeit zu Zeit bei Ihnen vorsprechen, um Ihre Wünsche zu erfahren und mir mitzuteilen. Sie werden mich immer bereit finden, Ihnen, soweit es möglich ist, gefällig zu sein. Es liegt mir daran, zufriedene Arbeiter zu haben."

Die Unterschrift war nicht leserlich, beigedruckt aber war ihr: der Vorstand der X. Kanzlei.

„Warte!" sagte K. zu dem sich verbeugenden Barnabas, dann rief er den Wirt, daß er ihm sein Zimmer zeige, er wollte mit dem Brief eine Zeitlang allein sein. Dabei erinnerte er sich daran, daß Barnabas bei aller Zuneigung, die er für ihn hatte, doch nichts anderes als ein Bote war und ließ ihm ein Bier geben. Er gab acht, wie er es annehmen würde, er nahm es offenbar sehr gern an und trank sogleich. Dann ging K. mit dem Wirt. In dem Häuschen hatte man für K. nichts als ein kleines Dachzimmer bereitstellen können und selbst das hatte Schwierigkeiten gemacht, denn man hatte zwei Mägde, die bisher dort geschlafen hatten, anderswo unterbringen müssen. Eigentlich hatte man nichts anderes getan, als die Mägde weggeschafft, das Zimmer war sonst wohl unverändert, keine Bettwäsche zu dem einzigen Bett, nur paar Polster und eine Pferdedecke in dem Zustand, wie alles nach der letzten Nacht zurückgeblieben war. An der Wand paar Heiligenbilder und Photographien von Soldaten, nicht einmal gelüftet war worden, offenbar hoffte man, der neue Gast werde nicht lange bleiben, und tat nichts dazu, ihn zu halten. K. war aber mit allem einverstanden, wickelte sich in die Decke, setzte sich zum Tisch und begann bei einer Kerze den Brief nochmals zu lesen.

Er war nicht einheitlich, es gab Stellen, wo mit ihm wie mit einem Freien gesprochen wurde, dessen eigenen Willen man anerkennt, so war die Überschrift, so war die Stelle, die seine Wünsche betraf. Es gab aber wieder Stellen, wo er offen oder versteckt als ein kleiner, vom Sitz jenes Vorstandes kaum bemerkbarer Arbeiter behandelt wurde, der Vorstand mußte sich anstrengen, „ihn nicht aus den Augen zu verlieren", sein Vorgesetzter war nur der Dorfvorsteher, dem er sogar Rechenschaft schuldig war, sein einziger Kollege war vielleicht der Dorfpolizist. Das waren zweifellose Widersprüche. Sie waren so sichtbar, daß sie beabsichtigt sein mußten. Den einer solchen Behörde gegenüber wahnwitzigen Gedanken, daß hier Unentschlossenheit mitgewirkt habe, streifte K. kaum. Vielmehr sah er darin eine ihm offen dargebotene Wahl, es war ihm überlassen, was er aus den Anordnungen des Briefes machen wollte, ob er Dorfarbeiter mit einer immerhin auszeichnenden, aber nur scheinbaren Verbindung mit dem Schloß sein wollte, oder aber scheinbarer Dorfarbeiter, der in Wirklichkeit sein ganzes Arbeitsverhältnis von den Nachrichten des

Barnabas bestimmen ließ. K. zögerte nicht zu wählen, hätte auch ohne die Erfahrungen, die er schon gemacht hatte, nicht gezögert. Nur als Dorfarbeiter, möglichst weit den Herren vom Schloß entrückt, war er imstande, etwas im Schloß zu erreichen, diese Leute im Dorfe, die noch so mißtrauisch gegen ihn waren, würden zu sprechen anfangen, wenn er wo nicht ihr Freund, so doch ihr Mitbürger geworden war, und war er einmal ununterscheidbar von Gerstäcker oder Lasemann - und sehr schnell mußte das geschehen, davon hing alles ab - dann erschlossen sich ihm gewiß mit einem Schlage alle Wege, die ihm, wenn es nur auf die Herren oben und ihre Gnade angekommen wäre, für immer nicht nur versperrt, sondern unsichtbar geblieben wären. Freilich, eine Gefahr bestand, und die war in dem Brief genug betont, mit einer gewissen Freude war sie dargestellt, als sei sie unentrinnbar. Es war das Arbeitersein - Dienst, Vorgesetzter, Arbeit, Lohnbestimmungen, Rechenschaft, Arbeiter, davon wimmelte der Brief und selbst, wenn anderes, Persönlicheres gesagt war, war es von jenem Gesichtspunkt aus gesagt. Wollte K. Arbeiter werden, so konnte er es werden, aber dann in allem furchtbaren Ernst, ohne jeden Ausblick anderswohin. K. wußte, daß nicht mit wirklichem Zwang gedroht war, den fürchtete er nicht, und hier am wenigsten, aber die Gewalt der entmutigenden Umgebung, der Gewöhnung an Enttäuschungen, die Gewalt der unmerklichen Einflüsse jedes Augenblicks, die fürchtete er allerdings, aber mit dieser Gefahr mußte er den Kampf wagen. Der Brief verschwieg ja auch nicht, daß, wenn es zu Kämpfen kommen sollte, K. die Verwegenheit gehabt hatte zu beginnen, es war mit Feinheit gesagt und nur ein unruhiges Gewissen - ein unruhiges, kein schlechtes - konnte es merken, es waren die drei Worte „wie Sie wissen" hinsichtlich seiner Aufnahme in den Dienst. K. hatte sich gemeldet und seither wußte er, wie sich der Brief ausdrückte, daß er aufgenommen war.
K. nahm ein Bild von der Wand und hing den Brief an den Nagel, in diesem Zimmer würde er wohnen, hier sollte der Brief hängen.
Dann stieg er in die Wirtsstube hinunter. Barnabas saß mit den Gehilfen bei einem Tischchen. „Ach, da bist du", sagte K. ohne Anlaß, nur weil er froh war, Barnabas zu sehen. Er sprang gleich auf. Kaum war K. eingetreten, erhoben sich die Bauern, um sich ihm zu nähern, es war schon ihre Gewohnheit geworden, ihm immer nachzulaufen.

„Was wollt ihr denn immerfort von mir?" rief K. Sie nahmen es nicht übel und drehten sich langsam zu ihren Plätzen zurück.

Einer sagte im Abgehen zur Erklärung leichthin, mit einem undeutbaren Lächeln, das einige andere aufnahmen: „Man hört immer etwas Neues", und er leckte sich die Lippen, als sei das Neue eine Speise. K. sagte nichts Versöhnliches, es war gut, wenn sie ein wenig Respekt vor ihm bekamen, aber kaum war er bei Barnabas, spürte er schon den Atem eines Bauern im Nacken. Er kam, wie er sagte, das Salzfaß zu holen, aber K. stampfte vor Ärger auf, der Bauer lief denn auch ohne Salzfaß weg. Es war wirklich leicht, K. beizukommen, man mußte z.B. nur die Bauern gegen ihn hetzen, ihre hartnäckige Teilnahme schien ihm böser als die Verschlossenheit der andern und außerdem war es auch Verschlossenheit, denn hätte K. sich zu ihrem Tisch gesetzt, wären sie gewiß dort nicht sitzen geblieben. Nur die Gegenwart des Barnabas hielt ihn ab, Lärm zu machen. Aber er drehte sich doch noch drohend nach ihnen um, auch sie waren ihm zugekehrt. Wie er sie aber so dasitzen sah, jeden auf seinem Platz, ohne sich miteinander zu besprechen, und ohne sichtbare Verbindung untereinander, nur dadurch miteinander verbunden, daß sie alle auf ihn starrten, schien es ihm, als sei es gar nicht Bosheit, was sie ihn verfolgen ließ, vielleicht wollten sie wirklich etwas von ihm und konnten es nur nicht sagen, und war es nicht das, dann war es vielleicht nur Kindlichkeit, die hier zu Hause zu sein schien; war nicht auch der Wirt kindlich, der ein Glas Bier, das er irgendeinem Gast bringen sollte, mit beiden Händen hielt, stillstand, nach K. sah und einen Zuruf der Wirtin überhörte, die sich aus dem Küchenfensterchen vorgebeugt hatte?

Ruhiger wandte sich K. an Barnabas, die Gehilfen hätte er gern entfernt, fand aber keinen Vorwand. Übrigens blickten sie still auf ihr Bier. „Den Brief", begann K., „habe ich gelesen. Kennst du den Inhalt?" „Nein", sagte Barnabas, sein Blick schien mehr zu sagen als seine Worte. Vielleicht täuschte sich K. hier im Guten, wie bei den Bauern im Bösen, aber das Wohltuende seiner Gegenwart blieb. „Es ist auch von dir in dem Brief die Rede, du sollst nämlich hie und da Nachrichten zwischen mir und dem Vorstand vermitteln, deshalb hatte ich gedacht, daß du den Inhalt kennst." „Ich bekam", sagte Barnabas, „nur den Auftrag, den Brief zu übergeben, zu warten, bis er gelesen ist, und wenn es dir nötig scheint, eine mündliche oder schriftliche

Antwort zurückzubringen." „Gut," sagte K., „es bedarf keines Schreibens, richte dem Herrn Vorstand - wie heißt er denn? Ich konnte die Unterschrift nicht lesen." „Klamm", sagte Barnabas. „Richte also Herrn Klamm meinen Dank für die Aufnahme aus, wie auch für seine besondere Freundlichkeit, die ich als einer, der sich hier noch gar nicht bewährt hat, zu schätzen weiß. Ich werde mich vollständig nach seinen Absichten verhalten. Besondere Wünsche habe ich heute nicht." Barnabas, der genau aufgemerkt hatte, bat, den Auftrag vor K. wiederholen zu dürfen. K. erlaubte es, Barnabas wiederholte alles wortgetreu. Dann stand er auf, um sich zu verabschieden.

Die ganze Zeit über hatte K. sein Gesicht geprüft, nun tat er es zum letztenmal. Barnabas war etwa so groß wie K., trotzdem schien sein Blick sich zu K. zu senken, aber fast demütig geschah das, es war unmöglich, daß dieser Mann jemanden beschämte. Freilich, war er nur ein Bote, kannte nicht den Inhalt der Briefe, die er auszutragen hatte, aber auch sein Blick, sein Lächeln, sein Gang schien eine Botschaft zu sein, mochte er auch von dieser nichts wissen. Und K. reichte ihm die Hand, was ihn offenbar überraschte, denn er hatte sich nur verneigen wollen.

Gleich, als er gegangen war - vor dem Öffnen der Türe hatte er noch ein wenig mit der Schulter an der Tür gelehnt und mit einem Blick, der keinem Einzelnen mehr galt, die Stube umfaßt - sagte K. zu den Gehilfen: „Ich hole aus dem Zimmer meine Aufzeichnungen, dann besprechen wir die nächste Arbeit." Sie wollten mitgehen. „Bleibt", sagte K. Sie wollten noch immer mitgehen. Noch strenger mußte K. den Befehl wiederholen. Im Flur war Barnabas nicht mehr. Aber er war doch eben jetzt weggegangen. Doch auch vor dem Haus - neuer Schnee fiel - sah ihn K. nicht. Er rief: „Barnabas!" Keine Antwort. Sollte er noch im Haus sein? Es schien keine andere Möglichkeit zu geben. Trotzdem schrie K. noch aus aller Kraft den Namen. Der Name donnerte durch die Nacht. Und aus der Ferne kam nun doch eine schwache Antwort, so weit war also Barnabas schon. K. rief ihn zurück und ging ihm gleichzeitig entgegen; wo sie einander trafen, waren sie vom Wirtshaus nicht mehr zu sehen.

„Barnabas", sagte K. und konnte ein Zittern seiner Stimme nicht bezwingen. „Ich wollte dir noch etwas sagen. Ich merke dabei, daß es doch recht schlecht eingerichtet ist, daß ich nur auf dein zufälliges Kommen angewiesen bin, wenn ich etwas aus dem Schloß brauche. Wenn ich dich jetzt nicht zufällig erreicht hätte - wie du fliegst, ich dachte, du wärst noch im Haus -, wer weiß wie lange ich auf dein nächstes Erscheinen hätte warten müssen." „Du kannst ja", sagte Barnabas, „den Vorstand bitten, daß ich immer zu bestimmten, von dir angegebenen Zeiten komme." „Auch das würde nicht genügen," sagte K., „vielleicht will ich ein Jahr lang gar nichts sagen lassen, aber gerade eine Viertelstunde nach deinem Weggehen etwas Unaufschiebbares." „Soll ich also", sagte Barnabas, „dem Vorstand melden, daß zwischen ihm und dir eine andere Verbindung hergestellt werden soll als durch mich." „Nein, nein," sagte K., „ganz und gar nicht, ich erwähne diese Sache nur nebenbei, diesmal habe ich dich ja noch glücklich erreicht." „Wollen wir", sagte Barnabas, „ins Wirtshaus zurückkehren, damit du mir dort den neuen Auftrag geben kannst?" Schon hatte er einen Schritt weiter zum Haus hin gemacht. „Barnabas," sagte K., „es ist nicht nötig, ich gehe ein Stückchen Wegs mit dir." „Warum willst du nicht ins Wirtshaus gehn?" fragte Barnabas. „Die Leute stören mich dort," sagte K., „die Zudringlichkeit der Bauern hast du selbst gesehen." „Wir können in dein Zimmer gehn", sagte Barnabas. „Es ist das Zimmer der Mägde," sagte K., „schmutzig und dumpf - um dort nicht bleiben zu müssen, wollte ich ein wenig mit dir gehn, du mußt nur", fügte K. hinzu, um sein Zögern endgültig zu überwinden, „mich in dich einhängen lassen, denn du gehst sicherer." Und K. hing sich an seinen Arm. Es war ganz finster, sein Gesicht sah K. gar nicht, seine Gestalt undeutlich, den Arm hatte er schon ein Weilchen vorher zu ertasten gesucht.

Barnabas gab nach, sie entfernten sich vom Wirtshaus. Freilich fühlte K., daß er trotz größter Anstrengung gleichen Schritt mit Barnabas zu halten nicht imstande war, seine freie Bewegung hinderte, und daß unter gewöhnlichen Umständen schon an dieser Nebensächlichkeit alles scheitern müsse, gar in jenen Seitengassen wie jener, wo K. am Vormittag im Schnee versunken war und aus der er nur von Barnabas getragen herauskommen konnte. Doch hielt er solche Besorgnisse jetzt von sich fern, auch tröstete es ihn, daß Barnabas schwieg; wenn sie schweigend gingen, dann konnte doch auch für Barnabas nur das Weitergehen selbst den Zweck ihres Beisammenseins bilden.

Sie gingen, aber K. wußte nicht wohin, nichts konnte er erkennen, nicht einmal, ob sie schon an der Kirche vorübergekommen waren, wußte er.

Durch die Mühe, welche ihm das bloße Gehn verursachte, geschah es, daß er seine Gedanken nicht beherrschen konnte. Statt auf das Ziel gerichtet zu bleiben, verwirrten sie sich. Immer wieder tauchte die Heimat auf und Erinnerungen an sie erfüllten ihn. Auch dort stand auf dem Hauptplatz eine Kirche, zum Teil war sie von einem alten Friedhof und dieser von einer hohen Mauer umgeben. Nur sehr wenige Jungen hatten diese Mauer erklettert, auch K. war es noch nicht gelungen. Nicht Neugier trieb sie dazu. Der Friedhof hatte vor ihnen kein Geheimnis mehr. Durch eine kleine Gittertür waren sie schon oft hineingekommen, nur die glatte hohe Mauer wollten sie bezwingen. An einem Vormittag - der stille leere Platz war von Licht überflutet, wann hatte K. ihn je früher oder später so gesehen? - gelang es ihm überraschend leicht; an einer Stelle, wo er schon oft abgewiesen worden war, erkletterte er, eine kleine Fahne zwischen den Zähnen, die Mauer im ersten Anlauf. Noch rieselte Geröll unter ihm ab, schon war er oben. Er rammte die Fahne ein, der Wind spannte das Tuch, er blickte hinunter und in die Runde, auch über die Schulter hinweg, auf die in der Erde versinkenden Kreuze, niemand war jetzt und hier größer als er. Zufällig kam dann der Lehrer vorüber und trieb K. mit einem ärgerlichen Blick hinab. Beim Absprung verletzte sich K. am Knie, nur mit Mühe kam er nach Hause, aber auf der Mauer war er doch gewesen. Das Gefühl dieses Sieges schien ihm damals für ein langes Leben einen Halt zu geben, was nicht ganz töricht gewesen war, denn jetzt nach vielen Jahren in der Schneenacht am Arm des Barnabas kam es ihm zu Hilfe.

Er hing sich fester ein, fast zog ihn Barnabas, das Schweigen wurde nicht unterbrochen. Von dem Weg wußte K. nur, daß sie, nach dem Zustand der Straße zu schließen, noch in keine Seitengasse eingebogen waren. Er gelobte sich, durch keine Schwierigkeit des Weges oder gar durch die Sorge um den Rückweg sich vom Weitergehen abhalten zu lassen. Um schließlich weitergeschleift werden zu können, würde seine Kraft wohl noch ausreichen. Und konnte denn der Weg unendlich sein? Bei Tag war das Schloß wie ein leichtes Ziel vor ihm gelegen und der Bote kannte gewiß den kürzesten Weg.

Da blieb Barnabas stehen. Wo waren sie? Ging es nicht mehr weiter? Würde Barnabas K. verabschieden? Es würde ihm nicht gelingen. K. hielt des Barnabas Arm fest, daß es fast ihn selbst schmerzte.

Oder sollte das Unglaubliche geschehen sein und sie waren schon im Schloß oder vor seinen Toren? Aber sie waren ja, soweit K. wußte, gar nicht gestiegen. Oder hatte ihn Barnabas einen so unmerklich ansteigenden Weg geführt? „Wo sind wir?" sagte K. leise, mehr sich als ihm. „Zu Hause", sagte Barnabas ebenso. „Zu Hause?" „Jetzt aber gib acht, Herr, daß du nicht ausgleitest. Der Weg geht abwärts." „Abwärts?" „Es sind nur ein paar Schritte", fügte er hinzu und schon klopfte er an eine Tür.

Ein Mädchen öffnete, sie standen an der Schwelle einer großen Stube fast im Finstern, denn nur über einem Tisch links im Hintergrunde hing eine winzige Öllampe. „Wer kommt mit dir, Barnabas?" fragte das Mädchen. „Der Landvermesser", sagte er. „Der Landvermesser", wiederholte das Mädchen lauter zum Tisch hin. Daraufhin erhoben sich dort zwei alte Leute, Mann und Frau, und noch ein Mädchen. Man begrüßte K. Barnabas stellte ihm alle vor, es waren seine Eltern und seine Schwestern Olga und Amalia. K. sah sie kaum an, man nahm ihm den nassen Rock ab, um ihn beim Ofen zu trocknen. K. ließ es geschehen.

Also nicht sie waren zu Hause, nur Barnabas war zu Hause. Aber warum waren sie hier? K. nahm Barnabas zur Seite und fragte: „Warum bist du nach Hause gegangen? Oder wohnt ihr schon im Bereiche des Schlosses?" „Im Bereich des Schlosses?" wiederholte Barnabas, als verstehe er K. nicht. „Barnabas," sagte K., „du wolltest doch aus dem Wirtshaus ins Schloß gehn." „Nein," sagte Barnabas, „ich wollte nach Hause gehn, ich gehe erst früh ins Schloß, ich schlafe niemals dort." „So," sagte K., „du wolltest nicht ins Schloß gehn, nur hierher." - Matter schien ihm sein Lächeln, unscheinbarer er selbst. - „Warum hast du mir das nicht gesagt?" „Du hast mich nicht gefragt, Herr," sagte Barnabas, „du wolltest mir nur noch einen Auftrag geben, aber weder in der Wirtsstube, noch in deinem Zimmer, da dachte ich, du könntest mir den Auftrag ungestört hier bei meinen Eltern geben. Sie werden sich alle gleich entfernen, wenn du es befiehlst - auch könntest du, wenn es dir bei uns besser gefällt, hier übernachten. Habe ich nicht recht getan?" K. konnte nicht antworten. Ein Mißverständnis war es also gewesen, ein gemeines, niedriges Mißverständnis, und K.

hatte sich ihm ganz hingegeben. Hatte sich bezaubern lassen von des Barnabas enger, seidenglänzender Jacke, die dieser jetzt aufknöpfte und unter der ein grobes, grauschmutziges, viel geflicktes Hemd erschien über der mächtigen kantigen Brust eines Knechtes. Und alles ringsum entsprach dem nicht nur, überbot es noch, der alte gichtische Vater, der mehr mit Hilfe der tastenden Hände als der sich langsam schiebenden steifen Beine vorwärts kam, die Mutter mit auf der Brust gefalteten Händen, die wegen ihrer Fülle auch nur die winzigsten Schritte machen konnte. Beide, Vater und Mutter, gingen schon, seitdem K. eingetreten war, aus ihrer Ecke auf ihn zu und hatten ihn noch lange nicht erreicht. Die Schwestern, Blondinen, einander und dem Barnabas ähnlich, aber mit härteren Zügen als Barnabas, große starke Mägde, umstanden die Ankömmlinge und erwarteten von K. irgendein Begrüßungswort. Er konnte nichts sagen. Er hatte geglaubt, hier im Dorf habe jeder für ihn Bedeutung und es war wohl auch so, nur gerade diese Leute hier bekümmerten ihn gar nicht. Wäre er imstande gewesen, allein den Weg ins Wirtshaus zu bewältigen, er wäre gleich fortgegangen. Die Möglichkeit, früh mit Barnabas ins Schloß zu gehen, lockte ihn gar nicht. Jetzt in der Nacht, unbeachtet, hätte er ins Schloß dringen wollen, von Barnabas geführt, aber von jenem Barnabas, wie er ihm bisher erschienen war, einem Mann, der ihm näher war als alle, die er bisher hier gesehen hatte, und von dem er gleichzeitig geglaubt hatte, daß er weit über seinen sichtbaren Rang hinaus eng mit dem Schloß verbunden war. Mit dem Sohn dieser Familie aber, zu der er völlig gehörte und mit der er schon beim Tisch saß, mit einem Mann, der bezeichnenderweise nicht einmal im Schloß schlafen durfte, an seinem Arm am hellen Tag ins Schloß zu gehn, war unmöglich, war ein lächerlich hoffnungsloser Versuch.

K. setzte sich auf eine Fensterbank, entschlossen dort auch die Nacht zu verbringen und keinen Dienst sonst von der Familie in Anspruch zu nehmen. Die Leute aus dem Dorf, die ihn wegschickten oder die vor ihm Angst hatten, schienen ihm ungefährlicher, denn sie verwiesen ihn im Grund nur auf ihn selbst, halfen ihm seine Kräfte gesammelt zu halten, solche scheinbare Helfer aber, die ihn statt ins Schloß, dank einer kleinen Maskerade, in ihre Familien führten, lenkten ihn ab, ob sie wollten oder nicht, arbeiteten an der Zerstörung seiner Kräfte. Einen einladenden Zuruf vom Familientisch beachtete er gar nicht, mit gesenktem Kopf blieb er auf seiner Bank.

Da stand Olga auf, die sanftere der Schwestern, auch eine Spur mädchenhafter Verlegenheit zeigte sie, kam zu K. und bat ihn, zum Tisch zu kommen.

Brot und Speck sei dort vorbereitet, Bier werde sie noch holen. „Von wo?" fragte K. „Aus dem Wirtshaus", sagte sie. Das war K. sehr willkommen. Er bat sie, lieber kein Bier zu holen, aber ihn ins Wirtshaus zu begleiten, er habe dort noch wichtige Arbeiten liegen. Es stellte sich nun aber heraus, daß sie nicht so weit, nicht in sein Wirtshaus gehn wollte, sondern in ein anderes, viel näheres, den Herrenhof. Trotzdem bat K., sie begleiten zu dürfen, vielleicht, so dachte er, findet sich dort eine Schlafgelegenheit; wie sie auch sein mochte, er hätte sie dem besten Bett hier im Hause vorgezogen. Olga antwortete nicht gleich, blickte sich nach dem Tisch um. Dort war der Bruder aufgestanden, nickte bereitwillig und sagte: „Wenn der Herr es wünscht." Fast hätte K. diese Zustimmung dazu bewegen können, seine Bitte zurückzuziehen, nur Wertlosem konnte jener zustimmen. Aber als nun die Frage besprochen wurde, ob man K. in das Wirtshaus einlassen werde, und alle daran zweifelten, bestand er doch dringend darauf, mitzugehen, ohne sich aber die Mühe zu nehmen, einen verständlichen Grund für seine Bitte zu erfinden; diese Familie mußte ihn annehmen, wie er war, er hatte gewissermaßen kein Schamgefühl vor ihr. Darin beirrte ihn nur Amalia ein wenig mit ihrem ernsten, geraden, unrührbaren, vielleicht auch etwas stumpfen Blick.

Auf dem kurzen Weg ins Wirtshaus - K. hatte sich in Olga eingehängt und wurde von ihr, er konnte sich nicht anders helfen, fast so gezogen wie früher von ihrem Bruder - erfuhr er, daß dieses Wirtshaus eigentlich nur für Herren aus dem Schloß bestimmt sei, die dort, wenn sie etwas im Dorf zu tun haben, essen und sogar manchmal übernachten. Olga sprach mit K. leise und wie vertraut, es war angenehm mit ihr zu gehen, fast so wie mit dem Bruder. K. wehrte sich gegen das Wohlgefühl, aber es bestand.

Das Wirtshaus war äußerlich sehr ähnlich dem Wirtshaus, in dem K. wohnte. Es gab im Dorf wohl überhaupt keine großen äußeren Unterschiede, aber kleine Unterschiede waren doch gleich zu merken, die Vortreppe hatte ein Geländer, eine schöne Laterne war über der Tür befestigt. Als sie eintraten, flatterte ein Tuch über ihren Köpfen, es war eine Fahne mit den gräflichen Farben. Im Flur begegnete ihnen gleich, offenbar auf einem beaufsichtigenden Rundgang befindlich, der Wirt;

mit kleinen Augen, prüfend oder schläfrig, sah er K. im Vorübergehen an und sagte: „Der Herr Landvermesser darf nur bis in den Ausschank gehn."

„Gewiß," sagte Olga, die sich K.s gleich annahm, „er begleitet mich nur." K. aber, undankbar, machte sich von Olga los und nahm den Wirt beiseite. Olga wartete unterdessen geduldig am Ende des Flurs. „Ich möchte hier gerne übernachten", sagte K. „Das ist leider unmöglich", sagte der Wirt. „Sie scheinen es noch nicht zu wissen, das Haus ist ausschließlich für die Herren vom Schloß bestimmt." „Das mag Vorschrift sein," sagte K., „aber mich irgendwo in einem Winkel schlafen zu lassen, ist gewiß möglich." „Ich würde Ihnen außerordentlich gern entgegenkommen," sagte der Wirt, „aber auch abgesehen von der Strenge der Vorschrift, über die Sie nach Art eines Fremden sprechen, ist es auch deshalb unausführbar, weil die Herren äußerst empfindlich sind; ich bin überzeugt, daß sie unfähig sind, wenigstens unvorbereitet, den Anblick eines Fremden zu ertragen; wenn ich Sie also hier übernachten ließe und Sie durch einen Zufall - und die Zufälle sind immer auf Seite der Herren - entdeckt würden, wäre nicht nur ich verloren, sondern auch Sie selbst. Es klingt lächerlich, aber es ist wahr." Dieser hohe, fest zugeknöpfte Herr, der, die eine Hand gegen die Wand gestemmt, die andere in die Hüfte, die Beine gekreuzt, ein wenig zu K. herabgeneigt, vertraulich zu ihm sprach, schien kaum mehr zum Dorf zu gehören, wenn auch noch sein dunkles Kleid nur bäuerisch festlich aussah. „Ich glaube Ihnen vollkommen," sagte K., „und auch die Bedeutung der Vorschrift unterschätze ich gar nicht, wenn ich mich auch ungeschickt ausgedrückt habe. Nur auf eines will ich Sie noch aufmerksam machen, ich habe im Schloß wertvolle Verbindung und werde noch wertvollere bekommen, sie sichern Sie gegen jede Gefahr, die durch mein Übernachten hier entstehn könnte und bürgen Ihnen dafür, daß ich imstande bin, für eine kleine Gefälligkeit vollwertig zu danken." „Ich weiß," sagte der Wirt und wiederholte nochmals, „das weiß ich." Nun hätte K. sein Verlangen nachdrücklicher stellen können, aber gerade diese Antwort des Wirtes zerstreute ihn, deshalb fragte er nur: „Übernachten heute viele Herren vom Schloß hier?" „In dieser Hinsicht ist es heute vorteilhaft," sagte der Wirt gewissermaßen lockend, „es ist nur ein Herr hiergeblieben." Noch immer konnte K. nicht drängen, hoffte nun auch schon, fast aufgenommen zu sein, so fragte er nur noch nach dem Namen des Herrn. „Klamm", sagte der Wirt nebenbei, während er sich nach seiner Frau umdrehte, welche in sonderbar abgenützten, veralteten, mit Rüschen und Falten überladenen, aber feinen städtischen Kleidern herangerauscht kam. Sie wollte den Wirt holen, der Herr Vorstand habe irgendeinen Wunsch. Ehe der Wirt aber ging, wandte er sich noch an K., als habe nicht mehr er selbst, sondern K. wegen des Übernachtens zu entscheiden. K. konnte aber nichts sagen, besonders der Umstand, daß gerade sein Vorgesetzter hier war, verblüffte ihn. Ohne daß er es sich selbst ganz erklären konnte, fühlte er sich Klamm gegenüber nicht so frei wie sonst gegenüber dem Schloß, von ihm hier ertappt zu werden, wäre für K. zwar kein Schrecken im Sinne des Wirtes, aber doch eine peinliche Unzukömmlichkeit gewesen, so etwa als würde er jemandem, dem er zu Dankbarkeit verpflichtet war, leichtsinnig einen Schmerz bereiten; dabei aber bedrückte es ihn schwer, zu sehen, daß sich in solcher Bedenklichkeit offenbar schon die gefürchteten Folgen des Untergeordnetseins, des Arbeiterseins zeigten und daß er nicht einmal hier, wo sie deutlich auftraten, imstande war, sie niederzukämpfen. So stand er, zerbiß sich die Lippen und sagte nichts. Noch einmal, ehe der Wirt in einer Tür verschwand, sah er zu K. zurück. Dieser sah ihm nach und ging nicht von der Stelle, bis Olga kam und ihn fortzog. „Was wolltest du vom Wirt?" fragte Olga. „Ich wollte hier übernachten", sagte K. „Du wirst doch bei uns übernachten", sagte Olga verwundert. „Ja, gewiß", sagte K. und überließ ihr die Deutung der Worte.

Das dritte Kapitel

Im Ausschank, einem großen in der Mitte völlig leeren Zimmer, waren an den Wänden bei Fässern und auf ihnen einige Bauern, die aber anders aussahen, als die Leute in K.s Wirtshaus. Sie waren reinlicher und einheitlicher in graugelblichen groben Stoff gekleidet, die Jacken waren gebauscht, die Hosen anliegend. Es waren kleine, auf den ersten Blick einander sehr ähnliche Männer mit flachen knochigen und doch rundwangigen Gesichtern. Alle waren ruhig und bewegten sich kaum, nur mit den Blicken verfolgten sie die Eintretenden, aber langsam und gleichgültig. Trotzdem übten sie, weil es so viele waren und weil es so still war, eine gewisse Wirkung auf K. aus. Er nahm wieder Olgas Arm, um damit den Leuten sein Hiersein zu erklären. In einer Ecke erhob sich ein Mann, ein Bekannter Olgas, und wollte auf sie zugehen, aber K. drehte sie mit dem eingehängten Arm in eine andere Richtung. Niemand außer ihr konnte es bemerken, sie duldete es mit einem lächelnden Seitenblick.

Das Bier wurde von einem jungen Mädchen ausgeschenkt, das Frieda hieß. Ein unscheinbares kleines blondes Mädchen mit traurigen Augen und mageren Wangen, das aber durch seinen Blick überraschte, einem Blick von besonderer Überlegenheit. Als dieser Blick auf K. fiel, schien es ihm, daß dieser Blick schon K. betreffende Dinge erledigt hatte, von deren Vorhandensein er selbst noch gar nichts wußte, von deren Vorhandensein aber der Blick ihn überzeugte. K. hörte nicht auf, Frieda von der Seite anzusehn, auch als sie schon mit Olga sprach. Freundinnen schienen Olga und Frieda nicht zu sein, sie wechselten nur wenige kalte Worte. K. wollte nachhelfen und fragte deshalb unvermittelt: „Kennen Sie Herrn Klamm?" Olga lachte auf. „Warum lachst du?" fragte K. ärgerlich. „Ich lache doch nicht", sagte sie, lachte aber weiter. „Olga ist noch ein recht kindisches Mädchen", sagte K. und beugte sich weit über den Schenktisch, um nochmals Friedas Blick fest auf sich zu ziehen. Sie aber hielt ihn gesenkt und lachte leise: „Wollen Sie Herrn Klamm sehn?" K. bat darum. Sie zeigte auf eine Tür, gleich links, neben sich. „Hier ist ein kleines Guckloch, hier können Sie durchsehen." „Und die Leute hier?" fragte K. Sie warf die Unterlippe auf und zog K. mit einer ungemein weichen Hand zur Tür. Durch das kleine Loch, das offenbar zu Beobachtungszwecken gebohrt war, übersah er fast das ganze Nebenzimmer. An einem Schreibtisch in der Mitte des Zimmers, in einem bequemen Rundlehnstuhl, saß, grell von einer vor ihm niederhängenden Glühlampe beleuchtet, Herr Klamm. Ein mittelgroßer, dicker, schwerfälliger Herr. Das Gesicht war noch glatt, aber die Wangen senkten sich doch schon mit dem Gewicht des Alters ein wenig hinab. Der schwarze Schnurrbart war lang ausgezogen. Ein schief aufgesetzter, spiegelnder Zwicker verdeckte die Augen. Wäre Herr Klamm völlig beim Tisch gesessen, hätte K. nur sein Profil gesehen, da ihm aber Klamm direkt zugedreht war, sah er ihm voll ins Gesicht. Den linken Ellbogen hatte Klamm auf dem Tisch liegen, die rechte Hand, in der er eine Virginia hielt, ruhte auf dem Knie.

Auf dem Tisch stand ein Bierglas; da die Randleiste des Tisches hoch war, konnte K. nicht genau sehen, ob auf dem Tisch irgendwelche Schriften lagen, es schien ihm aber, als wäre er leer. Der Sicherheit halber bat er Frieda, durch das Loch zu schauen und ihm hierüber Auskunft zu geben. Da sie aber vor kurzem im Zimmer gewesen war, konnte sie K. ohne weiteres bestätigen, daß dort keine Schriften lagen. K. fragte Frieda, ob er schon weggehen müsse.

Sie aber sagte, er könne hindurchschauen, solange er Lust habe. K. war jetzt mit Frieda allein. Olga hatte, wie er flüchtig feststellte, den Weg zu ihrem Bekannten gefunden, saß hoch auf einem Faß und strampelte mit den Füßen. „Frieda," sagte K. flüsternd, „kennen Sie Herrn Klamm sehr gut?" „Ach ja," sagte sie, „sehr gut." Sie lehnte neben K. und ordnete spielerisch, wie K. jetzt erst auffiel, ihre leichte ausgeschnittene cremefarbige Bluse, die wie fremd auf ihrem armen Körper lag. Dann sagte sie: „Erinnern Sie sich nicht an Olgas Lachen?" „Ja, die Unartige", sagte K. „Nun," sagte sie versöhnlich, „es war Grund zum Lachen. Sie fragten, ob ich Klamm kenne, und ich bin doch" - hier richtete sie sich unwillkürlich ein wenig auf und wieder ging ihr sieghafter, mit dem, was gesprochen wurde, gar nicht zusammenhängender Blick über K. hin - „ich bin doch seine Geliebte." „Klamms Geliebte", sagte K. Sie nickte. „Dann sind Sie", sagte K. lächelnd, um nicht allzuviel Ernst zwischen ihnen aufkommen zu lassen, „für mich eine sehr respektable Person." „Nicht nur für Sie", sagte Frieda, freundlich, aber ohne sein Lächeln aufzunehmen. K. hatte ein Mittel gegen ihren Hochmut und wandte es an, er fragte: „Waren Sie schon im Schloß?" Es verfing aber nicht, denn sie antwortete: „Nein, aber ist es nicht genug, daß ich hier im Ausschank bin?" Ihr Ehrgeiz war offenbar toll und gerade an K., so schien es, wollte sie ihn sättigen. „Freilich," sagte K., „hier im Ausschank, Sie versehen ja die Arbeit des Wirtes." „So ist es," sagte sie, „und begonnen habe ich als Stallmagd im Wirtshaus zur Brücke." „Mit den zarten Händen", sagte K. halb fragend und wußte selbst nicht, ob er nur schmeichelte oder auch wirklich von ihr bezwungen war. Ihre Hände allerdings waren klein und zart, aber man hätte sie auch schwach und nichtssagend nennen können. „Darauf hat damals niemand geachtet," sagte sie, „und selbst jetzt-." K. sah sie fragend an. Sie schüttelte den Kopf und wollte nicht weiter reden. „Sie haben natürlich", sagte K., „Ihre Geheimnisse und Sie werden über sie nicht mit jemandem reden, den Sie eine halbe

Stunde lang kennen und der noch keine Gelegenheit hatte, Ihnen zu erzählen, wie es sich eigentlich mit ihm verhält." Das war nun aber, wie sich zeigte, eine unpassende Bemerkung, es war, als hätte er Frieda aus einem, ihm günstigen Schlummer geweckt. Sie nahm aus der Ledertasche, die sie am Gürtel hängen hatte, ein Hölzchen, verstopfte damit das Guckloch, sagte zu K., sichtbar sich bezwingend, um ihn von der Änderung ihrer Gesinnung nichts merken zu lassen: „Was Sie betrifft, so weiß ich doch alles, Sie sind der Landvermesser", fügte dann hinzu: „nun muß ich aber an die Arbeit", und ging an ihren Platz hinter dem Ausschanktisch, während sich von den Leuten hie und da einer erhob, um sein leeres Glas von ihr füllen zu lassen. K. wollte noch einmal unauffällig mit ihr sprechen, nahm deshalb von einem Ständer ein leeres Glas und ging zu ihr: „Nur eines noch, Fräulein Frieda", sagte er, „es ist außerordentlich und eine auserlesene Kraft ist dazu nötig, sich von einer Stallmagd zum Ausschankmädchen vorzuarbeiten, ist damit aber für einen solchen Menschen das endgültige Ziel erreicht? Unsinnige Frage. Aus Ihren Augen, lachen Sie mich nicht aus, Fräulein Frieda, spricht nicht so sehr der vergangene, als der zukünftige Kampf. Aber die Widerstände der Welt sind groß, sie werden größer mit den größeren Zielen und es ist keine Schande, sich die Hilfe selbst eines kleinen, einflußlosen, aber ebenso kämpfenden Mannes zu sichern. Vielleicht könnten wir einmal in Ruhe miteinander sprechen, nicht von so vielen Augen angestarrt." „Ich weiß nicht, was Sie wollen", sagte sie, und in ihrem Ton schienen diesmal gegen ihren Willen nicht die Siege ihres Lebens, sondern die unendlichen Enttäuschungen mitzuklingen. „Wollen Sie mich vielleicht von Klamm abziehen? Du lieber Himmel!" und sie schlug die Hände zusammen. „Sie haben mich durchschaut", sagte K., wie ermüdet von soviel Mißtrauen, „gerade das war meine geheimste Absicht. Sie sollten Klamm verlassen und meine Geliebte werden. Und nun kann ich ja gehen. Olga!" rief K. „wir gehen nach Hause." Folgsam glitt Olga vom Faß, kam aber nicht gleich von den sie umringenden Freunden los. Da sagte Frieda leise, drohend K. anblickend: „Wann kann ich mit Ihnen sprechen?" „Kann ich hier übernachten?" fragte K. „Ja", sagte Frieda. „Kann ich gleich hierbleiben?" „Gehn Sie mit Olga fort, damit ich die Leute hier wegschaffen kann. In einem Weilchen können Sie dann kommen." „Gut", sagte K. und wartete ungeduldig auf Olga.

Aber die Bauern ließen sie nicht, sie hatten einen Tanz erfunden, dessen Mittelpunkt Olga war, im Reigen tanzten sie herum und immer bei einem gemeinsamen Schrei trat einer zu Olga, faßte sie mit einer Hand fest um die Hüften und wirbelte sie einige Male herum, der Reigen wurde immer schneller, die Schreie hungrig, röchelnd, wurden allmählich fast ein einziger. Olga, die früher den Kreis hatte lachend durchbrechen wollen, taumelte nur noch mit aufgelöstem Haar von einem zum andern.

„Solche Leute schickt man mir her", sagte Frieda und biß im Zorn an ihren dünnen Lippen. „Wer ist es?" fragte K. „Klamms Dienerschaft," sagte Frieda. „immer wieder bringt er dieses Volk mit, dessen Gegenwart mich zerrüttet. Ich weiß kaum, was ich heute mit Ihnen, Herr Landvermesser, gesprochen habe, war es etwas Böses, verzeihen Sie es, die Gegenwart dieser Leute ist schuld daran, sie sind das Verächtlichste und Widerlichste, was ich kenne, und ihnen muß ich das Bier in die Gläser füllen. Wie oft habe ich Klamm schon gebeten, sie zu Hause zu lassen, muß ich die Dienerschaft anderer Herren schon ertragen, er könnte doch Rücksicht auf mich nehmen, aber alles Bitten ist umsonst, eine Stunde vor seiner Ankunft stürmen sie immer schon herein, wie das Vieh in den Stall. Aber nun sollen sie wirklich in den Stall, in den sie gehören. Wären Sie nicht da, würde ich die Tür hier aufreißen und Klamm selbst müßte sie hinaustreiben." „Hört er sie denn nicht?" fragte K. „Nein," sagte Frieda, „er schläft." „Wie!" rief K. „er schläft? Als ich ins Zimmer gesehen habe, war er doch noch wach und saß beim Tisch." „So sitzt er immer," sagte Frieda, „auch als Sie ihn gesehen haben, hat er schon geschlafen. Hätte ich Sie denn sonst hineinsehen lassen? Das war seine Schlafstellung, die Herren schlafen sehr viel, das kann man kaum verstehen. Übrigens, wenn er nicht so viel schliefe, wie könnte er die Leute ertragen. Nun werde ich sie aber selbst hinaustreiben müssen." Sie nahm eine Peitsche aus der Ecke und sprang mit einem einzigen hohen, nicht ganz sicheren Sprung, so wie etwa ein Lämmchen springt, auf die Tanzenden zu. Zuerst wandten sie sich gegen sie, als sei eine neue Tänzerin angekommen, und tatsächlich sah es einen Augenblick lang so aus, als wolle Frieda die Peitsche fallen lassen, aber dann hob sie sie wieder. „Im Namen Klamms," rief sie, „in den Stall, alle in den Stall", nun sahen sie, daß es Ernst war, in einer für K. unverständlichen Angst begannen sie in den Hintergrund zu drängen, unter dem Stoß der ersten ging dort eine Türe auf, Nachtluft wehte herein, alle verschwanden mit Frieda, die sie offenbar über den Hof in den Stall trieb.

In der nun plötzlich eingetretenen Stille aber hörte K. Schritte vom Flur. Um sich irgendwie zu sichern, sprang er hinter den Ausschanktisch, unter welchem die einzige Möglichkeit sich zu verstecken war. Zwar war ihm der Aufenthalt im Ausschank nicht verboten, aber da er hier übernachten wollte, mußte er vermeiden, noch jetzt gesehen zu werden.

Deshalb glitt er, als die Tür wirklich geöffnet wurde, unter den Tisch. Dort entdeckt zu werden, war freilich auch nicht ungefährlich, immerhin war dann die Ausrede nicht unglaubwürdig, daß er sich vor den wild gewordenen Bauern versteckt habe. Es war der Wirt, „Frieda!" rief er und ging einige Male im Zimmer auf und ab.

Glücklicherweise kam Frieda bald und erwähnte K. nicht, klagte nur über die Bauern und ging in dem Bestreben, K. zu suchen, hinter das Pult. Dort konnte K. ihren Fuß berühren und fühlte sich von jetzt an sicher. Da Frieda K. nicht erwähnte, mußte es der Wirt schließlich tun. „Und wo ist der Landvermesser?" fragte er. Er war wohl überhaupt ein höflicher, durch den dauernden und verhältnismäßig freien Verkehr mit weit Höhergestellten fein erzogener Mann, aber mit Frieda sprach er in einer besonders achtungsvollen Art, das fiel vor allem deshalb auf, weil er trotzdem im Gespräch nicht aufhörte, Arbeitgeber gegenüber einer Angestellten zu sein, gegenüber einer recht kecken Angestellten überdies. „Den Landvermesser habe ich ganz vergessen", sagte Frieda und setzte K. ihren kleinen Fuß auf die Brust. „Er ist wohl schon längst fortgegangen." „Ich habe ihn aber nicht gesehen", sagte der Wirt, „und war fast die ganze Zeit über im Flur." „Hier ist er aber nicht", sagte Frieda kühl. „Vielleicht hat er sich versteckt," sagte der Wirt, „nach dem Eindruck, den ich von ihm hatte, ist ihm manches zuzutrauen." „Diese Kühnheit wird er doch wohl nicht haben", sagte Frieda und drückte stärker ihren Fuß auf K. Etwas Fröhliches, Freies war in ihrem Wesen, was K. früher gar nicht bemerkt hatte, und es nahm ganz unwahrscheinlich überhand, als sie plötzlich lachend mit den Worten: „Vielleicht ist er hier unten versteckt", sich zu K. hinabbeugte, ihn flüchtig küßte und wieder aufsprang und betrübt sagte: „Nein, er ist nicht hier." Aber auch der Wirt gab Anlaß zum Erstaunen, als er sagte „Es ist mir sehr unangenehm, daß ich nicht mit Bestimmtheit weiß, ob er fortgegangen ist.

Es handelt sich nicht nur um Herrn Klamm, es handelt sich um die Vorschrift. Die Vorschrift gilt aber für Sie, Fräulein Frieda, so wie für mich. Für den Ausschank haften Sie, das übrige Haus werde ich noch durchsuchen. Gute Nacht! Angenehme Ruhe!" Er konnte das Zimmer noch gar nicht verlassen haben, schon hatte Frieda das elektrische Licht ausgedreht und war bei K. unter dem Pult. „Mein Liebling! Mein süßer Liebling!" flüsterte sie, aber rührte K. gar nicht an.

Wie ohnmächtig vor Liebe lag sie auf dem Rücken und breitete die Arme aus, die Zeit war wohl unendlich vor ihrer glücklichen Liebe, sie seufzte mehr als sie sang irgendein kleines Lied. Dann schrak sie auf, da K. still in Gedanken blieb, und fing an wie ein Kind ihn zu zerren: „Komm, hier unten erstickt man ja", sie umfaßten einander, der kleine Körper brannte in K.s Händen, sie rollten in einer Besinnungslosigkeit, aus der sich K. fortwährend, aber vergeblich zu retten suchte, paar Schritte weit, schlugen dumpf an Klamms Tür und lagen dann in den kleinen Pfützen Biers und dem sonstigen Unrat, von dem der Boden bedeckt war. Dort vergingen Stunden, Stunden gemeinsamen Atems, gemeinsamen Herzschlags, Stunden, in denen K. immerfort das Gefühl hatte, er verirre sich oder er sei so weit in der Fremde, wie vor ihm noch kein Mensch, eine Fremde, in der selbst die Luft keinen Bestandteil der Heimatluft habe, in der man vor Fremdheit ersticken müsse und in deren unsinnigen Verlockungen man doch nichts tun könne als weiter gehen, weiter sich verirren. Und so war es wenigstens zunächst für ihn kein Schrecken, sondern ein tröstliches Aufdämmern, als aus Klamms Zimmer mit tiefer befehlend-gleichgültiger Stimme nach Frieda gerufen wurde. „Frieda", sagte K. in Friedas Ohr und gab so den Ruf weiter. In einem förmlich eingeborenen Gehorsam wollte Frieda aufspringen, aber dann besann sie sich, wo sie war, streckte sich, lachte still und sagte: „Ich werde doch nicht etwa gehen, niemals werde ich zu ihm gehen". K. wollte dagegensprechen, wollte sie drängen zu Klamm zu gehen, begann die Reste ihrer Bluse zusammenzusuchen, aber er konnte nichts sagen, allzu glücklich war er, Frieda in seinen Händen zu halten, allzu ängstlich-glücklich auch, denn es schien ihm, wenn Frieda ihn verlasse, verlasse ihn alles, was er habe. Und als sei Frieda gestärkt durch K.s Zustimmung, ballte sie die Faust, klopfte mit ihr an die Tür und rief: „Ich bin beim Landvermesser! Ich bin beim Landvermesser!" Nun wurde Klamm allerdings still. Aber K. erhob sich, kniete neben Frieda und blickte sich im trüben Vormorgenlicht um -. Was war geschehen? Wo waren seine Hoffnungen? Was konnte er nun von Frieda erwarten, da alles verraten war? Statt vorsichtig, entsprechend der Größe des Feindes und des Zieles vorwärtszugehen, hatte er sich hier eine Nacht lang in den Bierpfützen gewälzt, deren Geruch fast betäubend war. „Was hast du getan?" sagte er vor sich hin. „Wir beide sind verloren." „Nein," sagte Frieda, „nur ich bin verloren, doch ich habe dich gewonnen.

Sei ruhig. Sieh aber, wie die zwei lachen." „Wer?" fragte K. und wandte sich um. Auf dem Pult saßen seine beiden Gehilfen, ein wenig übernächtig, aber fröhlich. Es war die Fröhlichkeit, welche treue Pflichterfüllung gibt. „Was wollt ihr hier?", schrie K., als seien sie an allem schuld. Er suchte rings die Peitsche, die Frieda abends gehabt hatte. „Wir mußten dich doch suchen," sagten die Gehilfen, „da du nicht zu uns in die Wirtsstube kamst, wir suchten dich dann bei Barnabas und fanden dich endlich hier. Hier sitzen wir die ganze Nacht. Leicht ist ja der Dienst nicht." „Ich brauche euch bei Tag, nicht in der Nacht", sagte K., „fort mit euch." „Jetzt ist es ja Tag", sagten sie und rührten sich nicht. Es war wirklich Tag, die Hoftüre wurde geöffnet, die Bauern mit Olga, die K. ganz vergessen hatte, strömten herein. Olga war lebendig wie am Abend, so übel auch ihre Kleider und Haare zugerichtet waren, schon in der Tür suchten ihre Augen K. „Warum bist du nicht mit mir nach Hause gegangen?" sagte sie fast unter Tränen. „Wegen eines solchen Frauenzimmers!" sagte sie dann und wiederholte das einige Male. Frieda, die für einen Augenblick verschwunden war, kam mit einem kleinen Wäschebündel zurück, Olga trat traurig beiseite. „Nun können wir gehn", sagte Frieda, es war selbstverständlich, daß sie das Wirtshaus zur Brücke meinte, in das sie gehen sollten. K. mit Frieda, hinter ihnen die Gehilfen, das war der Zug. Die Bauern zeigten viel Verachtung für Frieda, es war verständlich, weil sie sie bisher streng beherrscht hatte; einer nahm sogar einen Stock und tat so, als wolle er sie nicht fortlassen, ehe sie über den Stock springe, aber ihr Blick genügte, um ihn zu vertreiben. Draußen im Schnee atmete K. ein wenig auf. Das Glück, im Freien zu sein, war so groß, daß es diesmal die Schwierigkeit des Wegs erträglich machte; wäre K. allein gewesen, wäre er noch besser gegangen. Im Wirtshaus ging er gleich in sein Zimmer und legte sich aufs Bett, Frieda machte sich daneben auf dem Boden ein Lager zurecht.

Die Gehilfen waren mit eingedrungen, wurden vertrieben, kamen dann aber durchs Fenster wieder herein. K. war zu müde, um sie nochmals zu vertreiben. Die Wirtin kam eigens herauf, um Frieda zu begrüßen, wurde von Frieda Mütterchen genannt, es gab eine unverständliche herzliche Begrüßung mit Küssen und langem Aneinanderdrücken. Ruhe war in dem Zimmerchen überhaupt wenig, öfters kamen auch die Mägde in ihren Männerstiefeln hereingepoltert, um irgend etwas zu bringen oder zu holen.

Brauchten sie etwas aus dem mit verschiedenen Dingen vollgestopften Bett, zogen sie es rücksichtslos unter K. hervor. Frieda begrüßten sie als ihresgleichen. Trotz dieser Unruhe blieb doch K. im Bett, den ganzen Tag und die ganze Nacht. Kleine Handreichungen besorgte ihm Frieda. Als er am nächsten Morgen sehr erfrischt endlich aufstand, war es schon der vierte Tag seines Aufenthalts im Dorf.

Das vierte Kapitel

Er hätte gern mit Frieda vertraulich gesprochen, aber die Gehilfen, mit denen übrigens Frieda hie und da auch scherzte und lachte, hinderten ihn daran, durch ihre bloße aufdringliche Gegenwart. Anspruchsvoll waren sie allerdings nicht, sie hatten sich in einer Ecke auf dem Boden auf zwei alten Frauenröcken eingerichtet. Es war, wie sie mit Frieda öfter besprachen, ihr Ehrgeiz, den Herrn Landvermesser nicht zu stören und möglichst wenig Raum zu brauchen, sie machten in dieser Hinsicht, immer freilich unter Lispeln und Kichern, verschiedene Versuche, verschränkten Arme und Beine, kauerten sich gemeinsam zusammen, in der Dämmerung sah man in ihrer Ecke nur ein großes Knäuel. Trotzdem aber wußte man leider aus den Erfahrungen bei Tageslicht, daß es sehr aufmerksame Beobachter waren, immer zu K. herüberstarrten, sei es auch, daß sie in scheinbar kindlichem Spiel etwa ihre Hände als Fernrohre verwendeten und ähnlichen Unsinn trieben oder auch nur herüberblinzelten und hauptsächlich mit der Pflege ihrer Bärte beschäftigt schienen, an denen ihnen sehr viel gelegen war und die sie unzähligemal der Länge und Fülle nach miteinander verglichen und von Frieda beurteilen ließen. Oft sah K. von seinem Bett aus dem Treiben der drei in völliger Gleichgültigkeit zu.

Als er sich nun kräftig genug fühlte, das Bett zu verlassen, eilten alle herbei ihn zu bedienen. So kräftig, sich gegen ihre Dienste wehren zu können, war er noch nicht, er merkte, daß er dadurch in eine gewisse Abhängigkeit von ihnen geriet, die schlechte Folgen haben konnte, aber er mußte es geschehen lassen. Es war auch gar nicht sehr unangenehm, bei Tisch den guten Kaffee zu trinken, den Frieda geholt hatte, sich am Ofen zu wärmen, den Frieda geheizt hatte, die Gehilfen in ihrem Eifer und Ungeschick die Treppen zehnmal hinab- und hinauslaufen zu lassen, um Waschwasser, Seife, Kamm und Spiegel zu bringen und schließlich, weil K. einen leisen, dahin deutbaren Wunsch ausgesprochen hatte, auch ein Gläschen Rum. Inmitten dieses Befehlens und Bedientwerdens sagte K. mehr aus behaglicher Laune, als in der Hoffnung auf einen Erfolg: „Geht nun weg, ihr zwei, ich brauche vorläufig nichts mehr und will allein mit Fräulein Frieda sprechen." Und als er nicht gerade Widerstand auf ihren Gesichtern sah, sagte er noch, um sie zu entschädigen: „Wir drei gehen dann zum Gemeindevorsteher, wartet unten in der Stube auf mich." Merkwürdigerweise folgten sie, nur daß sie vor dem Weggehen noch sagten: „Wir könnten auch hier warten", und K. antwortete: „Ich weiß es, aber ich will es nicht."

Ärgerlich aber und in gewissem Sinne doch auch willkommen war es K., als Frieda, die gleich nach dem Weggehen der Gehilfen sich auf seinen Schoß setzte, sagte: „Was hast du, Liebling, gegen die Gehilfen? Vor ihnen müssen wir keine Geheimnisse haben. Sie sind treu." „Ach treu," sagte K., „sie lauern mir fortwährend auf, es ist sinnlos, aber abscheulich." „Ich glaube dich zu verstehen", sagte sie und hing sich an seinen Hals und wollte noch etwas sagen, konnte aber nicht weiter sprechen und weil der Sessel gleich neben dem Bette stand, schwankten sie hinüber und] fielen hin. Dort lagen sie, aber nicht so hingegeben wie damals in der Nacht. Sie suchte etwas und er suchte etwas, wütend, Grimassen schneidend, sich mit dem Kopf einbohrend in der Brust des andern suchten sie, und ihre Umarmungen und ihre sich aufwerfenden Körper machten sie nicht vergessen, sondern erinnerten sie an die Pflicht zu suchen, wie Hunde verzweifelt im Boden scharren, so scharrten sie an ihren Körpern, und hilflos enttäuscht, um noch letztes Glück zu holen, fuhren manchmal ihre Zungen breit über des andern Gesicht. Erst die Müdigkeit ließ sie still und einander dankbar werden.

Die Mägde kamen dann auch herauf, „sieh, wie die hier liegen", sagte eine und warf aus Mitleid ein Tuch über sie.

Als sich später K. aus dem Tuche freimachte und umhersah, waren - das wunderte ihn nicht - die Gehilfen wieder in ihrer Ecke, ermahnten, mit dem Finger auf K. zeigend, einer den anderen zum Ernst und salutierten - aber außerdem saß dicht beim Bett die Wirtin und strickte an einem Strumpf, eine kleine Arbeit, welche zu ihrer riesigen, das Zimmer fast verdunkelnden Gestalt wenig paßte. „Ich warte schon lange", sagte sie und hob ihr breites, von vielen Altersfalten durchzogenes, aber in seiner großen Masse doch noch glattes, vielleicht einmal schönes Gesicht. Die Worte klangen wie ein Vorwurf, ein unpassender, denn K. hatte ja nicht verlangt, daß sie komme. Er bestätigte daher nur durch Kopfnicken ihre Worte und setzte sich aufrecht. Auch Frieda stand auf, verließ aber K. und lehnte sich an den Sessel der Wirtin. „Könnte nicht, Frau Wirtin," sagte K. zerstreut, „das, was Sie mir sagen wollen, aufgeschoben werden, bis ich vom Gemeindevorsteher zurückkomme. Ich habe eine wichtige Besprechung dort." „Diese ist wichtiger, glauben Sie mir, Herr Landvermesser," sagte die Wirtin, „dort handelt es sich wahrscheinlich nur um eine Arbeit, hier aber handelt es sich um einen Menschen, um Frieda, meine liebe Magd." „Ach so," sagte K., „dann freilich, nur weiß ich nicht, warum man diese Angelegenheit nicht uns beiden überläßt." „Aus Liebe, aus Sorge", sagte die Wirtin und zog Friedas Kopf, die stehend nur bis zur Schulter der sitzenden Wirtin reichte, an sich. „Da Frieda zu Ihnen ein solches Vertrauen hat," sagte K., „kann auch ich nicht anders. Und da Frieda erst vor kurzem meine Gehilfen treu genannt hat, so sind wir ja Freunde unter uns. Dann kann ich Ihnen also, Frau Wirtin, sagen, daß ich es für das beste halten würde, wenn Frieda und ich heiraten, und zwar sehr bald. Leider, leider werde ich Frieda dadurch nicht ersetzen können, was sie durch mich verloren hat, die Stellung im Herrenhof und die Freundschaft Klamms." Frieda hob ihr Gesicht, ihre Augen waren voll Tränen, nichts von Sieghaftigkeit war in ihnen. „Warum ich? Warum bin ich gerade dazu auserkoren?" „Wie?" fragten K. und die Wirtin gleichzeitig. „Sie ist verwirrt, das arme Kind," sagte die Wirtin, „verwirrt vom Zusammentreffen zu vielen Glücks und Unglücks." Und wie zur Bestätigung dieser Worte stürzte sich Frieda jetzt auf K., küßte ihn wild, als sei niemand sonst im Zimmer und fiel dann weinend, immer noch ihn umarmend, vor ihm in die Knie. Während K. mit beiden Händen Friedas Haar streichelte, fragte er die Wirtin: „Sie scheinen mir recht zu geben?" „Sie sind ein Ehrenmann", sagte die Wirtin, auch sie hatte Tränen in der Stimme, sah ein wenig verfallen aus und atmete schwer, trotzdem fand sie noch die Kraft zu sagen: „Es werden jetzt nur gewisse Sicherungen zu bedenken sein, die Sie Frieda geben müssen, denn wie groß auch nun meine Achtung vor Ihnen ist, so sind Sie doch ein Fremder, können sich auf niemanden berufen, Ihre häuslichen Verhältnisse sind hier unbekannt. Sicherungen sind also nötig, das werden Sie einsehen, lieber Herr Landvermesser, haben Sie doch selbst hervorgehoben, wieviel Frieda durch die Verbindung mit Ihnen immerhin auch verliert." „Gewiß, Sicherungen, natürlich," sagte K., „die werden wohl am besten vor dem Notar gegeben werden, aber auch andere gräfliche Behörden werden sich ja vielleicht noch einmischen. Übrigens habe auch ich noch vor der Hochzeit unbedingt etwas zu erledigen. Ich muß mit Klamm sprechen." „Das ist unmöglich," sagte Frieda, erhob sich ein wenig und drückte sich an K., „was für ein Gedanke!" „Es muß sein," sagte K. „wenn es mir unmöglich ist, es zu erwirken, mußt du es tun." „Ich kann nicht, K., ich kann nicht," sagte Frieda, „niemals wird Klamm mit dir reden. Wie kannst du nur glauben, daß Klamm mit dir reden wird!" „Und mit dir würde er reden?" fragte K. „Auch nicht," sagte Frieda, „nicht mit dir, nicht mit mir, es sind bare Unmöglichkeiten." Sie wandte sich an die Wirtin mit ausgebreiteten Armen: „Sehen Sie nur, Frau Wirtin, was er verlangt." „Sie sind eigentümlich, Herr Landvermesser", sagte die Wirtin und war erschreckend, wie sie jetzt aufrechter dasaß, die Beine auseinandergestellt, die mächtigen Knie vorgetrieben durch den dünnen Rock. „Sie verlangen Unmögliches." „Warum ist es unmöglich?" fragte K. „Das werde ich Ihnen erklären", sagte die Wirtin in einem Ton, als sei diese Erklärung nicht etwa eine letzte Gefälligkeit, sondern schon die erste Strafe, die sie austeilte, „das werde ich Ihnen gern erklären. Ich gehöre zwar nicht zum Schloß und bin nur eine Frau und bin nur eine Wirtin, hier in einem Wirtshaus letzten Ranges - es ist nicht letzten Ranges, aber nicht weit davon - und so könnte es sein, daß Sie meiner Erklärung nicht viel Bedeutung beilegen, aber ich habe in meinem Leben die Augen offen gehabt und bin mit vielen Leuten zusammengekommen und habe die ganze Last der Wirtschaft allein getragen, denn mein Martin ist zwar ein guter

Junge, aber ein Gastwirt ist er nicht und was Verantwortlichkeit ist, wird er nie begreifen. Sie z.B. verdanken es doch nur seiner Nachlässigkeit - ich war an dem Abend schon müde zum Zusammenbrechen - daß Sie hier im Dorf sind, daß Sie hier auf dem Bett in Frieden und Behagen sitzen." „Wie?" fragte K., aus einer gewissen Zerstreutheit aufwachend, aufgeregt mehr von der Neugierde, als von Ärger. „Nur seiner Nachlässigkeit verdanken Sie es", rief die Wirtin nochmals mit gegen K. ausgestrecktem Zeigefinger. Frieda suchte sie zu beschwichtigen. „Was willst du", sagte die Wirtin mit rascher Wendung des ganzen Leibes. „Der Herr Landvermesser hat mich gefragt und ich muß ihm antworten. Wie soll er es denn sonst verstehen, was uns selbstverständlich ist, daß Herr Klamm niemals mit ihm sprechen wird, was sage ich „wird", niemals mit ihm sprechen kann. Hören Sie, Herr Landvermesser. Herr Klamm ist ein Herr aus dem Schloß, das bedeutet schon an und für sich, ganz abgesehen von Klamms sonstiger Stellung, einen sehr hohen Rang. Was sind nun aber Sie, um dessen Heiratseinwilligung wir uns hier so demütig bewerben. Sie sind nicht aus dem Schloß, Sie sind nicht aus dem Dorfe, Sie sind nichts. Leider aber sind Sie doch etwas, ein Fremder, einer, der überzählig und überall im Weg ist, einer, wegen dessen man immerfort Scherereien hat, wegen dessen man die Mägde ausquartieren muß, einer, dessen Absichten unbekannt sind, einer der unsere liebste kleine Frieda verführt hat und dem man sie leider zur Frau geben muß. Wegen alles dessen mache ich Ihnen ja im Grunde keine Vorwürfe. Sie sind, was Sie sind, ich habe in meinem Leben schon zuviel gesehen, als daß ich nicht noch diesen Anblick ertragen sollte. Nun aber stellen Sie sich vor, was Sie eigentlich verlangen. Ein Mann wie Klamm soll mit Ihnen sprechen. Mit Schmerz habe ich gehört, daß Frieda Sie hat durchs Guckloch schauen lassen, schon als sie das tat, war sie von Ihnen verführt. Sagen Sie doch, wie haben Sie überhaupt Klamms Anblick ertragen? Sie müssen nicht antworten, ich weiß es, Sie haben ihn sehr gut ertragen. Sie sind ja gar nicht imstande, Klamm wirklich zu sehen, das ist nicht Überhebung meinerseits, denn ich selbst bin es auch nicht imstande. Klamm soll mit Ihnen sprechen, aber er spricht doch nicht einmal mit Leuten aus dem Dorf, noch niemals hat er selbst mit jemandem aus dem Dorf gesprochen. Es war ja die große Auszeichnung Friedas, eine Auszeichnung, die mein Stolz sein wird bis an mein Ende, daß er wenigstens Friedas Namen zu rufen pflegte und daß sie zu ihm sprechen konnte nach Belieben und die Erlaubnis des Gucklochs bekam, gesprochen aber hat er auch mit ihr nicht. Und daß er Frieda manchmal rief, muß gar nicht die Bedeutung haben, die man dem gerne zusprechen möchte, er rief einfach den Namen Frieda - wer kennt seine Absichten? - daß Frieda natürlich eilends kam, war ihre Sache, und daß sie ohne Widerspruch zu ihm zugelassen wurde, war Klamms Güte, aber daß er sie geradezu gerufen hätte, kann man nicht behaupten. Freilich, nun ist auch das, was war, für immer dahin. Vielleicht wird Klamm noch den Namen Frieda rufen, das ist möglich, aber zugelassen wird sie zu ihm gewiß nicht mehr, ein Mädchen, das sich mit Ihnen abgegeben hat. Und nur eines, nur eines kann ich nicht verstehen mit meinem armen Kopf, daß ein Mädchen, von dem man sagte, es sei Klamms Geliebte - ich halte das übrigens für eine sehr übertriebene Bezeichnung - sich von Ihnen auch nur berühren ließ."

„Gewiß, das ist merkwürdig", sagte K. und nahm Frieda, die sich, wenn auch mit gesenktem Kopf, gleich fügte, zu sich auf den Schoß, „es beweist aber, glaube ich, daß sich auch sonst nicht alles genau so verhält, wie Sie glauben. So haben Sie z.B. gewiß recht, wenn Sie sagen, daß ich vor Klamm ein Nichts bin, und wenn ich jetzt auch verlange, mit Klamm zu sprechen, und nicht einmal durch Ihre Erklärungen davon abgebracht bin, so ist damit noch nicht gesagt, daß ich imstande bin, den Anblick Klamms ohne dazwischenstehende Tür auch nur zu ertragen, und ob ich nicht schon bei seinem Erscheinen aus dem Zimmer renne. Aber eine solche, wenn auch berechtigte Befürchtung ist für mich noch kein Grund, die Sache nicht doch zu wagen. Gelingt es mir aber, ihm standzuhalten, dann ist es gar nicht nötig, daß er mit mir spricht, es genügt mir, wenn ich den Eindruck sehe, den meine Worte auf ihn machen, und machen sie keinen oder hört er sie gar nicht, habe ich doch den Gewinn, frei vor einem Mächtigen gesprochen zu haben. Sie aber, Frau Wirtin, mit Ihrer großen Lebens- und Menschenkenntnis, und Frieda, die noch gestern [96] Klamms Geliebte war - ich sehe keinen Grund, von diesem Wort abzugehen - können mir gewiß leicht die Gelegenheit verschaffen, mit Klamm zu sprechen; ist es auf keine andere Weise möglich, dann eben im Herrenhof, vielleicht ist er auch heute noch dort."

„Es ist unmöglich," sagte die Wirtin, „und ich sehe, daß Ihnen die Fähigkeit fehlt, es zu begreifen. Aber sagen Sie doch, worüber wollen Sie denn mit Klamm sprechen?"

„Über Frieda natürlich", sagte K.

„Über Frieda?" fragte die Wirtin verständnislos und wandte sich an Frieda, „hörst du, Frieda, über dich will er, er, mit Klamm, mit Klamm sprechen."

„Ach," sagte K., „Sie sind, Frau Wirtin, eine so kluge, achtung-einflößende Frau und doch erschreckt Sie jede Kleinigkeit. Nun also, ich will über Frieda mit ihm sprechen, das ist doch nicht so sehr ungeheuerlich als vielmehr selbstverständlich. Und Sie irren gewiß auch, wenn Sie glauben, daß Frieda von dem Augenblick an, wo ich auftrat, für Klamm bedeutungslos geworden ist. Sie unterschätzen ihn, wenn Sie das glauben. Ich fühle gut, daß es anmaßend von mir ist, Sie in dieser Hinsicht belehren zu wollen, aber ich muß es doch tun. Durch mich kann in Klamms Beziehung zu Frieda nichts geändert worden sein. Entweder bestand keine wesentliche Beziehung - das sagen eigentlich diejenigen, welche Frieda den Ehrenmann Geliebte nehmen - nun dann besteht sie auch heute nicht; oder aber sie bestand, wie könnte sie dann durch mich, wie Sie richtig sagten, ein Nichts in Klamms Augen, wie könnte sie dann durch mich gestört sein. Solche Dinge glaubt man im ersten Augenblick des Schreckens, aber schon die kleinste Überlegung muß das richtigstellen. Lassen wir übrigens doch Frieda ihre Meinung hierzu sagen."

Mit in die Ferne schweifendem Blick, die Wange an K.s Brust, sagte Frieda: „Es ist gewiß, wie Mutter sagt: Klamm will nichts mehr von mir wissen. Aber freilich nicht deshalb, weil du, Liebling, kamst, nichts Derartiges hätte ihn erschüttern können. Wohl aber, glaube ich, ist es sein Werk, daß wir uns dort unter dem Pult zusammengefunden haben, gesegnet, nicht verflucht sei die Stunde." „Wenn es so ist," sagte K. langsam, denn süß waren Friedas Worte, er schloß ein paar Sekunden lang die Augen, um sich von den Worten durchdringen zu lassen, „wenn es so ist, ist noch weniger Grund, sich vor einer Aussprache mit Klamm zu fürchten."

„Wahrhaftig," sagte die Wirtin und sah K. von hoch herab an, „Sie erinnern mich manchmal an meinen Mann, so trotzig und kindlich wie er sind auch Sie. Sie sind ein paar Tage im Ort und schon wollen Sie alles besser kennen als die Eingeborenen, besser als ich alte Frau und als Frieda, die im Herrenhof so viel gesehen und gehört hat. Ich leugne nicht, daß es möglich ist, einmal auch etwas ganz gegen die Vorschriften und gegen das Althergebrachte zu erreichen, ich habe etwas Derartiges nicht erlebt, aber es gibt angeblich Beispiele dafür, mag sein, aber dann geschieht es gewiß nicht auf die Weise, wie Sie es tun, indem man immerfort nein nein sagt und nur auf seinen Kopf schwört und die wohlmeinendsten Ratschläge überhört. Glauben Sie denn, meine Sorge gilt Ihnen? Habe ich mich um Sie gekümmert, solange Sie allein waren? Trotzdem es gut gewesen wäre und manches sich hätte vermeiden lassen? Das einzige, was ich damals meinem Mann über Sie sagte, war: ,Halt dich von ihm fern'. Das hätte auch heute noch für mich gegolten, wenn nicht Frieda jetzt in Ihr Schicksal mit hineingezogen worden wäre. Ihr verdanken Sie - ob es Ihnen gefällt oder nicht - meine Sorgfalt, ja sogar meine Beachtung. Und Sie dürfen mich nicht einfach abweisen, weil Sie mir, der einzigen, die über der kleinen Frieda mit mütterlicher Sorge wacht, streng verantwortlich sind. Möglich, daß Frieda recht hat und alles, was geschehen ist, der Wille Klamms ist, aber von Klamm weiß ich jetzt nichts, ich werde niemals mit ihm sprechen, er ist mir gänzlich unerreichbar, Sie aber sitzen hier, halten meine Frieda und werden - warum soll ich es verschweigen? - von mir gehalten. Ja, von mir gehalten, denn versuchen Sie es, junger Mann, wenn ich Sie auch aus dem Hause weise, irgendwo im Dorf ein Unterkommen zu finden, und sei es in einer Hundehütte."

„Danke," sagte K., „das sind offene Worte, und ich glaube Ihnen vollkommen. So unsicher ist also meine Stellung und damit zusammenhängend auch die Stellung Friedas." „Nein," rief die Wirtin wütend dazwischen, „Friedas Stellung hat in dieser Hinsicht gar nichts mit Ihrer zu tun. Frieda gehört zu meinem Haus und niemand hat das Recht, ihre Stellung hier eine unsichere zu nennen."

„Gut, gut," sagte K., „ich gebe Ihnen auch darin recht, besonders da Frieda aus mir unbekannten Gründen zuviel Angst vor Ihnen zu haben scheint, um sich einzumischen. Bleiben wir also vorläufig nur bei mir. Meine Stellung ist höchst unsicher, das leugnen Sie nicht, sondern strengen sich vielmehr an, es zu beweisen. Wie bei allem, was Sie sagen, ist auch dieses nur zum größten Teil richtig, aber nicht ganz. So weiß ich z. B. von einem recht guten Nachtlager, das mir freisteht."

„Wo denn? Wo denn?" riefen Frieda und die Wirtin, so gleichzeitig und so begierig, als hätten sie die gleichen Beweggründe für ihre Frage.

„Bei Barnabas", sagte K.

„Die Lumpen!" rief die Wirtin. „Die abgefeimten Lumpen! Bei Barnabas! Hört ihr -" und sie wandte sich nach der Ecke, die Gehilfen aber waren schon längst hervorgekommen und standen Arm in Arm hinter der Wirtin, die jetzt, als brauche sie einen Halt, die Hand des einen ergriff, „hört ihr, wo sich der Herr herumtreibt, in der Familie des Barnabas! Freilich dort bekommt er ein Nachtlager, ach hätte er es doch lieber dort gehabt als im Herrenhof. Aber wo wart denn ihr?"

„Frau Wirtin," sagte K., noch ehe die Gehilfen antworteten, „es sind meine Gehilfen, Sie aber behandeln sie so, wie wenn es Ihre Gehilfen, aber meine Wächter wären. In allem andern bin ich bereit, höflich über Ihre Meinungen zumindest zu diskutieren, hinsichtlich meiner Gehilfen aber nicht, denn hier liegt die Sache doch zu klar! Ich bitte Sie daher, mit meinen Gehilfen nicht zu sprechen, und wenn meine Bitte nicht genügen sollte, verbiete ich meinen Gehilfen, Ihnen zu antworten."

„Ich darf also nicht mit euch sprechen", sagte die Wirtin und alle drei lachten, die Wirtin spöttisch, aber sanfter, als K. es erwartet hatte, die Gehilfen in ihrer gewöhnlichen, viel und nichts bedeutenden, jede Verantwortung ablehnenden Art. „Werde nur nicht böse," sagte Frieda, „du mußt unsere Aufregung richtig verstehen. Wenn man will, verdanken wir es nur Barnabas, daß wir jetzt einander gehören. Als ich dich zum erstenmal im Ausschank sah - du kamst herein, eingehängt in Olga - wußte ich zwar schon einiges über dich, aber im ganzen warst du mir doch völlig gleichgültig. Nun, nicht nur du warst mir gleichgültig, fast alles, fast alles war mir gleichgültig. Ich war ja auch damals mit vielem unzufrieden und manches ärgerte mich, aber was war das für eine Unzufriedenheit und was für ein Ärger. Es beleidigte mich z. B. einer der Gäste im Ausschank, sie waren ja immer hinter mir her - du hast die Burschen dort gesehen, es kamen aber noch viel ärgere, Klamms Dienerschaft war nicht die ärgste - also einer beleidigte mich, was bedeutete mir das? Es war mir, als sei es vor vielen Jahren geschehen, oder als sei es gar nicht mir geschehen, oder als hätte ich es nur erzählen hören, oder als hätte ich selbst es schon vergessen. Aber ich kann es nicht beschreiben, ich kann es mir nicht einmal mehr vorstellen, so hat sich alles geändert, seitdem Klamm mich verlassen hat." - Und Frieda brach ihre Erzählung ab, traurig senkte sie den Kopf, die Hände hielt sie gefaltet im Schoß.

„Sehen Sie", rief die Wirtin, und sie tat es so, als spreche sie nicht selbst, sondern leihe nur Frieda ihre Stimme, sie rückte auch näher und saß nun knapp neben Frieda, „sehen Sie nun, Herr Landvermesser, die Folgen Ihrer Taten, und auch Ihre Gehilfen, mit denen ich ja nicht sprechen darf, mögen zu ihrer Belehrung zusehen. Sie haben Frieda aus dem glückseligsten Zustand gerissen, der ihr je beschieden war, und es ist Ihnen vor allem deshalb gelungen, weil Frieda mit ihrem kindlich übertriebenen Mitleid es nicht ertragen konnte, daß Sie an Olgas Arm hingen und so der Barnabasschen Familie ausgeliefert schienen. Sie hat Sie gerettet und sich dabei geopfert. Und nun, da es geschehen ist und Frieda alles, was sie hatte, eingetauscht hat für das Glück, auf Ihrem Knie zu sitzen, nun kommen Sie und spielen es als Ihren großen Trumph aus, daß Sie einmal die Möglichkeit hatten, bei Barnabas übernachten zu dürfen. Damit wollen Sie wohl beweisen, daß Sie von mir unabhängig sind. Gewiß, wenn Sie wirklich bei Barnabas übernachtet hätten, wären Sie so unabhängig von mir, daß Sie im Nu, aber allerschleunigst, mein Haus verlassen müßten."

„Ich kenne die Sünden der Barnabasschen Familie nicht", sagte K., während er Frieda, die wie leblos war, vorsichtig aufhob, langsam auf das Bett setzte und selbst aufstand, „vielleicht haben Sie darin recht, aber ganz gewiß hatte ich recht, als ich Sie ersucht habe, unsere Angelegenheiten, Friedas und meine, uns beiden allein zu überlassen. Sie erwähnten damals etwas von Liebe und Sorge, davon habe ich dann aber weiter nicht viel gemerkt, desto mehr aber von Haß und Hohn und Hausverweigerung. Sollten Sie es darauf angelegt haben, Frieda von mir oder mich von Frieda abzubringen, so war es ja recht geschickt gemacht, aber es wird Ihnen doch, glaube ich, nicht gelingen, und wenn es Ihnen gelingen sollte, so werden Sie es - erlauben Sie auch mir einmal eine dunkle Drohung - bitter bereuen. Was die Wohnung betrifft, die Sie mir gewähren - Sie können damit nur dieses abscheuliche Loch meinen - so ist es durchaus nicht gewiß, daß Sie es aus eigenem Willen tun, vielmehr scheint darüber eine Weisung der gräflichen Behörde vorzuliegen. Ich werde nun dort melden, daß mir hier gekündigt worden ist - und wenn man mir dann eine andere Wohnung zuweist, werden Sie wohl befreit aufatmen, ich aber noch tiefer. Und nun gehe ich in dieser und in anderen Angelegenheiten zum Gemeindevorsteher, bitte, nehmen Sie sich wenigstens Friedas an, die

Sie mit Ihren sozusagen mütterlichen Reden übel genug zugerichtet haben."

Dann wandte er sich an die Gehilfen. „Kommt", sagte er, nahm den Klammschen Brief vom Haken und wollte gehn. Die Wirtin hatte ihm schweigend zugesehen, erst als er die Hand schon auf der Türklinke hatte, sagte sie: „Herr Landvermesser, noch etwas gebe ich Ihnen mit auf den Weg, denn welche Reden Sie auch führen mögen und wie Sie mich auch beleidigen wollen, mich alte Frau, so sind Sie doch Friedas künftiger Mann. Nur deshalb sage ich es Ihnen, daß Sie hinsichtlich der hiesigen Verhältnisse entsetzlich unwissend sind, der Kopf schwirrt einem, wenn man Ihnen zuhört und wenn man das, was Sie sagen und meinen, in Gedanken mit der wirklichen Lage vergleicht. Zu verbessern ist diese Unwissenheit nicht mit einem Male und vielleicht gar nicht, aber vieles kann besser werden, wenn Sie mir nur ein wenig glauben und sich diese Unwissenheit immer vor Augen halten. Sie werden dann z. B. sofort gerechter gegen mich werden und zu ahnen beginnen, was für einen Schrecken ich durchgemacht habe - und die Folgen des Schreckens halten noch an -, als ich erkannt habe, daß meine liebste Kleine gewissermaßen den Adler verlassen hat, um sich der Blindschleiche zu verbinden, aber das wirkliche Verhältnis ist ja noch viel schlimmer, und ich muß es immerfort zu vergessen suchen, sonst könnte ich kein ruhiges Wort mit Ihnen sprechen. Ach nun sind Sie wieder böse. Nein, gehen Sie noch nicht, nur diese Bitte hören Sie noch an: Wohin Sie auch kommen, bleiben Sie sich dessen bewußt, daß Sie hier der Unwissendste sind und seien Sie vorsichtig; hier bei uns, wo Friedas Gegenwart Sie vor Schaden schützt, mögen Sie sich dann das Herz frei schwätzen, hier können Sie uns dann z. B. zeigen, wie Sie mit Klamm zu sprechen beabsichtigen, nur in Wirklichkeit, nur in Wirklichkeit, bitte, bitte, tun Sie's nicht."

Sie stand auf, ein wenig schwankend vor Aufregung, ging zu K., faßte seine Hand und sah ihn bittend an. „Frau Wirtin," sagte K., „ich verstehe nicht, warum Sie wegen einer solchen Sache sich dazu erniedrigen, mich zu bitten. Wenn es, wie Sie sagen, für mich unmöglich ist, mit Klamm zu sprechen, so werde ich es eben nicht erreichen, ob man mich bittet oder nicht. Wenn es aber doch möglich sein sollte, warum soll ich es dann nicht tun, besonders da dann mit dem Wegfall Ihres Haupteinwandes auch Ihre weiteren Befürchtungen sehr fraglich werden.

Freilich, unwissend bin ich, die Wahrheit bleibt jedenfalls bestehen, und das ist sehr traurig für mich, aber es hat doch auch den Vorteil, daß der Unwissende mehr wagt, und deshalb will ich die Unwissenheit und ihre gewiß schlimmen Folgen gerne noch ein Weilchen tragen, solange die Kräfte reichen. Diese Folgen aber treffen doch im wesentlichen nur mich, und deshalb vor allem verstehe ich nicht, warum Sie bitten. Für Frieda werden Sie doch gewiß immer sorgen, und verschwinde ich gänzlich aus Friedas Gesichtskreis, kann es doch in Ihrem Sinn nur ein Glück bedeuten. Was fürchten Sie also? Sie fürchten doch nicht etwa - dem Unwissenden scheint alles möglich", hier öffnete K. schon die Tür - „Sie fürchten doch nicht etwa für Klamm?" Die Wirtin sah ihm schweigend nach, wie er die Treppe hinabeilte und die Gehilfen ihm folgten.

Das fünfte Kapitel

Die Besprechung mit dem Vorsteher machte K. zu seiner eigenen Verwunderung wenig Sorgen. Er suchte es sich dadurch zu erklären, daß nach seinen bisherigen Erfahrungen der amtliche Verkehr mit den gräflichen Behörden für ihn sehr einfach gewesen war. Das lag einerseits daran, daß hinsichtlich der Behandlung seiner Angelegenheit offenbar ein für allemal ein bestimmter, äußerlich ihm sehr günstiger Grundsatz ausgegeben worden war, und andererseits lag es an der bewunderungswürdigen Einheitlichkeit des Dienstes, die man besonders dort, wo sie scheinbar nicht vorhanden war, als eine besonders vollkommene ahnte. K. war, wenn er manchmal nur an diese Dinge dachte, nicht weit davon entfernt, seine Lage zufriedenstellend zu finden, trotzdem er sich immer nach solchen Anfällen des Behagens schnell sagte, daß gerade darin die Gefahr lag. Der direkte Verkehr mit den Behörden war ja nicht allzu schwer, denn die Behörden hatten, so gut sie auch organisiert sein mochten, immer nur im Namen entlegener unsichtbarer Herrn entlegene unsichtbare Dinge zu verteidigen, während K. für etwas lebendigst Nahes kämpfte, für sich selbst, überdies zumindest in der allerersten Zeit aus eigenem Willen, denn er war der Angreifer, und nicht nur er kämpfte für sich, sondern offenbar noch andere Kräfte, die er nicht kannte, aber an die er nach den Maßnahmen der Behörden glauben konnte.

Dadurch nun aber, daß die Börden K. von vornherein in unwesentlichen Dingen, um mehr hatte es sich bisher nicht gehandelt, weit entgegenkamen, nahmen sie ihm die Möglichkeit kleiner leichter Siege, und mit dieser Möglichkeit auch die zugehörige Genugtuung und die aus ihr sich ergebende gut begründete Sicherheit für weitere größere Kämpfe. Statt dessen ließen sie K., allerdings nur innerhalb des Dorfes, überall durchgleiten, wo er wollte, verwöhnten und schwächten ihn dadurch, schalteten hier überhaupt jeden Kampf aus und verlegten ihn dafür in das außeramtliche, völlig unübersichtliche, trübe, fremdartige Leben. Auf diese Weise konnte es, wenn er nicht immer auf der Hut war, wohl geschehen, daß er eines Tages trotz aller Liebenswürdigkeit der Behörden und trotz der vollständigen Erfüllung aller so übertrieben leichten Verpflichtungen, getäuscht durch die ihm erwiesene scheinbare Gunst, sein sonstiges Leben so unvorsichtig führte, daß er hier zusammenbrach und die Behörde noch immer sanft und freundlich, gleichsam gegen ihren Willen, aber im Namen irgendeiner ihm unbekannten öffentlichen Ordnung kommen mußte, um ihn aus dem Weg zu räumen. Und was war es eigentlich hier, jenes sonstige Leben? Nirgends noch hatte K. Amt und Leben so verflochten gesehen wie hier, so verflochten, daß es manchmal scheinen konnte, Amt und Leben hätten ihre Plätze gewechselt. Was bedeutete z. B. die bis jetzt nur formelle Macht, welche Klamm über K.s Dienst ausübte, verglichen mit der Macht, die Klamm in K.s Schlafkammer in aller Wirklichkeit hatte. So kam es, daß hier ein etwas leichtsinniges Verfahren, eine gewisse Entspannung nur direkt gegenüber den Behörden am Platze, sonst aber immer große Vorsicht nötig war, ein Herumblicken nach allen Seiten vor jedem Schritt.

Seine Auffassung der hiesigen Behörden fand K. zunächst beim Vorsteher sehr bestätigt. Der Vorsteher, ein freundlicher, dicker, glattrasierter Mann, war krank, hatte einen schweren Gichtanfall und empfing K. im Bett. „Da ist also unser Herr Landvermesser", sagte er, wollte sich zur Begrüßung aufrichten, konnte es aber nicht zustandebringen und warf sich, entschuldigend auf die Beine zeigend, wieder zurück in die Kissen. Eine stille, im Dämmerlicht des kleinfenstrigen, durch Vorhänge noch verdunkelten Zimmers fast schattenhafte Frau brachte K. einen Sessel und stellte ihn zum Bett. „Setzen Sie sich, setzen Sie sich, Herr Landvermesser," sagte der Vorsteher, „und sagen Sie mir Ihre Wünsche." K. las den Brief

Klamms vor und knüpfte einige Bemerkungen daran. Wieder hatte er das Gefühl der außerordentlichen Leichtigkeit des Verkehrs mit den Behörden.

Sie trugen förmlich jede Last, alles konnte man ihnen auferlegen und selbst blieb man unberührt und frei. Als fühle das in seiner Art auch der Vorsteher, drehte er sich unbehaglich im Bett. Schließlich sagte er: „Ich habe, Herr Landvermesser, wie Sie ja gemerkt haben, von der ganzen Sache gewußt. Daß ich selbst noch nichts veranlaßt habe, hat seinen Grund erstens in meiner Krankheit und dann darin, daß Sie so lange nicht kamen, ich dachte schon, Sie seien von der Sache abgekommen. Nun aber, da Sie so freundlich sind, mich selbst aufzusuchen, muß ich Ihnen freilich die volle, unangenehme Wahrheit sagen. Sie sind als Landvermesser aufgenommen, wie Sie sagen, aber, leider, wir brauchen keinen Landvermesser. Es wäre nicht die geringste Arbeit für ihn da. Die Grenzen unserer kleinen Wirtschaften sind abgesteckt, alles ist ordentlich eingetragen. Besitzwechsel kommt kaum vor und kleine Grenzstreitigkeiten regeln wir selbst. Was soll uns also ein Landvermesser?" K. war, ohne daß er allerdings früher darüber nachgedacht hätte, im Innersten davon überzeugt, eine ähnliche Mitteilung erwartet zu haben. Eben deshalb konnte er gleich sagen: „Das überrascht mich sehr. Das wirft alle meine Berechnungen über den Haufen. Ich kann nur hoffen, daß ein Mißverständnis vorliegt." „Leider nicht," sagte der Vorsteher, „es ist so, wie ich sage." „Aber wie ist das möglich," rief K. „ich habe doch diese endlose Reise nicht gemacht, um jetzt wieder zurückgeschickt zu werden." „Das ist eine andere Frage," sagte der Vorsteher, „die ich nicht zu entscheiden habe aber wie jenes Mißverständnis möglich war, das kann ich Ihnen allerdings erklären. In einer so großen Behörde wie der gräflichen kann es einmal vorkommen, daß eine Abteilung dieses angeordnet, die andere jenes, keine weiß von der anderen, die übergeordnete Kontrolle ist zwar äußerst genau, kommt aber ihrer Natur nach zu spät, und so kann immerhin eine kleine Verwirrung entstehen. Immer sind es freilich nur winzigste Kleinigkeiten wie z. B. Ihr Fall. In großen Dingen ist mir noch kein Fehler bekannt geworden, aber auch die Kleinigkeiten sind oft peinlich genug. Was nun Ihren Fall betrifft, so will ich Ihnen, ohne Amtsgeheimnisse zu machen - dazu bin ich nicht genug Beamter, ich bin Bauer und dabei bleibt es -, den Hergang offen erzählen.

Vor langer Zeit, ich war damals erst einige Monate Vorsteher, kam ein Erlaß, ich weiß nicht mehr von welcher Abteilung, in welchem in der den Herren dort eigentümlichen kategorischen Art mitgeteilt war, daß ein Landvermesser berufen werden solle, und der Gemeinde aufgetragen war, alle für seine Arbeiten notwendigen Pläne und Aufzeichnungen bereitzuhalten. Dieser Erlaß kann natürlich nicht Sie betroffen haben, denn das war vor vielen Jahren und ich hätte mich nicht daran erinnert, wenn ich nicht jetzt krank wäre und im Bett über die lächerlichsten Dinge nachzudenken Zeit genug hätte. – Mizzi," sagte er, plötzlich seinen Bericht unterbrechend, zu der Frau, die noch immer in unverständlicher Tätigkeit durch das Zimmer huschte, „bitte, sieh dort im Schrank nach, vielleicht findest du den Erlaß." „Er ist nämlich", sagte er erklärend zu K., „aus meiner ersten Zeit, damals habe ich noch alles aufgehoben." Die Frau öffnete gleich den Schrank. K. und der Vorsteher sahen zu. Der Schrank war mit Papieren vollgestopft. Beim Öffnen rollten zwei große Aktenbündel heraus, welche rund gebunden waren, so wie man Brennholz zu binden pflegt; die Frau sprang erschrocken zur Seite. „Unten dürfte es sein, unten", sagte der Vorsteher, vom Bett aus dirigierend. Folgsam warf die Frau, mit beiden Armen die Akten zusammenfassend, alles aus dem Schrank, um zu den unteren Papieren zu gelangen. Die Papiere bedeckten schon das halbe Zimmer. „Viel Arbeit ist geleistet worden," sagte der Vorsteher nickend, „und das ist nur ein kleiner Teil. Die Hauptmasse habe ich in der Scheune aufbewahrt und der größte Teil ist allerdings verlorengegangen. Wer kann das alles zusammenhalten! In der Scheune ist aber noch sehr viel." „Wirst du den Erlaß finden können?" wandte er sich dann wieder zu seiner Frau, „du mußt einen Akt suchen, auf dem das Wort Landvermesser blau unterstrichen ist." „Es ist zu dunkel hier," sagte die Frau, „ich werde eine Kerze holen", und sie ging über die Papiere hinweg aus dem Zimmer. „Meine Frau ist mir eine große Stütze", sagte der Vorsteher, „in dieser schweren Amtsarbeit, die doch nur nebenbei geleistet werden muß. Ich habe zwar für die schriftlichen Arbeiten noch eine Hilfskraft, den Lehrer, aber es ist trotzdem unmöglich, fertig zu werden, es bleibt immer viel Unerledigtes zurück, das ist dort in jenem Kasten gesammelt", und er zeigte auf einen anderen Schrank. „Und gar, wenn ich jetzt krank bin, nimmt es überhand", sagte er und legte sich müde, aber doch auch stolz zurück. „Könnte ich nicht", sagte K., als die Frau mit der Kerze zurückgekommen war und vor dem Kasten kniend den Erlaß suchte, „Ihrer Frau beim Suchen helfen?" Der Vorsteher schüttelte lächelnd den Kopf: „Wie ich schon sagte, ich habe keine Amtsgeheimnisse vor Ihnen, aber Sie selbst in den Akten suchen zu lassen, so weit kann ich denn doch nicht gehen." Es wurde jetzt still im Zimmer, nur das Rascheln der Papiere war zu hören, der Vorsteher schlummerte vielleicht sogar ein wenig. Ein leises Klopfen an der Tür ließ K. sich umdrehen. Es waren natürlich die Gehilfen. Immerhin waren sie schon ein wenig erzogen, stürmten nicht gleich ins Zimmer, sondern flüsterten zunächst durch die ein wenig geöffnete Tür: „Es ist uns kalt draußen." „Wer ist es?" fragte der Vorsteher aufschreckend. „Es sind nur meine Gehilfen," sagte K., „ich weiß nicht, wo ich sie auf mich warten lassen soll, draußen ist es zu kalt, und hier sind sie lästig." „Mich stören sie nicht," sagte der Vorsteher freundlich, „lassen Sie sie hereinkommen. Übrigens kenne ich sie ja. Alte Bekannte." „Mir aber sind sie lästig", sagte K. offen, ließ den Blick von den Gehilfen zum Vorsteher und wieder zurück zu den Gehilfen wandern und fand aller drei Lächeln ununterscheidbar gleich. „Wenn Ihr aber nun schon hier seid," sagte er versuchsweise, „so bleibt und helft dort der Frau Vorsteher einen Akt suchen, auf dem das Wort Landvermesser blau unterstrichen ist." Der Vorsteher erhob keinen Widerspruch. Was K. nicht durfte, die Gehilfen durften es, sie warfen sich auch gleich auf die Papiere, aber sie wühlten mehr in den Haufen, als daß sie suchten, und während einer eine Schrift buchstabierte, riß sie ihm der andere immer aus der Hand. Die Frau dagegen kniete vor dem leeren Kasten, sie schien gar nicht mehr zu suchen, jedenfalls stand die Kerze sehr weit von ihr. „Die Gehilfen," sagte der Vorsteher mit einem selbstzufriedenen Lächeln, so, als gehe alles auf seine Anordnungen zurück, aber niemand sei imstande, das auch nur zu vermuten, „sie sind Ihnen also lästig, aber es sind doch Ihre eigenen Gehilfen." „Nein," sagte K. kühl, „sie sind mir erst hier zugelaufen." „Wie denn, zugelaufen" sagte er, „zugeteilt worden, meinen Sie wohl." „Nun denn zugeteilt worden," sagte K. „sie könnten aber ebensogut herabgeschneit sein, so bedenkenlos war diese Zuteilung." „Bedenkenlos geschieht hier nichts", sagte der Vorsteher, vergaß sogar den Fußschmerz und setzte sich aufrecht. „Nichts," sagte K., „und wie verhält es sich mit meiner Berufung?"

„Auch Ihre Berufung war wohlerwogen," sagte der Vorsteher, „nur Nebenumstände haben verwirrend eingegriffen, ich werde es Ihnen an der Hand der Akten nachweisen." „Die Akten werden ja nicht gefunden werden", sagte K. „Nicht gefunden?" rief der Vorsteher, „Mizzi, bitte, such ein wenig schneller! Ich kann Ihnen jedoch die Geschichte auch ohne Akten erzählen. Jenen Erlaß, von dem ich schon sprach, beantworteten wir dankend damit, daß wir keinen Landvermesser brauchen. Diese Antwort scheint aber nicht an die ursprüngliche Abteilung, ich will sie A nennen, zurückgelangt zu sein, sondern irrtümlicherweise an eine andere Abteilung B. Die Abteilung A blieb also ohne Antwort, aber leider bekam auch B nicht unsere ganze Antwort; sei es, daß der Akteninhalt bei uns zurückgeblieben war, sei es, daß er auf dem Weg verlorengegangen ist - in der Abteilung selbst gewiß nicht, dafür will ich bürgen - jedenfalls kam auch in der Abteilung B nur ein Aktenumschlag an, auf dem nichts weiter vermerkt war, als daß der einliegende, leider in Wirklichkeit fehlende Akt von der Berufung eines Landvermessers handle. Die Abteilung A wartete inzwischen auf unsere Antwort, sie hatte zwar Vormerke über die Angelegenheit, aber wie das begreiflicherweise öfters geschieht und bei der Präzision aller Erledigungen geschehen darf, verließ sich der Referent darauf, daß wir antworten würden und daß er dann entweder den Landvermesser berufen oder nach Bedürfnis weiter über die Sache mit uns korrespondieren würde. Infolgedessen vernachlässigte er die Vormerke und das Ganze geriet bei ihm in Vergessenheit. In der Abteilung B kam aber der Aktenumschlag an einen wegen seiner Gewissenhaftigkeit berühmten Referenten, Sordini heißt er, ein Italiener, es ist selbst mir, einem Eingeweihten, unbegreiflich, warum ein Mann von seinen Fähigkeiten in der fast untergeordneten Stellung gelassen wird. Dieser Sordini schickte uns natürlich den leeren Aktenumschlag zur Ergänzung zurück. Nun waren aber seit jenem ersten Schreiben der Abteilung A schon viele Monate, wenn nicht Jahre vergangen, begreiflicherweise, denn wenn, wie es die Regel ist, ein Akt den richtigen Weg geht, gelangt er an seine Abteilung spätestens in einem Tag und wird am gleichen Tag noch erledigt, wenn er aber einmal den Weg verfehlt, und er muß bei der Vorzüglichkeit der Organisation den falschen Weg förmlich mit Eifer suchen, sonst findet er ihn nicht, dann, dann dauert es freilich sehr lange. Als wir daher Sordinis Note bekamen, konnten wir uns an die Angelegenheit nur noch ganz unbestimmt erinnern, wir waren damals nur zwei für die Arbeit, Mizzi und ich, der Lehrer war damals noch nicht zugeteilt, Kopien bewahrten wir nur in den wichtigsten Angelegenheiten auf - wir konnten nur sehr unbestimmt antworten, daß wir von einer solchen Berufung nichts wüßten und daß nach einem Landvermesser bei uns kein Bedarf sei." „Aber", unterbrach sich hier der Vorsteher, als sei er im Eifer des Erzählens zu weit gegangen oder als sei es wenigstens möglich, daß er zu weit gegangen sei, „langweilt Sie die Geschichte nicht?"

„Nein," sagte K. „sie unterhält mich."

Darauf der Vorsteher: „Ich erzähle es Ihnen nicht zur Unterhaltung."

„Es unterhält mich nur dadurch," sagte K., „daß ich einen Einblick in das lächerliche Gewirre bekomme, welches unter Umständen über die Existenz eines Menschen entscheidet."

„Sie haben noch keinen Einblick bekommen," sagte ernst der Vorsteher, „und ich kann Ihnen weitererzählen. Von unserer Antwort war natürlich ein Sordini nicht befriedigt. Ich bewundere den Mann, trotzdem er für mich eine Qual ist. Er mißtraut nämlich jedem, auch wenn er z. B. irgend jemanden bei unzähligen Gelegenheiten als den vertrauenswürdigsten Menschen kennengelernt hat, mißtraut er ihm bei der nächsten Gelegenheit, wie wenn er ihn gar nicht kennen würde oder richtiger, wie wenn er ihn als Lumpen kennen würde. Ich halte das für richtig, ein Beamter muß so vorgehen, leider kann ich diesen Grundsatz meiner Natur nach nicht befolgen, Sie sehen ja, wie ich Ihnen, einem Fremden, alles offen vorlege, ich kann eben nicht anders. Sordini dagegen faßte unserer Antwort gegenüber sofort Mißtrauen. Es entwickelte sich nun eine große Korrespondenz. Sordini fragte, warum es mir plötzlich eingefallen sei, daß kein Landvermesser berufen werden solle, ich antwortete mit Hilfe von Mizzis ausgezeichnetem Gedächtnis, daß doch die erste Anregung vom Amt selbst ausgegangen sei (daß es sich um eine andere Abteilung handelte, hatten wir natürlich schon längst vergessen). Sordini dagegen: warum ich diese amtliche Zuschrift erst jetzt erwähne, ich wiederum: weil ich mich erst jetzt an sie erinnert habe, Sordini: das sei sehr merkwürdig, ich: das sei gar nicht merkwürdig bei einer so lange sich hinziehenden Angelegenheit, Sordini: es sei doch merkwürdig, denn die Zuschrift, an die ich mich erinnert habe, existiere nicht, ich: natürlich existiere sie nicht, weil der ganze Akt verlorengegangen sei, Sordini: es müßte aber doch ein

Vormerk hinsichtlich jener ersten Zuschrift bestehen, der aber bestehe nicht. Da stockte ich, denn daß in Sordinis Abteilung ein Fehler unterlaufen sei, wagte ich weder zu behaupten noch zu glauben. Sie machen vielleicht, Herr Landvermesser, Sordini in Gedanken den Vorwurf, daß ihn die Rücksicht auf meine Behauptung wenigstens dazu hätte bewegen sollen, sich bei andern Abteilungen nach der Sache zu erkundigen. Gerade das aber wäre unrichtig gewesen, ich will nicht, daß an diesem Manne auch nur in Ihren Gedanken ein Makel bleibt. Es ist ein Arbeitsgrundsatz der Behörde, daß mit Fehlermöglichkeiten überhaupt nicht gerechnet wird. Dieser Grundsatz ist berechtigt durch die vorzügliche Organisation des Ganzen und er ist notwendig, wenn äußerste Schnelligkeit der Erledigung erreicht werden soll. Sordini durfte sich also bei anderen Abteilungen gar nicht erkundigen, übrigens hätten ihm diese Abteilungen gar nicht geantwortet, weil sie gleich gemerkt hätten, daß es sich um Ausforschung einer Fehlermöglichkeit handle."

„Erlauben Sie, Herr Vorsteher, daß ich Sie mit einer Frage unterbreche," sagte K., „erwähnten Sie nicht früher einmal eine Kontrollbehörde? Die Wirtschaft ist ja nach Ihrer Darstellung eine derartige, daß einem bei der Vorstellung, die Kontrolle könnte ausbleiben, übel wird."

„Sie sind sehr streng," sagte der Vorsteher, „aber vertausendfachen Sie Ihre Strenge und sie wird noch immer nichts sein, verglichen mit der Strenge, welche die Behörde gegen sich selbst anwendet. Nur ein völlig Fremder kann Ihre Frage stellen. Ob es Kontrollbehörden gibt? Es gibt nur Kontrollbehörden. Freilich, sie sind nicht dazu bestimmt, Fehler im groben Wortsinn herauszufinden, denn Fehler kommen ja nicht vor, und selbst wenn einmal ein Fehler vorkommt, wie in Ihrem Fall, wer darf denn endgültig sagen, daß es ein Fehler ist."

„Das wäre etwas völlig Neues", rief K.

„Mir ist es etwas sehr Altes", sagte der Vorsteher. „Ich bin nicht viel anders als Sie selbst davon überzeugt, daß ein Fehler vorgekommen ist, und Sordini ist infolge der Verzweiflung darüber schwer erkrankt, und die ersten Kontrollämter, denen wir die Aufdeckung der Fehlerquelle verdanken, erkennen hier auch den Fehler. Aber wer darf behaupten, daß die zweiten Kontrollämter ebenso urteilen und auch die dritten und weiterhin die andern?"

„Mag sein," sagte K., „in solche Überlegungen will ich mich doch lieber noch nicht einmischen, auch höre ich ja zum erstenmal von diesen Kontrollämtern und kann sie natürlich noch nicht verstehen. Nur glaube ich, daß hier zweierlei unterschieden werden müsse, nämlich erstens das, was innerhalb der Ämter vorgeht und was dann wieder amtlich so oder so aufgefaßt werden kann, und zweitens meine wirkliche Person, ich, der ich außerhalb der Ämter stehe und dem von den Ämtern Beeinträchtigung droht, die so unsinnig wäre, daß ich noch immer an den Ernst der Gefahr nicht glauben kann. Für das erstere gilt wahrscheinlich das, was Sie, Herr Vorsteher, mit so verblüffender außerordentlicher Sachkenntnis erzählen, nur möchte ich aber dann auch ein Wort über mich hören."

„Ich komme auch dazu," sagte der Vorsteher, „doch könnten Sie es nicht verstehen, wenn ich nicht noch einiges vorausschickte. Schon daß ich jetzt die Kontrollämter erwähnte, war verfrüht. Ich kehre also zu den Unstimmigkeiten mit Sordini zurück. Wie erwähnt, ließ meine Abwehr allmählich nach. Wenn aber Sordini auch nur den geringsten Vorteil gegenüber irgend jemandem in Händen hat, hat er schon gesiegt, denn nun erhöht sich noch seine Aufmerksamkeit, Energie, Geistesgegenwart, und er ist für den Angegriffenen ein schrecklicher, für die Feinde des Angegriffenen ein herrlicher Anblick. Nur weil ich in anderen Fällen auch dieses letztere erlebt habe, kann ich so von ihm erzählen, wie ich es tue. Übrigens ist es mir noch nie gelungen, ihn mit Augen zu sehen, er kann nicht herunterkommen, er ist zu sehr mit Arbeit überhäuft, sein Zimmer ist mir so geschildert worden, daß alle Wände mit Säulen von großen, aufeinandergestapelten Aktenbündeln verdeckt sind, es sind dies nur Akten, die Sordini gerade in Arbeit hat, und da immerfort den Bündeln Akten entnommen und eingefügt werden und alles in großer Eile geschieht, stürzen diese Säulen immerfort zusammen und gerade dieses fortwährende, kurz aufeinanderfolgende Krachen ist für Sordinis Arbeitszimmer bezeichnend geworden. Nun ja, Sordini ist ein Arbeiter und dem kleinsten Fall widmet er die gleiche Sorgfalt wie dem größten." „Sie nennen, Herr Vorsteher," sagte K., „meinen Fall immer einen der kleinsten und doch hat er viele Beamte sehr beschäftigt und wenn er vielleicht auch anfangs sehr klein war, so ist er doch durch den Eifer von Beamten von Herrn Sordinis Art zu einem großen Fall geworden.

Leider sehr gegen meinen Willen, denn mein Ehrgeiz geht nicht dahin, große mich betreffende Aktensäulen entstehen und zusammenkrachen zu lassen, sondern als kleiner Landvermesser bei einem kleinen Zeichentisch ruhig zu arbeiten."

„Nein," sagte der Vorsteher, „es ist kein großer Fall, in dieser Hinsicht haben Sie keinen Grund zur Klage, es ist einer der kleinsten Fälle unter den kleinen. Der Umfang der Arbeit bestimmt nicht den Rang des Falles, Sie sind noch weit entfernt vom Verständnis für die Behörde, wenn Sie das glauben. Aber selbst wenn es auf den Umfang der Arbeit ankäme, wäre Ihr Fall einer der geringsten, die gewöhnlichen Fälle, also jene ohne sogenannte Fehler geben noch viel mehr und freilich auch viel ergiebigere Arbeit. Übrigens wissen Sie ja noch gar nichts von der eigentlichen Arbeit, die Ihr Fall verursachte, von der will ich ja jetzt erst erzählen. Zunächst ließ mich nun Sordini aus dem Spiel, aber seine Beamten kamen, täglich fanden protokollarische Verhöre angesehener Gemeindemitglieder im Herrenhof statt. Die meisten hielten zu mir, nur einige wurden stutzig, die Frage der Landvermessung geht einem Bauern nahe, sie witterten irgendwelche geheime Verabredungen und Ungerechtigkeiten, fanden überdies einen Führer und Sordini mußte aus ihren Angaben die Überzeugung gewinnen, daß, wenn ich die Frage im Gemeinderat vorgebracht hätte, nicht alle gegen die Berufung eines Landvermessers gewesen wären. So wurde eine Selbstverständlichkeit - daß nämlich kein Landvermesser nötig ist - immerhin zumindest fragwürdig gemacht. Besonders zeichnete sich da ein gewisser Brunswick aus, Sie kennen ihn wohl nicht, er ist vielleicht nicht schlecht, aber dumm und phantastisch, er ist ein Schwager von Lasemann."

„Vom Gerbermeister?" fragte K. und beschrieb den Vollbärtigen, den er bei Lasemann gesehen hatte.

„Ja, das ist er", sagte der Vorsteher. „Ich kenne auch seine Frau", sagte K. ein wenig aufs Geratewohl.

„Das ist möglich", sagte der Vorsteher und verstummte.

„Sie ist schön," sagte K., „aber ein wenig bleich und kränklich. Sie stammt wohl aus dem Schloß?" das war halb fragend gesagt.

Der Vorsteher sah auf die Uhr, goß Medizin auf einen Löffel und schluckte sie hastig.

„Sie kennen im Schloß wohl nur die Bureaueinrichtungen?" fragte K. grob.

„Ja," sagte der Vorsteher mit einem ironischen und doch dankbarem Lächeln, „sie sind auch das Wichtigste. Und was Brunswick betrifft: wenn wir ihn aus der Gemeinde ausschließen könnten, wären wir fast alle glücklich und Lasemann nicht am wenigsten. Aber damals gewann Brunswick einigen Einfluß, ein Redner ist er zwar nicht, aber ein Schreier und auch das genügt manchen. Und so kam es, daß ich gezwungen wurde, die Sache dem Gemeinderat vorzulegen, übrigens zunächst Brunswicks einziger Erfolg, denn natürlich wollte der Gemeinderat mit großer Mehrheit von einem Landvermesser nichts wissen. Auch das ist nun schon jahrelang her, aber die ganze Zeit über ist die Sache nicht zur Ruhe gekommen, zum Teil durch die Gewissenhaftigkeit Sordinis, der die Beweggründe sowohl der Majorität als auch der Opposition durch die sorgfältigsten Erhebungen zu erforschen suchte, zum Teil durch die Dummheit und den Ehrgeiz Brunswicks, der verschiedene persönliche Verbindungen mit den Behörden hat, die er mit immer neuen Erfindungen seiner Phantasie in Bewegung brachte. Sordini allerdings ließ sich von Brunswick nicht täuschen, wie könnte Brunswick Sordini täuschen? aber eben um sich nicht täuschen zu lassen, waren neue Erhebungen nötig, und noch ehe sie beendigt waren, hatte Brunswick schon wieder etwas Neues ausgedacht, sehr beweglich ist er ja, es gehört das zu seiner Dummheit. Und nun komme ich auf eine besondere Eigenschaft unserer behördlichen Apparate zu sprechen. Entsprechend seiner Präzision ist er auch äußerst empfindlich. Wenn eine Angelegenheit sehr lange erwogen worden ist, kann es, auch ohne daß die Erwägungen schon beendet wären, geschehen, daß plötzlich blitzartig an einer unvorhergesehenen und auch später nicht mehr auffindbaren Stelle eine Erledigung hervorkommt, welche die Angelegenheit, wenn auch meistens sehr richtig, so doch immerhin willkürlich abschließt. Es ist, als hätte der behördliche Apparat die Spannung, die jahrelange Aufreizung durch die gleiche, vielleicht an sich geringfügige Angelegenheit nicht mehr ertragen und aus sich selbst heraus, ohne Mithilfe der Beamten, die Entscheidung getroffen. Natürlich ist kein Wunder geschehen und gewiß hat irgendein Beamter die Erledigung oder eine ungeschriebene Entscheidung getroffen, jedenfalls kann aber wenigstens von uns aus, von hier aus, ja selbst vom Amt aus nie festgestellt werden, welcher Beamte in diesem Fall entschieden hat und aus welchen Gründen.

Erst die Kontrollämter stellen das viel später fest, wir aber erfahren es nicht mehr, es würde übrigens dann auch kaum jemanden noch interessieren. Nun sind, wie gesagt, gerade diese Entscheidungen meistens vortrefflich. Störend ist an ihnen nur, daß man, wie es gewöhnlich die Sache mit sich bringt, von diesen Entscheidungen zu spät erfährt und daher inzwischen über längst entschiedene Angelegenheit noch immer leidenschaftlich berät. Ich weiß nicht, ob in Ihrem Fall eine solche Entscheidung ergangen ist - manches spricht dafür, manches dagegen - wenn es aber geschehen wäre, so wäre die Berufung an Sie geschickt worden und Sie hätten die große Reise hierher gemacht, viel Zeit wäre dabei vergangen und inzwischen hätte noch immer Sordini hier in der gleichen Sache bis zur Erschöpfung gearbeitet, Brunswick intrigiert und ich wäre von beiden gequält worden. Diese Möglichkeit deute ich nur an, bestimmt aber weiß ich folgendes: Ein Kontrollbeamter entdeckte inzwischen, daß aus der Abteilung A vor vielen Jahren an die Gemeinde eine Anfrage wegen eines Landvermessers ergangen sei, ohne daß bisher eine Antwort gekommen wäre. Man fragte neuerlich bei mir an, und nun war freilich die ganze Sache aufgeklärt, die Abteilung A begnügte sich mit meiner Antwort, daß kein Landvermesser nötig sei, und Sordini mußte erkennen, daß er in diesem Falle nicht zuständig gewesen war und, freilich schuldlos, so viele unnütze nervenzerstörende Arbeit geleistet hatte. Wenn nicht neue Arbeit von allen Seiten sich herangedrängt hätte wie immer und wenn nicht Ihr Fall doch nur ein sehr kleiner Fall gewesen wäre - man kann fast sagen, der kleinste unter den kleinen - so hätten wir wohl alle aufgeatmet, ich glaube sogar Sordini selbst, nur Brunswick grollte, aber das war nur lächerlich. Und nun stellen Sie sich, Herr Landvermesser, meine Enttäuschung vor, als jetzt, nach glücklicher Beendigung der ganzen Angelegenheit - und auch seither ist schon wieder viel Zeit verflossen - plötzlich Sie auftreten und es den Anschein bekommt, als sollte die Sache wieder von vorn beginnen. Daß ich fest entschlossen bin, dies, soweit es an mir liegt, auf keinen Fall zuzulassen, das werden Sie wohl verstehen?"

„Gewiß," sagte K., „noch besser aber verstehe ich, daß hier ein entsetzlicher Mißbrauch mit mir, vielleicht sogar mit den Gesetzen getrieben wird. Ich werde mich für meine Person dagegen zu wehren wissen."

„Wie wollen Sie das tun?" fragte der Vorsteher.

„Das kann ich nicht verraten", sagte K.

„Ich will mich nicht aufdrängen," sagte der Vorsteher, „nur gebe ich Ihnen zu bedenken, daß Sie in mir - ich will nicht sagen einen Freund, denn wir sind ja völlig Fremde - aber gewissermaßen einen Geschäftsfreund haben. Nur daß Sie als Landvermesser aufgenommen werden, lasse ich nicht zu, sonst aber können Sie sich immer mit Vertrauen an mich wenden, freilich in den Grenzen meiner Macht, die nicht groß ist."

„Sie sprechen immer davon," sagte K., „daß ich als Landvermesser aufgenommen werden soll, aber ich bin doch schon aufgenommen, hier ist Klamms Brief."

„Klamms Brief," sagte der Vorsteher, „er ist wertvoll und ehrwürdig durch Klamms Unterschrift, die echt zu sein scheint, sonst aber - doch ich wage es nicht, mich allein dazu zu äußern. Mizzi!" rief er und dann: „Aber was macht ihr denn?"

Die so lange unbeachteten Gehilfen und Mizzi hatten offenbar den gesuchten Akt nicht gefunden, hatten dann alles wieder in den Schrank sperren wollen, aber es war ihnen wegen der ungeordneten Überfülle der Akten nicht gelungen. Da waren wohl die Gehilfen auf den Gedanken gekommen, den sie jetzt ausführten. Sie hatten den Schrank auf den Boden gelegt, alle Akten hineingestopft, hatten sich dann mit Mizzi auf die Schranktüre gesetzt und suchten jetzt so sie langsam niederzudrücken.

„Der Akt ist also nicht gefunden," sagte der Vorsteher, „schade, aber die Geschichte kennen Sie ja schon, eigentlich brauchen wir den Akt nicht mehr, übrigens wird er gewiß noch gefunden werden, er ist wahrscheinlich beim Lehrer, bei dem noch sehr viele Akten sind. Aber komm nun mit der Kerze her, Mizzi, und lies mit mir diesen Brief."

Mizzi kam und sah nun noch grauer und unscheinbarer aus, als sie auf dem Bettrand saß und sich an den starken lebenerfüllten Mann drückte, der sie umfaßt hielt. Nur ihr kleines Gesicht fiel jetzt im Kerzenlicht auf, mit klaren strengen, nur durch den Verfall des Alters gemilderten Linien. Kaum hatte sie in den Brief geblickt, faltete sie leicht die Hände, „von Klamm" sagte sie. Sie lasen dann gemeinsam den Brief, flüsterten ein wenig miteinander und schließlich während die Gehilfen gerade Hurra riefen, denn sie hatten endlich die Schranktüre zugedrückt und Mizzi sah still dankbar zu ihnen hin, sagte der Vorsteher:

„Mizzi ist völlig meiner Meinung und nun kann ich es wohl auszusprechen wagen. Dieser Brief ist überhaupt keine amtliche Zuschrift, sondern ein Privatbrief. Das ist schon an der Überschrift: „Sehr geehrter Herr!" deutlich erkennbar. Außerdem ist darin mit keinem Wort gesagt, daß Sie als Landvermesser aufgenommen sind, es ist vielmehr nur im allgemeinen von herrschaftlichen Diensten die Rede und auch das ist nicht bindend ausgesprochen, sondern Sie sind nur aufgenommen, wie Sie wissen, d. h. die Beweislast dafür, daß Sie aufgenommen sind, ist Ihnen auferlegt. Endlich werden Sie in amtlicher Hinsicht ausschließlich an mich, den Vorsteher als Ihren nächsten Vorgesetzten, verwiesen, der Ihnen alles Nähere mitteilen soll, was ja zum größten Teil schon geschehen ist. Für einen, der amtliche Zuschriften zu lesen versteht und infolgedessen nichtamtliche Briefe noch besser liest, ist das alles überdeutlich. Daß Sie, ein Fremder, das nicht erkennen, wundert mich nicht. Im ganzen bedeutet der Brief nichts anderes, als daß Klamm persönlich sich um Sie zu kümmern beabsichtigt, für den Fall, daß Sie in herrschaftliche Dienste aufgenommen werden."

„Sie deuten, Herr Vorsteher", sagte K., „den Brief so gut, daß schließlich nichts anderes übrigbleibt als die Unterschrift auf einem leeren Blatt Papier. Merken Sie nicht, wie Sie damit Klamms Namen, den Sie zu achten vorgeben, herabwürdigen."

„Das ist ein Mißverständnis", sagte der Vorsteher. „Ich verkenne die Bedeutung des Briefes nicht, ich setze ihn durch meine Auslegung nicht herab, im Gegenteil. Ein Privatbrief Klamms hat natürlich viel mehr Bedeutung als eine amtliche Zuschrift, nur gerade die Bedeutung, die Sie ihm beilegen, hat er nicht."

„Kennen Sie Schwarzer?" fragte K.

„Nein," sagte der Vorsteher, „du vielleicht, Mizzi? Auch nicht. Nein, wir kennen ihn nicht."

„Das ist merkwürdig," sagte K., „er ist der Sohn eines Unterkastellans."

„Lieber Herr Landvermesser," sagte der Vorsteher, „wie soll ich denn alle Söhne aller Unterkastellane kennen?" „Gut," sagte K., „dann müssen Sie mir also glauben, daß er es ist. Mit diesem Schwarzer hatte ich noch am Tage meiner Ankunft einen ärgerlichen Auftritt. Er erkundigte sich dann telephonisch bei einem Unterkastellan namens

Fritz und bekam die Auskunft, daß ich als Landvermesser aufgenommen sei. Wie erklären Sie sich das, Herr Vorsteher?"

„Sehr einfach," sagte der Vorsteher, „Sie sind eben noch niemals wirklich mit unseren Behörden in Berührung gekommen. Alle diese Berührungen sind nur scheinbar, Sie aber halten sie infolge Ihrer Unkenntnis der Verhältnisse für wirklich. Und was das Telephon betrifft: Sehen Sie, bei mir, der ich doch wahrlich genug mit den Behörden zu tun habe, gibt es kein Telephon. In Wirtsstuben u. dgl. da mag es gute Dienste leisten, so etwa wie ein Musikautomat, mehr ist es auch nicht. Haben Sie schon einmal hier telephoniert, ja? Nun also, dann werden Sie mich vielleicht verstehen. Im Schloß funktioniert das Telefon offenbar ausgezeichnet, wie man mir erzählt hat, wird dort ununterbrochen telephoniert, was natürlich das Arbeiten sehr beschleunigt. Dieses ununterbrochene Telephonieren hören wir in den hiesigen Telephonen als Rauschen und Gesang, das haben Sie gewiß auch gehört. Nun ist aber dieses Rauschen und dieser Gesang das einzige Richtige und Vertrauenswerte, was uns die hiesigen Telephone übermitteln, alles andere ist trügerisch. Es gibt keine bestimmte telephonische Verbindung mit dem Schloß, keine Zentralstelle, welche unsere Anrufe weiterleitet. Wenn man von hier aus jemanden im Schloß anruft, läutet es dort bei allen Apparaten der untersten Abteilungen oder vielmehr es würde bei allen läuten, wenn nicht, wie ich bestimmt weiß, bei fast allen dieses Läutwerk abgestellt wäre. Hie und da aber hat ein übermüdeter Beamter das Bedürfnis, sich ein wenig zu zerstreuen, besonders am Abend oder bei Nacht, und schaltet das Läutwerk ein. Dann bekommen wir Antwort, allerdings eine Antwort, die nichts ist als Scherz. Es ist das ja auch sehr verständlich. Wer darf denn Anspruch erheben, wegen seiner privaten kleinen Sorgen mitten in der Nacht in die wichtigsten und immer rasend vor sich gehenden Arbeiten hineinzuläuten. Ich begreife auch nicht, wie selbst ein Fremder glauben kann, daß, wenn er z. B. Sordini anruft, es auch wirklich Sordini ist, der ihm antwortet. Vielmehr ist es wahrscheinlich ein kleiner Registrator einer ganz anderen Abteilung. Dagegen kann es allerdings in auserlesener Stunde geschehen, daß, wenn man den kleinen Registrator anruft, Sordini selbst die Antwort gibt. Dann freilich ist es besser, man läuft vom Telephon weg, ehe der erste Laut zu hören ist."

„So habe ich das allerdings nicht angesehen," sagte K., „diese Einzelheiten konnte ich nicht wissen, viel Vertrauen aber hatte ich zu diesen telephonischen Gesprächen nicht und war mir immer dessen bewußt, daß nur das wirkliche Bedeutung hat, was man geradezu im Schloß erfährt oder erreicht."

„Nein," sagte der Vorsteher, an einem Wort sich festhaltend, „wirkliche Bedeutung kommt diesen telephonischen Antworten durchaus zu, wie denn nicht? Wie sollte eine Auskunft, die ein Beamter aus dem Schloß gibt, bedeutungslos sein? Ich sagte es schon gelegentlich des Klammschen Briefes. Alle diese Äußerungen haben keine amtliche Bedeutung; wenn Sie ihnen amtliche Bedeutung zuschreiben, gehen Sie in die Irre, dagegen ist ihre private Bedeutung in freundschaftlichem oder feindseligem Sinne sehr groß, meist größer als eine amtliche Bedeutung jemals sein könnte."

„Gut," sagte K., „angenommen, daß sich alles so verhält, dann hätte ich also eine Menge guter Freunde im Schloß; genau besehen, war schon damals vor vielen Jahren der Einfall jener Abteilung, man könnte einmal einen Landvermesser kommen lassen, ein Freundschaftsakt mir gegenüber und in der Folgezeit reihte sich dann einer an den andern, bis ich dann allerdings zum bösen Ende hergelockt wurde und man mir mit dem Hinauswurf droht."

„Es ist eine gewisse Wahrheit in Ihrer Auffassung," sagte der Vorsteher, „Sie haben darin recht, daß man die Äußerungen des Schlosses nicht wortwörtlich hinnehmen darf. Aber Vorsicht ist doch überall nötig, nicht nur hier, und desto nötiger, je wichtiger die Äußerung ist, um die es sich handelt. Was Sie dann aber vom Herlocken sagten, ist mir unbegreiflich. Wären Sie meinen Ausführungen besser gefolgt, dann müßten Sie doch wissen, daß die Frage Ihrer Hierherberufung viel zu schwierig ist, als daß wir sie hier im Laufe einer kleinen Unterhaltung beantworten könnten."

„So bleibt dann das Ergebnis," sagte K., „daß alles sehr unklar und unlösbar ist, bis auf den Hinauswurf."

„Wer wollte wagen, Sie hinauszuwerfen, Herr Landvermesser," sagte der Vorsteher „eben die Unklarheit der Vorfragen verbürgt Ihnen die höflichste Behandlung, nur sind Sie dem Anschein nach zu empfindlich. Niemand hält Sie hier zurück, aber das ist doch noch kein Hinauswurf."

„Oh, Herr Vorsteher," sagte K., „nun sind wieder Sie es, der manches allzu klar sieht. Ich werde Ihnen einiges davon aufzählen, was mich hier zurückhält: die Opfer, die ich brachte, um von zu Hause fortzukommen, die lange schwere Reise, die begründeten Hoffnungen, die ich mir wegen der Aufnahme hier machte, meine vollständige Vermögenslosigkeit, die Unmöglichkeit, jetzt wieder eine andere entsprechende Arbeit zu Hause zu finden, und endlich nicht zum wenigsten meine Braut, die eine Hiesige ist." „Ach Frieda", sagte der Vorsteher ohne jede Überraschung. „Ich weiß. Aber Frieda würde Ihnen überallhin folgen. Was freilich das übrige betrifft, so sind hier allerdings gewisse Erwägungen nötig und ich werde darüber ins Schloß berichten. Sollte eine Entscheidung kommen, oder sollte es vorher nötig sein, Sie noch einmal zu verhören, werde ich Sie holen lassen. Sind Sie damit einverstanden?"

„Nein, gar nicht," sagte K., „ich will keine Gnadengeschenke vom Schloß, sondern mein Recht."

„Mizzi", sagte der Vorsteher zu seiner Frau, die noch immer an ihn gedrückt dasaß und traumverloren mit Klamms Brief spielte, aus dem sie ein Schiffchen geformt hatte, erschrocken nahm es ihr K. jetzt fort. „Mizzi, das Bein fängt mich wieder sehr zu schmerzen an, wir werden den Umschlag erneuern müssen."

K. erhob sich, „dann werde ich mich also empfehlen", sagte er. „Ja," sagte Mizzi, die schon eine Salbe zurecht machte, „es zieht auch zu stark." K. wandte sich um. Die Gehilfen hatten in ihrem immer unpassenden Diensteifer, gleich auf K.s Bemerkung hin, beide Türflügel geöffnet. K. konnte, um das Krankenzimmer vor der mächtig eindringenden Kälte zu bewahren, nur flüchtig vor dem Vorsteher sich verbeugen. Dann lief er, die Gehilfen mit sich reißend, aus dem Zimmer und schloß schnell die Tür.

Das sechste Kapitel

Vor dem Wirtshaus erwartete ihn der Wirt. Ohne gefragt zu werden, hätte er nicht zu sprechen gewagt, deshalb fragte ihn K., was er wolle. „Hast du schon eine neue Wohnung?" fragte der Wirt, zu Boden sehend. „Du fragst im Auftrag deiner Frau," sagte K., „du bist wohl sehr abhängig von ihr?"

„Nein," sagte der Wirt, „ich frage nicht in ihrem Auftrag. Aber sie ist sehr aufgeregt und unglücklich deinetwegen, kann nicht arbeiten, liegt im Bett und seufzt und klagt fortwährend." „Soll ich zu ihr gehen?" fragte K. „Ich bitte dich darum," sagte der Wirt, „ich wollte dich schon vom Vorsteher holen, horchte dort an der Tür, aber ihr wart im Gespräch, ich wollte nicht stören, auch hatte ich Sorge wegen meiner Frau, lief wieder zurück, sie ließ mich aber nicht zu sich, so blieb mir nichts übrig, als auf dich zu warten." „Dann komm also schnell," sagte K., „ich werde sie bald beruhigen." „Wenn es nur gelingen wollte", sagte der Wirt.

Sie gingen durch die lichte Küche, wo drei oder vier Mägde, jede weit von der andern, bei ihrer zufälligen Arbeit im Anblick K.s förmlich erstarrten. Schon in der Küche hörte man das Seufzen der Wirtin. Sie lag in einem durch eine leichte Bretterwand von der Küche abgetrennten fensterlosen Verschlag. Er hatte nur Raum für ein großes Ehebett und einen Schrank. Das Bett war so aufgestellt, daß man von ihm aus die ganze Küche übersehen und die Arbeit beaufsichtigen konnte. Dagegen war von der Küche aus im Verschlag kaum etwas zu sehen. Dort war es ganz finster, nur das weinrote Bettzeug schimmerte ein wenig hervor. Erst wenn man eingetreten war und die Augen sich eingewöhnt hatten, unterschied man Einzelheiten.

„Endlich kommen Sie", sagte die Wirtin schwach. Sie lag auf dem Rücken ausgestreckt, der Atem machte ihr offenbar Beschwerden, sie hatte das Federbett zurückgeworfen. Sie sah im Bett viel jünger aus als in den Kleidern, aber ein Nachthäubchen aus zartem Spitzengewebe, das sie trug, trotzdem es zu klein war und auf ihrer Frisur schwankte, machte die Verfallenheit des Gesichtes mitleiderregend. „Wie hätte ich kommen sollen?" sagte K. sanft. „Sie haben mich doch nicht rufen lassen." „Sie hätten mich nicht so lange warten lassen sollen", sagte die Wirtin mit dem Eigensinn des Kranken. „Setzen Sie sich," sagte sie und zeigte auf den Bettrand, „ihr andern geht aber fort." Außer den Gehilfen hatten sich inzwischen auch die Mägde eingedrängt. „Ich will auch fortgehen, Gardana", sagte der Wirt. K. hörte zum erstenmal den Namen der Frau. „Natürlich", sagte sie langsam, und als sei sie mit anderen Gedanken beschäftigt, fügte sie zerstreut hinzu: „Warum solltest denn gerade du bleiben?" Aber als sich alle in die Küche zurückgezogen hatten, auch die Gehilfen folgten diesmal gleich, allerdings waren sie hinter einer Magd her, war Gardana doch aufmerksam genug, um zu erkennen, daß man aus der Küche alles hören konnte, was hier gesprochen wurde, denn der Verschlag hatte keine Tür, und so befahl sie allen, auch die Küche zu verlassen. Es geschah sofort.

„Bitte," sagte dann Gardana, „Herr Landvermesser, gleich vorn im Schrank hängt ein Umhängetuch, reichen Sie es mir, ich will mich damit zudecken, ich ertrage das Federbett nicht, ich atme so schwer." Und als ihr K. das Tuch gebracht hatte, sagte sie: „Sehen Sie, das ist ein schönes Tuch, nicht wahr?" K. schien es ein gewöhnliches Wolltuch zu sein, er befühlte es nur aus Gefälligkeit noch einmal, sagte aber nichts. „Ja, es ist ein schönes Tuch", sagte Gardana und hüllte sich ein. Sie lag nun friedlich da, alles Leid schien von ihr genommen zu sein, ja sogar ihre vom Liegen in Unordnung gebrachten Haare fielen ihr ein, sie setzte sich für ein Weilchen auf und verbesserte die Frisur ein wenig rings um das Häubchen. Sie hatte reiches Haar.

K. wurde ungeduldig und sagte: „Sie ließen mich, Frau Wirtin, fragen, ob ich schon eine andere Wohnung habe." „Ich ließ Sie fragen?" sagte die Wirtin, „nein, das ist ein Irrtum." „Ihr Mann hat mich eben jetzt danach gefragt." „Das glaube ich," sagte die Wirtin, „ich bin mit ihm geschlagen. Als ich Sie nicht hier haben wollte, hat er Sie hier gehalten, jetzt, da ich glücklich bin, daß Sie hier wohnen, treibt er Sie wieder fort. So ähnlich macht er es immer." „Sie haben also", sagte K., „Ihre Meinung über mich so sehr geändert? In ein, zwei Stunden?" „Ich habe meine Meinung nicht geändert," sagte die Wirtin wieder schwächer, „reichen Sie mir Ihre Hand. So, und nun versprechen Sie mir, völlig aufrichtig zu sein, auch ich will es Ihnen gegenüber sein." „Gut," sagte K., „wer wird aber anfangen?" „Ich", sagte die Wirtin. Es machte nicht den Eindruck, als wollte sie K. damit entgegenkommen, sondern als sei sie begierig, als erste zu reden.

Sie zog eine Photographie unter dem Polster hervor und reichte sie K. „Sehen Sie dieses Bild an", sagte sie bittend. Um es besser zu sehen, machte K. einen Schritt in die Küche, aber auch dort war es nicht leicht, etwas auf dem Bild zu erkennen, denn dieses war vom Alter ausgebleicht, vielfach gebrochen, verdrückt und fleckig. „Es ist in keinem sehr guten Zustande", sagte K. „Leider, leider," sagte die Wirtin, „wenn man es durch Jahre immer bei sich herumträgt, wird es so. Aber wenn Sie es genau ansehen, werden Sie doch alles erkennen, ganz gewiß.

Ich kann Ihnen übrigens helfen, sagen Sie mir, wen Sie sehen, es freut mich sehr, von dem Bild zu hören. Was also?" „Einen jungen Mann", sagte K. „Richtig," sagte die Wirtin, „und was macht er?" „Er liegt, glaube ich, auf einem Brett, streckt sich und gähnt." Die Wirtin lachte. „Das ist ganz falsch", sagte sie. „Aber hier ist doch das Brett und hier liegt er", beharrte K. auf seinem. „Sehen Sie doch genauer hin," sagte die Wirtin ärgerlich, „liegt er denn wirklich?" „Nein," sagte nun K., „er liegt nicht, er schwebt und nun sehe ich es, es ist gar kein Brett, sondern wahrscheinlich eine Schnur, und der junge Mann macht einen Hochsprung." „Nun also," sagte die Wirtin erfreut, „er springt, so üben die amtlichen Boten. Ich habe es ja gewußt, daß Sie es erkennen werden. Sehen Sie auch sein Gesicht?" „Vom Gesicht sehe ich nur sehr wenig," sagte K., „er strengt sich offenbar sehr an, der Mund ist offen, die Augen zusammengekniffen und das Haar flattert." „Sehr gut," sagte die Wirtin anerkennend, „mehr kann einer, der ihn nicht persönlich gesehen hat, nicht erkennen. Aber es war ein schöner Junge. Ich habe ihn nur einmal flüchtig gesehen und werde ihn nie vergessen." „Wer war es denn?" fragte K. „Es war der Bote, durch den Klamm mich zum ersten Male zu sich berief."

K. konnte nicht genau zuhören, er wurde durch Klirren von Glas abgelenkt. Er fand gleich die Ursache der Störung. Die Gehilfen standen draußen im Hof, hüpften im Schnee von einem Fuß auf den andern, taten, als wären sie glücklich, K. wieder zu sehen, vor Glück zeigten sie ihn einander und tippten dabei immerfort an das Küchenfenster. Auf eine drohende Bewegung K.s ließen sie sofort davon ab, suchten einander zurückzudrängen, aber einer entwischte gleich dem andern und schon waren sie wieder beim Fenster. K. eilte in den Verschlag, wo ihn die Gehilfen von außen nicht sehen konnten und er sie nicht sehen mußte. Aber das leise wie bittende Klirren der Fensterscheibe verfolgte ihn auch dort noch lange.

„Wieder einmal die Gehilfen", sagte er der Wirtin zu seiner Entschuldigung und zeigte hinaus. Sie aber achtete nicht auf ihn, das Bild hatte sie ihm fortgenommen, angesehen, geglättet und wieder unter das Polster geschoben. Ihre Bewegungen waren langsamer geworden, aber nicht vor Müdigkeit, sondern unter der Last der Erinnerungen. Sie hatte K. erzählen wollen und hatte ihn vergessen über der Erzählung. Sie spielte mit den Fransen ihres Tuches. Erst nach einem Weilchen blickte sie auf, fuhr sich mit der Hand über die Augen und sagte: „Auch dieses Tuch ist von Klamm. Und auch das Häubchen. Das Bild, das Tuch und das Häubchen, das sind die drei Andenken an ihn, die ich habe. Ich bin nicht jung wie Frieda, ich bin nicht so ehrgeizig wie sie, auch nicht so zartfühlend, sie ist sehr zartfühlend, kurz ich weiß mich in das Leben zu schicken, aber das muß ich eingestehen, ohne die drei Dinge hätte ich es hier nicht so lange ausgehalten. Diese drei Andenken scheinen Ihnen vielleicht gering, aber sehen Sie, Frieda, die so lange mit Klamm verkehrt hat, besitzt gar kein Andenken, ich habe sie gefragt, sie ist zu schwärmerisch und auch zu ungenügsam, ich dagegen, die nur dreimal bei Klamm war, später ließ er mich nicht mehr rufen, ich weiß nicht warum - habe doch wie in Vorahnung der Kürze meiner Zeit diese Andenken mitgebracht. Freilich, man muß sich darum kümmern, Klamm selbst gibt nichts, aber wenn man dort etwas Passendes liegen sieht, kann man es sich ausbitten." K. fühlte sich unbehaglich gegenüber diesen Geschichten, so sehr sie ihn auch betrafen. „Wie lange ist denn das alles her", fragte er seufzend.

„Über zwanzig Jahre," sagte die Wirtin, „weit über zwanzig Jahre."

„So lange also hält man Klamm die Treue", sagte K. „Sind Sie sich aber, Frau Wirtin, dessen bewußt, daß Sie mir mit solchen Geständnissen, wenn ich an meine zukünftige Ehe denke, schwere Sorgen machen?"

Die Wirtin fand es ungebührlich, daß sich K. mit seinen Angelegenheiten hier einmischen wollte, und sah ihn erzürnt von der Seite an.

„Nicht so böse, Frau Wirtin," sagte K., „ich sage ja kein Wort gegen Klamm, aber ich bin doch durch die Macht der Ereignisse in gewisse Beziehungen zu Klamm getreten; das kann der größte Verehrer Klamms nicht leugnen. Nun also. Infolgedessen muß ich bei Klamms Erwähnung immer auch an mich denken, das ist nicht zu ändern. Übrigens, Frau Wirtin - hier faßte K. ihre zögernde Hand - denken Sie daran, wie schlecht unsere letzte Unterhaltung ausgefallen ist und daß wir diesmal in Frieden auseinandergehen wollen." „Sie haben recht," sagte die Wirtin und beugte den Kopf, „aber schonen Sie mich. Ich bin nicht empfindlicher als andere, im Gegenteil, jeder hat empfindliche Stellen, ich habe nur diese eine."

„Leider ist es gleichzeitig auch die meinige," sagte K., „ich aber werde mich gewiß beherrschen; nun aber erklären Sie mir, Frau Wirtin, wie soll ich in der Ehe diese entsetzliche Treue gegenüber Klamm ertragen, vorausgesetzt, daß auch Frieda Ihnen darin ähnlich ist?"

„Entsetzliche Treue?" wiederholte die Wirtin grollend. „Ist es denn Treue? Treu bin ich meinem Mann, aber Klamm? Klamm hat mich einmal zu seiner Geliebten gemacht, kann ich diesen Rang jemals verlieren? Und wie Sie es bei Frieda ertragen sollen? Ach, Herr Landvermesser, wer sind Sie denn, der so zu fragen wagt?"

„Frau Wirtin", sagte K. warnend.

„Ich weiß," sagte die Wirtin sich fügend, „aber mein Mann hat solche Fragen nicht gestellt. Ich weiß nicht, wer unglücklicher zu nennen ist, ich damals oder Frieda jetzt. Frieda, die mutwillig Klamm verließ, oder ich, die er nicht mehr hat rufen lassen. Vielleicht ist es doch Frieda, wenn sie es auch noch nicht in seinem vollen Umfang zu wissen scheint. Aber meine Gedanken beherrschte doch mein Unglück damals ausschließlicher, denn immerfort mußte ich mich fragen und höre im Grunde auch heute noch nicht auf so zu fragen; warum ist das geschehen? Dreimal hat dich Klamm rufen lassen und zum viertenmal nicht mehr und niemals mehr zum viertenmal! Was beschäftigte mich damals mehr? Worüber konnte ich denn sonst mit meinem Mann sprechen, den ich damals kurz nachher heiratete? Bei Tag hatten wir keine Zeit, wir hatten dieses Wirtshaus in einem elenden Zustand übernommen und mußten es in die Höhe zu bringen suchen, aber in der Nacht? Jahrelang drehten sich unsere nächtlichen Gespräche nur um Klamm und die Gründe seiner Sinnesänderung. Und wenn mein Mann bei diesen Unterhaltungen einschlief, weckte ich ihn und wir sprachen weiter."

„Nun werde ich," sagte K., „wenn Sie erlauben, eine sehr grobe Frage stellen."

Die Wirtin schwieg.

„Ich darf also nicht fragen," sagte K., „auch das genügt mir."

„Freilich," sagte die Wirtin, „auch das genügt Ihnen und das besonders. Sie mißdeuten alles, auch das Schweigen. Sie können eben nicht anders. Ich erlaube Ihnen zu fragen."

„Wenn ich alles mißdeute," sagte K., „mißdeute ich vielleicht auch meine Frage, vielleicht ist sie gar nicht so grob. Ich wollte nur wissen, wie Sie Ihren Mann kennengelernt haben und wie dieses Wirtshaus in Ihren Besitz gekommen ist?"

Die Wirtin runzelte die Stirn, sagte aber gleichmütig: „Das ist eine sehr einfache Geschichte. Mein Vater war Schmied und Hans, mein jetziger Mann, der Pferdeknecht bei einem Großbauern war, kam öfters zu meinem Vater. Es war damals nach der letzten Zusammenkunft mit Klamm. Ich war sehr unglücklich und hätte es eigentlich nicht sein dürfen, denn alles war ja korrekt vor sich gegangen, und daß ich nicht mehr zu Klamm durfte, war eben Klamms Entscheidung. War also korrekt, nur die Gründe waren dunkel, in denen durfte ich forschen, aber unglücklich hätte ich nicht sein dürfen, nun ich war es doch und konnte nicht arbeiten und saß in unserem Vorgärtchen den ganzen Tag. Dort sah mich Hans, setzte sich manchmal zu mir, ich klagte ihm nicht, aber er wußte, um was es ging, und weil er ein guter Junge ist, kam es vor, daß er mit mir weinte. Und als der damalige Gastwirt, dem die Frau gestorben war und der deshalb das Gewerbe aufgeben mußte, auch war er schon ein alter Mann, einmal an unserem Gärtchen vorüberkam, und uns dort sitzen sah, blieb er stehen und bot uns kurzer Hand das Wirtshaus zur Pacht an, wollte, weil er Vertrauen zu uns hatte, kein Geld im voraus und setzte die Pacht sehr billig an. Dem Vater wollte ich nicht zur Last fallen, alles andere war mir gleichgültig, und so reichte ich in Gedanken an das Wirtshaus und an die neue, vielleicht ein wenig Vergessen bringende Arbeit Hans die Hand. Das ist die Geschichte."

Es war ein Weilchen still, dann sagte K.: „Die Handlungsweise des Gastwirts war schön, aber unvorsichtig, oder hatte er besondere Gründe für sein Vertrauen zu Ihnen beiden?"

„Er kannte Hans gut," sagte die Wirtin, „er war Hansens Onkel."

„Dann freilich," sagte K., „Hansens Familie war also offenbar viel an der Verbindung mit Ihnen gelegen?" „Vielleicht," sagte die Wirtin, „ich weiß es nicht, ich kümmerte mich nie darum."

„Es muß aber doch so gewesen sein," sagte K., „wenn die Familie bereit war, solche Opfer zu bringen und das Wirtshaus einfach ohne Sicherung in Ihre Hände zu geben."

„Es war nicht unvorsichtig, wie sich später gezeigt hat", sagte die Wirtin. „Ich warf mich in die Arbeit, stark war ich, des Schmiedes Tochter, ich brauchte nicht Magd nicht Knecht, ich war überall, in der Wirtsstube, in der Küche, im Stall, im Hof, ich kochte so gut, daß ich sogar dem Herrenhof Gäste abjagte. Sie waren Mittag noch nicht in der Wirtsstube, Sie kennen nicht unsere Mittagsgäste, damals waren noch mehr, seither haben sich schon viele verlaufen. Und das Ergebnis war, daß wir nicht nur den Pachtzins richtig zahlen konnten, sondern nach einigen Jahren das Ganze kauften und es heute fast schuldenfrei ist. Das weitere Ergebnis freilich war, daß ich mich dabei zerstörte, herzkrank wurde und nun eine alte Frau geworden bin. Sie glauben vielleicht, daß ich viel älter als Hans bin, aber in Wirklichkeit ist er nur zwei oder drei Jahre jünger und wird allerdings niemals altern, denn bei seiner Arbeit - Pfeifenrauchen, den Gästen zuhören, dann die Pfeife ausklopfen und manchmal ein Bier holen - bei dieser Arbeit altert man nicht."

„Ihre Leistungen sind bewundernswert," sagte K., „daran ist kein Zweifel, aber wir sprachen von den Zeiten vor Ihrer Heirat und damals wäre es doch merkwürdig gewesen, wenn Hansens Familie unter Geldopfern oder zumindest mit Übernahme eines so großen Risikos, wie es die Hingabe des Wirtshauses war, zur Heirat gedrängt und hiebei keine andere Hoffnung gehabt hätte als Ihre Arbeitskraft, die man ja noch gar nicht kannte, und Hansens Arbeitskraft, deren Nichtvorhandensein man doch schon erfahren haben mußte."

„Nun ja," sagte die Wirtin müde, „ich weiß ja, worauf Sie zielen und wie fehl Sie dabei gehen. Von Klamm war in allen diesen Dingen keine Spur. Warum hätte er für mich sorgen sollen oder richtiger: wie hätte er überhaupt für mich sorgen können? Er wußte ja nichts mehr von mir. Daß er mich nicht mehr hatte rufen lassen, war ein Zeichen, daß er mich vergessen hatte. Wenn er nicht mehr rufen läßt, vergißt er völlig. Ich wollte davon vor Frieda nicht reden. Es ist aber nicht nur Vergessen, es ist mehr als das. Denn welchen man vergessen hat, kann man ja wieder kennenlernen. Bei Klamm ist das nicht möglich. Wen er nicht mehr rufen läßt, den hat er nicht nur für die Vergangenheit völlig vergessen, sondern förmlich auch für alle Zukunft. Wenn ich mir viel Mühe gebe, kann ich mich ja hineindenken in Ihre Gedanken, in Ihre sinnlosen, in der Fremde, aus der Sie kommen, vielleicht gültigen Gedanken. Möglicherweise versteigen Sie sich bis zu der Tollheit, zu glauben, Klamm hätte mir gerade deshalb einen Hans zum Manne gegeben, damit ich nicht viel Hindernis habe, zu ihm zu kommen, wenn er mich in Zukunft einmal riefe. Wo wäre der Mann, der mich hindern könnte, zu Klamm zu laufen, wenn mir Klamm ein Zeichen gibt? Unsinn, völliger Unsinn, man verwirrt sich selbst, wenn man mit solchem Unsinn spielt."

„Nein," sagte K., „verwirren wollen wir uns nicht, ich war mit meinen Gedanken noch lange nicht so weit, wie Sie annehmen, wenn auch, um die Wahrheit zu sagen, auf dem Wege dorthin. Vorläufig wunderte mich aber nur, daß die Verwandtschaft soviel von der Heirat erhoffte und daß diese Hoffnungen sich tatsächlich auch erfüllten, allerdings durch den Einsatz Ihres Herzens, Ihrer Gesundheit. Der Gedanke an einen Zusammenhang dieser Tatsachen mit Klamm drängte sich mir dabei allerdings auf, aber nicht oder noch nicht in der Grobheit, mit der Sie es darstellten, offenbar nur zu dem Zweck, um mich wieder einmal anfahren zu können, weil Ihnen das Freude macht. Mögen Sie die Freude haben! Mein Gedanke aber war der: Zunächst ist Klamm offenbar die Veranlassung der Heirat. Ohne Klamm wären Sie nicht unglücklich gewesen, nicht untätig im Vorgärtchen gesessen, ohne Klamm hätte Sie Hans dort nicht gesehen, ohne Ihre Traurigkeit hätte der schüchterne Hans Sie nie anzusprechen gewagt, ohne Klamm hätten Sie sich nie mit Hans in Tränen gefunden, ohne Klamm hätte der alte gute Onkel Gastwirt niemals Hans und Sie dort friedlich beisammen gesehen, ohne Klamm wären Sie nicht gleichgültig gegen das Leben gewesen, hätten also Hans nicht geheiratet. Nun, in dem allen ist doch schon genug Klamm, sollte ich meinen. Es geht aber noch weiter. Hätten Sie nicht Vergessen gesucht, hätten Sie gewiß nicht so rücksichtslos gegen sich selbst gearbeitet und die Wirtschaft nicht so hoch gebracht. Also auch hier Klamm. Aber Klamm ist auch noch, abgesehen davon, die Ursache Ihrer Krankheit, denn Ihr Herz war schon vor Ihrer Heirat von der unglücklichen Leidenschaft erschöpft. Bleibt nur noch die Frage, was Hansens Verwandte so sehr an der Heirat lockte. Sie selbst erwähnten einmal, daß, Klamms Geliebte zu sein, eine unverlierbare Rangerhöhung bedeutet, nun so mag sie also dies gelockt haben. Außerdem aber, glaube ich, die Hoffnung, daß der gute Stern, der Sie zu Klamm geführt hat - vorausgesetzt, daß es ein guter Stern war, aber Sie behaupten es - zu Ihnen gehöre, also bei Ihnen bleiben müsse und Sie nicht etwa so schnell und plötzlich verlassen werde, wie Klamm es getan hat."

„Meinen Sie dieses alles im Ernst?" fragte die Wirtin.

„Im Ernst," sagte K. schnell, „nur glaube ich, daß Hansens Verwandtschaft mit ihren Hoffnungen weder ganz recht noch ganz unrecht hatte und ich glaube auch den Fehler zu erkennen, den Sie gemacht haben. Äußerlich scheint ja alles gelungen, Hans ist gut versorgt, hat eine stattliche Frau, steht in Ehren, die Wirtschaft ist schuldenfrei. Aber eigentlich ist doch nicht alles gelungen, er wäre mit einem einfachen Mädchen, dessen erste große Liebe er gewesen wäre, gewiß viel glücklicher geworden; wenn er, wie Sie es ihm vorwerfen, manchmal in der Wirtsstube wie verloren dasteht, so deshalb, weil er sich wirklich wie verloren fühlt - ohne darüber unglücklich zu sein, gewiß, soweit kenne ich ihn schon - aber ebenso gewiß ist, daß dieser hübsche verständige Junge mit einer anderen Frau glücklicher, womit ich gleichzeitig meine: selbständiger, fleißiger, männlicher geworden wäre. Und Sie selbst sind doch gewiß nicht glücklich und, wie Sie sagten, ohne die drei Andenken wollten Sie gar nicht weiterleben und herzkrank sind Sie auch. Also hatte die Verwandtschaft mit ihren Hoffnungen unrecht? Ich glaube nicht. Der Segen war über Ihnen, aber man verstand nicht, ihn herunterzuholen."

„Was hat man denn versäumt?" fragte die Wirtin. Sie lag nun ausgestreckt auf dem Rücken und blickte zur Decke empor.

„Klamm zu fragen", sagte K.

„So wären wir also wieder bei Ihnen", sagte die Wirtin.

„Oder bei Ihnen," sagte K., „unsere Angelegenheiten grenzen aneinander."

„Was wollen Sie von Klamm?" fragte die Wirtin. Sie hatte sich aufrecht gesetzt, die Kissen aufgeschüttelt, um sitzend sich anlehnen zu können und sah K. voll in die Augen. „Ich habe Ihnen meinen Fall, aus dem Sie einiges hätten lernen können, offen erzählt. Sagen Sie mir nun ebenso offen, was Sie Klamm fragen wollen. Nur mit Mühe habe ich Frieda überredet, in ihr Zimmer hinaufzugehen und dort zu bleiben, ich fürchtete, Sie würden in ihrer Anwesenheit nicht genug offen sprechen."

„Ich habe nichts zu verbergen", sagte K. „Zunächst aber will ich Sie auf etwas aufmerksam machen. Klamm vergißt gleich, sagten Sie. Das kommt mir nun erstens sehr unwahrscheinlich vor, zweitens aber ist es unbeweisbar, offenbar nichts anderes als eine Legende, ausgedacht vom Mädchenverstand derjenigen, welche bei Klamm gerade in Gnade waren. Ich wundere mich, daß Sie einer so platten Erfindung glauben."

„Es ist keine Legende," sagte die Wirtin, „es ist vielmehr der allgemeinen Erfahrung entnommen."

„Also auch durch neue Erfahrung zu widerlegen", sagte K. „Dann gibt es aber auch noch einen Unterschied zwischen Ihrem und Friedas Fall. Daß Klamm Frieda nicht mehr gerufen hätte, ist gewissermaßen gar nicht vorgekommen, vielmehr hat er sie gerufen, aber sie hat nicht gefolgt. Es ist sogar möglich, daß er noch immer auf sie wartet."

Die Wirtin schwieg, und ließ nur ihren Blick beobachtend an K. auf und ab gehen. Dann sagte sie: „Ich will allem, was Sie zu sagen haben, ruhig zuhören. Reden Sie lieber offen, als daß Sie mich schonen. Nur eine Bitte habe ich. Gebrauchen Sie nicht Klamms Namen. Nennen Sie ihn ,er' oder sonstwie, aber nicht beim Namen."

„Gern," sagte K, „aber was ich von ihm will, ist schwer zu sagen. Zunächst will ich ihn in der Nähe sehen, dann will ich seine Stimme hören, dann will ich von ihm wissen, wie er sich zu unserer Heirat verhält. Um was ich ihn dann vielleicht noch bitten werde, hängt vom Verlauf der Unterredung ab. Es kann manches zur Sprache kommen, aber das Wichtigste ist doch für mich, daß ich ihm gegenüberstehe. Ich habe nämlich noch mit keinem wirklichen Beamten unmittelbar gesprochen. Es scheint das schwerer zu erreichen zu sein, als ich glaubte. Nun aber habe ich die Pflicht, mit ihm als einem Privatmann zu sprechen, und dieses ist meiner Meinung nach viel leichter durchzusetzen. Als Beamten kann ich ihn nur in seinem vielleicht unzugänglichem Bureau sprechen, im Schloß oder, was schon fraglich ist, im Herrenhof. Als Privatmann aber überall im Haus, auf der Straße, wo es mir nur gelingt, ihm zu begegnen. Daß ich dann nebenbei auch den Beamten mir gegenüber haben werde, werde ich gern hinnehmen, aber es ist nicht mein erstes Ziel."

„Gut," sagte die Wirtin und drückte ihr Gesicht in die Kissen, als sage sie etwas Schamloses, „wenn ich durch meine Verbindungen es erreiche, daß Ihre Bitte um eine Unterredung zu Klamm geleitet wird, versprechen Sie mir, bis zum Herabkommen der Antwort nichts auf eigene Faust zu unternehmen."

„Das kann ich nicht versprechen," sagte K., „so gerne ich Ihre Bitte oder Ihre Laune erfüllen wollte. Die Sache drängt nämlich, besonders nach dem ungünstigen Ergebnis meiner Besprechung mit dem Vorsteher."

„Dieser Einwand entfällt," sagte die Wirtin, „der Vorsteher ist eine ganz belanglose Person. Haben Sie denn das nicht bemerkt? Er könnte keinen Tag in seiner Stellung bleiben, wenn nicht seine Frau wäre, die alles führt."

„Mizzi?" fragte K. Die Wirtin nickte. „Sie war dabei", sagte K. „Hat sie sich geäußert?" fragte die Wirtin.

„Nein," sagte K., „ich hatte aber auch nicht den Eindruck, daß sie das könnte."

„Nun ja," sagte die Wirtin, „so irrig sehen sie alles hier an. Jedenfalls: was der Vorsteher über Sie verfügt hat, hat keine Bedeutung und mit der Frau werde ich gelegentlich reden. Und wenn ich Ihnen nun noch verspreche, daß die Antwort Klamms spätestens in einer Woche kommen wird, haben Sie wohl keinen Grund mehr, mir nicht nachzugeben."

„Das alles ist nicht entscheidend," sagte K., „mein Entschluß steht fest und ich würde ihn auch auszuführen versuchen, wenn eine ablehnende Antwort käme. Wenn ich aber diese Absicht von vornherein habe, kann ich doch nicht vorher um die Unterredung bitten lassen. Was ohne die Bitte vielleicht ein kühner, aber doch gutgläubiger Versuch bleibt, wäre nach einer ablehnenden Antwort offene Widersetzlichkeit. Das wäre freilich viel schlimmer."

„Schlimmer?" sagte die Wirtin. „Widersetzlichkeit ist es auf jeden Fall. Und nun tun Sie nach Ihrem Willen. Reichen Sie mir den Rock."

Ohne Rücksicht auf K. zog sie den Rock an und eilte in die Küche. Schon seit längerer Zeit hörte man Unruhe von der Wirtsstube her. An das Guckfenster war geklopft worden. Die Gehilfen hatten es aufgestoßen und hereingerufen, daß sie Hunger hätten. Auch andere Gesichter waren dann dort erschienen. Sogar einen leisen, aber mehrstimmigen Gesang hörte man.

Freilich, K.s Gespräch mit der Wirtin hatte das Kochen des Mittagessens sehr verzögert, es war noch nicht fertig, aber die Gäste waren versammelt. Immerhin hatte niemand gewagt, gegen das Verbot der Wirtin die Küche zu betreten. Nun aber, da die Beobachter am Guckfenster meldeten, die Wirtin komme schon, liefen die Mägde gleich in die Küche, und als K. die Wirtsstube betrat, strömte die erstaunlich zahlreiche Gesellschaft, mehr als zwanzig Leute, Männer und Frauen, provinzmäßig, aber nicht bäuerisch angezogen, vom Guckfenster, wo sie versammelt gewesen waren, zu den Tischen, um sich Plätze zu sichern. Nur an einem kleinen Tisch in einem Winkel saß schon ein Ehepaar mit einigen Kindern, der Mann, ein freundlicher blauäugiger Herr mit zerrauftem grauen Haar und Bart stand zu den Kindern hinabgebeugt und gab mit einem Messer den Takt zu ihrem Gesang, den er immerfort zu dämpfen bemüht war. Vielleicht wollte er sie durch den Gesang den Hunger vergessen machen. Die Wirtin entschuldigte sich vor der Gesellschaft mit einigen gleichgültig hingesprochenen Worten, niemand machte ihr Vorwürfe. Sie sah sich nach dem Wirt um, der sich aber vor der Schwierigkeit der Lage wohl schon längst geflüchtet hatte. Dann ging sie langsam in die Küche; für K., der zu Frieda in sein Zimmer eilte, hatte sie keinen Blick mehr.

Das siebte Kapitel

Oben traf K. den Lehrer. Das Zimmer war erfreulicherweise kaum wiederzuerkennen, so fleißig war Frieda gewesen. Es war gut gelüftet worden, der Ofen reichlich geheizt, der Fußboden gewaschen, das Bett geordnet, die Sachen der Mägde, dieser hassenswerte Unrat, einschließlich ihrer Bilder waren verschwunden, der Tisch, der einem früher, wohin man sich auch wendete, mit seiner schmutzig überkrusteten Platte förmlich nachgestarrt hatte, war mit einer weißen gestrickten Decke überzogen. Nun konnte man schon Gäste empfangen. Daß K.s kleiner Wäschevorrat, den Frieda offenbar früh gewaschen hatte, beim Ofen zum Trocknen aufgehängt war, störte wenig. Der Lehrer und Frieda waren bei Tisch gesessen, sie erhoben sich bei K.s Eintritt. Frieda begrüßte K. mit einem Kuß, der Lehrer verbeugte sich ein wenig. K., zerstreut und noch in der Unruhe des Gespräches mit der Wirtin, begann sich zu entschuldigen, daß er den Lehrer bisher hätte noch nicht besuchen können, es war so, als nehme er an, der Lehrer hätte ungeduldig wegen K.s Ausbleiben nun selbst den Besuch gemacht. Der Lehrer aber in seiner gemessenen Art schien sich nun erst selbst langsam zu erinnern, daß einmal zwischen ihm und K. eine Art Besuch verabredet worden war. „Sie sind ja, Herr Landvermesser," sagte er langsam, „der Fremde, mit dem ich vor ein paar Tagen auf dem Kirchplatz gesprochen habe." „Ja," sagte K. kurz; was er damals in seiner Verlassenheit geduldet hatte, mußte er hier in seinem Zimmer sich nicht gefallen lassen. Er wandte sich an Frieda und beriet sich mit ihr wegen eines wichtigen Besuches, den er sofort zu machen habe und bei dem er möglichst gut angezogen sein müsse.

Frieda rief sofort, ohne K. weiter auszufragen, die Gehilfen, die gerade mit der Untersuchung der neuen Tischdecke beschäftigt waren, und befahl ihnen, K.s Kleider und Stiefel, die er gleich auszuziehen begann, unten im Hof sorgfältig zu putzen. Sie selbst nahm ein Hemd von der Schnur und lief in die Küche hinunter, um es zu bügeln. Jetzt war K. mit dem Lehrer, der wieder still beim Tisch saß, allein, er ließ ihn noch ein wenig warten, zog sich das Hemd aus und begann sich beim Waschbecken zu waschen. Erst jetzt, den Rücken dem Lehrer zugekehrt, fragte er ihn nach dem Grund seines Kommens. „Ich komme im Auftrag des Herrn Gemeindevorstehers", sagte er. K. war bereit, den Auftrag zu hören. Da aber K.s Worte in dem Wasserschwall schwer verständlich waren, mußte der Lehrer näher kommen und lehnte sich neben K. an die Wand. K. entschuldigte sein Waschen und seine Unruhe mit der Dringlichkeit des beabsichtigten Besuches. Der Lehrer ging darüber hinweg und sagte: „Sie waren unhöflich gegenüber dem Herrn Gemeindevorsteher, diesem alten verdienten vielerfahrenen ehrwürdigen Mann." „Daß ich unhöflich gewesen wäre, weiß ich nicht," sagte K., während er sich abtrocknete, „daß ich aber an anderes zu denken hatte als an feines Benehmen, ist richtig, denn es handelte sich um meine Existenz, die bedroht ist durch eine schmachvolle amtliche Wirtschaft, deren Einzelheiten ich Ihnen nicht darlegen muß, da Sie selbst ein tätiges Glied dieser Behörde sind. Hat sich der Gemeindevorsteher über mich beklagt?" „Wem gegenüber hätte er sich beklagen sollen?" sagte der Lehrer, „und selbst, wenn er jemanden hätte, würde er sich denn jemals beklagen? Ich habe nur ein kleines Protokoll über Ihre Besprechung nach seinem Diktat aufgesetzt und daraus über die Güte des Herrn Vorstehers und über die Art Ihrer Antworten genug erfahren."
Während K. seinen Kamm suchte, den Frieda irgendwo eingeordnet haben mußte, sagte er: „Wie? Ein Protokoll? In meiner Abwesenheit nachträglich aufgesetzt von jemandem, der gar nicht bei der Besprechung war. Das ist nicht übel. Und warum denn ein Protokoll? War es denn eine amtliche Handlung?" „Nein," sagte der Lehrer, „eine halbamtliche, auch das Protokoll ist nur halbamtlich. Es wurde nur gemacht, weil bei uns in allem strenge Ordnung sein muß. Jedenfalls liegt es nun vor und dient nicht zu Ihrer Ehre." K., der den Kamm, der ins Bett geglitten war, endlich gefunden hatte, sagte ruhiger: „Mag es vorliegen. Sind Sie gekommen, mir das zu melden?"

„Nein," sagte der Lehrer, „aber ich bin kein Automat und mußte Ihnen meine Meinung sagen. Mein Auftrag dagegen ist ein weiterer Beweis der Güte des Herrn Vorstehers; ich betone, daß mir diese Güte unbegreiflich ist und daß ich nur unter dem Zwang meiner Stellung und in Verehrung des Herrn Vorstehers den Auftrag ausführe." K., gewaschen und gekämmt, saß nun in Erwartung des Hemdes und der Kleider bei Tisch, er war wenig neugierig auf das, was der Lehrer ihm brachte, auch war er beeinflußt von der geringen Meinung, welche die Wirtin vom Vorsteher hatte. „Es ist wohl schon Mittag vorüber?" fragte er in Gedanken an den Weg, den er vorhatte, dann verbesserte er sich und sagte: „Sie wollten mir etwas vom Vorsteher ausrichten." „Nun ja", sagte der Lehrer mit einem Achselzucken, als schüttle er jede eigene Verantwortung von sich ab. „Der Herr Vorsteher befürchtet, daß Sie, wenn die Entscheidung Ihrer Angelegenheit zu lange ausbleibt, etwas Unbedachtes auf eigene Faust tun werden. Ich für meinen Teil weiß nicht, warum er das befürchtet - meine Ansicht ist, daß Sie doch am besten tun mögen, was Sie wollen. Wir sind nicht Ihre Schutzengel und haben keine Verpflichtungen, Ihnen auf allen Ihren Wegen nachzulaufen. Nun gut. Der Herr Vorsteher ist anderer Meinung. Die Entscheidung selbst, welche Sache der gräflichen Behörden ist, kann er freilich nicht beschleunigen. Wohl aber will er in seinem Wirkungskreis eine vorläufige, wahrhaftig generöse Entscheidung treffen, es liegt nur an Ihnen, sie anzunehmen. Er bietet Ihnen vorläufig die Stelle eines Schuldieners an." Darauf, was ihm angeboten wurde, achtete K. zunächst kaum, aber die Tatsache, daß ihm etwas angeboten wurde, schien ihm nicht bedeutungslos. Es deutete darauf hin, daß er nach Ansicht des Vorstehers imstande war, um sich zu wehren, Dinge auszuführen, vor denen sich zu schützen für die Gemeinde selbst gewisse Aufwendungen rechtfertigte. Und wie wichtig man die Sache nahm. Der Lehrer, der hier schon eine zeitlang gewartet und vorher noch das Protokoll aufgesetzt hatte, mußte ja vom Vorsteher geradezu hergejagt worden sein. Als der Lehrer sah, daß er nun doch K. nachdenklich gemacht hatte, fuhr er fort: „Ich machte meine Einwendungen. Ich wies darauf hin, daß bisher kein Schuldiener nötig gewesen sei, die Frau des Kirchendieners räumt von Zeit zu Zeit auf und Fräulein Gisa, die Lehrerin, beaufsichtigt es. Ich habe Plage genug mit den Kindern, ich will mich nicht auch noch mit einem Schuldiener ärgern.

Der Herr Vorsteher entgegnete, daß es aber doch sehr schmutzig in der Schule sei. Ich erwiderte der Wahrheit gemäß, daß es nicht sehr arg sei. Und, fügte ich hinzu, wird es denn besser werden, wenn wir den Mann als Schuldiener nehmen? Ganz gewiß nicht. Abgesehen davon, daß er von solchen Arbeiten nichts versteht, hat doch das Schulhaus nur zwei große Lehrzimmer ohne Nebenräume, der Schuldiener muß also mit seiner Familie in einem der Lehrzimmer wohnen, schlafen, vielleicht gar kochen, das kann natürlich die Reinlichkeit nicht vergrößern. Aber der Herr Vorsteher verwies darauf, daß diese Stelle für Sie eine Rettung in der Not sei und daß Sie daher sich mit allen Kräften bemühen werden, sie gut auszufüllen, ferner meinte der Herr Vorsteher, gewinnen wir mit Ihnen auch noch die Kräfte Ihrer Frau und Ihrer Gehilfen, so daß nicht nur die Schule, sondern auch der Schulgarten in musterhafter Ordnung wird gehalten werden können. Das alles widerlegte ich mit Leichtigkeit. Schließlich konnte der Herr Vorsteher gar nichts mehr zu Ihren Gunsten vorbringen, lachte und sagte nur, Sie seien doch Landvermesser und würden daher die Beete im Schulgarten besonders schön gerade ziehen können. Nun gegen Späße gibt es keine Einwände und so ging ich mit dem Auftrag zu Ihnen." "Sie machen sich unnütze Sorgen, Herr Lehrer", sagte K., "es fällt mir nicht ein, die Stelle anzunehmen." "Vorzüglich," sagte der Lehrer, "vorzüglich, ganz ohne Vorbehalt lehnen Sie ab" und er nahm den Hut, verbeugte sich und ging.

Gleich darauf kam Frieda mit verstörtem Gesicht herauf, das Hemd brachte sie ungebügelt, Fragen beantwortete sie nicht; um sie zu zerstreuen, erzählte ihr K. von dem Lehrer und dem Angebot, kaum hörte sie es, warf sie das Hemd auf das Bett und lief wieder fort. Sie kam bald zurück, aber mit dem Lehrer, der verdrießlich aussah und gar nicht grüßte. Frieda bat ihn um ein wenig Geduld - offenbar hatte sie das auf dem Weg hierher schon einige Male getan - zog dann K. durch eine Seitentür, von der er gar nicht gewußt hatte, auf den benachbarten Dachboden, und erzählte dort schließlich aufgeregt außer Atem, was ihr geschehen war. Die Wirtin empört darüber, daß sie sich vor K. zu Geständnissen und, was noch ärger war, zu Nachgiebigkeit hinsichtlich einer Unterredung Klamms mit K. erniedrigt und nichts damit erreicht hatte als, wie sie sagte, kalte und überdies unaufrichtige Abweisung, sei entschlossen, K. nicht mehr in ihrem Hause zu dulden; habe er Verbindungen mit dem Schloß, so möge er sie nur sehr schnell ausnützen, denn noch heute, noch jetzt müsse er das Haus verlassen und nur auf direkten behördlichen Befehl und Zwang werde sie ihn wieder aufnehmen, doch hoffe sie, daß es nicht dazu kommen werde, denn auch sie habe Verbindungen mit dem Schloß und werde sie geltend zu machen verstehn. Übrigens sei er ja in das Wirtshaus nur infolge der Nachlässigkeit des Wirtes gekommen und sei auch sonst gar nicht in Not, denn noch heute morgens habe er sich eines für ihn bereitstehenden Nachtlagers gerühmt. Frieda natürlich solle bleiben, wenn Frieda mit K. ausziehen sollte, werde sie, die Wirtin, tief unglücklich sein, schon unten in der Küche sei sie bei dem bloßen Gedanken weinend neben dem Herd zusammengesunken. Die arme herzleidende Frau, aber wie könne sie anders handeln, jetzt da es sich, in ihrer Vorstellung wenigstens, geradezu um die Ehre von Klamms Angedenken handle. So stehe es also mit der Wirtin. Frieda freilich werde ihm, K., folgen, wohin er wolle. Aber sehr schlimm sei doch ihrer beiden Lage jedenfalls, darum habe sie das Angebot des Vorstehers mit großer Freude begrüßt, sei es auch eine für K. nicht passende Stelle, so sei sie doch, das werde ausdrücklich betont, eine nur vorläufige, man gewinne Zeit und werde leicht andere Möglichkeiten finden, selbst wenn die endgültige Entscheidung ungünstig ausfallen sollte. „Im Notfall", rief schließlich Frieda schon an K.s Hals, „wandern wir aus, was hält uns hier im Dorf? Vorläufig aber, nicht wahr, Liebster, nehmen wir das Angebot an, ich habe den Lehrer zurückgebracht, du sagst ihm ‚angenommen', nichts weiter, und wir übersiedeln in die Schule."

„Das ist schlimm", sagte K., ohne es aber ganz ernsthaft zu meinen, denn die Wohnung kümmerte ihn wenig, auch fror er sehr in seiner Unterwäsche hier auf dem Dachboden, der, auf zwei Seiten ohne Wand und Fenster, scharf von kalter Luft durchzogen wurde, „jetzt hast du das Zimmer so schön hergerichtet und nun sollen wir ausziehen. Ungern, ungern würde ich die Stelle annehmen, schon die augenblickliche Demütigung vor diesem kleinen Lehrer ist mir peinlich und nun soll er gar mein Vorgesetzter werden. Wenn man nur noch ein Weilchen hierbleiben könnte, vielleicht ändert sich meine Lage noch heute nachmittag. Wenn wenigstens du hier bliebst, könnte man es abwarten und dem Lehrer nur eine unbestimmte Antwort geben. Für mich finde ich immer ein Nachtlager, wenn es sein muß wirklich bei Bar-"

Frieda verschloß ihm mit der Hand den Mund. „Das nicht," sagte sie ängstlich, „bitte sage das nicht wieder. Sonst aber folge ich dir in allem. Wenn du willst, bleibe ich allein hier, so traurig es für mich wäre. Wenn du willst, lehnen wir den Antrag ab, so unrichtig das meiner Meinung nach wäre. Denn sieh, wenn du eine andere Möglichkeit findest, gar noch heute nachmittag, nun, so ist es selbstverständlich, daß wir die Stelle in der Schule sofort aufgeben, niemand wird uns daran hindern. Und was die Demütigung vor dem Lehrer betrifft, so laß mich dafür sorgen, daß es keine wird, ich selbst werde mit ihm sprechen, du wirst nur stumm dabeistehen und auch später wird es nicht anders sein, niemals wirst du, wenn du nicht willst, selbst mit ihm sprechen müssen, ich allein werde in Wirklichkeit seine Untergebene sein und nicht einmal ich werde es sein, denn ich kenne seine Schwächen. So ist also nichts verloren, wenn wir die Stelle annehmen, vieles aber, wenn wir sie ablehnen, vor allem würdest du wirklich auch nur für dich allein, wenn du nicht noch heute etwas vom Schloß erreichst, nirgends, nirgends im Dorf ein Nachtlager finden, ein Nachtlager nämlich, für das ich mich als deine zukünftige Frau nicht schämen müßte. Und wenn du kein Nachtlager bekommst, willst du dann etwa von mir verlangen, daß ich hier im warmen Zimmer schlafe, während ich weiß, daß du draußen bei Nacht und Kälte umherirrst." K., der die ganze Zeit über, die Arme über der Brust gekreuzt, mit den Händen seinen Rücken schlug, um sich ein wenig zu erwärmen, sagte: „Dann bleibt nichts übrig als anzunehmen, komm!" Im Zimmer eilte er gleich zum Ofen, um den Lehrer kümmerte er sich nicht; dieser saß beim Tisch, zog die Uhr hervor und sagte: „Es ist spät geworden." „Dafür sind wir aber jetzt auch völlig einig, Herr Lehrer," sagte Frieda, „wir nehmen die Stelle an." „Gut," sagte der Lehrer, „aber die Stelle ist dem Herrn Landvermesser angeboten, er selbst muß sich äußern." Frieda kam K. zu Hilfe. „Freilich," sagte sie, „er nimmt die Stelle an, nicht wahr K?" So konnte K. seine Erklärung auf ein einfaches Ja beschränken, das nicht einmal an den Lehrer, sondern an Frieda gerichtet war. „Dann", sagte der Lehrer, „bleibt mir nur noch übrig, Ihnen Ihre Dienstpflichten vorzuhalten, damit wir in dieser Hinsicht ein für allemal einig sind: Sie haben, Herr Landvermesser, täglich beide Schulzimmer zu reinigen und zu heizen, kleinere Reparaturen im Haus, ferner an den Schul- und Turngeräten selbst vorzunehmen, den Weg durch den Garten schneefrei zu halten, Botengänge für mich und das Fräulein Lehrerin zu machen und in der wärmeren Jahreszeit alle Gartenarbeit zu besorgen. Dafür haben Sie das Recht, nach Ihrer Wahl in einem der Schulzimmer zu wohnen; doch müssen Sie, wenn nicht gleichzeitig in beiden Zimmern unterrichtet wird und Sie gerade in dem Zimmer, in welchem unterrichtet wird, wohnen, natürlich in das andere Zimmer übersiedeln. Kochen dürfen Sie in der Schule nicht, dafür werden Sie und die Ihren auf Kosten der Gemeinde hier im Wirtshaus verpflegt. Daß Sie sich der Würde der Schule angemessen verhalten und daß insbesondere die Kinder gar während des Unterrichts niemals etwa Zeugen unliebsamer Szenen in Ihrer Häuslichkeit werden dürfen, erwähne ich nur nebenbei, denn als gebildeter Mann müssen Sie das ja wissen. Im Zusammenhang damit bemerke ich noch, daß wir darauf bestehen müssen, daß Sie Ihre Beziehungen zu Fräulein Frieda möglichst bald legitimieren. Über das alles und noch einige Kleinigkeiten wird ein Dienstvertrag aufgesetzt, den Sie gleich, wenn Sie ins Schulhaus einziehen, unterzeichnen müssen." K. erschien das alles unwichtig, so als ob es ihn nicht betreffe oder jedenfalls nicht binde, nur die Großtuerei des Lehrers reizte ihn und er sagte leichthin: „Nun ja, es sind die üblichen Verpflichtungen." Um diese Bemerkung ein wenig zu verwischen, fragte Frieda nach dem Gehalt. „Ob Gehalt gezahlt wird", sagte der Lehrer, „wird erst nach einmonatlichem Probedienst erwogen werden." „Das ist aber hart für uns", sagte Frieda. „Wir sollen fast ohne Geld heiraten, unsere Hauswirtschaft aus nichts schaffen. Könnten nicht doch Herr Lehrer durch eine Eingabe an die Gemeinde um ein kleines sofortiges Gehalt bitten? Würden Sie dazu raten?" „Nein", sagte der Lehrer, der seine Worte immer an K. richtete. „Einer solchen Eingabe würde nur entsprochen werden, wenn ich es empfehle, und ich würde es nicht tun. Die Verleihung der Stelle ist ja nur eine Gefälligkeit Ihnen gegenüber und Gefälligkeiten muß man, wenn man sich seiner öffentlichen Verantwortung bewußt bleibt, nicht zu weit treiben." Nun mischte sich aber doch K. ein, fast gegen seinen Willen. „Was die Gefälligkeit betrifft, Herr Lehrer", sagte er, „glaube ich, daß Sie irren. Diese Gefälligkeit ist vielleicht eher auf meiner Seite." „Nein", sagte der Lehrer lächelnd, nun hatte er K. doch zum Reden gezwungen. „Darüber bin ich genau unterrichtet. Wir brauchen den Schuldiener etwa so dringend wie den Landvermesser. Schuldiener wie Landvermesser, es ist eine Last an unserem Halse.

Es wird mich noch viel Nachdenken kosten, wie ich die Ausgabe vor der Gemeinde begründen soll. Am besten und wahrheitsgemäßesten wäre es, die Forderung nur auf den Tisch zu werfen und nicht zu begründen." „So meine ich es ja", sagte K., „gegen Ihren Willen müssen Sie mich aufnehmen. Trotzdem es Ihnen schweres Nachdenken verursacht, müssen Sie mich aufnehmen. Wenn nun jemand genötigt ist, einen anderen aufzunehmen und dieser andere sich aufnehmen läßt, so ist er es doch, der gefällig ist." „Sonderbar", sagte der Lehrer, „was sollte uns zwingen, Sie aufzunehmen; des Herrn Vorstehers gutes, übergutes Herz zwingt uns. Sie werden, Herr Landvermesser, das sehe ich, wohl manche Phantasien aufgeben müssen, ehe Sie ein brauchbarer Schuldiener werden. Und für die Gewährung eines eventuellen Gehaltes machen natürlich solche Bemerkungen wenig Stimmung. Auch merke ich leider, daß mir Ihr Benehmen noch viel zu schaffen geben wird, die ganze Zeit über verhandeln Sie ja mit mir, ich sehe es immerfort an und glaube es fast nicht, in Hemd und Unterhosen." „Ja," rief K. lachend und schlug in die Hände, „die entsetzlichen Gehilfen, wo bleiben sie denn?" Frieda eilte zur Tür, der Lehrer, der merkte, daß nun K. für ihn nicht mehr zu sprechen war, fragte Frieda, wann sie in die Schule einziehen würden. „Heute," sagte Frieda, „dann komme ich morgen früh revidieren", sagte der Lehrer, grüßte durch Handwinken, wollte durch die Tür, die Frieda für sich geöffnet hatte, hinausgehen, stieß aber mit den Mägden zusammen, die schon mit ihren Sachen kamen, um sich im Zimmer wieder einzurichten, er mußte zwischen ihnen, die vor niemandem zurückgewichen wären, durchschlüpfen, Frieda folgte ihm. „Ihr habt es aber eilig," sagte K., der diesmal sehr zufrieden mit ihnen war, „wir sind noch hier und ihr müßt schon einrücken?" Sie antworteten nicht und drehten nur verlegen ihre Bündel, aus denen K. die wohlbekannten schmutzigen Fetzen hervorhängen sah. „Ihr habt wohl euere Sachen noch niemals gewaschen", sagte K., es war nicht böse, sondern mit einer gewissen Zuneigung gesagt. Sie merkten es, öffneten gleichzeitig ihren harten Mund, zeigten die schönen starken tiermäßigen Zähne und lachten lautlos. „Nun kommt," sagte K., „richtet euch ein, es ist ja euer Zimmer." Als sie aber noch immer zögerten - das Zimmer schien ihnen wohl allzusehr verwandelt - nahm K. eine beim Arm, um sie weiter zu führen. Aber er ließ sie gleich los, so erstaunt war beider Blick, den sie, nach einer kurzen gegenseitigen Verständigung, nun nicht mehr von

K. wandten. „Jetzt habt ihr mich aber genug lange angesehen", sagte K., irgendein unangenehmes Gefühl abwehrend, nahm Kleider und Stiefel, die eben Frieda, schüchtern von den Gehilfen gefolgt, gebracht hatte und zog sich an. Unbegreiflich war ihm immer und jetzt wieder die Geduld, die Frieda mit den Gehilfen hatte. Sie hatte sie, die doch die Kleider im Hof hatten putzen sollen, nach längerem Suchen friedlich unten beim Mittagessen gefunden, die ungeputzten Kleider vor sich zusammengepreßt auf dem Schoß, sie hatte dann selbst alles putzen müssen und doch zankte sie, die gemeines Volk gut zu beherrschen wußte, gar nicht mit ihnen, erzählte überdies in ihrer Gegenwart von ihrer groben Nachlässigkeit wie von einem kleinen Scherz und klopfte gar noch dem einen leicht, wie schmeichelnd auf die Wange. K. wollte ihr nächstens darüber Vorhaltungen machen. Jetzt aber war es höchste Zeit wegzugehen. „Die Gehilfen bleiben hier, dir bei der Übersiedlung zu helfen" sagte K. Sie waren allerdings nicht damit einverstanden, satt und fröhlich wie sie waren, hätten sie gern ein wenig Bewegung gemacht. Erst als Frieda sagte: „Gewiß, ihr bleibt hier", fügten sie sich. „Weißt du, wohin ich gehe?" fragte K. „Ja", sagte Frieda. „Und du hältst mich also nicht mehr zurück?" fragte K. „Du wirst so viele Hindernisse finden," sagte sie, „was würde da mein Wort bedeuten!" Sie küßte K. zum Abschied, gab ihm, da er nicht zu Mittag gegessen hatte, ein Päckchen mit Brot und Wurst, das sie von unten für ihn mitgebracht hatte, erinnerte ihn daran, daß er dann nicht mehr hierher, sondern gleich in die Schule kommen sollte, und begleitete ihn, die Hand auf seiner Schulter, bis vor die Türe hinaus.

Das achte Kapitel

Zunächst war K. froh, dem Gedränge der Mägde und Gehilfen in dem warmen Zimmer entgangen zu sein. Auch fror es ein wenig, der Schnee war fester, das Gehen leichter. Nur fing es freilich schon zu dunkeln an und er beschleunigte die Schritte.

Das Schloß, dessen Umrisse sich schon aufzulösen begannen, lag still wie immer, niemals noch hatte K. dort das geringste Zeichen von Leben gesehen, vielleicht war es gar nicht möglich, aus dieser Ferne etwas zu erkennen und doch verlangten es die Augen und wollten die Stille nicht dulden. Wenn K. das Schloß ansah, so war ihm manchmal, als beobachte er jemanden, der ruhig dasitze und vor sich hinsehe, nicht etwa in Gedanken verloren und dadurch gegen alle abgeschlossen, sondern frei und unbekümmert; so als sei er allein und niemand beobachte ihn, und doch mußte er merken, daß er beobachtet wurde, aber es rührte nicht im geringsten an seine Ruhe und wirklich - man wußte nicht, war es Ursache oder Folge - die Blicke des Beobachters konnten sich nicht festhalten und glitten ab. Dieser Eindruck wurde heute noch verstärkt durch das frühe Dunkel, je länger er hinsah, desto weniger erkannte er, desto tiefer sank alles in Dämmerung.

Gerade als K. zu dem noch unbeleuchteten Herrenhof kam, öffnete sich ein Fenster im ersten Stock, ein junger dicker glattrasierter Herr im Pelzrock beugte sich heraus und blieb dann im Fenster. K.s Gruß schien er auch nicht mit dem leichtesten Kopfnicken zu beantworten. Weder im Flur noch im Ausschank traf K. jemanden, der Geruch von abgestandenem Bier war noch schlimmer als letzthin, etwas Derartiges kam wohl im Wirtshaus zur Brücke nicht vor. K. ging sofort zu der Tür, durch die er letzthin Klamm beobachtet hatte, drückte vorsichtig die Klinke nieder, aber die Tür war versperrt; dann suchte er die Stelle zu ertasten, wo das Guckloch war, aber der Verschluß war wahrscheinlich so gut eingepaßt, daß er die Stelle auf diese Weise nicht finden konnte, er zündete deshalb ein Streichholz an. Da wurde er durch einen Schrei erschreckt. In dem Winkel zwischen Tür und Kredenztisch nahe beim Ofen war zusammengeduckt ein junges Mädchen und starrte ihn in dem Aufleuchten des Streichholzes mit mühsam geöffneten schlaftrunkenen Augen an. Es war offenbar die Nachfolgerin Friedas. Sie faßte sich bald, drehte das elektrische Licht auf, der Ausdruck ihres Gesichtes war noch böse, da erkannte sie K. „Ah, der Herr Landvermesser" sagte sie lächelnd, reichte ihm die Hand und stellte sich vor: „ich heiße Pepi." Sie war klein, rot, gesund, das üppige rötlichblonde Haar war in einen starken Zopf geflochten, außerdem krauste es sich rund um das Gesicht, sie hatte ein ihr sehr wenig passendes, glatt niederfallendes Kleid aus grauglänzendem Stoff, unten war es kindlich ungeschickt von einem in eine Masche endigenden Seidenband zusammengezogen, so daß es sie beengte. Sie erkundigte sich nach Frieda und ob sie nicht bald zurückkommen werde. Das war eine Frage, die nahe an Bosheit grenzte. „Ich bin", sagte sie dann, „gleich nach Friedas Weggang in Eile hierher berufen worden, weil man doch nicht eine Beliebige hier verwenden kann, ich war bis jetzt Zimmermädchen, aber es ist kein guter Tausch, den ich gemacht habe. Viel Abend- und Nachtarbeit ist hier, das ist sehr ermüdend, ich werde es kaum ertragen, ich wundere mich nicht, daß Frieda es aufgegeben hat." „Frieda war hier sehr zufrieden", sagte K., um Pepi endlich auf den Unterschied aufmerksam zu machen, der zwischen ihr und Frieda bestand und den sie vernachlässigte. „Glauben Sie ihr nicht", sagte Pepi. „Frieda kann sich beherrschen wie nicht leicht jemand. Was sie nicht gestehen will, gesteht sie nicht, und dabei merkt man gar nicht, daß sie etwas zu gestehen hätte. Ich diene doch jetzt hier schon einige Jahre mit ihr, immer haben wir zusammen in einem Bett geschlafen, aber vertraut bin ich mit ihr nicht, gewiß denkt sie heute schon nicht mehr an mich. Ihre einzige Freundin vielleicht ist die alte Wirtin aus dem Brückengasthaus, und das ist doch auch bezeichnend." „Frieda ist meine Braut", sagte K. und suchte nebenbei die Gucklochstelle in der Tür. „Ich weiß," sagte Pepi, „deshalb erzähle ich es ja. Sonst hätte es ja für Sie keine Bedeutung." „Ich verstehe", sagte K. „Sie meinen, daß ich stolz darauf sein kann, ein so verschlossenes Mädchen für mich gewonnen zu haben." „Ja", sagte sie und lachte zufrieden, so, als habe sie K. zu einem geheimen Einverständnis hinsichtlich Frieda gewonnen.

Aber es waren nicht eigentlich ihre Worte, die K. beschäftigten und ein wenig vom Suchen ablenkten, sondern ihre Erscheinung war es und ihr Vorhandensein an dieser Stelle. Freilich, sie war viel jünger als Frieda, fast kindlich noch, und ihre Kleidung war lächerlich, sie hatte sich offenbar angezogen entsprechend den übertriebenen Vorstellungen, die sie von der Bedeutung eines Ausschankmädchens hatte. Und diese Vorstellungen hatte sie gar noch in ihrer Art mit Recht, denn diese Stellung, für die sie noch gar nicht paßte, war wohl unverhofft und unverdient und nur vorläufig ihr zuteil geworden, nicht einmal das Ledertäschchen, das Frieda immer im Gürtel getragen hatte, hatte man ihr anvertraut. Und ihre angebliche Unzufriedenheit mit der Stellung war nichts als Überhebung. Und doch, trotz ihres kindlichen Unverstandes, hatte auch sie wahrscheinlich Beziehungen zum Schloß, sie war ja, wenn sie nicht log, Zimmermädchen gewesen, ohne von ihrem Besitz zu wissen, verschlief sie hier die Tage, aber eine Umarmung dieses kleinen dicken ein wenig rundrückigem Körpers konnte ihr zwar den Besitz nicht entreißen, konnte aber an ihm rühren und aufmuntern für den schweren Weg.

Dann war es vielleicht nicht anders als bei Frieda? O doch, es war anders. Man mußte nur an Friedas Blick denken, um das zu verstehen. Niemals hätte K. Pepi angerührt. Aber doch mußte er jetzt für ein Weilchen seine Augen bedecken, so gierig sah er sie an.

„Es muß ja nicht angezündet sein," sagte Pepi und drehte das Licht wieder aus, „ich habe nur angezündet, weil Sie mich so sehr erschreckt haben. Was wollen Sie denn hier? Hat Frieda etwas vergessen?" „Ja," sagte K. und zeigte auf die Tür, „hier im Zimmer nebenan eine Tischdecke, eine weiße gestrickte." „Ja, ihre Tischdecke," sagte Pepi, „ich erinnere mich, eine schöne Arbeit, ich habe auch dabei geholfen, aber in diesem Zimmer ist sie wohl kaum." „Frieda glaubt es. Wer wohnt denn hier?" fragte K. „Niemand," sagte Pepi, „es ist das Herrenzimmer, hier trinken und essen die Herren, d. h. es ist dafür bestimmt, aber die meisten bleiben oben in ihren Zimmern." „Wenn ich wüßte," sagte K., „daß jetzt nebenan niemand ist, würde ich sehr gerne hineingehn und die Decke suchen. Aber es ist eben unsicher, Klamm z. B. pflegt oft dort zu sitzen." „Klamm ist jetzt gewiß nicht dort," sagte Pepi, „er fährt ja gleich weg, der Schlitten wartet schon im Hof."

Sofort, ohne ein Wort der Erklärung, verließ K. den Ausschank, wandte sich im Flur anstatt zum Ausgang gegen das Innere des Hauses und hatte nach wenigen Schritten den Hof erreicht. Wie still und schön es hier war! Ein viereckiger Hof, auf drei Seiten vom Hause, gegen die Straße zu — eine Nebenstraße, die K. nicht kannte - von einer hohen weißen Mauer mit einem großen schweren jetzt offenen Tor begrenzt. Hier auf der Hofseite schien das Haus höher als auf der Vorderseite, wenigstens war der erste Stock vollständig ausgebaut und hatte ein größeres Ansehen, denn er war von einer hölzernen, bis auf einen kleinen Spalt in Augenhöhe geschlossenen Galerie umlaufen. K. schief gegenüber, noch im Mittelstock, aber schon im Winkel, wo sich der gegenüberliegende Seitenflügel anschloß, war ein Eingang ins Haus, offen, ohne Tür. Davor stand ein dunkler, geschlossener, mit zwei Pferden bespannter Schlitten. Bis auf den Kutscher, den K. auf die Entfernung hin jetzt in der Dämmerung mehr vermutete als erkannte, war niemand zu sehen.

Die Hände in den Taschen, vorsichtig sich umschauend, nahe an der Mauer umging K. zwei Seiten des Hofes, bis er beim Schlitten war. Der Kutscher, einer jener Bauern, die letzthin im Ausschank gewesen waren, hatte ihn, im Pelz versunken, teilnahmslos herankommen sehen, sowie man etwa den Weg einer Katze verfolgt. Auch als K. schon bei ihm stand, grüßte, und sogar die Pferde ein wenig unruhig wurden, wegen des aus dem Dunkel auftauchenden Mannes, blieb er gänzlich unbekümmert. Das war K. sehr willkommen. Angelehnt an die Mauer packte er sein Essen aus, gedachte dankbar Friedas, die ihn so gut versorgt hatte, und spähte dabei in das Innere des Hauses. Eine rechtwinklig gebrochene Treppe führte herab und war unten von einem niedrigen, aber scheinbar tiefen Gang gekreuzt, alles war rein, weiß getüncht, scharf und gerade abgegrenzt. Das Warten dauerte länger, als K. gedacht hatte. Längst schon war er mit dem Essen fertig, die Kälte war empfindlich, aus der Dämmerung war schon völlige Finsternis geworden und Klamm kam noch immer nicht. „Das kann noch sehr lange dauern", sagte plötzlich eine rauhe Stimme so nahe bei K., daß er zusammenfuhr. Es war der Kutscher, der, wie aufgewacht, sich streckte und laut gähnte. „Was kann denn lange dauern?" fragte K., nicht undankbar wegen der Störung, denn die fortwährende Stille und Spannung war schon lästig gewesen. „Ehe Sie weggehen werden", sagte der Kutscher. K. verstand ihn nicht, fragte aber nicht weiter, er glaubte auf diese Weise den Hochmütigen am besten zum Reden zu bringen. Ein Nichtantworten hier in der Finsternis war fast aufreizend. Und tatsächlich fragte der Kutscher nach einem Weilchen: „Wollen Sie Kognak?" „Ja", sagte K. unüberlegt, durch das Angebot allzusehr verlockt, denn ihn fröstelte. „Dann machen Sie den Schlitten auf," sagte der Kutscher, „in der Seitentasche sind einige Flaschen, nehmen Sie eine, trinken Sie und reichen Sie sie mir dann. Mir ist es wegen des Pelzes zu beschwerlich hinunterzusteigen." Es verdroß K., solche Handreichungen zu machen, aber da er sich nun mit dem Kutscher schon eingelassen hatte, gehorchte er, selbst auf die Gefahr hin, beim Schlitten etwa von Klamm überrascht zu werden. Er öffnete die breite Tür und hätte gleich aus der Tasche, welche auf der Innenseite der Tür angebracht war, die Flasche herausziehen können, aber da nun die Tür offen war, trieb es ihn so sehr in das Innere des Schlittens, daß er nicht widerstehen konnte, nur einen Augenblick lang wollte er drin sitzen. Er huschte hinein. Außerordentlich war die Wärme im Schlitten und sie blieb, trotzdem die Tür, die K. nicht zu schließen wagte, weit offen war.

Man wußte gar nicht, ob man auf einer Bank saß, so sehr lag man in Decken, Polstern und Pelzen; nach allen Seiten konnte man sich drehen und strecken, immer versank man weich und warm. Die Arme ausgebreitet, den Kopf durch Polster gestützt, die immer bereit waren, blickte K. aus dem Schlitten in das dunkle Haus. Warum dauerte es so lange, ehe Klamm herauskam? Wie betäubt von der Wärme nach dem langen Stehen im Schnee wünschte K., daß Klamm endlich komme. Der Gedanke, daß er in seiner jetzigen Lage von Klamm lieber nicht gesehen werden sollte, kam ihm nur undeutlich, als leise Störung zum Bewußtsein. Unterstützt in dieser Vergeßlichkeit wurde er durch das Verhalten des Kutschers, der doch wissen mußte, daß er im Schlitten war und ihn dort ließ, sogar ohne den Kognak von ihm zu fordern. Das war rücksichtsvoll, aber K. wollte ihn ja bedienen. Schwerfällig, ohne seine Lage zu verändern, langte er nach der Seitentasche. Aber nicht in der offenen Tür, die zu weit entfernt war, sondern hinter sich in die geschlossene, nun, es war gleichgültig, auch in dieser waren Flaschen. Er holte eine hervor, schraubte den Verschluß auf und roch dazu, unwillkürlich mußte er lächeln, der Geruch war so süß, so schmeichelnd, so wie man von jemand, den man sehr lieb hat, Lob und gute Worte hört und gar nicht genau weiß, um was es sich handelt und es gar nicht wissen will und nur glücklich ist in dem Bewußtsein, daß er es ist, der so spricht. „Sollte das Kognak sein?" fragte sich K. zweifelnd und kostete aus Neugier. Doch, es war Kognak, merkwürdigerweise, und brannte und wärmte. Wie es sich beim Trinken verwandelte, aus etwas, das fast nur Träger süßen Duftes war, in ein kutschermäßiges Getränk. „Ist es möglich?" fragte sich K., wie vorwurfsvoll gegen sich selbst und trank noch einmal.
Da - K. war gerade in einem langen Schluck befangen - wurde es hell, das elektrische Licht brannte, innen auf der Treppe, im Gange, im Flur, außen über dem Eingang. Man hörte Schritte die Treppe herabkommen, die Flasche entfiel K.s Hand, der Kognak ergoß sich über einen Pelz, K. sprang aus dem Schlitten, gerade hatte er noch die Tür zuschlagen können, was einen dröhnenden Lärm gab, als kurz darauf ein Herr langsam aus dem Hause trat. Das einzig Tröstliche schien, daß es nicht Klamm, war oder war gerade dieses zu bedauern? Es war der Herr, den K. schon im Fenster des ersten Stockes gesehen hatte. Ein junger Herr, äußerst wohl aussehend, weiß und rot, aber sehr ernst.

Auch K. sah ihn düster an, aber er meinte sich selbst mit diesem Blick. Hätte er doch lieber seine Gehilfen hergeschickt; sich so zu benehmen, wie er es getan hatte, hätten auch sie verstanden. Ihm gegenüber der Herr schwieg noch, so als hätte er für das zu Sagende nicht genug Atem in seiner überbreiten Brust. „Das ist ja entsetzlich", sagte er dann und schob seinen Hut ein wenig aus der Stirn. Wie? Der Herr wußte doch wahrscheinlich nichts von K.s Aufenthalt im Schlitten und fand schon irgend etwas entsetzlich? Etwa, daß K. bis in den Hof gedrungen war? „Wie kommen Sie denn hierher?" fragte dann der Herr schon leiser, schon ausatmend, sich ergebend in das Unabänderliche. Was für Fragen! Was für Antworten! Sollte etwa K. noch ausdrücklich selbst dem Herrn bestätigen, daß sein mit soviel Hoffnungen begonnener Weg vergebens gewesen war? Statt zu antworten, wandte sich K. zum Schlitten, öffnete ihn und holte seine Mütze, die er drin vergessen hatte. Mit Unbehagen merkte er, wie der Kognak auf das Trittbrett tropfte.

Dann wandte er sich wieder dem Herrn zu; ihm zu zeigen, daß er im Schlitten gewesen war, hatte er nun keine Bedenken mehr, es war auch nicht das Schlimmste; wenn er gefragt wurde, allerdings nur dann, wollte er nicht verschweigen, daß ihn der Kutscher selbst zumindest zum Öffnen des Schlittens veranlaßt hatte. Das eigentlich Schlimme aber war ja, daß ihn der Herr überrascht hatte, daß nicht genug Zeit mehr gewesen war, sich vor ihm zu verstecken, um dann ungestört auf Klamm warten zu können oder daß er nicht genug Geistesgegenwart gehabt hatte, im Schlitten zu bleiben, die Tür zu schließen und dort auf den Pelzen Klamm zu erwarten oder dort wenigstens zu bleiben, solange dieser Herr in der Nähe war. Freilich, er hatte ja nicht wissen können, ob nicht vielleicht doch schon jetzt Klamm selbst komme, in welchem Fall es natürlich viel besser gewesen wäre, ihn außerhalb des Schlittens zu empfangen. Ja, es war mancherlei hier zu bedenken gewesen, jetzt aber gar nichts mehr, denn es war zu Ende.

„Kommen Sie mit mir", sagte der Herr, nicht eigentlich befehlend, aber der Befehl lag nicht in den Worten, sondern in einem sie begleitenden kurzen, absichtlich gleichgültigen Schwenken der Hand. „Ich warte hier auf jemanden", sagte K., nicht mehr in Hoffnung auf irgendeinen Erfolg, sondern nur grundsätzlich. „Kommen Sie", sagte der Herr nochmals ganz unbeirrt, so als wolle er zeigen, daß er niemals daran gezweifelt hatte, daß K. auf jemanden warte.

„Aber ich verfehle dann den, auf den ich warte", sagte K. mit einem Nicken des Kopfes. Trotz allem, was geschehen war, hatte er das Gefühl, daß das, was er bisher erreicht hatte, eine Art Besitz war, den er zwar nur noch scheinbar festhielt, aber doch nicht auf einen beliebigen Befehl hin ausliefern mußte. „Sie verfehlen ihn auf jeden Fall, ob Sie warten oder gehen", sagte der Herr, zwar schroff in seiner Meinung, aber auffallend nachgiebig für K.s Gedankengang. „Dann will ich ihn lieber beim Warten verfehlen", sagte K. trotzig, durch bloße Worte dieses jungen Herrn würde er sich gewiß nicht von hier vertreiben lassen. Darauf schloß der Herr mit einem überlegenen Ausdruck des zurückgelehnten Gesichtes für ein Weilchen die Augen, so, als wolle er von K.s Unverständigkeit wieder zu seiner eigenen Vernunft zurückkehren, umlief mit der Zungenspitze die Lippen des ein wenig geöffneten Mundes und sagte dann zum Kutscher: „Spannen Sie die Pferde aus."

Der Kutscher, ergeben dem Herrn, aber mit einem bösen Seitenblick auf K., mußte nun doch im Pelz hinuntersteigen und begann sehr zögernd, so, als erwarte er nicht vom Herrn einen Gegenbefehl, aber von K. eine Sinnesäußerung, die Pferde mit dem Schlitten rückwärts näher zum Seitenflügel zurückzuführen, in welchem offenbar hinter einem großen Tor der Stall mit dem Wagenschuppen untergebracht war. K. sah sich allein zurückbleiben, auf der einen Seite entfernte sich der Schlitten, auf der andern, auf dem Weg, den K. gekommen war, der junge Herr, beide allerdings sehr langsam, so, als wollten sie K. zeigen, daß es noch in seiner Macht gelegen sei, sie zurückzuholen. Vielleicht hatte er diese Macht, aber sie hätte ihm nichts nützen können; den Schlitten zurückzuholen bedeutete sich selbst vertreiben. So blieb er still als einziger, der den Platz behauptete, aber es war ein Sieg, der keine Freude machte. Abwechselnd sah er dem Herrn und dem Kutscher nach. Der Herr hatte schon die Tür erreicht, durch die K. zuerst den Hof betreten hatte, noch einmal blickte er zurück, K. glaubte ihn den Kopf schütteln zu sehen über soviel Hartnäckigkeit, dann wandte er sich mit einer entschlossenen kurzen endgültigen Bewegung um und betrat den Flur, in dem er gleich verschwand. Der Kutscher blieb länger auf dem Hof, er hatte viel Arbeit mit dem Schlitten, er mußte das schwere Stalltor aufmachen, durch Rückwärtsfahren den Schlitten an seinen Ort bringen, die Pferde ausspannen, zu ihrer Krippe führen, das alles machte er ernst, ganz in sich gekehrt, ohne jede Hoffnung auf eine baldige Fahrt; dieses schweigende Hantieren ohne jeden Seitenblick auf K. schien diesem ein viel härterer Vorwurf zu sein als das Verhalten des Herrn. Und als nun nach Beendigung der Arbeit im Stall der Kutscher quer über den Hof ging, in seinem langsamen schaukelnden Gang, das große Tor zumachte, dann zurückkam, alles langsam und förmlich nur in Betrachtung seiner eigenen Spur im Schnee, dann sich im Stall einschloß und nun auch alles elektrische Licht verlösche - wem hätte es leuchten sollen - und nur noch oben der Spalt in der Holzgalerie grell blieb und den irrenden Blick ein wenig festhielt, da schien es K., als habe man nun alle Verbindung mit ihm abgebrochen und als sei er nun freilich freier als jemals und könne hier auf dem ihm sonst verbotenen Ort warten, solange er wolle, und habe sich die Freiheit erkämpft, wie kaum ein anderer es könnte, und niemand dürfe ihn anrühren oder vertreiben, ja kaum ansprechen, aber — diese Überzeugung war zumindest ebenso stark - als gäbe es gleichzeitig nichts Sinnloseres, nichts Verzweifelteres als diese Freiheit, dieses Warten, diese Unverletzlichkeit.

Das neunte Kapitel

Und er riß sich los und ging ins Haus zurück, diesmal nicht an der Mauer entlang, sondern mitten durch den Schnee, traf im Flur den Wirt, der ihn stumm grüßte, und auf die Tür des Ausschanks zeigte, folgte dem Wink, weil ihn fror und weil er Menschen sehen wollte, war aber sehr enttäuscht, als er dort an einem Tischchen, das wohl eigens hingestellt worden war, denn sonst begnügte man sich dort mit Fässern, den jungen Herrn sitzen und vor ihm – ein für K. bedrückender Anblick – die Wirtin aus dem Brückengasthaus stehen sah. Pepi, stolz, mit zurückgeworfenem Kopf, ewig gleichem Lächeln, ihrer Würde unwiderlegbar sich bewußt, schwenkend den Zopf bei jeder Wendung, eilte hin und wieder, brachte Bier und dann Tinte und Feder, denn der Herr hatte Papiere vor sich ausgebreitet, verglich Daten, die er einmal in diesem, dann wieder einmal in einem Papiere am andern Ende des Tisches fand, und wollte nun schreiben. Die Wirtin von ihrer Höhe überblickte still mit ein wenig aufgestülpten Lippen wie ausruhend den Herrn und die Papiere, so, als habe sie schon alles Nötige gesagt und es sei gut aufgenommen worden. „Der Herr Landvermesser endlich", sagte der Herr bei K.s Eintritt mit kurzem Aufschauen, dann vertiefte er sich wieder in seine Papiere. Auch die Wirtin streifte K. nur mit einem gleichgültigen, gar nicht überraschten Blick. Pepi aber schien K. überhaupt erst zu bemerken, als er zum Ausschankpult trat und einen Kognak bestellte.

K. lehnte dort, drückte die Hand an die Augen und kümmerte sich um nichts. Dann nippte er von dem Kognak und schob ihn zurück, weil er ungenießbar sei. „Alle Herren trinken ihn", sagte Pepi kurz, goß den Rest aus, wusch das Gläschen und stellte es ins Regal. „Die Herren haben auch besseren", sagte K. „Möglich," sagte Pepi, „ich aber nicht", damit hatte sie K. erledigt und war wieder dem Herrn zu Diensten, der aber nichts benötigte und hinter dem sie nur im Bogen immerfort auf und ab ging, mit respektvollen Versuchen, über seine Schultern hinweg einen Blick auf die Papiere zu werfen; es war aber nur wesenlose Neugier und Großtuerei, welche auch die Wirtin mit zusammengezogenen Augenbrauen mißbilligte.

Plötzlich aber horchte die Wirtin auf und starrte, ganz dem Horchen hingegeben, ins Leere. K. drehte sich um, er hörte gar nichts besonderes, auch die andern schienen nichts zu hören, aber die Wirtin lief auf den Fußspitzen mit großen Schritten zu der Tür, die in den Hof führte, blickte durchs Schlüsselloch, wandte sich dann zu den andern mit aufgerissenen Augen, erhitztem Gesicht, winkte sie mit dem Finger zu sich und nun blickten sie abwechselnd durch, der Wirtin blieb zwar der größte Anteil, aber auch Pepi wurde immer bedacht, der Herr war der verhältnismäßig gleichgültigste. Pepi und der Herr kamen auch bald zurück, nur die Wirtin sah noch immer angestrengt hindurch, tief gebückt, fast kniend, man hatte fast den Eindruck, als beschwöre sie jetzt nur noch das Schlüsselloch, sie durchzulassen, denn zu sehen war wohl schon längst nichts mehr. Als sie sich dann endlich doch erhob, mit den Händen das Gesicht überfuhr, die Haare ordnete, tief Atem holte, die Augen scheinbar erst wieder an das Zimmer und die Leute hier gewöhnen mußte und es mit Widerwillen tat, sagte K., nicht um sich etwas bestätigen zu lassen, was er wußte, sondern um einem Angriff zuvorzukommen, den er fast fürchtete, so verletzlich war es jetzt: „Ist also Klamm schon fortgefahren?" Die Wirtin ging stumm an ihm vorüber, aber der Herr sagte von seinem Tischchen her; „Ja, gewiß.

Da Sie Ihren Wachtposten aufgegeben hatten, konnte ja Klamm fahren. Aber wunderbar ist es, wie empfindlich der Herr ist. Bemerkten Sie, Frau Wirtin, wie unruhig Klamm ringsumher sah?" Die Wirtin schien das nicht bemerkt zu haben, aber der Herr fuhr fort: „Nun, glücklicherweise war ja nichts mehr zu sehen, der Kutscher hatte auch die Fußspuren im Schnee glattgekehrt." „Die Frau Wirtin hat nichts bemerkt," sagte K., aber er sagte es nicht aus irgendeiner Hoffnung, sondern nur gereizt durch des Herrn Behauptung, die so abschließend und inappellabel hatte klingen wollen. „Vielleicht war ich gerade nicht beim Schlüsselloch", sagte die Wirtin zunächst, um den Herrn in Schutz zu nehmen, dann aber wollte sie auch Klamm sein Recht geben und fügte hinzu: „Allerdings, ich glaube nicht an eine so große Empfindlichkeit Klamms. Wir freilich haben Angst um ihn und suchen ihn zu schützen und gehen hiebei von der Annahme einer äußersten Empfindlichkeit Klamms aus. Das ist gut so und gewiß Klamms Wille. Wie es sich aber in Wirklichkeit verhält, wissen wir nicht. Gewiß, Klamm wird mit jemandem, mit dem er nicht sprechen will, niemals sprechen, soviel Mühe sich auch dieser Jemand gibt und so unerträglich er sich vordrängt, aber diese Tatsache allein, daß Klamm niemals mit ihm sprechen, niemals ihn vor sein Angesicht kommen lassen wird, genügt ja, warum sollte er in Wirklichkeit den Anblick irgend jemandes nicht ertragen können. Zumindest läßt es sich nicht beweisen, da es niemals zur Probe kommen wird." Der Herr nickte eifrig. „Es ist das natürlich im Grunde auch meine Meinung," sagte er, „habe ich mich ein wenig anders ausgedrückt, so geschah es, um dem Herrn Landvermesser verständlich zu sein. Richtig jedoch ist, daß sich Klamm, als er ins Freie trat, mehrmals im Halbkreis umgesehen hat." „Vielleicht hat er mich gesucht", sagte K. „Möglich," sagte der Herr, „darauf bin ich nicht verfallen." Alle lachten, Pepi, die kaum etwas von dem Ganzen verstand, am lautesten.

„Da wir jetzt so fröhlich beisammen sind," sagte dann der Herr, „würde ich Sie, Herr Landvermesser, sehr bitten, durch einige Angaben meine Akten zu ergänzen." „Es wird hier viel geschrieben", sagte K. und blickte von der Ferne auf die Akten hin. „Ja, eine schlechte Angewohnheit," sagte der Herr und lachte wieder, „aber vielleicht wissen Sie noch gar nicht, wer ich bin. Ich bin Momus, der Dorfsekretär Klamms." Nach diesen Worten wurde es im ganzen Zimmer ernst; trotzdem die Wirtin und Pepi den Herrn natürlich gut kannten, waren sie doch wie betroffen von der Nennung des Namens und der Würde. Und sogar der Herr selbst, als habe er für die eigene Aufnahmefähigkeit zuviel gesagt und als wolle er wenigstens vor jeder nachträglichen, den eigenen Worten innewohnenden Feierlichkeit sich flüchten, vertiefte sich in die Akten und begann zu schreiben, daß man im Zimmer nichts als die Feder hörte. „Was ist denn das: Dorfsekretär", fragte K. nach einem Weilchen. Für Momus, der es jetzt, nachdem er sich vorgestellt hatte, nicht mehr für angemessen hielt, solche Erklärungen selbst zu geben, sagte die Wirtin: „Herr Momus ist der Sekretär Klamms wie irgendeiner der Klammschen Sekretäre, aber sein Amtssitz und, wenn ich nicht irre, auch seine Amtswirksamkeit" - Momus schüttelte aus dem Schreiben heraus lebhaft den Kopf und die Wirtin verbesserte sich, „also nur sein Amtssitz, nicht seine Amtswirksamkeit sind auf das Dorf eingeschränkt. Herr Momus besorgt die im Dorfe nötig werdenden schriftlichen Arbeiten Klamms und empfängt alle aus dem Dorf stammenden Ansuchen an Klamm als Erster." Als K., noch wenig ergriffen von diesen Dingen, die Wirtin mit leeren Augen ansah, fügte sie halb verlegen hinzu: „So ist es eingerichtet, alle Herren aus dem Schloß haben ihre Dorfsekretäre." Momus, der viel aufmerksamer als K. zugehört hatte, sagte ergänzend zur Wirtin: „Die meisten Dorfsekretäre arbeiten nur für einen Herrn, ich aber für zwei, für Klamm und für Vallabene." „Ja", sagte die Wirtin, sich nun ihrerseits auch erinnernd und wandte sich an K. „Herr Momus arbeitet für zwei Herren, für Klamm und für Vallabene, ist also zweifacher Dorfsekretär." „Zweifacher gar", sagte K. und nickte Momus, der jetzt fast vorgebeugt, voll zu ihm aufsah, zu, so wie man einem Kind zunickt, das man eben hat loben hören. Lag darin eine gewisse Verachtung, so wurde sie entweder nicht bemerkt oder geradezu verlangt. Gerade vor K., der doch nicht einmal würdig genug war, um von Klamm auch nur zufällig gesehen werden zu dürfen, wurden die Verdienste eines Mannes aus der nächsten Umgebung Klamms ausführlich dargestellt mit der unverhüllten Absicht, K.s Anerkennung und Lob herauszufordern. Und doch hatte K. nicht den richtigen Sinn dafür; er, der sich mit allen Kräften um einen Blick Klamms bemühte, schätzte z. B. die Stellung eines Momus, der unter Klamms Augen leben durfte, nicht hoch ein, fern war ihm Bewunderung oder gar Neid, denn nicht Klamms Nähe an sich war ihm das Erstrebenswerte, sondern daß er, K., nur er, kein anderer mit seinen, mit keines andern Wünschen an Klamm herankam und an ihn herankam, nicht um bei ihm zu ruhen, sondern um an ihm vorbeizukommen, weiter, ins Schloß. Und er sah auf seine Uhr und sagte: „Nun muß ich aber nach Hause gehen." Sofort veränderte sich das Verhältnis zu Momus' Gunsten. „Ja, freilich," sagte dieser, „die Schuldienerpflichten rufen. Aber einen Augenblick müssen Sie mir noch widmen. Nur paar kurze Fragen." „Ich habe keine Lust dazu", sagte K. und wollte zur Tür gehen. Momus schlug einen Akt gegen den Tisch und stand auf: „Im Namen Klamms fordere ich Sie auf, meine Fragen zu beantworten." „In Klamms Namen!" wiederholte K. „kümmern ihn denn meine Dinge?" „Darüber", sagte Momus, „habe ich kein Urteil und Sie doch wohl noch viel weniger, das wollen wir also beide getrost ihm überlassen. Wohl aber fordere ich Sie in meiner mir von Klamm verliehenen Stellung auf, zu bleiben und zu antworten." „Herr Landvermesser," mischte sich die Wirtin ein, „ich hüte mich, Ihnen noch weiter zu raten, ich bin ja mit meinen bisherigen Ratschlägen, den wohlmeinendsten, die es geben kann, in unerhörter Weise von Ihnen abgewiesen worden und hierher zum Herrn Sekretär - ich habe nichts zu verbergen - bin ich nur gekommen, um das Amt von Ihrem Benehmen und Ihren Absichten gebührend zu verständigen und mich für alle Zeiten davor zu bewahren, daß Sie etwa neu bei mir einquartiert würden, so stehen wir zueinander und daran wird wohl nichts mehr geändert werden, und wenn ich daher jetzt meine Meinung sage, so tue ich es nicht etwa, um Ihnen zu helfen, sondern um dem Herrn Sekretär die schwere Aufgabe, die es bedeutet, mit einem Mann wie Ihnen zu verhandeln, ein wenig zu erleichtern. Trotzdem aber können Sie eben wegen meiner vollständigen Offenheit - anders als offen kann ich mit Ihnen nicht verkehren und selbst so geschieht es widerwillig - aus meinen Worten auch für sich Nutzen ziehen, wenn Sie nur wollen. Für diesen Fall mache ich Sie nun also darauf aufmerksam, daß der einzige Weg, der für Sie zu Klamm führt, hier durch die Protokolle des Herrn Sekretärs geht. Aber ich will nicht übertreiben, vielleicht führt der Weg nicht bis zu Klamm, vielleicht hört er weit vor ihm auf, darüber entscheidet das Gutdünken des Herrn Sekretärs. Jedenfalls aber ist es der einzige Weg, der für Sie wenigstens in der Richtung zu Klamm führt. Und auf diesen einzigen Weg wollen Sie verzichten, aus keinem anderen Grund als aus Trotz?"

„Ach Frau Wirtin," sagte K., „es ist weder der einzige Weg zu Klamm, noch ist er mehr wert als die andern. Und Sie, Herr Sekretär, entscheiden darüber, ob das, was ich hier sagen würde, bis zu Klamm dringen darf oder nicht." „Allerdings," sagte Momus, und blickte mit stolz gesenkten Augen rechts und links, wo nichts zu sehen war, „wozu wäre ich sonst Sekretär." „Nun sehen Sie, Frau Wirtin," sagte K, „nicht zu Klamm brauche ich einen Weg, sondern erst zum Herrn Sekretär." „Diesen Weg wollte ich Ihnen öffnen," sagte die Wirtin, „habe ich Ihnen nicht vormittag angeboten, Ihre Bitte an Klamm zu leiten? Dies wäre durch den Herrn Sekretär geschehen. Sie aber haben es abgelehnt und doch wird Ihnen jetzt nichts anderes übrigbleiben als nur dieser Weg. Freilich nach Ihrer heutigen Aufführung, nach dem versuchten Überfall auf Klamm, mit noch weniger Aussicht auf Erfolg. Aber diese letzte, kleinste, verschwindende, eigentlich gar nicht vorhandene Hoffnung ist doch Ihre einzige." „Wie kommt es, Frau Wirtin," sagte K., „daß Sie ursprünglich mich so sehr davon abzuhalten versucht haben, zu Klamm vorzudringen, und jetzt meine Bitte gar so ernst nehmen und mich beim Mißlingen meiner Pläne gewissermaßen für verloren zu halten scheinen? Wenn man mir einmal aus aufrichtigem Herzen davon abraten konnte, überhaupt zu Klamm zu streben, wie ist es möglich, daß man mich jetzt scheinbar ebenso aufrichtig auf dem Weg zu Klamm, mag er zugegebenerweise auch gar nicht bis hin führen, geradezu vorwärts treibt?" „Treibe ich Sie denn vorwärts?" sagte die Wirtin, „heißt es vorwärts treiben, wenn ich sage, daß Ihre Versuche hoffnungslos sind? Das wäre doch wahrhaftig das Äußerste an Kühnheit, wenn Sie auf solche Weise die Verantwortung für sich auf mich überwälzen wollten. Ist es vielleicht die Gegenwart des Herrn Sekretärs, die Ihnen dazu Lust macht? Nein, Herr Landvermesser, ich treibe Sie zu gar nichts an. Nur das eine kann ich gestehen, daß ich Sie, als ich Sie zum erstenmal sah, vielleicht ein wenig überschätzte. Ihr schneller Sieg über Frieda erschreckte mich, ich wußte nicht, wessen Sie noch fähig sein könnten, ich wollte weiteres Unheil verhüten und glaubte dies durch nichts anderes erreichen zu können, als daß ich Sie durch Bitten und Drohungen zu erschüttern versuchte. Inzwischen habe ich über das Ganze ruhiger denken gelernt. Mögen Sie tun, was Sie wollen. Ihre Taten werden vielleicht draußen im Schnee auf dem Hof tiefe Fußspuren hinterlassen, mehr aber nicht."

„Ganz scheint mir der Widerspruch nicht aufgeklärt zu sein," sagte K., „doch ich gebe mich damit zufrieden, auf ihn aufmerksam gemacht zu haben. Nun bitte ich aber Sie, Herr Sekretär, mir zu sagen, ob die Meinung der Frau Wirtin richtig ist, daß nämlich das Protokoll, das Sie mit mir aufnehmen wollen, in seinen Folgen dazu führen könnte, daß ich vor Klamm erscheinen darf. Ist das der Fall, bin ich sofort bereit, alle Fragen zu beantworten. In dieser Hinsicht bin ich überhaupt zu allem bereit." „Nein," sagte Momus, „solche Zusammenhänge bestehen nicht. Es handelt sich nur darum, für die Klammsche Dorfregistratur eine genaue Beschreibung des heutigen Nachmittags zu erhalten. Die Beschreibung ist schon fertig, nur zwei, drei Lücken sollen Sie noch ausfüllen, der Ordnung halber, ein anderer Zweck besteht nicht und kann auch nicht erreicht werden." K. sah die Wirtin schweigend an. „Warum sehen Sie mich an," fragte die Wirtin, „habe ich vielleicht etwas anderes gesagt? So ist er immer, Herr Sekretär, so ist er immer. Fälscht die Auskünfte, die man ihm gibt, und behauptet dann falsche Auskunft bekommen zu haben. Ich sagte ihm seit jeher, heute und immer, daß er nicht die geringste Aussicht hat, von Klamm empfangen zu werden, nun, wenn es also keine Aussicht gibt, wird er sie auch durch dieses Protokoll nicht bekommen. Kann etwas deutlicher sein? Weiter sage ich, daß dieses Protokoll die einzige wirkliche amtliche Verbindung ist, die er mit Klamm haben kann. Auch das ist doch deutlich genug und unanzweifelbar. Wenn er mir nun aber nicht glaubt, immerfort - ich weiß nicht warum und wozu - hofft, zu Klamm vordringen zu können, dann kann ihm, wenn man in seinem Gedankengang bleibt, nur die einzige wirkliche amtliche Verbindung helfen, die er mit Klamm hat, also dieses Protokoll. Nur dieses habe ich gesagt und wer etwas anderes behauptet, verdreht böswillig die Worte." „Wenn es so ist, Frau Wirtin," sagte K., „dann bitte ich Sie um Entschuldigung, dann habe ich Sie mißverstanden, ich glaubte nämlich - irrigerweise, wie sich jetzt herausstellt - aus Ihren früheren Worten herauszuhören, daß doch irgendeine allerkleinste Hoffnung für mich besteht." „Gewiß," sagte die Wirtin, „das ist allerdings meine Meinung. Sie verdrehen meine Worte wieder, nur diesmal nach der entgegengesetzten Richtung. Eine derartige Hoffnung besteht für Sie meiner Meinung nach und gründet sich allerdings nur auf dieses Protokoll.

Es verhält sich damit aber nicht so, daß Sie einfach den Herrn Sekretär mit der Frage anfallen können: ‚werde ich zu Klamm dürfen, wenn ich die Fragen beantworte.‘ Wenn ein Kind so fragt, lacht man darüber, wenn es ein Erwachsener tut, ist es eine Beleidigung des Amtes, der Herr Sekretär hat es nur durch die Feinheit seiner Antwort gnädig verdeckt. Die Hoffnung aber, die ich meine, besteht eben darin, daß Sie durch das Protokoll eine Art Verbindung, vielleicht eine Art Verbindung mit Klamm haben. Ist das nicht Hoffnung genug? Wenn man Sie nach Ihren Verdiensten fragte, die Sie des Geschenkes einer solchen Hoffnung würdig machen, könnten Sie das Geringste vorbringen? Freilich, Genaueres läßt sich über diese Hoffnung nicht sagen und insbesondere der Herr Sekretär wird in seiner amtlichen Eigenschaft niemals auch nur die geringste Andeutung darüber machen können. Für ihn handelt es sich, wie er sagte, nur um eine Beschreibung des heutigen Nachmittags, der Ordnung halber, mehr wird er nicht sagen, auch wenn Sie ihn gleich jetzt mit Bezug auf meine Worte danach fragen." „Wird denn, Herr Sekretär," fragte K., „Klamm dieses Protokoll lesen?" „Nein," sagte Momus, „warum denn? Klamm kann doch nicht alle Protokolle lesen, er liest sogar überhaupt keine. Bleibt mir vom Leibe mit eueren Protokollen! pflegt er zu sagen." „Herr Landvermesser," klagte die Wirtin, „Sie erschöpfen mich mit solchen Fragen. Ist es denn nötig, oder auch nur wünschenswert, daß Klamm dieses Protokoll liest und von den Nichtigkeiten Ihres Lebens wortwörtlich Kenntnis bekommt, wollen Sie nicht lieber demütig bitten, daß man das Protokoll vor Klamm verbirgt, eine Bitte übrigens, die ebenso unvernünftig wäre wie die frühere, denn wer kann vor Klamm etwas verbergen, die aber doch einen sympathischeren Charakter erkennen ließe. Und ist es denn für das, was Sie Ihre Hoffnung nennen, nötig? Haben Sie nicht selbst erklärt, daß Sie zufrieden sein würden, wenn Sie nur Gelegenheit hätten vor Klamm zu sprechen, auch wenn er Sie nicht ansehen und Ihnen nicht zuhören würde? Und erreichen Sie durch dieses Protokoll nicht zumindest dieses, vielleicht aber viel mehr?" „Viel mehr?" fragte K., „auf welche Weise?" „Wenn Sie nur nicht immer wie ein Kind alles gleich in eßbarer Form dargeboten haben wollten. Wer kann denn Antwort auf solche Fragen geben? Das Protokoll kommt in die Dorfregistratur Klamms, das haben Sie gehört, mehr kann darüber mit Bestimmtheit nicht gesagt werden.

Kennen Sie aber denn schon die ganze Bedeutung des Protokolls, des Herrn Sekretärs, der Dorfregistratur? Wissen Sie, was es bedeutet, wenn der Herr Sekretär Sie verhört? Vielleicht oder wahrscheinlich weiß er es selbst nicht. Er sitzt ruhig hier und tut seine Pflicht, der Ordnung halber, wie er sagte. Bedenken Sie aber, daß ihn Klamm ernannt hat, daß er im Namen Klamms arbeitet, daß das, was er tut, wenn es auch niemals bis zu Klamm gelangt, doch von vornherein Klamms Zustimmung hat. Und wie kann etwas Klamms Zustimmung haben, was nicht von seinem Geiste erfüllt ist. Fern sei es von mir, damit etwa in plumper Weise dem Herrn Sekretär schmeicheln zu wollen, er würde es sich auch selbst sehr verbitten, aber ich rede nicht von seiner selbständigen Persönlichkeit, sondern davon, was er ist, wenn er Klamms Zustimmung hat, wie eben jetzt: Dann ist er ein Werkzeug, auf dem die Hand Klamms liegt, und wehe jedem, der sich ihm nicht fügt."

Die Drohungen der Wirtin fürchtete K. nicht, der Hoffnungen, mit denen sie ihn zu fangen suchte, war er müde. Klamm war fern. Einmal hatte die Wirtin Klamm mit einem Adler verglichen und das war K. lächerlich erschienen, jetzt aber nicht mehr, er dachte an seine Ferne, an seine uneinnehmbare Wohnung, an seine, nur vielleicht von Schreien, wie sie K. noch nie gehört hatte, unterbrochene Stummheit, an seinen herabdringenden Blick, der sich niemals nachweisen, niemals widerlegen ließ, an seine von K.s Tiefe her unzerstörbaren Kreise, die er oben nach unverständlichen Gesetzen zog, nur für Augenblicke sichtbar - das alles war Klamm und dem Adler gemeinsam. Gewiß aber hatte damit dieses Protokoll nichts zu tun, über dem jetzt gerade Momus ein Salzbrezel auseinanderbrach, das er sich zum Bier schmecken ließ, wobei er alle Papiere mit Salz und Kümmel überstreute.

„Gute Nacht," sagte K., „ich habe eine Abneigung gegen jedes Verhör", und er ging nun wirklich zur Tür. „Er geht also doch", sagte Momus fast ängstlich zur Wirtin. „Er wird es nicht wagen", sagte diese, mehr hörte K. nicht, er war schon im Flur. Es war kalt und ein starker Wind wehte. Aus einer Tür gegenüber kam der Wirt, er schien dort hinter einem Guckloch den Flur unter Aufsicht gehalten zu haben. Die Schöße seines Rockes mußte er sich um den Leib schlagen, so riß der Wind selbst hier im Flur an ihnen. „Sie gehen schon, Herr Landvermesser?" sagte er.

„Sie wundern sich darüber?" fragte K. „Ja," sagte der Wirt, „werden Sie denn nicht verhört?" „Nein," sagte K., „ich ließ mich nicht verhören." „Warum nicht?" fragte der Wirt. „Ich weiß nicht," sagte K., „warum ich mich verhören lassen solle, warum ich einem Spaß oder einer amtlichen Laune mich fügen solle. Vielleicht hätte ich es ein andermal gleichfalls aus Spaß oder Laune getan, heute aber nicht." „Nun ja gewiß", sagte der Wirt, aber es war nur eine höfliche, keine überzeugte Zustimmung. „Ich muß jetzt die Dienerschaft in den Ausschank lassen," sagte er dann, „es ist schon längst ihre Stunde. Ich wollte nur das Verhör nicht stören." „Für so wichtig hielten Sie es?" fragte K. „O ja", sagte der Wirt. „Ich hätte es also nicht ablehnen sollen", sagte K. „Nein," sagte der Wirt, „das hätten Sie nicht tun sollen." Da K. schwieg, fügte er hinzu, sei es, um K. zu trösten, sei es, um schneller fortzukommen: „Nun, nun, es muß aber deshalb nicht gleich Schwefel vom Himmel regnen." „Nein," sagte K., „danach sieht das Wetter nicht aus." Und sie gingen lachend auseinander.

Das zehnte Kapitel

Auf die wild umwehte Freitreppe trat K. hinaus und blickte in die Finsternis. Ein böses, böses Wetter. Irgendwie im Zusammenhang damit fiel ihm ein, wie sich die Wirtin bemüht hatte, ihn dem Protokoll gefügig zu machen, wie er aber standgehalten hatte. Es war freilich keine offene Bemühung, im geheimen hatte sie ihn gleichzeitig vom Protokoll fortgebracht, schließlich wußte man nicht, ob man standgehalten oder nachgegeben hatte. Eine intrigante Natur, scheinbar sinnlos arbeitend wie der Wind, nach fernen fremden Aufträgen, in die man nie Einsicht bekam.

Kaum hatte er ein paar Schritte auf der Landstraße gemacht, als er in der Ferne zwei schwankende Lichter sah; dieses Zeichen des Lebens freute ihn und er eilte auf sie zu, die ihm auch ihrerseits entgegenschwebten. Er wußte nicht, warum er so enttäuscht war, als er die Gehilfen erkannte. Sie kamen ihm doch entgegen, wahrscheinlich von Frieda geschickt, und die Laternen, die ihn vor der Finsternis befreiten, in der es ringsum gegen ihn lärmte, waren wohl sein Eigentum, trotzdem war er enttäuscht, er hatte Fremde erwartet, nicht diese alten Bekannten, die ihm eine Last waren.

Aber es waren nicht nur die Gehilfen, aus dem Dunkel zwischen ihnen trat Barnabas hervor. „Barnabas", rief K., und streckte ihm die Hand entgegen, „kommst du zu mir?" Die Überraschung des Wiedersehens machte zunächst allen Ärger vergessen, den Barnabas K. einmal verursacht hatte. „Zu dir", sagte Barnabas unverändert freundlich wie einst, „mit einem Brief von Klamm." „Ein Brief von Klamm!" sagte K., den Kopf zurückwerfend und nahm ihn eilig aus des Barnabas Hand. „Leuchtet!" sagte er zu den Gehilfen, die sich rechts und links eng an ihn drückten und die Laternen hoben. K. mußte den großen Briefbogen zum Lesen ganz klein zusammenfalten, um ihn vor dem Wind zu schützen. Dann las er: „Dem Herrn Landvermesser im Brückenhof! Die landvermesserischen Arbeiten, die Sie bisher ausgeführt haben, finden meine Anerkennung. Auch die Arbeiten der Gehilfen sind lobenswert. Sie wissen sie gut zu Arbeit anzuhalten. Lassen Sie nicht nach in Ihrem Eifer! Führen Sie die Arbeiten zu einem guten Ende. Eine Unterbrechung würde mich erbittern. Im übrigen seien Sie getrost, die Entlohnungsfrage wird nächstens entschieden werden. Ich behalte Sie im Auge." K. sah vom Brief erst auf, als die viel langsamer als er lesenden Gehilfen zur Feier der guten Nachrichten dreimal laut Hurra riefen und die Laternen schwenkten. „Seid ruhig", sagte er und zu Barnabas: „Es ist ein Mißverständnis", Barnabas verstand ihn nicht. „Es ist ein Mißverständnis", wiederholte K. und die Müdigkeit des Nachmittags kam wieder, der Weg ins Schulhaus schien ihm noch so weit und hinter Barnabas stand dessen ganze Familie auf und die Gehilfen drückten sich noch immer an ihn, so daß er sie mit dem Ellbogen wegstieß; wie hatte Frieda sie ihm entgegenschicken können, der er doch befohlen hatte, sie sollten bei ihr bleiben. Den Nachhauseweg hätte er auch allein gefunden und leichter allein als in dieser Gesellschaft. Nun hatte überdies der eine ein Tuch um den Hals geschlungen, dessen freie Enden im Wind flatterten und einigemal gegen das Gesicht K.s geschlagen hatten, der andere Gehilfe hatte allerdings immer gleich das Tuch von K.s Gesicht mit seinen langen spitzen, immerfort spielenden Fingern weggenommen, damit aber die Sache nicht besser gemacht. Beide schienen sogar an dem Hin und Her Gefallen gefunden zu haben, wie sie überhaupt der Wind und die Unruhe der Nacht begeisterte. „Fort," schrie K., „wenn ihr mir schon entgegengekommen seid, warum habt ihr nicht meinen Stock mitgebracht?

Womit soll ich euch denn nach Hause treiben?" Sie duckten sich hinter Barnabas, aber so verängstigt waren sie nicht, daß sie nicht doch ihre Laternen rechts und links auf die Achseln ihres Beschützers gestellt hätten, er schüttelte sie freilich gleich ab. „Barnabas", sagte K. und es legte sich ihm schwer aufs Herz, daß ihn Barnabas sichtlich nicht verstand, daß in ruhigen Zeiten seine Jacke schön glänzte, wenn es aber Ernst wurde, keine Hilfe, nur stummer Widerstand zu finden war, Widerstand, gegen den man nicht ankämpfen konnte, denn er selbst war wehrlos, nur ein Lächeln leuchtete, aber es half ebensowenig wie die Sterne oben gegen den Sturmwind hier unten. „Sieh, was mir der Herr schreibt", sagte K. und hielt ihm den Brief vors Gesicht. „Der Herr ist falsch unterrichtet. Ich mache doch keine Vermesserarbeit, und was die Gehilfen wert sind, siehst du selbst. Und die Arbeit, die ich nicht mache, kann ich freilich auch nicht unterbrechen, nicht einmal die Erbitterung des Herrn kann ich erregen, wie sollte ich seine Anerkennung verdienen! Und getrost kann ich niemals sein." „Ich werde es ausrichten", sagte Barnabas, der die ganze Zeit über am Brief vorbeigesehen hatte, den er allerdings auch gar nicht hätte lesen können, denn er hatte ihn dicht vor dem Gesicht. „Ach," sagte K., „du versprichst mir, daß du es ausrichten wirst, aber kann ich dir denn wirklich glauben? So sehr brauche ich einen vertrauenswürdigen Boten, jetzt mehr als jemals." K. biß in die Lippe vor Ungeduld. „Herr," sagte Barnabas mit einer weichen Neigung des Halses - fast hätte K. sich wieder von ihr verführen lassen, Barnabas zu glauben - „ich werde es gewiß ausrichten, auch was du mir letzthin aufgetragen hast, werde ich gewiß ausrichten." „Wie!" rief K., „hast du denn das noch nicht ausgerichtet? Warst du denn nicht am nächsten Tag im Schloß?" „Nein," sagte Barnabas, „mein guter Vater ist alt, du hast ihn ja gesehen, und es war gerade viel Arbeit da, ich mußte ihm helfen, aber nun werde ich bald wieder einmal ins Schloß gehen." „Aber was tust du denn, unbegreiflicher Mensch," rief K., und schlug sich an die Stirn, „gehen denn nicht Klamms Sachen allen andern vor? Du hast das hohe Amt eines Boten und verwaltest es so schmählich? Wen kümmert die Arbeit deines Vaters? Klamm wartet auf die Nachricht und du, statt im Lauf dich zu überschlagen, ziehst es vor, den Mist aus dem Stall zu führen." „Mein Vater ist Schuster," sagte Barnabas unbeirrt, „er hatte Aufträge von Brunswick, und ich bin ja des Vaters Geselle." „Schuster-Aufträge-Brunswick", rief K. verbissen, als mache er jedes der Worte für immer unbrauchbar. „Und wer braucht denn hier Stiefel auf den ewig leeren Wegen. Und was kümmert mich diese ganze Schusterei, eine Botschaft habe ich dir anvertraut, nicht damit du sie auf der Schusterbank vergißt und verwirrst, sondern damit du sie gleich hinträgst zum Herrn." Ein wenig beruhigte sich hier K., als ihm einfiel, daß ja Klamm wahrscheinlich die ganze Zeit über nicht im Schloß, sondern im Herrenhof gewesen war, aber Barnabas reizte ihn wieder, als er K.s erste Nachricht, zum Beweis, daß er sie gut behalten hatte, aufzusagen begann. „Genug, ich will nichts wissen", sagte K. „Sei mir nicht böse, Herr", sagte Barnabas, und wie wenn er unbewußt K. strafen wollte, entzog er ihm seinen Blick und senkte die Augen, aber es war wohl Bestürzung wegen K.s Schreien. „Ich bin dir nicht böse", sagte K. und seine Unruhe wandte sich nun gegen ihn selbst. „Dir nicht, aber es ist sehr schlimm für mich, nur einen solchen Boten zu haben, für die wichtigen Dinge." „Sieh," sagte Barnabas und es schien, als sage er, um seine Botenehre zu verteidigen, mehr als er dürfte, „Klamm wartet doch nicht auf die Nachrichten, er ist sogar ärgerlich, wenn ich komme, ‚wieder neue Nachrichten', sagte er einmal und meistens steht er auf, wenn er mich von der Ferne kommen sieht, geht ins Nebenzimmer und empfängt mich nicht. Es ist auch nicht bestimmt, daß ich gleich mit jeder Botschaft kommen soll, wäre es bestimmt, käme ich natürlich gleich, aber es ist nichts darüber bestimmt, und wenn ich niemals käme, würde ich nicht darum gemahnt werden. Wenn ich eine Botschaft bringe, geschieht es freiwillig." „Gut", sagte K., Barnabas beobachtend und geflissentlich wegsehend von den Gehilfen, welche abwechselnd hinter Barnabas' Schultern wie aus der Versenkung langsam aufstiegen und schnell mit einem leichten, dem Winde nachgemachten Pfeifen, als seien sie von K.s Anblick erschreckt, wieder verschwanden, so vergnügten sie sich lange. „Wie es bei Klamm ist, weiß ich nicht; daß du dort alles genau erkennen kannst, bezweifle ich, und selbst wenn du es könntest, wir könnten diese Dinge nicht verbessern. Aber eine Botschaft überbringen, das kannst du und darum bitte ich dich. Eine ganz kurze Botschaft. Kannst du sie gleich morgen überbringen und gleich morgen mir die Antwort sagen oder wenigstens ausrichten, wie du aufgenommen wurdest? Kannst du das und willst du es tun? Es wäre für mich sehr wertvoll.

Und vielleicht bekomme ich noch Gelegenheit, dir entsprechend zu danken oder vielleicht hast du schon jetzt einen Wunsch, den ich dir erfüllen kann."

„Gewiß werde ich den Auftrag ausführen", sagte Barnabas. „Und willst du dich anstrengen, ihn möglichst gut auszuführen, Klamm selbst ihn überreichen, von Klamm selbst die Antwort bekommen und gleich, alles gleich, morgen, noch am Vormittag, willst du das?" „Ich werde mein Bestes tun," sagte Barnabas, „aber das tue ich immer." „Wir wollen jetzt nicht mehr darüber streiten," sagte K., „das ist der Auftrag: Der Landvermesser K. bittet den Herrn Vorstand ihm zu erlauben, persönlich bei ihm vorzusprechen, er nimmt von vornherein jede Bedingung an, welche an eine solche Erlaubnis geknüpft werden könnte. Zu seiner Bitte ist er deshalb gezwungen, weil bisher alle Mittelspersonen vollständig versagt haben, zum Beweis führt er an, daß er nicht die geringste Vermesserarbeit bisher ausgeführt hat und nach den Mitteilungen des Gemeindevorstehers auch niemals ausführen wird; mit verzweifelter Beschämung hat er deshalb den letzten Brief des Herrn Vorstandes gelesen, nur die persönliche Vorsprache beim Herrn Vorstand kann hier helfen. Der Landvermesser weiß, wieviel er damit erbittet, aber er wird sich anstrengen, die Störung dem Herrn Vorstand möglichst wenig fühlbar zu machen, jeder zeitlichen Beschränkung unterwirft er sich, auch einer etwa als notwendig erachteten Festsetzung der Zahl der Worte, die er bei der Unterredung gebrauchen darf, fügt er sich, schon mit zehn Worten glaubt er auskommen zu können. In tiefer Ehrfurcht und äußerster Ungeduld erwartet er die Entscheidung." K. hatte in Selbstvergessenheit gesprochen, so, als stehe er vor Klamms Tür und spreche mit dem Türhüter. „Es ist viel länger geworden, als ich dachte," sagte er dann, „aber du mußt es doch mündlich ausrichten, einen Brief will ich nicht schreiben, er würde ja doch wieder nur den endlosen Aktenweg gehen." So kritzelte es K. nur für Barnabas auf einem Stück Papier auf eines Gehilfen Rücken, während der andere leuchtete, aber K. konnte es schon nach dem Diktat Barnabas aufschreiben, der alles behalten hatte und es schülerhaft genau aufsagte, ohne sich um das falsche Einsagen der Gehilfen zu kümmern. „Dein Gedächtnis ist außerordentlich," sagte K. und gab ihm das Papier, „nun aber bitte, zeige dich außerordentlich auch in anderem. Und die Wünsche? Hast du keine? Es würde mich, ich sage es offen, hinsichtlich des Schicksals meiner Botschaft ein wenig beruhigen, wenn du welche hättest?" Zuerst blieb Barnabas still, dann sagte er: „Meine Schwestern lassen dich grüßen."

„Deine Schwestern," sagte K., „ja, die großen starken Mädchen."

„Beide lassen dich grüßen, aber besonders Amalia," sagte Barnabas, „sie hat mir auch heute diesen Brief für dich aus dem Schloß gebracht." An dieser Mitteilung vor allen andern sich festhaltend fragte K.: „Könnte sie nicht auch meine Botschaft ins Schloß bringen? Oder könntet Ihr nicht beide gehen und jeder sein Glück versuchen?" „Amalia darf nicht in die Kanzleien," sagte Barnabas, „sonst würde sie es gewiß sehr gerne tun." „Ich werde vielleicht morgen zu euch kommen," sagte K., „komm nur du zuerst mit der Antwort. Ich erwarte dich in der Schule. Grüß auch deine Schwestern von mir." K.s Versprechen schien Barnabas sehr glücklich zu machen, nach dem verabschiedenden Händedruck berührte er überdies noch K. flüchtig an der Schulter. So als sei jetzt alles wieder wie damals, als Barnabas zuerst in seinem Glanz unter die Bauern in der Wirtsstube getreten war, empfand K. diese Berührung, lächelnd allerdings, als eine Auszeichnung. Sanftmütiger geworden, ließ er auf dem Rückweg die Gehilfen tun, was sie wollten.

Das elfte Kapitel

Ganz durchfroren kam er zu Hause an, es war überall finster, die Kerzen in den Laternen waren niedergebrannt, von den Gehilfen geführt, die sich hier schon auskannten, tastete er sich in ein Schulzimmer durch. - „Eure erste lobenswerte Leistung", sagte er in Erinnerung an Klamms Brief - noch halb im Schlaf rief aus einer Ecke Frieda: „Laßt K. schlafen! Stört ihn doch nicht!" so beschäftigte K. ihre Gedanken, selbst wenn sie von Schläfrigkeit überwältigt ihn nicht hatte erwarten können. Nun wurde Licht gemacht, allerdings konnte die Lampe nicht stark aufgedreht werden, denn es war nur sehr wenig Petroleum da. Die junge Wirtschaft hatte noch verschiedene Mängel. Eingeheizt war zwar, aber das große Zimmer, das auch zum Turnen verwendet wurde - die Turngeräte standen herum und hingen von der Decke herab - hatte schon alles vorrätige Holz verbraucht, war auch, wie man K. versicherte, schon sehr angenehm warm gewesen, aber leider wieder ganz ausgekühlt. Es war zwar ein großer Holzvorrat in einem Schuppen vorhanden, dieser Schuppen aber war versperrt und den Schlüssel hatte der Lehrer, der eine Entnahme des Holzes nur für das Heizen während der Unterrichtsstunden gestattete. Das wäre erträglich gewesen, wenn man Betten gehabt hätte, um sich in sie zu flüchten. Aber in dieser Hinsicht war nichts anderes da als ein einziger Strohsack, anerkennungswert reinlich mit einem wollenen Umhängetuch Friedas überzogen, aber ohne Federbett und nur mit zwei groben steifen Decken, die kaum wärmten. Und selbst diesen armen Strohsack sahen die Gehilfen begehrlich an, aber Hoffnung, auf ihm jemals liegen zu dürfen, hatten sie natürlich nicht. Ängstlich blickte Frieda K. an: daß sie ein Zimmer, und sei es das elendste, wohnlich einzurichten verstand, hatte sie ja im Brückenhof bewiesen, aber hier hatte sie nicht mehr leisten können, ganz ohne Mittel, wie sie gewesen war. „Unser einziger Zimmerschmuck sind die Turngeräte", sagte sie unter Tränen mühselig lachend. Aber hinsichtlich der größten Mängel, der ungenügenden Schlafgelegenheit und Heizung, versprach sie mit Bestimmtheit schon für den nächsten Tag Abhilfe und bat K. nur bis dahin Geduld zu haben. Kein Wort, keine Andeutung, keine Miene ließ darauf schließen, daß sie gegen K. auch nur die kleinste Bitterkeit im Herzen trug, trotzdem er doch, wie er sich sagen mußte, sie sowohl aus dem Herrenhof als auch jetzt aus dem Brückenhof gerissen hatte. Deshalb bemühte sich aber K., alles erträglich zu finden, was ihm auch gar nicht schwer war, weil er in Gedanken mit Barnabas wanderte und seine Botschaft Wort für Wort wiederholte, nicht so, wie er sie Barnabas übergeben hatte, sondern so, wie er glaubte, daß sie vor Klamm erklingen werde. Daneben aber freute er sich allerdings auch aufrichtig auf den Kaffee, den ihm Frieda auf einem Spiritusbrenner kochte, und verfolgte, an dem erkaltenden Ofen lehnend, ihre flinken vielerfahrenen Bewegungen, mit denen sie auf dem Kathedertisch die unvermeidliche weiße Decke ausbreitete, eine geblümte Kaffeetasse hinstellte, daneben Brot und Speck und sogar eine Sardinenbüchse. Nun war alles fertig, auch Frieda hatte noch nicht gegessen, sondern auf K. gewartet. Zwei Sessel waren vorhanden, dort saßen K. und Frieda beim Tisch, die Gehilfen zu ihren Füßen auf dem Podium, aber sie blieben niemals ruhig, auch beim Essen störten sie. Trotzdem sie reichlich von allem bekommen hatten und noch lange nicht fertig waren, erhoben sie sich von Zeit zu Zeit, um festzustellen, ob noch viel auf dem Tisch war und sie noch einiges für sich erwarten konnten, K. kümmerte sich um sie nicht, erst durch Friedas Lachen wurde er auf sie aufmerksam.

Er bedeckte ihre Hand auf dem Tisch schmeichelnd mit seiner und fragte leise, warum sie ihnen so vieles nachsehe, ja sogar Unarten freundlich hinnehme. Auf diese Weise werde man sie niemals loswerden, während man durch eine gewissermaßen kräftige, ihrem Benehmen auch wirklich entsprechende Behandlung erreichen könnte, entweder sie zu zügeln oder was noch wahrscheinlicher und auch besser wäre, ihnen die Stellung so zu verleiden, daß sie endlich durchbrennen würden. Es scheine ja kein sehr angenehmer Aufenthalt hier im Schulhaus werden zu wollen, nun, er werde ja auch nicht lange dauern, aber von allen Mängeln würde man kaum etwas merken, wenn die Gehilfen fort wären und sie zwei allein wären in dem stillen Haus. Merke sie denn nicht auch, daß die Gehilfen frecher würden von Tag zu Tag, so als ermutige sie eigentlich erst Friedas Gegenwart und die Hoffnung, daß K. vor ihr nicht so fest zugreifen werde, wie er es sonst tun würde. Übrigens gäbe es vielleicht ganz einfache Mittel, sie sofort ohne alle Umstände loszuwerden, vielleicht kenne sie sogar Frieda, die doch mit den hiesigen Verhältnissen so vertraut sei. Und den Gehilfen tue man doch wahrscheinlich nur einen Gefallen, wenn man sie irgendwie vertreibe, denn groß sei ja das Wohlleben nicht, das sie hier führten, und selbst das Faulenzen, das sie bisher genossen hatten, werde ja hier wenigstens zum Teil aufhören, denn sie würden arbeiten müssen, während Frieda nach den Aufregungen der letzten Tage sich schonen müsse und er, K., damit beschäftigt sein werde, einen Ausweg aus ihrer Notlage zu finden. Jedoch werde er, wenn die Gehilfen fortgehen sollten, sich dadurch so erleichtert fühlen, daß er leicht alle Schuldienerarbeit neben allem sonstigem werde ausführen können.

Frieda, die aufmerksam zugehört hatte, streichelte seinen Arm und sagte, daß das alles auch ihre Meinung sei, daß er aber vielleicht doch die Unarten der Gehilfen überschätze, es seien junge Burschen, lustig und etwas einfältig, zum erstenmal in Diensten eines Fremden, aus der strengen Schloßzucht entlassen, daher immerfort ein wenig erregt und erstaunt, und in diesem Zustand führten sie eben manchmal Dummheiten aus, über die sich zu ärgern zwar natürlich sei, aber vernünftiger sei es zu lachen. Sie könne sich manchmal nicht zurückhalten zu lachen.

115

Trotzdem sei sie völlig mit K. einverstanden, daß es das beste wäre, sie wegzuschicken und allein zu zweit zu sein. Sie rückte näher zu K. und verbarg ihr Gesicht an seiner Schulter.

Und dort sagte sie, so schwer verständlich, daß sich K. zu ihr herabbeugen mußte; sie wisse aber kein Mittel gegen die Gehilfen und sie fürchte, alles was K. vorgeschlagen hatte, werde versagen. Soviel sie wisse, habe ja K. selbst sie verlangt und nun habe er sie und werde sie behalten. Am besten sei es, sie leicht hinzunehmen als das leichte Volk, das sie auch sind, so ertrage man sie am besten.

K. war mit der Antwort nicht zufrieden, halb im Scherz, halb im Ernst sagte er, sie scheine ja mit ihnen im Bunde zu sein oder wenigstens eine große Zuneigung zu ihnen zu haben, nun, es seien ja hübsche Burschen, es gäbe niemanden, den man nicht bei einigem guten Willen loswerden könne, und er werde es ihr an den Gehilfen beweisen.

Frieda sagte, sie werde ihm sehr dankbar sein, wenn es ihm gelinge. Übrigens werde sie von jetzt ab nicht mehr über sie lachen und kein unnötiges Wort mit ihnen sprechen. Sie finde auch nichts mehr an ihnen zu lachen, es sei auch wirklich nichts Geringes, immerfort von zwei Männern beobachtet zu werden, sie habe gelernt, die zwei mit seinen Augen anzusehen. Und wirklich zuckte sie ein wenig zusammen, als sich jetzt die Gehilfen wieder erhoben, teils um die Eßvorräte zu revidieren, teils um dem fortwährenden Flüstern auf den Grund zu kommen.

K. nutzte das aus, um Frieda die Gehilfen zu verleiden, zog Frieda an sich, und eng beisammen beendeten sie das Essen. Nun hätte man schlafen gehen sollen und alle waren sehr müde, ein Gehilfe war sogar über dem Essen eingeschlafen, das unterhielt den andern sehr und er wollte die Herrschaft dazu bringen, sich das dumme Gesicht des Schlafenden anzusehen, aber es gelang ihm nicht, abweisend saßen K. und Frieda oben. In der unerträglich werdenden Kälte zögerten sie auch schlafen zu gehen, schließlich erklärte K., es müsse noch eingeheizt werden, sonst sei es nicht möglich zu schlafen. Er forschte nach irgendeiner Axt, die Gehilfen wußten von einer und brachten sie und nun ging es zum Holzschuppen. Nach kurzer Zeit war die leichte Tür erbrochen, entzückt, als hätten sie etwas so Schönes noch nicht erlebt, einander jagend und stoßend, begannen die Gehilfen Holz ins Schulzimmer zu tragen, bald war ein großer Haufen dort, es wurde eingeheizt, alle lagerten sich um den Ofen, eine Decke bekamen die

Gehilfen, um sich in sie einzuwickeln, sie genügte ihnen vollauf, denn es wurde verabredet, daß immer einer wachen und das Feuer erhalten solle, bald war es beim Ofen so warm, daß man gar nicht mehr die Decke brauchte, die Lampe wurde ausgelöscht und glücklich über die Wärme und Stille streckten sich K. und Frieda zum Schlaf.

Als K. in der Nacht durch irgendein Geräusch erwachte und in der ersten unsicheren Schlafbewegung nach Frieda tastete, merkte er, daß statt Friedas ein Gehilfe neben ihm lag. Es war das wahrscheinlich infolge der Reizbarkeit, die schon das plötzliche Gewecktwerden mit sich brachte, der größte Schrecken, den er bisher im Dorf erlebt hatte. Mit einem Schrei erhob er sich halb und gab besinnungslos dem Gehilfen einen solchen Faustschlag, daß er zu weinen anfing. Das Ganze klärte sich übrigens gleich auf. Frieda war dadurch geweckt worden, daß - wenigstens war es ihr so erschienen - irgendein großes Tier, eine Katze wahrscheinlich, ihr auf die Brust gesprungen und dann gleich weggelaufen sei. Sie war aufgestanden und suchte mit einer Kerze das ganze Zimmer nach dem Tiere ab. Das hatte der eine Gehilfe benützt, um sich für ein Weilchen den Genuß des Strohsackes zu verschaffen, was er jetzt bitter büßte. Frieda aber konnte nichts finden, vielleicht war es nur eine Täuschung gewesen, sie kehrte zu K. zurück, auf dem Weg strich sie, als hätte sie das Abendgespräch vergessen, dem zusammengekauert wimmernden Gehilfen tröstend über das Haar. K. sagte dazu nichts, nur den Gehilfen bat er mit dem Heizen aufzuhören, denn es war unter Verbrauch fast das ganzen angesammelten Holzes schon überheiß geworden.

Das zwölfte Kapitel

Am Morgen erwachten alle erst, als schon die Schulkinder da waren und neugierig die Lagerstätte umringten. Das war unangenehm, denn infolge der großen Hitze, die jetzt gegen Morgen allerdings wieder einer empfindlichen Kühle gewichen war, hatten sich alle bis auf das Hemd ausgekleidet und gerade als sie sich anzuziehen anfingen, erschien Gisa, die Lehrerin, ein blondes großes schönes, nur ein wenig steifes Mädchen, in der Tür. Sie war sichtlich auf den neuen Schuldiener vorbereitet und hatte wohl auch vom Lehrer Verhaltungsmaßregeln erhalten, denn schon auf der Schwelle sagte sie:

„Das kann ich nicht dulden. Das wären schöne Verhältnisse. Sie haben bloß die Erlaubnis, im Schulzimmer zu schlafen, ich aber habe nicht die Verpflichtung, in Ihrem Schlafzimmer zu unterrichten. Eine Schuldienersfamilie, die sich bis in den Vormittag in den Betten räkelt. Pfui!" Nun, dagegen wäre einiges zu sagen, besonders hinsichtlich der Familie und der Betten, dachte K., während er mit Frieda - die Gehilfen waren dazu nicht zu gebrauchen, - auf den Boden liegend, staunten sie die Lehrerin und die Kinder an, - eiligst den Barren und das Pferd herbeischob, beide mit den Decken überwarf und so einen kleinen Raum bildete, in dem man vor den Blicken der Kinder gesichert, sich wenigstens anziehen konnte. Ruhe hatte man allerdings keinen Augenblick, zuerst zankte die Lehrerin, weil im Waschbecken kein frisches Wasser war - gerade hatte K. daran gedacht, das Waschbecken für sich und Frieda zu holen, er gab die Absicht zunächst auf, um die Lehrerin nicht allzusehr zu reizen, aber der Verzicht half nichts, denn kurz darauf erfolgte ein großer Krach, unglücklicherweise hatte man nämlich versäumt, die Reste des Nachtmahls vom Katheder zu räumen, die Lehrerin entfernte alles mit dem Lineal, alles flog auf die Erde; daß das Sardinenöl und die Kaffeereste ausflossen und der Kaffeetopf in Trümmer ging, mußte die Lehrerin nicht kümmern, der Schuldiener würde ja gleich Ordnung machen. Noch nicht ganz angezogen sahen K. und Frieda am Barren lehnend der Vernichtung ihres kleinen Besitzes zu. Die Gehilfen, die offenbar gar nicht daran dachten sich anzuziehen, lugten zum großen Vergnügen der Kinder unten zwischen den Decken durch. Am meisten schmerzte Frieda natürlich der Verlust des Kaffeetopfes, erst als K., um sie zu trösten, ihr versicherte, er werde gleich zum Gemeindevorsteher gehen und Ersatz verlangen und bekommen, faßte sie sich soweit, daß sie, nur im Hemd und Unterrock, aus der Umzäunung hinauslief, um wenigstens die Decke zu holen und vor weiterer Beschmutzung zu bewahren. Es gelang ihr auch, trotzdem die Lehrerin, um sie abzuschrecken, mit dem Lineal immerfort nervenzerrüttend auf den Tisch hämmerte. Als K. und Frieda sich angezogen hatten, mußten sie die Gehilfen, die von den Ereignissen wie benommen waren, nicht nur mit Befehlen und Stößen zum Anziehen drängen, sondern zum Teil sogar selbst anziehen. Dann, als alle fertig waren, verteilte K. die nächsten Arbeiten, die Gehilfen sollten Holz holen und einheizen, zuerst aber im andern Schulzimmer, von dem noch große Gefahren drohten, denn dort war wahrscheinlich schon der Lehrer. Frieda sollte den Fußboden reinigen und K. würde Wasser holen und sonst Ordnung machen. An Frühstücken war vorläufig nicht zu denken.

Um sich aber im allgemeinen über die Stimmung der Lehrerin zu unterrichten, wollte K. als erster hinausgehen, die andern sollten erst folgen, wenn er sie riefe, er traf diese Einrichtung einerseits, weil er durch Dummheiten der Gehilfen die Lage nicht von vornherein verschlimmern lassen wollte und andererseits, weil er Frieda möglichst schonen wollte, denn sie hatte Ehrgeiz, er keinen, sie war empfindlich, er nicht, sie dachte nur an die gegenwärtigen kleinen Abscheulichkeiten, er aber an Barnabas und die Zukunft. Frieda folgte allen seinen Anordnungen genau, ließ kaum die Augen von ihm. Kaum war er vorgetreten, rief die Lehrerin unter dem Gelächter der Kinder, das von jetzt ab überhaupt nicht mehr aufhörte: „Ausgeschlafen?" und als K. darauf nicht achtete, weil es doch keine eigentliche Frage war, sondern auf den Waschtisch losging, fragte die Lehrerin: „Was haben Sie denn mit meiner Mieze gemacht?" Eine große alte fleischige Katze lag träg ausgebreitet auf dem Tisch und die Lehrerin untersuchte ihre offenbar ein wenig verletzte Pfote. Frieda hatte also doch recht gehabt, diese Katze war zwar nicht auf sie gesprungen, denn springen konnte sie wohl nicht mehr, aber über sie hinweggekrochen, war über die Anwesenheit von Menschen in dem sonst leeren Hause erschrocken, hatte sich eilig versteckt und bei dieser ihr ungewohnten Eile verletzt. K. suchte es der Lehrerin ruhig zu erklären, diese aber faßte nur das Ergebnis auf und sagte: „Nun ja, ihr habt sie verletzt, damit habt ihr euch hier eingeführt. Sehen Sie doch", und sie rief K. auf das Katheder, zeigte ihm die Pfote, und ehe er sich dessen versah, hatte sie ihm mit den Krallen einen Strich über den Handrücken gemacht; die Krallen waren zwar schon stumpf, aber die Lehrerin hatte, diesmal ohne Rücksicht auf die Katze, sie so fest eingedrückt, daß es doch blutige Striemen wurden. „Und jetzt gehen Sie an Ihre Arbeit", sagte sie ungeduldig und beugte sich wieder zur Katze hinab. Frieda, welche mit den Gehilfen hinter dem Barren zugesehen hatte, schrie beim Anblick des Blutes auf. K. zeigte die Hand den Kindern und sagte: „Seht, das hat mir eine böse hinterlistige Katze gemacht." Er sagte es freilich nicht der Kinder wegen, deren Geschrei und Gelächter schon selbständig geworden war, daß es keines weiteren Anlasses oder Anreizes bedurfte und daß kein Wort es durchdringen oder beeinflussen konnte. Da aber auch die Lehrerin nur durch einen kurzen Seitenblick die Beleidigung beantwortete und sonst mit der Katze beschäftigt blieb, die erste Wut also durch die blutige Bestrafung befriedigt schien, rief K. Frieda und die Gehilfen und die Arbeit begann.

Als K. den Eimer mit dem Schmutzwasser hinausgetragen, frisches Wasser gebracht hatte und nun das Schulzimmer auszukehren begann, trat ein etwa zwölfjähriger Junge aus einer Bank, berührte K.s Hand und sagte etwas im großen Lärm gänzlich Unverständliches. Da hörte plötzlich aller Lärm auf, K. wandte sich um. Das den ganzen Morgen über Gefürchtete war geschehen. In der Tür stand der Lehrer, mit jeder Hand hielt er, der kleine Mann, einen Gehilfen beim Kragen. Er hatte sie wohl beim Holzholen abgefangen, denn mit mächtiger Stimme rief er und legte nach jedem Wort eine Pause ein: „Wer hat es gewagt, in den Holzschuppen einzubrechen? Wo ist der Kerl, daß ich ihn zermalme?" Da erhob sich Frieda vom Boden, den sie zu Füßen der Lehrerin reinzuwaschen sich abmühte, sah nach K. hin, so, als wolle sie sich Kraft holen und sagte, wobei etwas von ihrer alten Überlegenheit in Blick und Haltung war: „Das habe ich getan, Herr Lehrer. Ich wußte mir keine andere Hilfe. Sollten früh die Schulzimmer geheizt sein, mußte man den Schuppen öffnen, in der Nacht den Schlüssel von Ihnen holen, wagte ich nicht, mein Bräutigam war im Herrenhof, es war möglich, daß er die Nacht über dort blieb, so mußte ich mich allein entscheiden. Habe ich unrecht getan, verzeihen Sie es meiner Unerfahrenheit, ich bin schon von meinem Bräutigam genug ausgezankt worden, als er sah, was geschehen war. Ja, er verbot mir sogar früh einzuheizen, weil er glaubte, daß Sie durch Versperrung des Schuppens gezeigt hätten, daß Sie nicht früher geheizt haben wollten, als bis Sie selbst kämen. Daß nicht geheizt ist, ist also seine Schuld, daß aber der Schuppen erbrochen wurde, meine." „Wer hat die Tür erbrochen?" fragte der Lehrer die Gehilfen, die noch immer vergeblich seinen Griff abzuschütteln versuchten. „Der Herr", sagten beide und zeigten, damit kein Zweifel sei, auf K. Frieda lachte und dieses Lachen schien noch beweisender als ihre Worte, dann begann sie den Lappen, mit dem sie den Boden gewaschen hatte, in den Eimer auszuwinden, so, als sei durch ihre Erklärung der Zwischenfall beendet und die Aussagen der Gehilfen nur ein nachträglicher Scherz, erst als sie wieder zur Arbeit bereit niedergekniet war, sagte sie: „Unsere

Gehilfen sind Kinder, die trotz ihrer Jahre noch in die Schulbank gehören. Ich habe nämlich gegen Abend die Tür mit der Axt allein geöffnet, es war sehr einfach, die Gehilfen brauchte ich dazu nicht, sie hätten gestört. Als dann aber in der Nacht mein Bräutigam kam und hinausging, um den Schaden zu besehen und womöglich zu reparieren, liefen die Gehilfen mit, wahrscheinlich weil sie sich fürchteten, hier allein zu bleiben, sahen meinen Bräutigam an der aufgerissenen Tür arbeiten und deshalb sagen sie jetzt - nun es sind Kinder -." Zwar schüttelten die Gehilfen während Friedas Erklärung die Köpfe, zeigten weiter auf K. und strengten sich an, durch stummes Mienenspiel Frieda von ihrer Meinung abzubringen; da es ihnen aber nicht gelang, fügten sie sich endlich, nahmen Friedas Worte als Befehl und auf eine neuerliche Frage des Lehrers antworteten sie nicht mehr. „So," sagte der Lehrer, „ihr habt also gelogen? Oder wenigstens leichtsinnig den Schuldiener beschuldigt?" Sie schwiegen noch immer, aber ihr Zittern und ihre ängstlichen Blicke schienen auf Schuldbewußtsein zu deuten. „Dann werde ich euch sofort durchprügeln", sagte er, und schickte ein Kind ins andere Zimmer um den Rohrstock. Als er dann den Stab hob, rief Frieda: „Die Gehilfen haben ja die Wahrheit gesagt", warf verzweifelt den Lappen in den Eimer, daß das Wasser hoch aufspritzte und lief hinter den Barren, wo sie sich versteckte. „Ein verlogenes Volk", sagte die Lehrerin, die den Verband der Pfote eben beendigt hatte und das Tier auf den Schoß nahm, für den es fast zu breit war. „Bleibt also der Herr Schuldiener", sagte der Lehrer, stieß die Gehilfen fort und wandte sich K. zu, der während der ganzen Zeit, auf den Besen gestützt, zugehört hatte: „Dieser Herr Schuldiener, der aus Feigheit ruhig zugibt, daß man andere fälschlich seiner eigenen Lumpereien beschuldigt." „Nun," sagte K., der wohl merkte, daß Friedas Dazwischentreten den ersten hemmungslosen Zorn des Lehrers doch gemildert hatte, „wenn die Gehilfen ein wenig durchgeprügelt worden wären, hätte es mir nicht leid getan; wenn sie bei zehn gerechten Anlässen geschont worden sind, können sie es einmal bei einem ungerechten abbüßen. Aber auch sonst wäre es mir willkommen gewesen, wenn ein unmittelbarer Zusammenstoß zwischen mir und Ihnen, Herr Lehrer, vermieden worden wäre, vielleicht wäre es sogar auch Ihnen lieb. Da nun aber Frieda mich den Gehilfen geopfert hat - hier machte K. eine Pause, man hörte in der Stille hinter den Decken Friedas Schluchzen - muß nun natürlich die Sache ins reine gebracht werden." „Unerhört", sagte die Lehrerin. „Ich bin völlig Ihrer Meinung, Fräulein Gisa", sagte der Lehrer.

„Sie, Schuldiener, sind natürlich wegen des schändlichen Dienstvergehens auf der Stelle entlassen. Die Strafe, die noch folgen wird, behalte ich mir vor, jetzt aber scheren Sie sich sofort mit allen Ihren Sachen aus dem Haus. Es wird uns eine wahre Erleichterung sein, und der Unterricht wird endlich beginnen können. Also schleunig!" „Ich rühre mich von hier nicht fort", sagte K. „Sie sind mein Vorgesetzter, aber nicht derjenige, welcher mir die Stelle verliehen hat, das ist der Herr Gemeindevorsteher, nur seine Kündigung nehme ich an. Er aber hat mir die Stelle doch wohl nicht gegeben, daß ich hier mit meinen Leuten erfriere, sondern - wie Sie selbst sagten - damit er unbesonnene Verzweiflungstaten meinerseits verhindert. Mich jetzt plötzlich zu entlassen, wäre daher gradewegs gegen seine Absicht; solange ich nicht das Gegenteil aus seinem eigenen Munde höre, glaube ich es nicht. Es geschieht übrigens wahrscheinlich auch zu Ihrem großen Vorteil, wenn ich Ihrer leichtsinnigen Kündigung nicht folge." „Sie folgen also nicht?" fragte der Lehrer. K. schüttelte den Kopf. „Überlegen Sie es wohl," sagte der Lehrer, „Ihre Entschlüsse sind nicht immer die besten, denken Sie z. B. an den gestrigen Nachmittag, als Sie es ablehnten, verhört zu werden." „Warum erwähnen Sie das jetzt?" fragte K. „Weil es mir beliebt," sagte der Lehrer, „und nun wiederhole ich zum letzten Male: hinaus!" Als aber auch das keine Wirkung hatte, ging der Lehrer zum Katheder und beriet sich leise mit der Lehrerin: diese sagte etwas von der Polizei, aber der Lehrer lehnte es ab, schließlich einigten sie sich, der Lehrer forderte die Kinder auf, in seine Klasse hinüberzugehen, sie würden dort mit den andern Kindern gemeinsam unterrichtet werden. Diese Abwechslung freute alle, gleich war unter Lachen und Schreien das Zimmer geleert, der Lehrer und die Lehrerin folgten als letzte. Die Lehrerin trug das Klassenbuch und auf ihm die in ihrer Fülle ganz teilnahmslose Katze. Der Lehrer hätte die Katze gern hier gelassen, aber eine darauf bezügliche Andeutung wehrte die Lehrerin mit dem Hinweis auf die Grausamkeit K.s entschieden ab. So bürdete K. zu allem Ärger auch noch die Katze dem Lehrer auf. Es beeinflußte das wohl auch die letzten Worte, die der Lehrer in der Tür an K. richtete: „Das Fräulein verläßt mit den Kindern notgedrungen dieses Zimmer, weil Sie renitenterweise meiner Kündigung nicht folgen und weil niemand von ihr, einem jungen Mädchen, verlangen kann, daß sie inmitten Ihrer schmutzigen Familienwirtschaft Unterricht erteilt. Sie bleiben also allein und können sich, ungestört durch den Widerwillen anständiger Zuschauer, hier breit machen wie Sie wollen. Aber es wird nicht lange dauern, dafür bürge ich." Damit schlug er die Tür zu.

Das dreizehnte Kapitel

Kaum waren alle fort, sagte K. zu den Gehilfen: „Geht hinaus!" Verblüfft durch diesen unerwarteten Befehl folgten sie, aber als K. hinter ihnen die Tür zusperrte, wollten sie wieder zurück, winselten draußen und klopften an die Tür. „Ihr seid entlassen," rief K., „niemals mehr nehme ich euch in meine Dienste." Das wollten sie sich nun freilich nicht gefallen lassen und hämmerten mit Händen und Füßen gegen die Tür. „Zurück zu dir, Herr!" riefen sie, als wäre K. das trockene Land und sie daran, in der Flut zu versinken. Aber K. hatte kein Mitleid, ungeduldig wartete er, bis der unerträgliche Lärm den Lehrer zwingen werde, einzugreifen. Es geschah bald. „Lassen Sie Ihre verfluchten Gehilfen ein!" schrie er. „Ich habe sie entlassen", schrie K. zurück, es hatte die ungewollte Nebenwirkung, dem Lehrer zu zeigen, wie es ausfiel, wenn jemand kräftig genug war, nicht nur zu kündigen, sondern auch die Kündigung auszuführen. Der Lehrer versuchte nun die Gehilfen gütlich zu beruhigen, sie sollten hier nur ruhig warten, schließlich werde K. sie doch wieder einlassen müssen. Dann ging er. Und es wäre nun vielleicht still geblieben, wenn nicht K. ihnen wieder zuzurufen angefangen hätte, daß sie nun endgültig entlassen seien und nicht die geringste Hoffnung auf Wiederaufnahme hätten. Daraufhin begannen sie wieder zu lärmen wie zuvor. Wieder kam der Lehrer, aber nun verhandelte er nicht mehr mit ihnen, sondern trieb sie, offenbar mit dem gefürchteten Rohrstab, aus dem Haus.
Bald erschienen sie vor den Fenstern des Turnzimmers, klopften an die Scheiben und schrien, aber die Worte waren nicht mehr zu verstehen. Sie blieben jedoch auch dort nicht lange, in dem tiefen Schnee konnten sie nicht herumspringen, wie es ihre Unruhe verlangte. Sie eilten deshalb zu dem Gitter des Schulgartens, sprangen auf den steinernen Unterbau, wo sie auch, allerdings nur von der Ferne, einen besseren Einblick in das Zimmer hatten, sie liefen dort, an dem Gitter sich

festhaltend, hin und her, blieben dann wieder stehen und streckten flehend die gefalteten Hände gegen K. aus.

So trieben sie es lange, ohne Rücksicht auf die Nutzlosigkeit ihrer Anstrengungen; sie waren wie verblendet, sie hörten wohl auch nicht auf, als K. die Fenstervorhänge herunterließ, um sich von ihrem Anblick zu befreien.

In dem jetzt dämmerigen Zimmer ging K. zu dem Barren, um nach Frieda zu sehen. Unter seinem Blick erhob sie sich, ordnete die Haare, trocknete das Gesicht und machte sich schweigend daran Kaffee zu kochen. Trotzdem sie von allem wußte, verständigte sie doch K. förmlich davon, daß er die Gehilfen entlassen hatte. Sie nickte nur. K. saß in einer Schulbank und beobachtete nur ihre müden Bewegungen. Es war immer die Frische und Entschlossenheit gewesen, welche ihren nichtigen Körper verschönt hatte, nun war diese Schönheit dahin. Wenige Tage des Zusammenlebens mit K. hatten genügt, das zu erreichen. Die Arbeit im Ausschank war nicht leicht gewesen, aber ihr wahrscheinlich doch entsprechender. Oder war die Entfernung von Klamm die eigentliche Ursache ihres Verfalles? Die Nähe Klamms hatte sie so unsinnig verlockend gemacht, in dieser Verlockung hatte sie K. an sich gerissen und nun verwelkte sie in seinen Armen.

„Frieda", sagte K. Sie legte gleich die Kaffeemühle fort und kam zu K. in die Bank. „Du bist mir böse?" fragte sie. „Nein," sagte K., „ich glaube, du kannst nicht anders. Du hast zufrieden im Herrenhof gelebt. Ich hätte dich dort lassen sollen." „Ja," sagte Frieda und sah traurig vor sich hin, „du hättest mich dort lassen sollen. Ich bin dessen nicht wert, mit dir zu leben. Von mir befreit, könntest du vielleicht alles erreichen, was du willst. Aus Rücksicht auf mich unterwirfst du dich dem tyrannischen Lehrer, übernimmst du diesen kläglichen Posten, bewirbst dich mühevoll um ein Gespräch mit Klamm. Alles für mich, aber ich lohne es dir schlecht." „Nein", sagte K., und legte tröstend den Arm um sie. „Alles das sind Kleinigkeiten, die mir nicht wehtun, und zu Klamm will ich ja nicht nur deinetwegen. Und was hast du alles für mich getan! Ehe ich dich kannte, ging ich ja hier ganz in die Irre. Niemand nahm mich auf, und wem ich mich aufdrängte, der verabschiedete mich schnell. Und wenn ich bei jemandem Ruhe hätte finden können, so waren es Leute, vor denen wieder ich mich flüchtete, etwa die Leute des Barnabas -." „Du flüchtetest vor Ihnen? Nicht wahr? Liebster!" rief Frieda lebhaft dazwischen und versank dann nach einem zögernden „Ja" K.s wieder in ihre Müdigkeit.

Aber auch K. hatte nicht mehr die Entschlossenheit zu erklären, worin sich durch die Verbindung mit Frieda alles zum Guten für ihn gewendet hatte. Er löste langsam den Arm von ihr und sie saßen ein Weilchen schweigend, bis dann Frieda, so als hätte K.s Arm ihr Wärme gegeben, die sie jetzt nicht mehr entbehren könne, sagte: „Ich werde dieses Leben hier nicht ertragen. Willst du mich behalten, müssen wir auswandern, irgendwohin, nach Südfrankreich, nach Spanien." „Auswandern kann ich nicht," sagte K., „ich bin hierhergekommen, um hierzubleiben. Ich werde hierbleiben." Und in einem Widerspruch, den er gar nicht zu erklären sich Mühe gab, fügte er wie im Selbstgespräch zu: „Was hätte mich denn in dieses öde Land locken können, als das Verlangen hierzubleiben." Dann sagte er: „Aber auch du willst hierbleiben, es ist ja dein Land. Nur Klamm fehlt dir und das bringt dich auf verzweifelte Gedanken." „Klamm sollte mir fehlen?" sagte Frieda, „von Klamm ist hier ja Überfülle, zu viel Klamm; um ihm zu entgehen, will ich fort. Nicht Klamm, sondern du fehlst mir. Deinetwegen will ich fort; weil ich mich an dir nicht sättigen kann, hier wo alle an mir reißen. Würde mir doch lieber die hübsche Larve abgerissen, würde doch lieber mein Körper elend, daß ich in Frieden bei dir leben könnte." K. hörte daraus nur eines. „Klamm ist noch immer in Verbindung mit dir?" fragte er gleich, „er ruft dich?" „Von Klamm weiß ich nichts," sagte Frieda, „ich rede jetzt von anderen, z. B. von den Gehilfen." „Ah, die Gehilfen," sagte K. überrascht, „sie verfolgen dich?" „Hast du es denn nicht bemerkt?" fragte Frieda. „Nein," sagte K., und suchte sich vergeblich an Einzelheiten zu erinnern, „zudringliche und lüsterne Jungen sind es wohl, aber daß sie sich an dich herangewagt hätten, habe ich nicht bemerkt." „Nicht," sagte Frieda, „du hast nicht bemerkt, wie sie aus unserm Zimmer im Brückenhof nicht fortzubringen waren, wie sie unsere Beziehungen eifersüchtig überwachten, wie sich einer letzthin auf meinen Platz auf den Strohsack legte, wie sie jetzt gegen dich aussagten, um dich zu vertreiben, zu verderben, um mit mir allein zu sein. Das alles hast du nicht bemerkt?" K. sah Frieda an, ohne zu antworten. Die Anklagen gegen die Gehilfen waren wohl richtig, aber sie konnten alle auch viel unschuldiger gedeutet werden, aus dem ganzen lächerlichen, kindischen, fahrigen, unbeherrschten Wesen der zwei.

Und sprach nicht gegen die Beschuldigung auch, daß sie doch immer danach gestrebt hatten, überallhin mit K. zu gehen und nicht bei Frieda zurückzubleiben. K. erwähnte etwas Derartiges. „Heuchelei", sagte Frieda. „Das hast du nicht durchschaut? Ja, warum hast du sie dann fortgetrieben, wenn nicht aus diesen Gründen?" Und sie ging zum Fenster, rückte den Vorhang ein wenig zur Seite, blickte hinaus und rief dann K. zu sich. Noch immer waren die Gehilfen draußen am Gitter, so müde sie auch vielleicht schon waren, streckten sie doch noch von Zeit zu Zeit alle Kräfte zusammennehmend die Arme bittend gegen die Schule aus. Einer hatte, um sich nicht immerfort festhalten zu müssen, den Rock hinten auf einer Gitterstange aufgespießt. „Die Armen! Die Armen!" sagte Frieda.

„Warum ich sie weggetrieben habe?" fragte K. „Der unmittelbare Anlaß dafür bist du gewesen." „Ich", fragte Frieda, ohne den Blick von draußen abzuwenden. „Diese allzufreundliche Behandlung der Gehilfen," sagte K., „das Verzeihen ihrer Unarten, das Lachen über sie, das Streicheln ihrer Haare, das fortwährende Mitleid mit ihnen, „die Armen, die Armen", sagst du wieder, und schließlich der letzte Vorfall, da ich dir als Preis nicht zu hoch war, die Gehilfen von den Prügeln loszukaufen." „Das ist es ja," sagte Frieda, „davon spreche ich doch, das ist es ja, was mich unglücklich macht, was mich von dir abhält, während ich doch kein größeres Glück für mich weiß, als bei dir zu sein, immerfort, ohne Unterbrechung, ohne Ende, während ich doch davon träume, daß hier auf der Erde kein ruhiger Platz für unsere Liebe ist, nicht im Dorf und nicht anderswo, und ich mir deshalb ein Grab vorstelle, tief und eng, dort halten wir uns umarmt wie mit Zangen, ich verberge mein Gesicht an dir, du deines an mir und niemand wird uns jemals mehr sehen. Hier aber - sieh die Gehilfen! Nicht dir gilt es, wenn sie die Hände falten, sondern mir". „Und nicht ich", sagte K., „sehe sie an, sondern du." „Gewiß, ich," sagte Friede fast böse, „davon spreche ich doch immerfort; was würde denn sonst daran liegen, daß die Gehilfen hinter mir her sind, mögen sie auch Abgesandte Klamms sein". - „Abgesandte Klamms", sagte K., den diese Bezeichnung, so natürlich sie ihm gleich erschien, doch sehr überraschte. „Abgesandte Klamms, gewiß," sagte Frieda, „mögen sie die sein, so sind sie doch auch gleichzeitig läppische Jungen, die zu ihrer Erziehung noch Prügel brauchen. Was für häßliche schwarze Jungen es sind und wie abscheulich ist der Gegensatz zwischen ihren Gesichtern, die auf

Erwachsene, ja fast auf Studenten schließen lassen, und ihrem kindisch-närrischen Benehmen. Glaubst du, daß ich das nicht sehe? Ich schäme mich ja ihrer. Aber das ist es ja eben, sie stoßen mich nicht ab, sondern ich schäme mich ihrer. Ich muß immer zu ihnen hinsehen. Wenn man sich über sie ärgern sollte, muß ich lachen. Wenn man sie schlagen wollte, muß ich über ihr Haar streichen. Und wenn ich neben dir liege in der Nacht, kann ich nicht schlafen und muß über dich hinweg zusehen, wie der eine fest in die Decke eingerollt schläft und der andere vor der offenen Ofentür kniet und heizt, und ich muß mich vorbeugen, daß ich dich fast wecke. Und nicht die Katze erschreckt mich - ach, ich kenne Katzen und ich kenne auch das unruhige, immerfort gestörte Schlummern im Ausschank - nicht die Katze erschreckt mich, ich selbst mache mir Schrecken. Und es bedarf gar nicht dieses Ungetüms von einer Katze, ich fahre beim kleinsten Geräusch zusammen. Einmal fürchte ich, daß du aufwachen wirst und alles zu Ende sein wird, und dann wieder springe ich auf und zünde die Kerze an, damit du nur schnell aufwachst und mich beschützen kannst." „Von dem allen habe ich nichts gewußt," sagte K., „nur in einer Ahnung dessen habe ich sie vertrieben, nun sind sie aber fort, nun ist vielleicht alles gut." „Ja, endlich sind sie fort," sagte Frieda, aber ihr Gesicht war gequält, nicht freudig, „nur wissen wir nicht, wer sie sind. Abgesandte Klamms, ich nenne sie in meinen Gedanken, im Spiele so, aber vielleicht sind sie es wirklich. Ihre Augen, diese einfältigen und doch funkelnden Augen, erinnern mich irgendwie an die Augen Klamms, ja, das ist es, es ist Klamms Blick, der mich manchmal aus ihren Augen durchfährt. Und unrichtig ist es deshalb, wenn ich sagte, daß ich mich ihrer schäme. Ich wollte nur, es wäre so. Ich weiß zwar, daß anderswo und bei anderen Menschen das gleiche Benehmen dumm und anstößig wäre, bei ihnen ist es nicht so. Mit Achtung und Bewunderung sehe ich ihren Dummheiten zu. Wenn es aber Klamms Abgesandte sind, wer befreit uns von ihnen? und wäre es dann überhaupt gut, von ihnen befreit zu werden? Müßtest du sie dann nicht schnell hereinholen und glücklich sein, wenn sie noch kämen?" „Du willst, daß ich sie wieder hereinlasse?" fragte K. „Nein, nein," sagte Frieda, „nichts will ich weniger. Ihren Anblick, wenn sie nun hereinstürmen würden, ihre Freude, mich wiederzusehen, ihr Herumhupfen von Kindern und ihr Armausstrecken von Männern, das alles würde ich vielleicht gar nicht ertragen können.

Wenn ich dann aber wieder bedenke, daß du, wenn du gegen sie hart bleibst, damit vielleicht Klamm selbst den Zutritt zu dir verweigerst, will ich dich mit allen Mitteln vor den Folgen dessen bewahren. Dann will ich, daß du sie hereinkommen läßt. Dann nur schnell herein mit ihnen. Nimm keine Rücksicht auf mich, was liegt an mir. Ich werde mich wehren, solange ich kann, wenn ich aber verlieren sollte, nun, so werde ich verlieren, aber dann mit dem Bewußtsein, daß auch dies für dich geschehen ist." „Du bestärkst mich nur in meinem Urteil hinsichtlich der Gehilfen", sagte K. „Niemals werden sie mit meinem Willen hereinkommen. Daß ich sie hinausgebracht habe, beweist doch, daß man sie unter Umständen beherrschen kann, und damit weiterhin, daß sie nichts Wesentliches mit Klamm zu tun haben. Erst gestern abend bekam ich einen Brief von Klamm, aus dem zu sehen ist, daß Klamm über die Gehilfen ganz falsch unterrichtet ist, woraus wieder geschlossen werden muß, daß sie ihm völlig gleichgültig sind, denn wären sie dies nicht, so hätte er sich doch gewiß genaue Nachrichten über sie beschaffen können. Daß aber du Klamm in ihnen siehst, beweist nichts, denn noch immer, leider, bist du von der Wirtin beeinflußt und siehst Klamm überall. Noch immer bist du Klamms Geliebte, noch lange nicht meine Frau. Manchmal macht mich das ganz trübe, mir ist dann, wie wenn ich alles verloren hätte, ich habe dann das Gefühl, als sei ich eben erst ins Dorf gekommen, aber nicht hoffnungsvoll, wie ich damals in Wirklichkeit war, sondern im Bewußtsein, daß mich nur Enttäuschungen erwarten, und daß ich eine nach der anderen werde durchkosten müssen, bis zum letzten Bodensatz. Doch ist das nur manchmal," fügte K. lächelnd hinzu, als er sah, wie Frieda unter seinen Worten zusammensank, „und beweist doch im Grunde etwas Gutes, nämlich was du mir bedeutest. Und wenn du mich jetzt aufforderst, zwischen dir und den Gehilfen zu wählen, so haben damit die Gehilfen schon verloren. Was für ein Gedanke, zwischen dir und den Gehilfen zu wählen. Nun will ich sie aber endgültig los sein, in Worten und Gedanken. Wer weiß übrigens, ob die Schwäche, die uns beide überkommen hat, nicht daher stammt, daß wir noch immer nicht gefrühstückt haben." „Möglich", sagte Frieda müde lächelnd, und ging an die Arbeit. Auch K. ergriff wieder den Besen.

Nach einem Weilchen klopfte es leise. „Barnabas!" schrie K., warf den Besen hin und war mit einigen Sätzen bei der Tür. Über den Namen mehr als über alles andere erschrocken, sah ihn Frieda an. Mit den unsicheren Händen konnte K. das alte Schloß nicht gleich öffnen. „Ich öffne schon", wiederholte er immerfort, statt zu fragen, wer denn eigentlich klopfte. Und mußte dann zusehen, wie durch die weit aufgerissene Tür nicht Barnabas hereinkam, sondern der kleine Junge, der schon früher einmal hatte K. ansprechen wollen. K. hatte aber keine Lust, sich an ihn zu erinnern. „Was willst du denn hier?" sagte er, „unterrichtet wird nebenan." „Ich komme von dort," sagte der Junge und sah mit seinen großen braunen Augen ruhig zu K. auf, stand aufrecht da, die Arme eng am Leib. „Was willst du also? Schnell!" sagte K. und beugte sich ein wenig hinab, denn der Junge sprach leise. „Kann ich dir helfen?" fragte der Junge. „Er will uns helfen", sagte K. zu Frieda, und dann zum Jungen: „Wie heißt du denn?" „Hans Brunswick," sagte der Junge, „Schüler der vierten Klasse, Sohn des Otto Brunswick, Schustermeisters in der Madeleinegasse." „Sieh mal, Brunswick heißt du", sagte K. und war nun freundlicher zu ihm. Es stellte sich heraus, daß Hans durch die blutigen Striemen, welche die Lehrerin in K.s Hand eingekratzt hatte, so erregt worden war, daß er sich damals entschlossen hatte, K. beizustehen. Eigenmächtig war er jetzt auf die Gefahr großer Strafe hin aus dem Schulzimmer nebenan weggeschlichen, so wie ein Deserteur zum Feinde übergeht. Es mochten vor allem solche knabenhafte Vorstellungen sein, die ihn beherrschten. Ihnen entsprechend war auch der Ernst, der aus allem sprach, was er tat. Nur anfänglich hatte ihn Schüchternheit behindert, bald aber gewöhnte er sich an K. und Frieda, und als er dann heißen guten Kaffee zu trinken bekommen hatte, war er lebhaft und zutraulich geworden und seine Fragen waren eifrig und eindringlich, so, als wolle er möglichst schnell das Wichtigste erfahren, um dann selbständig für K. und Frieda Entschlüsse fassen zu können. Es war auch etwas Befehlshaberisches in seinem Wesen, aber es war mit kindlicher Unschuld so gemischt, daß man sich ihm halb aufrichtig, halb scherzend gern unterwarf. Jedenfalls nahm er alle Aufmerksamkeit für sich in Anspruch, alle Arbeit hatte aufgehört, das Frühstück zog sich sehr in die Länge. Trotzdem er in der Schulbank saß, K. auf dem Kathedertisch, Frieda auf einem Sessel nebenan, sah es aus, als sei Hans der Lehrer, als prüfe er und beurteile die Antworten. Ein leichtes Lächeln um seinen weichen Mund schien anzudeuten, daß er wohl wisse, es handle sich nur um ein Spiel, aber desto ernsthafter war er im übrigen bei der Sache, vielleicht war es auch gar kein Lächeln, sondern das Glück der Kindheit, das die Lippen umspielte.

Auffallend spät erst hatte er zugegeben, daß er K. schon kannte, seitdem dieser einmal bei Lasemann eingekehrt war. K. war glücklich darüber. „Du spieltest damals zu Füßen der Frau?" fragte K. „Ja," sagte Hans, „es war meine Mutter". Und nun mußte er von seiner Mutter erzählen, aber er tat es nur zögernd und erst auf wiederholte Aufforderung, es zeigte sich nun doch, daß er ein kleiner Junge war, aus dem zwar manchmal, besonders in seinen Fragen, vielleicht im Vorgefühl der Zukunft, vielleicht aber auch nur infolge der Sinnestäuschung des unruhig-gespannten Zuhörers, fast ein energischer, weitblickender Mann zu sprechen schien, der dann aber gleich darauf ohne Übergang nur ein Schuljunge war, der manche Fragen gar nicht verstand, andere mißdeutete, der in kindlicher Rücksichtslosigkeit zu leise sprach, trotzdem er oft auf den Fehler aufmerksam gemacht worden war und der schließlich wie aus Trotz gegenüber manchen dringenden Fragen vollkommen schwieg, und zwar ganz ohne Verlegenheit, wie es ein Erwachsener niemals könnte. Es war überhaupt, wie wenn seiner Meinung nach nur ihm das Fragen erlaubt sei, durch das Fragen der anderen aber irgendeine Vorschrift durchbrochen und Zeit verschwendet würde. Er konnte dann lange Zeit stillsitzen mit aufrechtem Körper, gesenktem Kopf, aufgeworfener Unterlippe. Frieda gefiel das so, daß sie ihm öfters Fragen stellte, von denen sie hoffte, daß sie ihn auf diese Weise verstummen lassen würden. Es gelang ihr auch manchmal, aber K. ärgerte es. Im ganzen erfuhr man wenig. Die Mutter war ein wenig kränklich, aber was für eine Krankheit es war, blieb unbestimmt, das Kind, das Frau Brunswick auf dem Schoß gehabt hatte, war Hansens Schwester und hieß Frieda (die Namensgleichheit mit der ihn ausfragenden Frau nahm Hans unfreundlich auf), sie wohnten alle im Dorf, aber nicht bei Lasemann, sie waren dort nur zu Besuch gewesen, um gebadet zu werden, weil Lasemann das große Schaff hatte, in dem zu baden und sich herumzutreiben den kleinen Kindern, zu denen aber Hans nicht gehörte, ein besonderes Vergnügen machte; von seinem Vater sprach Hans ehrfurchtsvoll oder ängstlich, aber nur, wenn nicht gleichzeitig von der Mutter die Rede war, gegenüber der Mutter war des Vaters Wert offenbar klein, übrigens blieben alle Fragen über das Familienleben, wie immer man auch heranzukommen suchte, unbeantwortet. Vom Gewerbe des Vaters erfuhr man, daß er der größte Schuster des Ortes war, keiner war ihm gleich, wie öfters auch auf ganz andere Fragen hin wiederholt wurde, er gab sogar den andern Schustern, z. B. auch dem Vater Barnabas, Arbeit, in diesem letzten Falle tat es Brunswick wohl nur aus besonderer Gnade, wenigstens deutete dies die stolze Kopfwendung Hansens an, welche Frieda veranlaßte, zu ihm hinunterzuspringen und ihm einen Kuß zu geben. Die Frage, ob er schon im Schloß gewesen sei, beantwortete er erst nach vielen Wiederholungen, und zwar mit „Nein". Die gleiche Frage hinsichtlich der Mutter beantwortete er gar nicht. Schließlich ermüdete K., auch ihm schien das Fragen unnütz, er gab darin dem Jungen recht, auch war darin etwas Beschämendes, auf dem Umweg über das unschuldige Kind Familiengeheimnisse ausforschen zu wollen, doppelt beschämend allerdings war, daß man auch hier nichts erfuhr. Und als dann K. zum Abschluß den Jungen fragte, worin er denn zu helfen sich anbiete, wunderte er sich nicht mehr zu hören, daß Hans nur hier bei der Arbeit helfen wolle, damit der Lehrer und die Lehrerin mit K. nicht mehr so zankten. K. erklärte Hans, daß eine solche Hilfe nicht nötig sei, Zanken gehöre wohl zu des Lehrers Natur, und man werde wohl auch durch genaueste Arbeit sich kaum davor schützen können, die Arbeit selbst sei nicht schwer und nur infolge zufälliger Umstände sei er mit ihr heute im Rückstande, übrigens wirke auf K. dieses Zanken nicht so wie auf einen Schüler, er schüttle es ab, es sei ihm fast gleichgültig, auch hoffe er dem Lehrer sehr bald völlig entgehen zu können. Da es sich also nur um Hilfe gegen den Lehrer gehandelt habe, danke er dafür bestens und Hans könne wieder zurückgehen, hoffentlich werde er noch nicht bestraft werden. Trotzdem es K. gar nicht betonte und nur unwillkürlich andeutete, daß es nur die Hilfe gegenüber dem Lehrer sei, die er nicht brauche, während er die Frage nach anderer Hilfe offen ließ, hörte es Hans doch klar heraus und fragte, ob K. vielleicht andere Hilfe brauche, sehr gerne werde er ihm helfen und wenn er es selbst nicht imstande wäre, würde er seine Mutter darum bitten und dann würde es gewiß gelingen. Auch wenn der Vater Sorgen hat, bittet er die Mutter um Hilfe. Und die Mutter habe auch schon einmal nach K. gefragt, sie selbst gehe kaum aus dem Haus, nur ausnahmsweise sei sie damals bei Lasemann gewesen.

Er, Hans, aber gehe öfters hin, um mit Lasemanns Kindern zu spielen, und da habe ihn die Mutter einmal gefragt, ob dort vielleicht wieder einmal der Landvermesser gewesen sei.

Nur dürfe man die Mutter, weil sie so schwach und müde sei, nicht unnütz ausfragen und so habe er nur einfach gesagt, daß er den Landvermesser dort nicht gesehen habe, und weiter sei davon nicht gesprochen worden, als er ihn aber nun hier in der Schule gefunden habe, habe er ihn ansprechen müssen, damit er der Mutter berichten könne. Denn das habe die Mutter am liebsten, wenn man ohne ihren ausdrücklichen Befehl ihre Wünsche erfüllt. Darauf sagte K. nach kurzer Überlegung, er brauche keine Hilfe, er habe alles, was er benötige, aber es sei sehr lieb von Hans, daß er ihm helfen wolle und er danke ihm für die gute Absicht, es sei ja möglich, daß er später einmal etwas brauchen werde, dann werde er sich an ihn wenden, die Adresse habe er ja. Dagegen könne vielleicht er, K., diesmal ein wenig helfen, es tue ihm leid, daß Hansens Mutter kränkle und offenbar niemand hier das Leid verstehe; in einem solchen vernachlässigten Falle kann oft eine schwere Verschlimmerung eines an sich leichten Leidens eintreten. Nun habe er, K., einige medizinische Kenntnisse und, was noch mehr wert sei, Erfahrung in der Krankenbehandlung. Manches, was Ärzten nicht gelungen sei, sei ihm geglückt. Zu Hause habe man ihn wegen seiner Heilwirkung immer das bittere Kraut genannt. Jedenfalls würde er gern Hansens Mutter ansehen und mit ihr sprechen. Vielleicht könnte er einen guten Rat geben, schon um Hansens willen täte er es gern. Hansens Augen leuchteten bei diesem Angebot zuerst auf, verführten K. dazu, dringlicher zu werden, aber das Ergebnis war unbefriedigend, denn Hans sagte auf verschiedene Fragen, und war dabei nicht einmal sehr traurig, zur Mutter dürfe kein fremder Besuch kommen, weil sie sehr schonungsbedürftig sei; trotzdem doch K. damals kaum mit ihr gesprochen habe, sei sie nachher einige Tage im Bett gelegen, was freilich öfters geschehe. Der Vater habe sich damals aber über K. sehr geärgert und er würde gewiß niemals erlauben, daß K. zur Mutter komme, ja, er habe damals K. aufsuchen wollen, um ihn wegen seines Benehmens zu strafen, nur die Mutter habe ihn davon zurückgehalten. Vor allem aber wolle die Mutter selbst im allgemeinen mit niemandem sprechen und ihre Frage nach K. bedeute keine Ausnahme von der Regel, im Gegenteil, gerade gelegentlich seiner Erwähnung hätte sie den Wunsch aussprechen können, ihn zu sehen, aber sie habe dies nicht getan und damit deutlich ihren Willen geäußert. Sie wolle nur von K. hören, aber mit ihm sprechen wolle sie nicht. Übrigens sei es sogar keine eigentliche Krankheit, woran sie leide, sie wisse sehr wohl die Ursache ihres Zustandes und manchmal deute sie sie auch an, es sei wahrscheinlich die Luft hier, die sie nicht vertrage, aber sie wolle doch auch wieder den Ort nicht verlassen, des Vaters und der Kinder wegen, auch sei es schon besser, als es früher gewesen war. Das war es etwa, was K. erfuhr, die Denkkraft Hansens steigerte sich sichtlich, da er seine Mutter vor K. schützen wollte, vor K., dem er angeblich hatte helfen wollen; ja, zu dem guten Zwecke, K. von der Mutter abzuhalten, widersprach er in manchem sogar seinen eigenen früheren Aussagen, z. B. hinsichtlich der Krankheit. Trotzdem aber merkte K. auch jetzt, daß Hans ihm noch immer gutgesinnt war, nur vergaß er über der Mutter alles andere; wen immer man gegenüber der Mutter aufstellte, er kam gleich ins Unrecht, jetzt war es K. gewesen, aber es konnte z. B. auch der Vater sein. K. wollte dieses letztere versuchen und sagte, es sei gewiß sehr vernünftig vom Vater, daß er die Mutter vor jeder Störung so behüte und wenn er, K., damals etwas Ähnliches nur geahnt hätte, hätte er gewiß die Mutter nicht anzusprechen gewagt und er lasse jetzt noch nachträglich zu Hause um Entschuldigung bitten. Dagegen könne er nicht ganz verstehen, warum der Vater, wenn die Ursache des Leidens so klar gestellt sei, wie Hans sagte, die Mutter zurückhalte, sich in anderer Luft zu erholen; man müsse sagen, daß er sie zurückhalte, denn sie gehe nur der Kinder und seinetwegen nicht fort, die Kinder aber könnte sie mitnehmen, sie müßte ja nicht für lange Zeit fortgehen und auch nicht sehr weit, schon oben auf dem Schloßberg sei die Luft ganz anders. Die Kosten eines solchen Ausflugs müsse der Vater nicht fürchten, er sei ja der größte Schuster im Ort und gewiß habe auch er oder die Mutter Verwandte oder Bekannte im Schloß, die sie gern aufnehmen würden. Warum lasse er sie nicht fort? Er möge ein solches Leiden nicht unterschätzen, K. habe ja die Mutter nur flüchtig gesehen, aber eben ihre auffallende Blässe und Schwäche habe ihn dazu bewogen, sie anzusprechen. Schon damals habe er sich gewundert, daß der Vater die kranke Frau in der schlechten Luft des allgemeinen Bade- und Waschraumes gelassen und sich auch in seinen lauten Reden keine Zurückhaltung auferlegt habe.

Der Vater wisse wohl nicht, um was es sich handle, mag sich auch das Leiden in der letzten Zeit vielleicht gebessert haben, ein solches Leiden hat Launen, aber schließlich kommt es doch, wenn man es nicht bekämpft, mit gesammelter Kraft und nichts kann dann mehr helfen. Wenn K. schon nicht mit der Mutter sprechen könne, wäre es doch vielleicht gut, wenn er mit dem Vater sprechen und ihn auf dies alles aufmerksam machen würde.

Hans hatte gespannt zugehört, das meiste verstanden, die Drohung des unverständlichen Rates stark empfunden. Trotzdem sagte er, mit dem Vater könne K. nicht sprechen, der Vater habe eine Abneigung gegen ihn und er würde ihn wahrscheinlich wie der Lehrer behandeln. Er sagte dies lächelnd und schüchtern, wenn er von K. sprach, und verbissen und traurig, wenn er den Vater erwähnte. Doch fügte er hinzu, daß K. vielleicht doch mit der Mutter sprechen könnte, aber nur ohne Wissen des Vaters. Dann dachte Hans mit starrem Blick ein wenig nach, ganz wie eine Frau, die etwas Verbotenes tun will und eine Möglichkeit sucht, es ungestraft auszuführen, und sagte, übermorgen wäre es vielleicht möglich, der Vater gehe abends in den Herrenhof, er habe dort Besprechungen, da werde er, Hans, abends kommen und K. zur Mutter führen, vorausgesetzt allerdings, daß die Mutter zustimme, was noch sehr unwahrscheinlich sei. Vor allem tue sie ja nichts gegen den Willen des Vaters, in allem füge sie sich ihm, auch in Dingen, deren Unvernunft selbst er, Hans, klar einsehe.

Längst schon hatte K. Hans aus der Bank zum Katheder gerufen, hatte ihn zu sich zwischen die Knie gezogen und streichelte ihn manchmal begütigend. Diese Nähe trug auch dazu bei, trotz Hansens zeitweiligem Widerstreben, ein Einvernehmen herzustellen. Man einigte sich schließlich auf folgendes: Hans werde zunächst der Mutter die volle Wahrheit sagen, jedoch, um ihr die Zustimmung zu erleichtern, hinzufügen, daß K. auch mit Brunswick selbst sprechen wolle, allerdings nicht wegen der Mutter, sondern wegen seiner Angelegenheiten. Dies war auch richtig, im Laufe des Gesprächs war es K. eingefallen, daß ja Brunswick, mochte er auch sonst ein gefährlicher und böser Mensch sein, sein Gegner eigentlich nicht mehr sein konnte, war er doch, wenigstens nach dem Bericht des Gemeindevorstehers, der Führer derjenigen gewesen, welche, sei es auch aus politischen Gründen, die Berufung eines Landvermessers verlangt hatten. K.s Ankunft im Dorf mußte also für Brunswick willkommen sein. Dann war allerdings die ärgerliche Begrüßung am ersten Tag und die Abneigung, von der Hans sprach, fast unverständlich, vielleicht aber war Brunswick gerade deshalb gekränkt, weil sich K. nicht zuerst an ihn um Hilfe gewendet hatte, vielleicht lag ein anderes Mißverständnis vor, das durch ein paar Worte aufgeklärt werden konnte. Wenn das aber geschehen war, konnte K. in Brunswick recht wohl einen Rückhalt gegenüber dem Lehrer, ja sogar gegenüber dem Gemeindevorsteher bekommen, der ganze amtliche Trug - was war es denn anderes? -, mit welchem der Gemeindevorsteher und der Lehrer ihn von den Schloßbehörden abhielten und in die Schuldienerstellung zwängten, konnte aufgedeckt werden, kam es neuerlich zu einem um K. geführten Kampf zwischen Brunswick und dem Gemeindevorsteher, mußte Brunswick K. an seine Seite ziehen, K. würde Gast in Brunswicks Hause werden, Brunswicks Machtmittel würden ihm zur Verfügung gestellt werden, dem Gemeindevorsteher zum Trotz, wer weiß, wohin er dadurch gelangen würde und in der Nähe der Frau würde er jedenfalls häufig sein - so spielte er mit den Träumen und sie mit ihm, während Hans, nur in Gedanken an die Mutter, das Schweigen K.s sorgenvoll beobachtete, so wie man es gegenüber einem Arzt tut, der in Nachdenken versunken ist, um für einen schweren Fall ein Hilfsmittel zu finden. Mit diesem Vorschlag K.s, daß er mit Brunswick wegen der Landvermesseranstellung sprechen wolle, war Hans einverstanden, allerdings nur deshalb, weil dadurch seine Mutter vor dem Vater geschützt war und es sich überdies nur um einen Notfall handelte, der hoffentlich nicht eintreten würde. Er fragte nur noch, wie K. die späte Stunde des Besuches dem Vater erklären würde, und begnügte sich schließlich, wenn auch mit ein wenig verdüstertem Gesicht, damit, daß K. sagen würde, die unerträgliche Schulmeisterstellung und die entehrende Behandlung durch den Lehrer habe ihn in plötzlicher Verzweiflung alle Rücksicht vergessen lassen.

Als nun auf diese Weise alles, soweit man sehen konnte, vorbedacht und die Möglichkeit des Gelingens doch wenigstens nicht mehr ausgeschlossen war, wurde Hans, von der Last des Nachdenkens befreit, fröhlicher, plauderte noch ein Weilchen kindlich zuerst mit K. und dann auch mit Frieda, die lange wie in ganz anderen Gedanken dagesessen war, und jetzt erst wieder an dem Gespräch teilzunehmen begann.

Unter anderem fragte sie ihn, was er werden wolle, er überlegte nicht viel und sagte, er wolle ein Mann werden wie K. Als er dann nach seinen Gründen gefragt wurde, wußte er freilich nicht zu antworten, und die Frage, ob er etwa Schuldiener werden wolle, verneinte er mit Bestimmtheit.

Erst als man weiter fragte, erkannte man, auf welchem Umweg er zu seinem Wunsche gekommen war. Die gegenwärtige Lage K.s war keineswegs beneidenswert, sondern traurig und verächtlich, das sah auch Hans genau und er brauchte, um das zu erkennen, gar nicht andere Leute zu beobachten, er selbst hätte ja am liebsten die Mutter vor jedem Blick und Wort K.s bewahren wollen. Trotzdem aber kam er zu K. und bat ihn um Hilfe und war glücklich, wenn K. zustimmte, auch bei anderen Leuten glaubte er Ähnliches zu erkennen, und vor allem hatte doch die Mutter selbst K. erwähnt. Aus diesem Widerspruch entstand in ihm der Glaube, jetzt sei zwar K. noch niedrig und abschreckend, aber in einer allerdings fast unvorstellbar fernen Zukunft werde er doch alle übertreffen. Und eben diese geradezu törichte Ferne und die stolze Entwicklung, die in sie führen sollte, lockte Hans; um diesen Preis wollte er sogar den gegenwärtigen K. in Kauf nehmen. Das besonders Kindlich-Altkluge dieses Wunsches bestand darin, daß Hans auf K. herabsah wie auf einen Jüngeren, dessen Zukunft sich weiter dehne als seine eigene, die Zukunft eines kleinen Knaben. Und es war auch ein fast trüber Ernst, mit dem er, durch Fragen Friedas immer wieder gezwungen, von diesen Dingen sprach. Erst K. heiterte ihn wieder auf, als er sagte, er wisse, um was ihn Hans beneide, es handle sich um seinen schönen Knotenstock, der auf dem Tisch lag und mit dem Hans zerstreut im Gespräch gespielt hatte. Nun, solche Stöcke verstehe K. herzustellen und er werde, wenn ihr Plan geglückt sei, Hans einen noch schöneren machen. Es war jetzt nicht mehr ganz deutlich, ob nicht Hans wirklich nur den Stock gemeint hatte, so sehr freute er sich über K.s Versprechen und nahm fröhlich Abschied, nicht ohne K. fest die Hand zu drücken und zu sagen: „Also übermorgen." Es war höchste Zeit, daß Hans weggegangen war, denn kurz darauf riß der Lehrer die Tür auf und schrie, als er K. und Frieda ruhig bei Tisch sitzen sah: „Verzeiht die Störung! Aber sagt mir, wann wird endlich hier aufgeräumt sein? Wir müssen drüben zusammengepfercht sitzen, der Unterricht leidet. Ihr aber dehnt und streckt euch hier im großen Turnzimmer, und um noch mehr Platz zu haben, habt ihr auch noch die

Gehilfen weggeschickt. Jetzt aber steht wenigstens gefälligst auf und rührt euch!" Und nur zu K. „Du holst mir jetzt das Gabelfrühstück aus dem Brückenhof." Das alles war wütend geschrien, aber die Worte waren verhältnismäßig sanft, selbst das an sich grobe Du. K. war sofort bereit zu folgen, nur um den Lehrer auszuhorchen, sagte er: „Ich bin doch gekündigt." „Gekündigt oder nicht gekündigt, hol mir das Gabelfrühstück", sagte der Lehrer. „Gekündigt oder nicht gekündigt, das eben will ich wissen", sagte K. „Was schwätzst du?" sagte der Lehrer. „Du hast doch die Kündigung nicht angenommen." „Das genügt, um sie unwirksam zu machen?" fragte K. „Mir nicht," sagte der Lehrer, „das darfst du mir glauben, wohl aber dem Gemeindevorsteher, unbegreiflicherweise. Nun aber lauf, sonst fliegst du wirklich hinaus." K. war zufrieden, der Lehrer hatte also mit dem Gemeindevorsteher inzwischen gesprochen, oder vielleicht gar nicht gesprochen, sondern nur des Gemeindevorstehers voraussichtliche Meinung sich zurechtgelegt und diese lautete zu K.s Gunsten. Nun wollte K. gleich um das Gabelfrühstück eilen, aber noch aus dem Gang rief ihn der Lehrer wieder zurück. Sei es, daß er die Dienstwilligkeit K.s durch diesen besonderen Befehl nur hatte erproben wollen, um sich danach weiterhin richten zu können, sei es, daß er nun wieder neue Lust zum Kommandieren bekam und es ihn freute, K. eilig laufen und dann auf seinen Befehl hin wie einen Kellner ebenso eilig wieder wenden zu lassen. K. seinerseits wußte, daß er durch allzu großes Nachgeben sich zum Sklaven und Prügeljungen des Lehrers machen würde, aber bis zu einer gewissen Grenze wollte er jetzt die Launen des Lehrers geduldig hinnehmen, denn wenn ihm auch der Lehrer, wie sich gezeigt hatte, rechtmäßig nicht kündigen konnte, qualvoll bis zum Unerträglichen konnte er die Stellung gewiß machen. Aber gerade an dieser Stellung lag jetzt K. mehr als früher. Das Gespräch mit Hans hatte ihm neue, zugegebenermaßen unwahrscheinliche, völlig grundlose, aber nicht mehr zu vergessende Hoffnungen gemacht, sie verdeckten sogar fast Barnabas. Wenn er ihnen nachging, und er konnte nicht anders, so mußte er alle seine Kraft darauf sammeln, sich um nichts anderes sorgen, nicht um das Essen, die Wohnung, die Dorfbehörden, ja selbst um Frieda nicht, und im Grunde handelte es sich ja nur um Frieda, denn alles andere kümmerte ihn ja nur mit Bezug auf sie.

Deshalb mußte er diese Stellung, welche Frieda einige Sicherheit gab, zu behalten suchen, und es durfte ihn nicht reuen, im Hinblick auf diesen Zweck mehr vom Lehrer zu dulden, als er sonst zu dulden über sich gebracht hätte. Das alles war nicht allzu schmerzlich, es gehörte in die Reihe der fortwährenden kleinen Leiden des Lebens, es war nichts im Vergleich zu dem, was K. erstrebte, und er war nicht hergekommen, um ein Leben in Ehren und Frieden zu fuhren.

Und so war er, wie er gleich hatte ins Wirtshaus laufen wollen, auf den geänderten Befehl hin auch gleich wieder bereit, zuerst das Zimmer in Ordnung zu bringen, damit die Lehrerin mit ihrer Klasse wieder herüberkommen könne. Aber es mußte sehr schnell Ordnung gemacht werden, denn nachher sollte K. doch das Gabelfrühstück holen und der Lehrer hatte schon großen Hunger und Durst. K. versicherte, es werde alles nach Wunsch geschehen; ein Weilchen sah der Lehrer zu, wie K. sich beeilte, die Lagerstätte wegräumte, die Turngeräte zurechtschob, im Fluge auskehrte, während Frieda das Podium wusch und rieb. Der Eifer schien den Lehrer zu befriedigen, er machte noch darauf aufmerksam, daß vor der Tür ein Haufen Holz zum Heizen vorbereitet sei - zum Schuppen wollte er K. wohl nicht mehr zulassen - und ging dann mit der Drohung, bald wiederzukommen und nachzuschauen, zu den Kindern hinüber.

Nach einer Weile schweigenden Arbeitens fragte Frieda, warum sich denn K. jetzt dem Lehrer so sehr füge. Es war wohl eine mitleidige, sorgenvolle Frage, aber K., der daran dachte, wie wenig es Frieda gelungen war, nach ihrem ursprünglichen Versprechen ihn vor den Befehlen und Gewalttätigkeiten des Lehrers zu bewahren, sagte nur kurz, daß er nun, da er einmal Schuldiener geworden sei, den Posten auch ausfüllen müsse. Dann war es wieder still, bis K., gerade durch das kurze Gespräch daran erinnert, daß Frieda schon so lange wie in sorgenvollen Gedanken verloren gewesen war, vor allem fast während des ganzen Gesprächs mit Hans, sie jetzt, während er das Holz hereintrug, offen fragte, was sie denn beschäftige. Sie antwortete, langsam zu ihm aufblickend, es sei nichts Bestimmtes, sie denke nur an die Wirtin und an die Wahrheit mancher ihrer Worte. Erst als K. in sie drang, antwortete sie nach mehreren Weigerungen ausführlicher, ohne aber hierbei von ihrer Arbeit abzulassen, was sie nicht aus Fleiß tat, denn die Arbeit ging dabei doch gar nicht vorwärts, sondern nur um nicht gezwungen zu sein, K. anzusehen. Und nun erzählte sie, wie sie bei K.s Gespräch mit Hans zuerst ruhig zugehört habe, wie sie dann durch einige Worte K.s aufgeschreckt, schärfer den Sinn der Worte zu erfassen angefangen habe und wie sie von nun ab nicht mehr habe aufhören können, in K.s Worten Bestätigungen einer Mahnung zu hören, die sie der Wirtin verdanke, an deren Berechtigung sie aber niemals hatte glauben wollen. K., ärgerlich über die allgemeinen Redewendungen und selbst durch die tränenvolle klagende Stimme mehr gereizt als gerührt - vor allem, weil sich die Wirtin nun wieder in sein Leben mischte, wenigstens durch Erinnerungen, da sie in Person bis jetzt wenig Erfolg gehabt hatte - warf das Holz, das er in den Armen trug, zu Boden, setzte sich darauf und verlangte nun mit ernsten Worten völlige Klarheit. „Schon öfters," begann Frieda, „gleich anfangs, hat sich die Wirtin bemüht, mich an dir zweifeln zu machen, sie behauptete nicht, daß du lügst, im Gegenteil, sie sagte, du seist kindlich offen, aber dein Wesen sei so verschieden von dem unseren, daß wir, selbst wenn du offen sprichst, dir zu glauben uns schwer überwinden können, und wenn nicht eine gute Freundin uns früher rettet, erst durch bittere Erfahrung zu glauben uns gewöhnen müssen. Selbst ihr, die einen so scharfen Blick für Menschen hat, sei es kaum anders ergangen. Aber nach dem letzten Gespräch mit dir im Brückenhof sei sie - ich wiederhole nur ihre bösen Worte - auf deine Schliche gekommen, jetzt könntest du sie nicht mehr täuschen, selbst wenn du dich anstrengen würdest, deine Absichten zu verbergen. Aber du verbirgst ja nichts, das sagte sie immer wieder und dann sagte sie noch: Strenge dich doch an, ihm bei beliebiger Gelegenheit wirklich zuzuhören, nicht nur oberflächlich, nein, wirklich zuzuhören. Nichts weiter als dieses habe sie getan und dabei hinsichtlich meiner folgendes etwa herausgehört: Du hast dich an mich herangemacht - sie gebrauchte dieses schmähliche Wort - nur deshalb, weil ich dir zufällig in den Weg kam, dir nicht gerade mißfiel und weil du ein Ausschankmädchen sehr irrigerweise für das vorbestimmte Opfer jedes die Hand ausstreckenden Gastes hältst. Außerdem wolltest du, wie die Wirtin vom Herrenhof erfahren hat, aus irgendwelchen Gründen damals im Herrenhof übernachten und das war allerdings überhaupt nicht anders als durch mich zu erlangen. Das alles wäre nun genügender Anlaß gewesen, dich zu meinem Liebhaber für jene Nacht zu machen, damit aber mehr daraus würde, brauchte es auch mehr. Und dieses Mehr war Klamm.

Die Wirtin behauptet nicht, zu wissen, was du von Klamm willst, sie behauptet nur, daß du, ehe du mich kanntest, ebenso heftig zu Klamm strebtest wie nachher. Der Unterschied habe nur darin bestanden, daß du früher hoffnungslos warst, jetzt aber in mir ein zuverlässiges Mittel zu haben glaubtest, wirklich und bald und sogar mit Überlegenheit zu Klamm vorzudringen. Wie erschrak ich - aber das war nur erst flüchtig, ohne tieferen Grund - als du heute einmal sagtest, ehe du mich kanntest, wärest du hier in die Irre gegangen.

Es sind vielleicht die gleichen Worte, welche die Wirtin gebrauchte, auch sie sagt, daß du erst, seitdem du mich kanntest, zielbewußt geworden bist. Das sei daher gekommen, daß du glaubtest, in mir eine Geliebte Klamms erobert zu haben und dadurch ein Pfand zu besitzen, das nur zum höchsten Preise ausgelöst werden könne. Über diesen Preis mit Klamm zu verhandeln, sei dein einziges Bestreben. Da dir an mir nichts, am Preise alles liegt, seist du hinsichtlich meiner zu jedem Entgegenkommen bereit, hinsichtlich des Preises hartnäckig. Deshalb ist es dir gleichgültig, daß ich die Stelle im Herrenhofe verliere, daß ich auch den Brückenhof verlassen muß, gleichgültig, daß ich die schwere Schuldienerarbeit werde leisten müssen. Du hast keine Zärtlichkeit, ja nicht einmal Zeit mehr für mich, du überläßt mich den Gehilfen, Eifersucht kennst du nicht, mein einziger Wert für dich ist, daß ich Klamms Geliebte war, in deiner Unwissenheit strengst du dich an, mich Klamm nicht vergessen zu lassen, damit ich am Ende nicht zu sehr widerstrebe, wenn der entscheidende Zeitpunkt gekommen ist, dennoch kämpfst du auch gegen die Wirtin, der allein du es zutraust, daß sie mich dir entreißen könnte, darum treibst du den Streit mit ihr auf die Spitze, um den Brückenhof mit mir verlassen zu müssen; daß ich, soweit es nur an mir liegt, unter allen Umständen dein Besitz bin, daran zweifelst du nicht. Die Unterredung mit Klamm stellst du dir als ein Geschäft vor, bar gegen bar. Du rechnest mit allen Möglichkeiten; vorausgesetzt, daß du den Preis erreichst, bist du bereit, alles zu tun; will mich Klamm, wirst du mich ihm geben, will er, daß du bei mir bleibst, wirst du bleiben, will er, daß du mich verstößt, wirst du mich verstoßen, aber du bist auch bereit, Komödie zu spielen, wird es vorteilhaft sein, so wirst du vorgeben, mich zu lieben, seine Gleichgültigkeit wirst du dadurch zu bekämpfen suchen, daß du deine Nichtigkeit hervorhebst und ihn durch die Tatsache deiner Nachfolgerschaft beschämst oder dadurch, daß du meine

Liebesgeständnisse hinsichtlich seiner Person, die ich ja wirklich gemacht habe, ihm übermittelst und ihn bittest, er möge mich wieder aufnehmen, unter Zahlung dieses Preises allerdings; und hilft nichts anderes, dann wirst du im Namen des Ehepaares K. einfach betteln. Wenn du aber dann, so schloß die Wirtin, sehen wirst, daß du dich in allem getäuscht hast, in deinen Annahmen und in deinen Hoffnungen, in deiner Vorstellung von Klamm und seinen Beziehungen zu mir, dann wird meine Hölle beginnen, denn dann werde ich erst recht dein einziger Besitz sein, auf den du angewiesen bleibst, aber zugleich ein Besitz, der sich als wertlos erwiesen hat, und den du entsprechend behandeln wirst, da du kein anderes Gefühl für mich hast als das des Besitzers."

Gespannt, mit zusammengezogenem Mund, hatte K. zugehört, das Holz unter ihm war ins Rollen gekommen, er war fast auf den Boden geglitten, er hatte es nicht beachtet, erst jetzt stand er auf, setzte sich auf das Podium, nahm Friedas Hand, die sich ihm schwach zu entziehen suchte, und sagte: „Ich habe in dem Bericht nicht immer deine und der Wirtin Meinung voneinander unterscheiden können."

„Es war nur die Meinung der Wirtin," sagte Frieda, „ich habe allem zugehört, weil ich die Wirtin verehre, aber es war das erstemal in meinem Leben, daß ich ihre Meinung ganz und gar verwarf. So kläglich schien mir alles, was sie sagte, so fern jedem Verständnis dessen, wie es mit uns zweien stand. Eher schien mir das vollkommene Gegenteil dessen, was sie sagte, richtig. Ich dachte an den trüben Morgen nach unserer ersten Nacht. Wie du neben mir knietest mit einem Blick, als sei nun alles verloren. Und wie es sich dann auch wirklich so gestaltete, daß ich, so sehr ich mich anstrengte, dir nicht half, sondern dich hinderte. Durch mich wurde die Wirtin deine Feindin, eine mächtige Feindin, die du noch immer unterschätzest; meinetwegen, für die du zu sorgen hattest, mußtest du um deine Stelle kämpfen, warst im Nachteil gegenüber dem Gemeindevorsteher, mußtest dich dem Lehrer unterwerfen, warst den Gehilfen ausgeliefert, das Schlimmste aber, um meinetwillen hattest du dich vielleicht gegen Klamm vergangen. Daß du jetzt immerfort zu Klamm gelangen wolltest, war ja nur das ohnmächtige Streben, ihn irgendwie zu versöhnen. Und ich sagte mir, daß die Wirtin, die alles gewiß viel besser wisse als ich, mich mit ihren Einflüsterungen nur vor allzuschlimmen Selbstvorwürfen bewahren wollte. Gutgemeinte, aber überflüssige Mühe. Meine Liebe zu dir hatte mir über alles hinweggeholfen, sie hätte schließlich auch dich vorwärts getragen, wenn nicht hier im Dorf, so anderswo, einen Beweis ihrer Kraft hatte sie ja schon gegeben, vor der Barnabasschen Familie hat sie dich gerettet." „Das war damals also deine Gegenmeinung," sagte K., „und was hat sich seitdem geändert?" „Ich weiß nicht," sagte Frieda und blickte auf K.s Hand, welche die ihre hielt, „vielleicht hat sich nichts geändert; wenn du so nahe bei mir bist und so ruhig fragst, dann glaube ich, daß sich nichts geändert hat. In Wirklichkeit aber -" sie nahm K. ihre Hand fort, saß ihm aufrecht gegenüber und weinte, ohne ihr Gesicht zu bedecken; frei hielt sie ihm dieses tränenüberflossene Gesicht entgegen, so, als weine sie nicht über sich selbst und habe also nichts zu verbergen, sondern als weine sie über K.s Verrat und so gebühre ihm auch der Jammer ihres Anblicks - „in Wirklichkeit aber hat sich alles geändert, seitdem ich dich mit dem Jungen habe sprechen hören. Wie unschuldig hast du begonnen, fragtest nach den häuslichen Verhältnissen, nach dem und jenem, mir war, als kämst du gerade in den Ausschank, zutunlich, offenherzig und suchtest so kindlich-eifrig meinen Blick. Es war kein Unterschied gegen damals und ich wünschte nur, die Wirtin wäre hier, hörte dir zu und versuchte dann noch, an ihrer Meinung festzuhalten. Dann aber plötzlich, ich weiß nicht, wie es geschah, merkte ich, in welcher Absicht du mit dem Jungen sprachst. Durch die teilnehmenden Worte gewannst du sein nicht leicht zu gewinnendes Vertrauen, um dann ungestört auf dein Ziel loszugehen, das ich mehr und mehr erkannte. Dieses Ziel war die Frau. Aus deinen ihretwegen scheinbar besorgten Reden sprach gänzlich unverdeckt nur die Rücksicht auf deine Geschäfte. Du betrogst die Frau, noch ehe du sie gewonnen hast. Nicht nur meine Vergangenheit, auch meine Zukunft hörte ich aus deinen Worten, es war mir, als sitze die Wirtin neben mir und erkläre mir alles, und ich suche sie mit allen Kräften wegzudrängen, sehe aber klar die Hoffnungslosigkeit solcher Anstrengung und dabei war es ja eigentlich gar nicht mehr ich, die betrogen wurde, nicht einmal betrogen wurde ich schon, sondern die fremde Frau. Und als ich mich dann noch aufraffte und Hans fragte, was er werden wolle und er sagte, er wolle werden wie du, dir also schon so vollkommen gehörte, was war denn jetzt für ein großer Unterschied zwischen ihm, dem guten Jungen, der hier mißbraucht wurde, und mir, damals im Ausschank?"

„Alles," sagte K., durch die Gewöhnung an den Vorwurf hatte er sich gefaßt, „alles, was du sagst, ist in gewissem Sinne richtig, unwahr ist es nicht, nur feindselig ist es. Es sind Gedanken der Wirtin, meiner Feindin, auch wenn du glaubst, daß es deine eigenen sind, das tröstet mich. Aber lehrreich sind sie, man kann noch manches von der Wirtin lernen. Mir selbst hat sie es nicht gesagt, obwohl sie mich sonst nicht geschont hat, offenbar hat sie dir diese Waffe anvertraut, in der Hoffnung, daß du sie in einer für mich besonders schlimmen oder entscheidungsreichen Stunde anwenden würdest. Mißbrauche ich dich, so mißbraucht sie dich ähnlich. Nun aber, Frieda, bedenke: auch wenn alles ganz genau so wäre, wie es die Wirtin sagt, wäre es sehr arg nur in einem Falle, nämlich wenn du mich nicht lieb hast. Dann, nun dann wäre es wirklich so, daß ich mit Berechnung und List dich gewonnen habe, um mit diesem Besitz zu wuchern. Vielleicht gehörte es dann schon sogar zu meinem Plan, daß ich damals, um dein Mitleid hervorzulocken, Arm in Arm mit Olga vor dich trat und die Wirtin hat nur vergessen, dies noch in meiner Schuldrechnung zu erwähnen. Wenn es aber nicht der arge Fall ist, und nicht ein schlaues Raubtier dich damals an sich gerissen hat, sondern du mir entgegenkamst, so wie ich dir entgegenkam, und wir uns fanden, selbstvergessen beide, sag, Frieda, wie ist es dann? Dann führe ich doch meine Sache so wie deine, es ist hier kein Unterschied und sondern kann nur eine Feindin. Das gilt überall, auch hinsichtlich Hansens. Bei Beurteilung des Gespräches mit Hans übertreibst du übrigens in deinem Zartgefühl sehr, denn wenn sich Hansens und meine Absichten nicht ganz decken, so geht das doch nicht so weit, daß etwa ein Gegensatz zwischen ihnen bestünde, außerdem ist ja Hans unsere Unstimmigkeit nicht verborgen geblieben, glaubtest du das, so würdest du diesen vorsichtigen kleinen Mann sehr unterschätzen, und selbst wenn ihm alles verborgen geblieben sein sollte, so wird doch daraus niemandem ein Leid entstehen, das hoffe ich."

„Es ist so schwer, sich zurechtzufinden, K.", sagte Frieda und seufzte. „Ich habe gewiß kein Mißtrauen gegen dich gehabt, und ist etwas Derartiges von der Wirtin auf mich übergegangen, werde ich es glückselig abwerfen und dich auf den Knien um Verzeihung bitten, wie ich es eigentlich die ganze Zeit über tue, wenn ich auch noch so böse Dinge sage. Wahr aber bleibt, daß du viel vor mir geheimhältst; du kommst und gehst, ich weiß nicht woher und wohin.

Damals, als Hans klopfte, hast du sogar den Namen Barnabas gerufen. Hättest du doch nur einmal so liebend mich gerufen wie damals aus mir unverständlichem Grund diesen verhaßten Namen. Wenn du kein Vertrauen zu mir hast, wie soll dann bei mir nicht Mißtrauen entstehen; bin ich dann doch völlig der Wirtin überlassen, die du durch dein Verhalten zu bestätigen scheinst. Nicht in allem, ich will nicht behaupten, daß du sie in allem bestätigst, hast du denn nicht doch immerhin meinetwegen die Gehilfen verjagt?

Ach, wüßtest du doch, mit welchem Verlangen ich in allem, was du tust und sprichst, auch wenn es mich quält, einen für mich guten Kern suche." „Vor allem, Frieda," sagte K., „ich verberge dir doch nicht das geringste. Wie mich die Wirtin haßt und wie sie sich anstrengt, dich mir zu entreißen und mit was für verächtlichen Mitteln sie das tut, und wie du ihr nachgibst, Frieda, wie du ihr nachgibst! Sag doch, worin verberge ich dir etwas? Daß ich zu Klamm gelangen will, weißt du, daß du mir dazu nicht verhelfen kannst und daß ich es daher auf eigene Faust erreichen muß, weißt du auch, daß es mir bisher noch nicht gelungen ist, siehst du. Soll ich nun durch Erzählen der nutzlosen Versuche, die mich schon in der Wirklichkeit reichlich demütigen, doppelt mich demütigen? Soll ich mich etwa dessen rühmen, am Schlag des Klammschen Schlittens frierend, einen langen Nachmittag vergeblich gewartet zu haben? Glücklich, nicht mehr an solche Dinge denken zu müssen, eile ich zu dir, und nun kommt mir wieder alles dieses drohend aus dir entgegen. Und Barnabas? Gewiß, ich erwarte ihn. Er ist der Bote Klamms, nicht ich habe ihn dazu gemacht." „Wieder Barnabas," rief Frieda, „ich kann nicht glauben, daß er ein guter Bote ist." „Du hast vielleicht recht," sagte K., „aber es ist der einzige Bote, der mir geschickt wird." „Desto schlimmer," sagte Frieda, „desto mehr solltest du dich vor ihm hüten." „Er hat mir leider bisher keinen Anlaß hierzu gegeben", sagte K. lächelnd. „Er kommt selten, und was er bringt, ist belanglos; nur daß es geradewegs von Klamm herrührt, macht es wertvoll." „Aber sieh nur," sagte Frieda, „es ist ja nicht einmal mehr Klamm dein Ziel, vielleicht beunruhigt mich das am meisten, daß du dich immer über mich hinweg zu Klamm drängtest, war schlimm, daß du jetzt von Klamm abzukommen scheinst, ist viel schlimmer, es ist etwas, was nicht einmal die Wirtin vorhersah. Nach der Wirtin endete mein Glück, fragwürdiges und doch sehr wirkliches Glück, mit dem Tage, an dem du endgültig einsahst, daß deine Hoffnung auf Klamm vergeblich war. Nun aber wartest du nicht einmal mehr auf diesen Tag, plötzlich kommt ein kleiner Junge herein und du beginnst mit ihm um seine Mutter zu kämpfen, so wie wenn du um deine Lebensluft kämpfen würdest." „Du hast mein Gespräch mit Hans richtig aufgefaßt," sagte K., „so war es wirklich. Ist aber denn dein ganzes früheres Leben für dich so versunken (bis auf die Wirtin natürlich, die sich nicht mit hinabstoßen läßt), daß du nicht mehr weißt, wie um das Vorwärtskommen gekämpft werden muß, besonders wenn man von tief unten her kommt? Wie alles benutzt werden muß, was irgendwie Hoffnung gibt? Und diese Frau kommt vom Schloß, sie selbst hat es mir gesagt, als ich mich am ersten Tag zu Lasemann verirrte. Was lag näher, als sie um Rat oder sogar um Hilfe zu bitten; kennt die Wirtin ganz genau nur alle Hindernisse, die von Klamm abhalten, dann kennt diese Frau wahrscheinlich den Weg, sie ist ihn ja selbst herabgekommen." „Den Weg zu Klamm?" fragte Frieda. „Zu Klamm, gewiß, wohin denn sonst", sagte K. Dann sprang er auf: „Nun aber ist es höchste Zeit, das Gabelfrühstück zu holen." Dringend, weit über den Anlaß hinaus bat ihn Frieda zu bleiben, so wie wenn erst sein Bleiben alles Tröstliche, was er ihr gesagt hatte, bestätigen würde. K. aber erinnerte an den Lehrer, zeigte auf die Tür, die jeden Augenblick mit Donnerkrach aufspringen konnte, versprach auch gleich zu kommen, nicht einmal einheizen müsse sie, er selbst werde es besorgen. Schließlich fügte sich Frieda schweigend. Als K. draußen durch den Schnee stapfte - längst schon hätte der Weg freigeschaufelt sein sollen, merkwürdig, wie langsam die Arbeit vorwärts ging - sah er am Gitter einen der Gehilfen todmüde sich festhalten. Nur einen, wo war der andere? Hatte K. also wenigstens die Ausdauer des einen gebrochen? Der Zurückgebliebene war freilich noch eifrig genug bei der Sache, das sah man, als er, durch den Anblick K.s belebt, sofort wilder mit dem Armeausstrecken und dem sehnsüchtigen Augenverdrehen begann. „Seine Unnachgiebigkeit ist musterhaft," sagte sich K. und mußte allerdings hinzufügen, „man erfriert mit ihr am Gitter." Äußerlich hatte aber K. für den Gehilfen nichts anderes als ein Drohen mit der Faust, das jede Annäherung ausschloß, ja der Gehilfe rückte eigentlich noch ein ansehnliches Stück zurück. Eben öffnete Frieda ein Fenster, um, wie es mit K. besprochen war, vor dem Einheizen zu lüften. Gleich ließ der Gehilfe von K. ab und schlich, unwiderstehlich angezogen, zum Fenster.

Das Gesicht verzerrt von Freundlichkeit gegenüber dem Gehilfen und flehender Hilflosigkeit zu K. hin, schwenkte sie ein wenig die Hand oben aus dem Fenster, es war nicht einmal deutlich, ob es Abwehr oder Gruß war, der Gehilfe ließ sich dadurch im Näherkommen auch nicht beirren. Da schloß Frieda eilig das äußere Fenster, blieb aber dahinter, die Hand auf der Klinke, mit zur Seite geneigtem Kopf, großen Augen und einem starren Lächeln.

Wußte sie, daß sie den Gehilfen damit mehr lockte als abschreckte? K. sah aber nicht mehr zurück, er wollte sich lieber möglichst beeilen und bald zurückkommen.

Das vierzehnte Kapitel

Endlich – es war schon dunkel, später Nachmittag – hatte K. den Gartenweg freigelegt, den Schnee zu beiden Seiten des Weges hochgeschichtet und festgeschlagen und war nun mit der Arbeit des Tages fertig. Er stand am Gartentor, im weiten Umkreis allein. Den Gehilfen hatte er vor Stunden schon vertrieben, eine große Strecke gejagt, dann hatte sich der Gehilfe irgendwo zwischen Gärtchen und Hütten versteckt, war nicht mehr aufzufinden gewesen und auch seitdem nicht wieder hervorgekommen. Frieda war zu Hause und wusch entweder schon die Wäsche oder noch immer Gisas Katze; es war ein Zeichen großen Vertrauens seitens Gisas gewesen, daß sie Frieda diese Arbeit übergeben hatte, eine allerdings unappetitliche und unpassende Arbeit, deren Übernahme K. gewiß nicht geduldet hätte, wenn es nicht sehr ratsam gewesen wäre, nach den verschiedenen Dienstversäumnissen jede Gelegenheit zu benützen, durch die man sich Gisa verpflichten konnte. Gisa hatte wohlgefällig zugesehen, wie K. die kleine Kinderwanne vom Dachboden gebracht, wie Wasser gewärmt wurde und wie man schließlich vorsichtig die Katze in die Wanne hob. Dann hatte Gisa die Katze sogar völlig Frieda überlassen, denn Schwarzer, K.s Bekannter vom ersten Abend, war gekommen, hatte K. mit einer Mischung von Scheu, zu welcher an jenem Abend der Grund gelegt worden war, und unmäßiger Verachtung, wie sie einem Schuldner gebührt, begrüßt und hatte sich dann mit Gisa in das andere Schulzimmer begeben. Dort waren die zwei noch immer. Wie man im Brückenhof K. erzählt hatte, lebte Schwarzer, der doch ein

Kastellanssohn war, aus Liebe zu Gisa schon lange im Dorfe, hatte es durch seine Verbindung erreicht, daß er von der Gemeinde zum Hilfslehrer ernannt worden war, übte aber dieses Amt hauptsächlich in der Weise aus, daß er fast keine Unterrichtsstunden Gisas versäumte, entweder in der Schulbank zwischen den Kindern saß oder lieber am Podium zu Gisas Füßen. Es störte gar nicht mehr, die Kinder hatten sich schon längst daran gewöhnt und das vielleicht um so leichter, als Schwarzer weder Zuneigung noch Verständnis für Kinder hatte, kaum mit ihnen sprach, nur den Turnunterricht von Gisa übernommen hatte und im übrigen damit zufrieden war, in der Nähe, in der Luft, in der Wärme Gisas zu leben.

Erstaunlich war nur, daß man wenigstens im Brückenhof doch mit einer gewissen Achtung von Schwarzer sprach, selbst wenn es sich um mehr lächerliche als achtungswerte Dinge handelte, auch Gisa war in diese Achtung mit eingeschlossen. Es war aber dennoch unrichtig, wenn Schwarzer als Hilfslehrer K. außerordentlich überlegen zu sein glaubte, diese Überlegenheit war nicht vorhanden. Ein Schuldiener ist für die Lehrerschaft, und gar für einen Lehrer von Schwarzers Art eine sehr wichtige Person, die man nicht ungestraft mißachten darf, und der man die Mißachtung, wenn man aus Standesinteressen auf sie nicht verzichten kann, zumindest mit entsprechender Gegengabe erträglich machen muß. K. wollte bei Gelegenheit daran denken, auch war Schwarzer bei ihm noch vom ersten Abend her in Schuld, die dadurch nicht kleiner geworden war, daß die nächsten Tage dem Empfang Schwarzers eigentlich Recht gegeben hatten. Denn es war dabei nicht zu vergessen, daß der Empfang vielleicht allem Folgenden die Richtung gegeben hatte. Durch Schwarzer war ganz unsinnigerweise, gleich in der ersten Stunde die volle Aufmerksamkeit der Behörden auf K. gelenkt worden, als er noch völlig fremd im Dorf, ohne Bekannte, ohne Zuflucht, übermüdet vom Marsch, ganz hilflos, wie er dort auf dem Strohsack lag, jedem behördlichen Zugriff ausgeliefert war. Nur eine Nacht später hätte schon alles anders, ruhig, halb im Verborgenen verlaufen können. Jedenfalls hätte niemand etwas von ihm gewußt, keinen Verdacht gehabt, zumindest nicht gezögert, ihn als Wanderburschen einen Tag bei sich zu lassen, man hätte seine Brauchbarkeit und Zuverlässigkeit gesehen, es hätte sich in der Nachbarschaft herumgesprochen, wahrscheinlich hätte er bald als Knecht irgendwo ein Unterkommen gefunden.

Natürlich, der Behörde wäre es nicht entgangen. Aber es war ein wesentlicher Unterschied, ob mitten in der Nacht seinetwegen die Zentralkanzlei, oder wer sonst beim Telephon gewesen war, aufgerüttelt wurde, eine augenblickliche Entscheidung in scheinbarer Demut, aber doch mit lästiger Unerbittlichkeit eingefordert wurde, überdies von dem oben wahrscheinlich mißliebigen Schwarzer, oder ob statt alles dessen K. am nächsten Tag in den Amtsstunden beim Gemeindevorsteher anklopfte und, wie es sich gehörte, sich als fremder Wanderbursch meldete, der bei einem bestimmten Gemeindemitglied schon eine Schlafstelle hat und wahrscheinlich morgen wieder weiterziehen wird, es wäre denn, daß der ganz unwahrscheinliche Fall eintritt und er hier Arbeit findet, nur für ein paar Tage natürlich, denn länger will er keinesfalls bleiben. So oder ähnlich wäre es ohne Schwarzer geworden. Die Behörde hätte sich auch weiter mit der Angelegenheit beschäftigt, aber ruhig, im Amtswege, ungestört von der ihr wahrscheinlich besonders verhaßten Ungeduld der Partei. Nun war ja K. an dem allen unschuldig, die Schuld traf Schwarzer, aber Schwarzer war der Sohn eines Kastellans und äußerlich hatte er sich ja korrekt verhalten, man konnte es also nur K. entgelten lassen. Und der lächerliche Anlaß alles dessen? Vielleicht eine ungnädige Laune Gisas an jenem Tage, wegen der Schwarzer schlaflos in der Nacht herumgestrichen war, um sich dann an K. für sein Leid zu entschädigen. Man konnte freilich von anderer Seite her auch sagen, daß K. diesem Verhalten Schwarzers sehr viel verdanke. Nur dadurch war etwas möglich geworden, was K. allein niemals erreicht, nie zu erreichen gewagt hätte und was auch ihrerseits die Behörde kaum je zugegeben hätte, daß er nämlich von allem Anfang an ohne Winkelzüge offen, Aug in Aug der Behörde entgegentrat, soweit dies bei ihr überhaupt möglich war. Aber das war ein schlimmes Geschenk, es ersparte zwar K. viel Lügen und Heimlichtuerei, aber es machte ihn auch fast wehrlos, benachteiligte ihn jedenfalls im Kampf und hätte ihn im Hinblick darauf verzweifelt machen können, wenn er sich nicht hätte sagen müssen, daß der Machtunterschied zwischen der Behörde und ihm so ungeheuerlich war, daß alle Lüge und List, deren er fähig gewesen wäre, den Unterschied nicht wesentlich zu seinen Gunsten hätte herabdrücken können. Doch war dies nur ein Gedanke, mit dem K. sich selbst tröstete, Schwarzer blieb trotzdem in seiner Schuld, hatte er K. damals geschadet, konnte er nächstens helfen. K. würde auch weiterhin Hilfe im Allergeringsten, in den allerersten Vorbedingungen nötig haben, so schien ja z. B. auch Barnabas wieder zu versagen.

Friedas wegen hatte K. den ganzen Tag gezögert, in des Barnabas Wohnung nachfragen zu gehen; um ihn nicht vor Frieda empfangen zu müssen, hatte er jetzt hier draußen gearbeitet und war nach der Arbeit noch hier geblieben, in Erwartung des Barnabas, aber Barnabas kam nicht. Nun blieb nichts anderes übrig, als zu den Schwestern zu gehen, nur für ein kleines Weilchen, nur von der Schwelle aus wollte er fragen, bald würde er wieder zurück sein. Und er rammte die Schaufel in den Schnee ein und lief. Atemlos kam er beim Haus des Barnabas an, riß nach kurzem Klopfen die Tür auf und fragte, ohne darauf zu achten, wie es in der Stube aussah: „Ist Barnabas noch immer nicht gekommen?" Erst jetzt bemerkte er, daß Olga nicht da war, die beiden Alten wieder bei dem weit entfernten Tisch in einem Dämmerzustande saßen, sich noch nicht klar gemacht hatten, was bei der Tür geschehen war, und erst langsam die Gesichter hinwendeten, und daß schließlich Amalia unter Decken auf der Ofenbank lag und im ersten Schrecken über K.s Erscheinen aufgefahren war und die Hand an die Stirn hielt, um sich zu fassen. Wäre Olga hier gewesen, hätte sie gleich geantwortet und K. hätte wieder fortgehen können, so mußte er wenigstens die paar Schritte zu Amalia machen, ihr die Hand reichen, die sie schweigend drückte, und sie bitten, die aufgescheuchten Eltern von irgendwelchen Wanderungen abzuhalten, was sie auch mit ein paar Worten tat. K. erfuhr, daß Olga im Hof Holz hackte, Amalia erschöpft - sie nannte keinen Grund - vor kurzem sich hatte niederlegen müssen und Barnabas zwar noch nicht gekommen war, aber sehr bald kommen mußte, denn über Nacht blieb er nie im Schloß. K. dankte für die Auskunft, er konnte nun wieder gehen, Amalia aber fragte, ob er nicht noch auf Olga warten wollte. Aber er hatte leider keine Zeit mehr. Dann fragte Amalia, ob er denn schon heute mit Olga gesprochen habe. Er verneinte es erstaunt und fragte, ob ihm Olga etwas Besonderes mitteilen wollte. Amalia verzog wie in leichtem Ärger den Mund, nickte K. schweigend zu, es war deutlich eine Verabschiedung, und legte sich wieder zurück. Aus der Ruhelage musterte sie ihn so, als wundere sie sich, daß er noch da sei. Ihr Blick war kalt, klar, unbeweglich wie immer, er war nicht geradezu auf das gerichtet, was sie beobachtete, sondern ging - das war störend - ein wenig, kaum merklich, aber zweifellos daran vorbei, es schien nicht Schwäche zu sein, nicht Verlegenheit, nicht Unehrlichkeit, die das verursachte, sondern ein fortwährendes, jedem anderen Gefühl überlegenes Verlangen nach Einsamkeit, das vielleicht ihr selbst nur auf diese Weise zu Bewußtsein kam. K. glaubte sich zu erinnern, daß dieser Blick schon am ersten Abend ihn beschäftigt hatte, ja, daß wahrscheinlich der ganze häßliche Eindruck, den diese Familie gleich auf ihn gemacht hatte, auf diesen Blick zurückging, der für sich selbst nicht häßlich war, sondern stolz und in seiner Verschlossenheit aufrichtig. „Du bist immer so traurig, Amalia," sagte K., „quält dich etwas? Kannst du es nicht sagen? Ich habe ein Landmädchen wie dich noch nicht gesehen. Erst heute, erst jetzt ist es mir eigentlich aufgefallen. Stammst du hier aus dem Dorf? Bist du hier geboren?" Amalia bejahte es so, als habe K. nur die letzte Frage gestellt, dann sagte sie: „Du wirst also doch auf Olga warten?" „Ich weiß nicht, warum du immerfort das gleiche fragst," sagte K., „ich kann nicht länger bleiben, weil zu Hause meine Braut wartet." Amalia stützte sich auf den Ellbogen, sie wußte von keiner Braut. K. nannte den Namen. Amalia kannte sie nicht. Sie fragte, ob Olga von der Verlobung wisse. K. glaubte es wohl, Olga habe ihn ja mit Frieda gesehen, auch verbreiten sich im Dorf solche Nachrichten schnell. Amalia versicherte ihm aber, daß Olga es nicht wisse und daß es sie sehr unglücklich machen werde, denn sie scheine K. zu lieben. Offen habe sie davon nicht gesprochen, denn sie sei sehr zurückhaltend, aber Liebe verrate sich ja unwillkürlich. K. war überzeugt, daß sich Amalia irre. Amalia lächelte, und dieses Lächeln, trotzdem es traurig war, erhellte das düster zusammengezogene Gesicht, machte die Stummheit sprechend, machte die Fremdheit vertraut, war die Preisgabe eines Geheimnisses, die Preisgabe eines bisher gehüteten Besitzes, der zwar wieder zurückgenommen werden konnte, aber niemals mehr ganz. Amalia sagte, sie irre sich gewiß nicht, ja, sie wisse noch mehr, sie wisse, daß auch K. Zuneigung zu Olga habe und daß seine Besuche, die irgendwelche Botschaften des Barnabas zum Vorwand haben, in Wirklichkeit nur Olga gelten. Jetzt aber, da Amalia von allem wisse, müsse er es nicht mehr so streng nehmen und dürfe öfters kommen. Nur dieses habe sie ihm sagen wollen. K. schüttelte den Kopf und erinnerte an seine Verlobung. Amalia schien nicht viele Gedanken an diese Verlobung zu verschwenden, der unmittelbare Eindruck K.s, der doch allein vor ihr stand, war für sie entscheidend, sie fragte nur, wann denn K. jenes Mädchen kennengelernt habe, er sei doch erst wenige Tage im Dorf. K. erzählte von dem Abend im Herrenhof, worauf Amalia nur kurz sagte, sie sei sehr dagegen gewesen, daß man ihn in den Herrenhof führe.

Sie rief dafür auch Olga als Zeugin an, die mit einem Arm voll Holz eben hereinkam, frisch und gebeizt von der kalten Luft, lebhaft und kräftig, wie verwandelt durch die Arbeit gegenüber ihrem sonstigen schweren Dastehn im Zimmer. Sie warf das Holz hin, begrüßte unbefangen K. und fragte gleich nach Frieda. K. verständigte sich durch einen Blick mit Amalia, aber sie schien sich nicht für widerlegt zu halten. Ein wenig befreit dadurch, erzählte K. ausführlicher, als er es sonst getan hätte, von Frieda, beschrieb, unter wie schwierigen Verhältnissen sie in der Schule immerhin eine Art Haushalt führte und vergaß sich in der Eile des Erzählens - er wollte ja gleich nach Hause gehen - derart, daß er in der Form eines Abschieds die Schwestern einlud, ihn einmal zu besuchen. Jetzt allerdings erschrak er und stockte, während Amalia sofort, ohne ihm noch zu einem Wort Zeit zu lassen, die Einladung anzunehmen erklärte; nun mußte sich auch Olga anschließen und tat es. K. aber, immerfort von Gedanken an die Notwendigkeit eiligen Abschieds bedrängt und sich unruhig fühlend unter Amaliens Blick, zögerte nicht, ohne weitere Verbrämung einzugestehen, daß die Einladung gänzlich unüberlegt und nur von seinem persönlichen Gefühl eingegeben gewesen sei, daß er sie aber leider nicht aufrecht erhalten könne, da eine große, ihm allerdings unverständliche Feindschaft zwischen Frieda und dem Barnabasschen Hause bestehe. „Es ist keine Feindschaft," sagte Amalia, stand von der Bank auf und warf die Decke hinter sich, „ein so großes Ding ist es nicht, es ist bloß ein Nachbeten der allgemeinen Meinung. Und nun geh, geh zu deiner Braut, ich sehe, wie du eilst. Fürchte auch nicht, daß wir kommen, ich sagte es gleich anfangs nur im Scherz, aus Bosheit. Du aber kannst öfters zu uns kommen, dafür ist wohl kein Hindernis, du kannst ja immer die Barnabasschen Botschaften vorschützen. Ich erleichtere es dir noch dadurch, daß ich sage, daß Barnabas, auch wenn er eine Botschaft vom Schloß für dich bringt, nicht wieder bis in die Schule gehen kann, um sie dir zu melden. Er kann nicht so viel herumlaufen, der arme Junge, er verzehrt sich im Dienst, du wirst selbst kommen müssen, dir die Nachricht zu holen."

K. hatte Amalia so viel im Zusammenhang noch nicht sagen hören, es klang auch anders als sonst ihre Rede, eine Art Hoheit war darin, die nicht nur K. fühlte, sondern offenbar auch Olga, die doch an sie gewöhnte Schwester. Sie stand ein wenig abseits, die Hände im Schoß, nun wieder in ihrer gewöhnlichen breitbeinigen, ein wenig gebeugten Haltung, die Augen hatte sie auf Amalia gerichtet, während diese nur K. ansah.

„Es ist ein Irrtum," sagte K., „ein großer Irrtum, wenn du glaubst, daß es mir mit dem Warten auf Barnabas nicht ernst ist, meine Angelegenheiten mit den Behörden in Ordnung zu bringen, ist mein höchster, eigentlich mein einziger Wunsch. Und Barnabas soll mir dazu verhelfen, viel von meiner Hoffnung liegt auf ihm. Er hat mich zwar schon einmal sehr enttäuscht, aber das war mehr meine eigene Schuld als seine, es geschah in der Verwirrung der ersten Stunden, ich glaubte damals alles durch einen kleinen Abendspaziergang erreichen zu können, und daß sich das Unmögliche als unmöglich gezeigt hat, habe ich ihm dann nachgetragen. Selbst im Urteil über eure Familie, über euch hat es mich beeinflußt. Das ist vorüber, ich glaube euch jetzt besser zu verstehen, ihr seid sogar" - K. suchte das richtige Wort, fand es nicht gleich und begnügte sich mit einem beiläufigen - „ihr seid vielleicht gutmütiger als irgend jemand sonst von den Dorfleuten, soweit ich sie bisher kenne. Aber nun, Amalia, beirrst du mich wieder dadurch, daß du, wenn schon nicht den Dienst deines Bruders, so doch die Bedeutung, die er für mich hat, herabsetzest. Vielleicht bist du in die Angelegenheiten des Barnabas nicht eingeweiht, dann ist es gut und ich will die Sache auf sich beruhen lassen, vielleicht aber bist du eingeweiht - und ich habe eher diesen Eindruck - dann ist es schlimm, denn das würde bedeuten, daß mich dein Bruder täuscht." „Sei ruhig," sagte Amalia, „ich bin nicht eingeweiht, nichts könnte mich dazu bewegen, mich einweihen zu lassen, nichts könnte mich dazu bewegen, nicht einmal die Rücksicht auf dich, für den ich doch manches täte, denn, wie du sagtest, gutmütig sind wir. Aber die Angelegenheiten meines Bruders gehören ihm an, ich weiß nichts von ihnen als das, was ich gegen meinen Willen zufällig hie und da davon höre. Dagegen kann dir Olga volle Auskunft geben, denn sie ist seine Vertraute." Und Amalia ging fort, zuerst zu den Eltern, mit denen sie flüsterte, dann in die Küche; sie war ohne Abschied von K. fortgegangen, so, als wisse sie, er werde noch lange bleiben und es sei kein Abschied nötig.

Das fünfzehnte Kapitel

Mit etwas erstauntem Gesicht blieb K. zurück, Olga lachte über ihn, zog ihn zur Ofenbank, sie schien wirklich glücklich zu sein darüber, daß sie jetzt mit ihm allein hier sitzen konnte, aber es war ein friedliches Glück, von Eifersucht war es gewiß nicht getrübt. Und gerade dieses Fernsein von Eifersucht, und daher auch von jeglicher Strenge, tat K. wohl, gern sah er in diese blauen, nicht lockenden, nicht herrischen, sondern schüchtern ruhenden, schüchtern standhaltenden Augen. Es war, als hätten ihn für alles dieses hier die Warnungen Friedas und der Wirtin nicht empfänglicher, aber aufmerksamer und findiger gemacht. Und er lachte mit Olga, als diese sich wunderte, warum er gerade Amalia gutmütig genannt habe. Amalia sei mancherlei, nur gutmütig sei sie eigentlich nicht. Worauf K. erklärte, das Lob habe natürlich ihr, Olga, gegolten, aber Amalia sei so herrisch, daß sie sich nicht nur alles aneigne, was in ihrer Gegenwart gesprochen werde, sondern daß man ihr auch freiwillig alles zuteile. „Das ist wahr," sagte Olga, ernster werdend, „wahrer als du glaubst. Amalia ist jünger als ich, jünger auch als Barnabas, aber sie ist es, die in der Familie entscheidet, im Guten und im Bösen, freilich, sie trägt es auch mehr als alle, das Gute wie das Böse." K. hielt das für übertrieben, eben hatte doch Amalia gesagt, daß sie sich z. B. um des Bruders Angelegenheiten nicht kümmere, Olga dagegen alles darüber wisse. „Wie soll ich es erklären," sagte Olga, „Amalia kümmert sich weder um Barnabas noch um mich, sie kümmert sich eigentlich um niemanden außer um die Eltern, sie pflegt sie bei Tag und Nacht, jetzt hat sie wieder nach ihren Wünschen gefragt und ist in die Küche für sie kochen gegangen, hat sich ihretwegen überwunden aufzustehen, denn sie ist schon seit Mittag krank und lag hier auf der Bank. Aber trotzdem sie sich nicht um uns kümmert, sind wir von ihr abhängig, so, wie wenn sie die Älteste wäre, und wenn sie uns in unseren Dingen raten würde, würden wir ihr gewiß folgen, aber sie tut es nicht, wir sind ihr fremd. Du hast doch viel Menschenerfahrung, du kommst aus der Fremde, scheint sie dir nicht auch besonders klug?" „Besonders unglücklich scheint sie mir," sagte K., „aber wie stimmt es mit eurem Respekt vor ihr überein, daß z. B. Barnabas diese Botendienste tut, die Amalia mißbilligt, vielleicht sogar mißachtet." „Wenn er wüßte, was er sonst tun sollte, er würde den Botendienst, der ihn gar nicht befriedigt, sofort verlassen." „Ist er denn nicht ausgelernter Schuster?" fragte K. „Gewiß," sagte Olga, „er arbeitet ja auch nebenbei für Brunswick und hätte, wenn er wollte, Tag und Nacht Arbeit und reichlichen Verdienst." „Nun also," sagte K., „dann hätte er doch einen Ersatz für den Botendienst." „Für den Botendienst?" fragte Olga erstaunt, „hat er ihn denn des Verdienens halber übernommen?" „Mag sein," sagte K., „aber du erwähntest doch, daß er ihn nicht befriedigt." „Er befriedigt ihn nicht, und aus verschiedenen Gründen," sagte Olga, „aber es ist doch Schloßdienst, immerhin eine Art Schloßdienst, so sollte man wenigstens glauben." „Wie," sagte K. „sogar darüber seid ihr im Zweifel?" „Nun," sagte Olga, „eigentlich nicht, Barnabas geht in die Kanzleien, verkehrt mit den Dienern wie ihresgleichen, sieht von der Ferne auch einzelne Beamte, bekommt verhältnismäßig wichtige Briefe, ja sogar mündlich auszurichtende Botschaften anvertraut, das ist doch recht viel, und wir könnten stolz darauf sein, wie viel er in so jungen Jahren schon erreicht hat." K. nickte, an die Heimkehr dachte er jetzt nicht. „Er hat auch eine eigene Livree?" fragte er. „Du meinst die Jacke?" sagte Olga, „nein, die hat ihm Amalia gemacht, noch ehe er Bote wurde. Aber du näherst dich dem wunden Punkt. Er hätte schon längst nicht eine Livree, die es im Schloß nicht gibt, aber einen Anzug vom Amt bekommen sollen, es ist ihm auch zugesichert worden, aber in dieser Hinsicht ist man im Schloß sehr langsam und das Schlimme ist, daß man niemals weiß, was diese Langsamkeit bedeutet; sie kann bedeuten, daß die Sache im Amtsgang ist, sie kann aber auch bedeuten, daß der Amtsgang noch gar nicht begonnen hat, daß man also z. B. Barnabas immer noch erst erproben will, sie kann aber schließlich auch bedeuten, daß der Amtsgang schon beendet ist, man aus irgendwelchen Gründen die Zusicherung zurückgezogen hat und Barnabas den Anzug niemals bekommt. Genaueres kann man darüber nicht erfahren, oder erst nach langer Zeit. Es ist hier die Redensart, vielleicht kennst du sie: Amtliche Entscheidungen sind scheu wie junge Mädchen." „Das ist eine gute Beobachtung," sagte K., er nahm es noch ernster als Olga, „eine gute Beobachtung, die Entscheidungen mögen noch andere Eigenschaften mit Mädchen gemeinsam haben." „Vielleicht", sagte Olga. „Aber was das Amtskleid betrifft, so ist dies eben eine der Sorgen des Barnabas, und da wir die Sorgen gemeinsam haben, auch meine. Warum bekommt er kein Amtskleid, fragen wir uns vergebens. Nun ist aber diese ganze Sache nicht so einfach. Die Beamten z. B.

scheinen überhaupt kein Amtskleid zu haben; so viel wir hier wissen und so viel Barnabas erzählt, gehen die Beamten in gewöhnlichen, allerdings schönen Kleidern herum. Übrigens hast du ja Klamm gesehen. Nun, ein Beamter, auch ein Beamter niedrigster Kategorie, ist natürlich Barnabas nicht und versteigt sich nicht dazu, es sein zu wollen. Aber auch höhere Diener, die man hier im Dorf freilich überhaupt nicht zu sehen bekommt, haben nach des Barnabas Bericht keine Amtsanzüge; das ist ein gewisser Trost, könnte man von vornherein meinen, aber er ist trügerisch, denn ist Barnabas ein höherer Diener? Nein, wenn man ihm noch so sehr geneigt ist, das kann man nicht sagen, ein höherer Diener ist er nicht, schon daß er ins Dorf kommt, ja sogar hier wohnt, ist ein Gegenbeweis, die höheren Diener sind noch zurückhaltender als die Beamten, vielleicht mit Recht, vielleicht sind sie sogar höher als manche Beamte, einiges spricht dafür, sie arbeiten weniger und es soll nach Barnabas ein wunderbarer Anblick sein, diese auserlesen großen starken Männer langsam durch die Korridore gehen zu sehen, Barnabas schleicht an ihnen immer herum. Kurz, es kann keine Rede davon sein, daß Barnabas ein höherer Diener ist. Also könnte er einer der niedrigen Dienerschaft sein, aber diese haben eben Amtsanzüge, wenigstens soweit sie ins Dorf herunterkommen, es ist keine eigentliche Livree, es gibt auch viele Verschiedenheiten, aber immerhin erkennt man sofort an den Kleidern den Diener aus dem Schloß, du hast ja solche Leute im Herrenhof gesehen. Das Auffallendste an den Kleidern ist, daß sie meistens eng anliegen, ein Bauer oder ein Handwerker könnte ein solches Kleid nicht brauchen. Nun, dieses Kleid hat also Barnabas nicht, das ist nicht nur etwa beschämend oder entwürdigend, das könnte man ertragen, aber es läßt besonders in trüben Stunden - und manchmal, nicht zu selten, haben wir solche, Barnabas und ich - an allem zweifeln. Ist es überhaupt Schloßdienst, was Barnabas tut, fragen wir dann; gewiß, er geht in die Kanzleien, aber sind die Kanzleien das eigentliche Schloß? Und selbst - wenn Kanzleien zum Schloß gehören, sind es die Kanzleien, welche Barnabas betreten darf? Er kommt in Kanzleien, aber es ist doch nur ein Teil aller, dann sind Barrieren und hinter ihnen sind noch andere Kanzleien. Man verbietet ihm nicht gerade weiterzugehen, aber er kann doch nicht weitergehen, wenn er seine Vorgesetzten schon gefunden hat, sie ihn abgefertigt haben und wegschicken.

Man ist dort überdies immer beobachtet, wenigstens glaubt man es. Und selbst wenn er weiterginge, was würde es helfen, wenn er dort keine amtliche Arbeit hat und ein Eindringling wäre. Diese Barrieren darfst du dir auch nicht als eine bestimmte Grenze vorstellen, darauf macht mich auch Barnabas immer wieder aufmerksam. Barrieren sind auch in den Kanzleien, in die er geht, es gibt also auch Barrieren, die er passiert, und sie sehen nicht anders aus als die, über die er noch nicht hinweggekommen ist, und es ist auch deshalb nicht von vornherein anzunehmen, daß sich hinter diesen letzten Barrieren wesentlich andere Kanzleien befinden als jene, in denen Barnabas schon war. Nur eben in jenen trüben Stunden glaubt man das. Und dann geht der Zweifel weiter, man kann sich gar nicht wehren. Barnabas spricht mit Beamten, Barnabas bekommt Botschaften. Aber was für Beamte, was für Botschaften sind es. Jetzt ist er, wie er sagt, Klamm zugeteilt und bekommt von ihm persönlich die Aufträge. Nun, das wäre doch sehr viel, selbst höhere Diener gelangen nicht so weit, es wäre fast zu viel, das ist das Beängstigende. Denk nur, unmittelbar Klamm zugeteilt sein, mit ihm von Mund zu Mund sprechen. Aber es ist doch so? Nun ja, es ist so, aber warum zweifelt denn Barnabas daran, daß der Beamte, der dort als Klamm bezeichnet wird, wirklich Klamm ist?" „Olga," sagte K., „du willst doch nicht scherzen, wie kann über Klamms Aussehen ein Zweifel bestehen, es ist doch bekannt, wie er aussieht, ich selbst habe ihn gesehen." „Gewiß nicht, K.", sagte Olga. „Scherze sind es nicht, sondern meine allerernstesten Sorgen. Doch erzähle ich es dir auch nicht, um mein Herz zu erleichtern und deines etwa zu beschweren, sondern weil du nach Barnabas fragtest, Amalia mir den Auftrag gab, zu erzählen, und weil ich glaube, daß es auch für dich nützlich ist, Genaueres zu wissen. Auch wegen Barnabas tue ich es, damit du nicht allzu große Hoffnungen auf ihn setzt, er dich enttäuscht und dann selbst unter deiner Enttäuschung leidet. Er ist sehr empfindlich, er hat z. B. heute nacht nicht geschlafen, weil du gestern abend mit ihm unzufrieden warst. Du sollst gesagt haben, daß es sehr schlimm für dich ist, daß du nur einen solchen Boten wie Barnabas hast. Diese Worte haben ihn um den Schlaf gebracht. Du selbst wirst wohl von seinen Aufregungen nicht viel gemerkt haben, Schloßboten müssen sich sehr beherrschen. Aber er hat es nicht leicht, selbst mit dir nicht, du verlangst ja in deinem Sinn gewiß nicht zu viel von ihm, du hast bestimmte Vorstellungen vom Botendienst mitgebracht und nach ihnen bemißt du deine Anforderungen. Aber im Schloß hat man andere Vorstellungen vom Botendienst, sie lassen sich mit deinen nicht vereinen, selbst wenn sich Barnabas gänzlich dem Dienst opfern würde, wozu er leider manchmal bereit scheint. Man müßte sich ja fügen, dürfte nichts dagegen sagen, wäre nur nicht die Frage, ob es wirklich Botendienst ist, was er tut. Dir gegenüber darf er natürlich keinen Zweifel darüber aussprechen, es hieße für ihn seine eigene Existenz untergraben, wenn er das täte, Gesetze grob verletzen, unter denen er ja noch zu stehen glaubt, und selbst mir gegenüber spricht er nicht frei, abschmeicheln, abküssen muß ich ihm seine Zweifel und selbst dann wehrt er sich noch zuzugeben, daß die Zweifel Zweifel sind. Er hat etwas von Amalia im Blut. Und alles sagt er mir gewiß nicht, trotzdem ich seine einzige Vertraute bin. Aber über Klamm sprechen wir manchmal, ich habe Klamm noch nicht gesehen, du weißt, Frieda liebt mich wenig und hätte mir den Anblick nie gegönnt, aber natürlich ist sein Aussehen im Dorf bekannt, einzelne haben ihn gesehen, alle von ihm gehört und es hat sich aus dem Augenschein, aus Gerüchten und auch manchen fälschenden Nebenabsichten ein Bild Klamms ausgebildet, das wohl in den Grundzügen stimmt. Aber nur in den Grundzügen. Sonst ist es veränderlich und vielleicht nicht einmal so veränderlich wie Klamms wirkliches Aussehen. Er soll ganz anders aussehen, wenn er ins Dorf kommt, und anders, wenn er es verläßt, anders, ehe er Bier getrunken hat, anders nachher, anders im Wachen, anders im Schlafen, anders allein, anders im Gespräch und, was hiernach verständlich ist, fast grundverschieden oben im Schloß. Und es sind schon selbst innerhalb des Dorfes ziemlich große Unterschiede, die berichtet werden, Unterschiede der Größe, der Haltung, der Dicke, des Bartes, nur hinsichtlich des Kleides sind die Berichte glücklicherweise einheitlich, er trägt immer das gleiche Kleid, ein schwarzes Jackettkleid mit langen Schößen. Nun gehen natürlich alle diese Unterschiede auf keine Zauberei zurück, sondern sind sehr begreiflich, entstehen durch die augenblickliche Stimmung, den Grad der Aufregung, die unzähligen Abstufungen der Hoffnung oder Verzweiflung, in welcher sich der Zuschauer, der überdies meist nur augenblickweise Klamm sehen darf, befindet. Ich erzähle dir das alles wieder, so wie es mir Barnabas oft erklärt hat, und man kann sich im allgemeinen, wenn man nicht persönlich unmittelbar an der Sache beteiligt ist, damit beruhigen.

Wir können es nicht, für Barnabas ist es eine Lebensfrage, ob er wirklich mit Klamm spricht oder nicht." „Für mich nicht minder", sagte K. und sie rückten noch näher zusammen auf der Ofenbank. Durch alle die ungünstigen Neuigkeiten Olgas war K. zwar betroffen, doch sah er einen Ausgleich zum großen Teil darin, daß er hier Menschen fand, denen es wenigstens äußerlich sehr ähnlich ging wie ihm selbst, denen er sich also anschließen konnte, mit denen er sich in vielem verständigen konnte, nicht nur in manchem wie mit Frieda. Zwar verlor er allmählich die Hoffnung auf einen Erfolg der Barnabasschen Botschaften, aber je schlechter es Barnabas oben ging, desto näher kam er ihm hier unten, niemals hätte K. gedacht, daß aus dem Dorf selbst ein derart unglückliches Bestreben hervorgehen konnte, wie es das des Barnabas und seiner Schwester war. Es war freilich noch bei weitem nicht genug erklärt und konnte sich schließlich noch ins Gegenteil wenden, man mußte durch das gewisse unschuldige Wesen Olgas sich nicht gleich verführen lassen, auch an die Aufrichtigkeit des Barnabas zu glauben. „Die Berichte über Klamms Aussehen", fuhr Olga fort, „kennt Barnabas sehr gut, hat viele gesammelt und verglichen, vielleicht zu viele, hat einmal selbst Klamm im Dorf durch ein Wagenfenster gesehen oder zu sehen geglaubt, war also genügend vorbereitet, ihn zu erkennen und hat doch, - wie erklärst du es dir? - als er im Schloß in eine Kanzlei kam und man ihm unter mehreren Beamten einen zeigte und sagte, daß dieser Klamm sei, ihn nicht erkannt und auch nachher noch lange sich nicht daran gewöhnen können, daß es Klamm sein sollte. Fragst du nun aber Barnabas, worin sich jener Klamm von der üblichen Vorstellung, die man von Klamm hat, unterscheidet, kann er nicht antworten, vielmehr er antwortet und beschreibt den Beamten im Schloß, aber die Beschreibung deckt sich genau mit der Beschreibung Klamms, wie wir sie kennen. Nun also Barnabas, sage ich, warum zweifelst du, warum quälst du dich? Worauf er dann in sichtlicher Bedrängnis Besonderheiten des Beamten im Schloß aufzuzählen beginnt, die er aber mehr zu erfinden, als zu berichten scheint, die aber außerdem so geringfügig sind - sie betreffen z. B. ein besonderes Nicken des Kopfes oder auch nur die aufgeknöpfte Weste - daß man sie unmöglich ernst nehmen kann. Noch wichtiger scheint mir die Art, wie Klamm mit Barnabas verkehrt. Barnabas hat es mir oft beschrieben, sogar gezeichnet. Gewöhnlich wird Barnabas in ein großes Kanzleizimmer geführt, aber es ist nicht Klamms

Kanzlei, überhaupt nicht die Kanzlei eines einzelnen. Der Länge nach ist dieses Zimmer durch ein einziges, von Seitenwand zu Seitenwand reichendes Stehpult in zwei Teile geteilt, einem schmalen, wo einander zwei Personen nur knapp ausweichen können, das ist der Raum der Beamten, und einem breiten, das ist der Raum der Parteien, der Zuschauer, der Diener, der Boten. Auf dem Pult liegen aufgeschlagen große Bücher, eines neben dem andern, und bei den meisten stehen Beamte und lesen darin. Doch bleiben sie nicht immer beim gleichen Buch, tauschen aber nicht die Bücher, sondern die Plätze, am erstaunlichsten ist es Barnabas, wie sie sich bei solchem Plätzewechsel aneinander vorbeidrücken müssen, eben wegen der Enge des Raumes. Vorn eng am Stehpult sind niedrige Tischchen, an denen Schreiber sitzen, welche, wenn die Beamten es wünschen, nach ihrem Diktat schreiben. Immer wundert sich Barnabas, wie das geschieht. Es erfolgt kein ausdrücklicher Befehl des Beamten, auch wird nicht laut diktiert, man merkt kaum, daß diktiert wird, vielmehr scheint der Beamte zu lesen wie früher, nur daß er dabei auch noch flüstert und der Schreiber hört's. Oft diktiert der Beamte so leise, daß der Schreiber es sitzend gar nicht hören kann, dann muß er immer aufspringen, das Diktierte auffangen, schnell sich setzen und es aufschreiben, dann wieder aufspringen usw. Wie merkwürdig das ist! Es ist fast unverständlich. Barnabas freilich hat genug Zeit, das alles zu beobachten, denn dort in dem Zuschauerraum steht er stunden- und manchmal tagelang, ehe Klamms Blick auf ihn fällt. Und auch wenn ihn Klamm schon gesehen hat und Barnabas sich in Habtacht-Stellung aufgerichtet, ist noch nichts entschieden, denn Klamm kann sich wieder von ihm dem Buch zuwenden und ihn vergessen. So geschieht es oft. Was ist es aber für ein Botendienst, der so unwichtig ist? Mir wird wehmütig, wenn Barnabas früh sagt, daß er ins Schloß geht. Dieser wahrscheinlich ganz unnütze Weg, dieser wahrscheinlich verlorene Tag, diese wahrscheinlich ganz vergebliche Hoffnung. Was soll das alles? Und hier ist Schusterarbeit aufgehäuft, die niemand macht und auf deren Ausführung Brunswick drängt." „Nun gut," sagte K., „Barnabas muß lange warten, ehe er einen Auftrag bekommt. Das ist verständlich, es scheint hier ja ein Übermaß von Angestellten zu sein, nicht jeder kann jeden Tag einen Auftrag bekommen, darüber müßt Ihr nicht klagen, das trifft wohl jeden. Schließlich aber bekommt doch wohl auch Barnabas Aufträge, mir selbst hat er schon zwei Briefe gebracht."

„Es ist ja möglich," sagte Olga, „daß wir unrecht haben zu klagen, besonders ich, die alles nur vom Hörensagen kennt und es als Mädchen auch nicht so gut verstehen kann wie Barnabas, der ja auch noch manches zurückhält. Aber nun höre, wie es sich mit den Briefen verhält, mit den Briefen an dich z. B. Diese Briefe bekommt er nicht unmittelbar von Klamm, sondern vom Schreiber.

An einem beliebigen Tage, zu beliebiger Stunde - deshalb ist auch der Dienst, so leicht er scheint, sehr ermüdend, denn Barnabas muß immerfort aufpassen - erinnert sich der Schreiber an ihn und winkt ihm. Klamm scheint das gar nicht veranlaßt zu haben, er liest ruhig in seinem Buch, manchmal allerdings, aber das tut er auch sonst öfters, pustet er gerade den Zwicker, wenn Barnabas kommt, und sieht ihn dabei vielleicht an, vorausgesetzt, daß er ohne Zwicker überhaupt sieht; Barnabas bezweifelt es, Klamm hat dann die Augen fast geschlossen, er scheint zu schlafen und nur im Traum den Zwicker zu putzen. Inzwischen sucht der Schreiber aus den vielen Akten und Briefschaften, die er unter dem Tisch hat, einen Brief für dich heraus, es ist also kein Brief, den er gerade geschrieben hat, vielmehr ist es dem Aussehen des Umschlages nach ein sehr alter Brief, der schon lange dort liegt. Wenn es aber ein alter Brief ist, warum hat man Barnabas so lange warten lassen? Und wohl auch dich? Und schließlich auch den Brief, denn er ist ja jetzt wohl schon veraltet. Und Barnabas bringt man dadurch in den Ruf, ein schlechter, langsamer Bote zu sein. Der Schreiber allerdings macht es sich leicht, gibt Barnabas den Brief, sagt: „Von Klamm für K." und damit ist Barnabas entlassen. Nun, und dann kommt Barnabas nach Hause, atemlos, den endlich ergatterten Brief unter dem Hemd am bloßen Leib und wir setzen uns dann hierher auf die Bank wie jetzt und er erzählt und wir untersuchen dann alles einzeln und schätzen ab, was er erreicht hat, und finden schließlich, daß es sehr wenig ist und das wenige fragwürdig und Barnabas legt den Brief weg und hat keine Lust, ihn zu bestellen, hat aber auch keine Lust schlafen zu gehen, nimmt die Schusterarbeit vor und versitzt dort auf dem Schemel die Nacht. So ist es, K., und das sind meine Geheimnisse und nun wunderst du dich wohl nicht mehr, daß Amalia auf sie verzichtet." „Und der Brief?" fragte K. „Der Brief?" sagte Olga, „nun nach einiger Zeit, wenn ich Barnabas genug gedrängt habe, es können Tage und Wochen inzwischen vergangen sein, nimmt er doch den Brief und geht, ihn zuzustellen. In solchen Äußerlichkeiten ist er doch sehr abhängig von mir. Ich kann mich nämlich, wenn ich den ersten Eindruck seiner Erzählung überwunden habe, dann auch wieder fassen, was er wahrscheinlich, weil er eben mehr weiß, nicht imstande ist. Und so kann ich ihm dann immer wieder etwas sagen: „Was willst du denn eigentlich, Barnabas? Von was für einer Laufbahn, was für einem Ziele träumst du? Willst du vielleicht so weit kommen, daß du uns, daß du mich gänzlich verlassen mußt? Ist das etwa dein Ziel? Muß ich das nicht glauben, da es ja sonst unverständlich wäre, warum du mit dem schon Erreichten so entsetzlich unzufrieden bist? Sieh dich doch um, ob jemand unter unseren Nachbarn schon so weit gekommen ist? Freilich, ihre Lage ist anders als die unsrige und sie haben keinen Grund über ihre Wirtschaft hinauszustreben, aber auch ohne zu vergleichen muß man doch einsehen, daß bei dir alles in bestem Gange ist. Hindernisse sind da, Fragwürdigkeiten, Enttäuschungen, aber das bedeutet doch nur, was wir schon vorher gewußt haben, daß dir nichts geschenkt wird, daß du dir vielmehr jede einzelne Kleinigkeit selbst erkämpfen mußt, ein Grund mehr, um stolz, nicht um niedergeschlagen zu sein. Und dann kämpfst du doch auch für uns? Bedeutet dir das gar nichts? Gibt dir das keine neue Kraft? Und daß ich glücklich und fast hochmütig bin, einen solchen Bruder zu haben, gibt dir das keine Sicherheit? Wahrhaftig, nicht in dem, was du im Schloß erreicht hast, aber in dem, was ich bei dir erreicht habe, enttäuschst du mich. Du darfst ins Schloß, bist ein ständiger Besucher der Kanzleien, verbringst ganze Tage im gleichen Raum mit Klamm, bist öffentlich anerkannter Bote, hast ein Amtskleid zu beanspruchen, bekommst wichtige Botschaften auszutragen, das alles bist du, das alles darfst du und kommst herunter, und statt daß wir uns weinend vor Glück in den Armen liegen, scheint dich bei meinem Anblick aller Mut zu verlassen, an allem zweifelst du, nur der Schusterleisten lockt dich und den Brief, diese Bürgschaft unserer Zukunft, läßt du liegen." So rede ich zu ihm und nachdem ich das tagelang wiederholt habe, nimmt er einmal seufzend den Brief und geht. Aber es ist wahrscheinlich gar nicht die Wirkung meiner Worte, sondern es treibt ihn nur wieder ins Schloß, und ohne den Auftrag ausgerichtet zu haben, würde er es nicht wagen, hinzugehen." „Aber du hast doch auch mit allem Recht, was du ihm sagst," sagte K., „bewunderungswürdig richtig hast du alles zusammengefaßt. Wie erstaunlich klar du denkst!"

„Nein," sagte Olga, „es täuscht dich und so täusche ich vielleicht auch ihn. Was hat er denn erreicht? In eine Kanzlei darf er eintreten, aber es scheint nicht einmal eine Kanzlei, eher ein Vorzimmer der Kanzleien, vielleicht nicht einmal das, vielleicht ein Zimmer, wo alle zurückgehalten werden sollen, die nicht in die wirklichen Kanzleien dürfen. Mit Klamm spricht er, aber ist es Klamm? Ist es nicht eher jemand, der Klamm ein wenig ähnlich ist?

Ein Sekretär vielleicht, wenn's hoch geht, der Klamm ein wenig ähnlich ist und sich anstrengt, ihm noch ähnlicher zu werden und sich dann wichtig macht, in Klamms verschlafener träumerischer Art. Dieser Teil seines Wesens ist am leichtesten nachzuahmen, daran versuchen sich manche, von seinem sonstigen Wesen freilich lassen sie wohlweislich die Finger. Und ein so oft ersehnter und so selten erreichter Mann, wie es Klamm ist, nimmt in der Vorstellung der Menschen leicht verschiedene Gestalten an. Klamm hat z. B. hier einen Dorfsekretär namens Momus. So? Du kennst ihn? Auch er hält sich sehr zurück, aber ich habe ihn doch schon einige Male gesehen. Ein junger starker Herr, nicht? Und sieht also Klamm wahrscheinlich gar nicht ähnlich. Und doch kannst du im Dorf Leute finden, die beschwören würden, daß Momus Klamm ist und kein anderer. So arbeiten die Leute an ihrer eigenen Verwirrung. Und muß es im Schloß anders sein? Jemand hat Barnabas gesagt, daß jener Beamte Klamm ist, und tatsächlich besteht eine Ähnlichkeit zwischen beiden, aber eine von Barnabas immerfort angezweifelte Ähnlichkeit. Und alles spricht für seine Zweifel. Klamm sollte hier in einem allgemeinen Raum, zwischen anderen Beamten, den Bleistift hinter dem Ohr, sich drängen müssen? Das ist doch höchst unwahrscheinlich. Barnabas pflegt, ein wenig kindlich, manchmal - dies ist aber schon eine zuversichtliche Laune - zu sagen: Der Beamte sieht ja Klamm sehr ähnlich, würde er in einer eigenen Kanzlei sitzen, am eigenen Schreibtisch, und wäre an der Tür sein Name - ich hätte keine Zweifel mehr. Das ist kindlich, aber doch auch verständlich. Noch viel verständiger allerdings wäre es, wenn Barnabas sich, wenn er oben ist, gleich bei mehreren Leuten erkundigen würde, wie sich die Dinge wirklich verhalten, es stehen doch seiner Angabe nach genug Leute in dem Zimmer herum. Und wären auch ihre Angaben nicht viel verläßlicher als die Angabe jenes, der ungefragt ihm Klamm gezeigt hat, es müßten sich doch zumindest aus ihrer Mannigfaltigkeit irgendwelche Anhaltspunkte,

Vergleichspunkte ergeben. Es ist das nicht mein Einfall, sondern der Einfall des Barnabas, aber er wagt nicht ihn auszuführen, aus Furcht, er könnte durch irgendwelche ungewollte Verletzung unbekannter Vorschriften seine Stelle verlieren, wagt er niemanden anzusprechen; so unsicher fühlt er sich; diese doch eigentlich jämmerliche Unsicherheit beleuchtet mir seine Stellung schärfer als alle Beschreibungen. Wie zweifelhaft und drohend muß ihm dort alles erscheinen, wenn er nicht einmal zu einer unschuldigen Frage den Mund aufzutun wagt. Wenn ich das überlege, klage ich mich an, daß ich ihn allein in jenen unbekannten Räumen lasse, wo es derart zugeht, daß sogar er, der eher waghalsig als feig ist, dort vor Furcht wahrscheinlich zittert." „Hier glaube ich kommst du zu dem Entscheidenden", sagte K. „Das ist es. Nach allem, was du erzählt hast, glaube ich jetzt klar zu sehen. Barnabas ist zu jung für diese Aufgabe. Nichts von dem, was er erzählt, kann man ohne weiteres ernst nehmen. Da er oben vor Furcht vergeht, kann er dort nicht beobachten, und zwingt man ihn hier dennoch zu berichten, erhält man verwirrte Märchen. Ich wundere mich nicht darüber. Die Ehrfurcht vor der Behörde ist euch hier eingeboren, wird euch weiter während des ganzen Lebens auf die verschiedensten Arten und von allen Seiten eingeflößt und ihr selbst helft dabei mit, wie ihr nur könnt. Doch sage ich im Grunde nichts dagegen, wenn eine Behörde gut ist, warum sollte man vor ihr nicht Ehrfurcht haben. Nur darf man dann nicht einen unbelehrten Jüngling wie Barnabas, der über den Umkreis des Dorfes nicht hinausgekommen ist, plötzlich ins Schloß schicken und dann wahrheitsgetreue Berichte von ihm verlangen wollen und jedes seiner Worte wie ein Offenbarungswort untersuchen und von der Deutung das eigene Lebensglück abhängig machen. Nichts kann verfehlter sein. Freilich habe auch ich nicht anders wie du mich von ihm beirren lassen, und sowohl Hoffnungen auf ihn gesetzt als Enttäuschungen durch ihn erlitten, die beide nur auf seinen Worten, also fast gar nicht begründet waren." Olga schwieg. „Es wird mir nicht leicht," sagte K., „dich in dem Vertrauen zu deinem Bruder zu beirren, da ich doch sehe, wie du ihn liebst und was du von ihm erwartest. Es muß aber geschehen und nicht zum wenigsten deiner Liebe und deiner Erwartungen wegen. Denn sieh, immer wieder hindert dich etwas - ich weiß nicht, was es ist - voll zu erkennen, was Barnabas nicht etwa erreicht hat, aber was ihm geschenkt worden ist.

Er darf in die Kanzleien oder wenn du es so willst, in einen Vorraum, nun dann ist's also ein Vorraum, aber es sind Türen da, die weiter führen, Barrieren, die man durchschreiten kann, wenn man das Geschick dazu hat. Mir z. B. ist dieser Vorraum, wenigstens vorläufig, völlig unzugänglich. Mit wem Barnabas dort spricht, weiß ich nicht, vielleicht ist jener Schreiber der niedrigste der Diener, aber auch wenn er der niedrigste ist, kann er zu dem nächst höheren führen, und wenn er nicht zu ihm führen kann, so kann er ihn doch wenigstens nennen, und wenn er ihn nicht nennen kann, so kann er doch auf jemanden verweisen, der ihn wird nennen können. Der angebliche Klamm mag mit dem wirklichen nicht das geringste gemeinsam haben, die Ähnlichkeit mag nur für die vor Aufregung blinden Augen des[1] Barnabas bestehen, er mag der niedrigste der Beamten, er mag noch nicht einmal Beamter sein, aber irgendeine Aufgabe hat er doch bei jenem Pult, irgend etwas liest er in seinem großen Buch, irgend etwas flüstert er dem Schreiber zu, irgend etwas denkt er, wenn einmal in langer Zeit sein Blick auf Barnabas fällt, und selbst wenn das alles nicht wahr ist und er und seine Handlungen gar nichts bedeuten, so hat ihn doch jemand dort hingestellt und hat dies mit irgendeiner Absicht getan. Mit dem allen will ich sagen, daß irgend etwas da ist, irgend etwas dem Barnabas angeboten wird, wenigstens irgend etwas, und daß es nur die Schuld des Barnabas ist, wenn er damit nichts anderes erreichen kann als Zweifel, Angst und Hoffnungslosigkeit. Und dabei bin ich ja immer noch von dem ungünstigsten Fall ausgegangen, der sogar sehr unwahrscheinlich ist. Denn wir haben ja die Briefe in der Hand, denen ich zwar nicht viel traue, aber viel mehr als Barnabas' Worten. Mögen es auch alte wertlose Briefe sein, die wahllos aus einem Haufen genau so wertloser Briefe hervorgezogen wurden, wahllos und mit nicht mehr Verstand, als die Kanarienvögel auf den Jahrmärkten aufwenden, um das Lebenslos eines Beliebigen aus einem Haufen herauszupicken, mag das so sein, so haben diese Briefe doch wenigstens irgendeinen Bezug auf meine Absicht. Sichtlich sind sie für mich, wenn auch vielleicht nicht für meinen Nutzen bestimmt, und wie der Gemeindevorsteher und seine Frau bezeugt haben, von Klamm eigenhändig gefertigt und haben, wiederum nach dem Gemeindevorsteher, zwar nur eine private und wenig durchsichtige, aber doch eine große Bedeutung." „Sagte das der Gemeindevorsteher?" fragte Olga. „Ja, das sagte er", antwortete K.

„Ich werde es Barnabas erzählen," sagte Olga schnell, „das wird ihn sehr aufmuntern." „Er braucht aber nicht Aufmunterung," sagte K., „ihn aufmuntern, bedeutet ihm zu sagen, daß er recht hat, daß er nur in seiner bisherigen Art fortfahren soll, aber eben auf diese Art wird er niemals etwas erreichen. Du kannst jemanden, der die Augen verbunden hat, noch so sehr aufmuntern, durch das Tuch zu starren, er wird doch niemals etwas sehen. Erst wenn man ihm das Tuch abnimmt, kann er sehen. Hilfe braucht Barnabas, nicht Aufmunterung. Bedenke doch nur, dort oben ist die Behörde in ihrer unentwirrbaren Größe - ich glaubte annähernde Vorstellungen von ihr zu haben, ehe ich hierher kam, wie kindlich war das alles - dort also, ist die Behörde und ihr tritt Barnabas entgegen, niemand sonst, nur er, erbarmungswürdig allein, zu viel Ehre noch für ihn, wenn er nicht ein Leben lang verschollen in einen dunklen Winkel der Kanzleien geduckt bleibt." „Glaube nicht, K.," sagte Olga, „daß wir die Schwere der Aufgabe, die Barnabas übernommen hat, unterschätzen. An Ehrfurcht vor der Behörde fehlt es uns ja nicht, das hast du selbst gesagt." „Aber es ist irregeleitete Ehrfurcht", sagte K. „Ehrfurcht am unrechten Ort, solche Ehrfurcht entwürdigt ihren Gegenstand. Ist es noch Ehrfurcht zu nennen, wenn Barnabas das Geschenk des Eintritts in jenen Raum dazu mißbraucht, um untätig dort die Tage zu verbringen, oder wenn er herabkommt und diejenigen, vor denen er eben gezittert hat, verdächtigt und verkleinert, oder wenn er aus Verzweiflung oder Müdigkeit Briefe nicht gleich austrägt, und ihm anvertraute Botschaften nicht gleich ausrichtet? Das ist doch wohl keine Ehrfurcht mehr. Aber der Vorwurf geht noch weiter, geht auch gegen dich, Olga, ich kann dir ihn nicht ersparen. Du hast Barnabas, trotzdem du Ehrfurcht vor der Behörde zu haben glaubst, in aller seiner Jugend und Schwäche und Verlassenheit ins Schloß geschickt oder wenigstens nicht zurückgehalten."
„Den Vorwurf, den du mir machst," sagte Olga, „mache ich mir auch, seit jeher schon. Allerdings nicht, daß ich Barnabas ins Schloß geschickt habe, ist mir vorzuwerfen, ich habe ihn nicht geschickt, er ist selbst gegangen, aber ich hätte ihn wohl mit allen Mitteln, mit Gewalt, mit List, mit Überredung zurückhalten sollen. Ich hätte ihn zurückhalten sollen, aber wenn heute jener Tag, jener Entscheidungstag wäre und ich die Not des Barnabas und die Not unserer Familie so fühlen würde wie damals und heute und wenn Barnabas wieder, aller Verantwortung und Gefahr deutlich sich

bewußt, lächelnd und sanft sich von mir losmachen würde, um zu gehen, ich würde ihn auch heute nicht zurückhalten, trotz aller Erfahrungen der Zwischenzeit und ich glaube, auch du an meiner Stelle könntest nicht anders. Du kennst nicht unsere Not, deshalb tust du uns, vor allem aber Barnabas, unrecht. Wir hatten damals mehr Hoffnung als heute, aber groß war unsere Hoffnung auch damals nicht, groß war nur unsere Not und ist es geblieben. Hat dir denn Frieda nichts über uns erzählt?"

„Nur Andeutungen," sagte K., „nichts Bestimmtes, aber schon euer Name erregt sie." „Und auch die Wirtin hat nichts erzählt?" „Nein, nichts." „Und auch sonst niemand?" „Niemand." „Natürlich, wie könnte jemand etwas erzählen. Jeder weiß etwas über uns, entweder die Wahrheit, soweit sie den Leuten zugänglich ist, oder wenigstens irgendein übernommenes oder meist selbst erfundenes Gerücht, und jeder denkt an uns mehr als nötig ist, aber geradezu erzählen wird es niemand, diese Dinge in den Mund zu nehmen scheuen sie sich. Und sie haben recht darin. Es ist schwer, es hervorzubringen, selbst dir gegenüber, K., und ist es denn nicht auch möglich, daß du, wenn du es angehört hast, weggehst und nichts mehr von uns wirst wissen wollen, so wenig es dich auch zu betreffen scheint. Dann haben wir dich verloren, der du mir jetzt, ich gestehe es, fast mehr bedeutest als der bisherige Schloßdienst des Barnabas. Und doch - dieser Widerspruch quält mich schon den ganzen Abend - mußt du es erfahren, denn sonst bekommst du keinen Überblick über unsere Lage, bleibst, was mich besonders schmerzen würde, ungerecht zu Barnabas. Die notwendige völlige Einigkeit würde uns fehlen und du könntest weder uns helfen, noch unsere Hilfe, die außerordentliche, annehmen. Aber es bleibt noch eine Frage: Willst du es denn überhaupt wissen?" „Warum fragst du das?" sagte K., „wenn es notwendig ist, will ich es wissen, aber warum fragst du so?" „Aus Aberglauben", sagte Olga. „Du wirst hineingezogen sein in unsere Dinge, unschuldig, nicht viel schuldiger als Barnabas." „Erzähle schnell," sagte K., „ich fürchte mich nicht. Du machst es auch durch Weiberängstlichkeit schlimmer, als es ist."

AMALIAS GEHEIMNIS

„Urteile selbst," sagte Olga, „übrigens klingt es sehr einfach, man versteht nicht gleich, wie es eine große Bedeutung haben kann. Es gibt einen großen Beamten im Schloß, der heißt Sortini." „Ich habe schon von ihm gehört," sagte K., „er war an meiner Berufung beteiligt." „Das glaube ich nicht," sagte Olga, „Sortini tritt in der Öffentlichkeit kaum auf. Irrst du dich nicht mit Sordini, mit „d" geschrieben?" „Da hast du recht," sagte K., „Sordini war es." „Ja," sagte Olga, „Sordini ist sehr bekannt, einer der fleißigsten Beamten, von dem viel gesprochen wird, Sortini dagegen ist sehr zurückgezogen und den meisten fremd. Vor mehr als drei Jahren sah ich ihn zum ersten und letzten Male.

Es war am 3. Juli bei einem Fest des Feuerwehrvereins, das Schloß hatte sich auch beteiligt und eine neue Feuerspritze gespendet. Sortini, der sich zum Teil mit Feuerwehrangelegenheiten beschäftigen soll, vielleicht war er aber auch nur in Vertretung da - meistens verstecken sich die Beamten gegenseitig und es ist deshalb schwer, die Zuständigkeit dieses oder jenes Beamten zu erkennen - nahm an der Übergabe der Spritze teil. Es waren natürlich auch noch andere aus dem Schloß gekommen, Beamte und Dienerschaft, und Sortini war, wie es seinem Charakter entspricht, ganz im Hintergrunde. Er ist ein kleiner, schwacher, nachdenklicher Herr, etwas, was allen, die ihn überhaupt bemerkten, auffiel, war die Art, wie sich bei ihm die Stirn in Falten legte, alle Falten - und es war eine Menge, trotzdem er gewiß nicht mehr als vierzig ist - zogen sich nämlich geradewegs fächerartig über die Stirn zur Nasenwurzel hin, ich habe etwas Derartiges nie gesehen. Nun, das war also jenes Fest. Wir, Amalia und ich, hatten uns schon seit Wochen darauf gefreut, die Sonntagskleider waren zum Teil neu zurechtgemacht, besonders das Kleid Amaliens war schön, die weiße Bluse vorn hoch aufgebauscht, eine Spitzenreihe über der anderen, die Mutter hatte alle ihre Spitzen dazu hergeborgt. Ich war damals neidisch und weinte vor dem Fest die halbe Nacht durch. Erst als am Morgen die Brückenhofwirtin uns zu besichtigen kam -" „Die Brückenhof-wirtin?" fragte K. „Ja," sagte Olga, „sie war sehr mit uns befreundet, sie kam also, mußte zugeben, daß Amalia im Vorteil war und borgte mir deshalb, um mich zu beruhigen, ihr eigenes Halsband aus böhmischen Granaten.

Als wir dann aber ausgehfertig waren, Amalia vor mir stand, wir sie alle bewunderten und der Vater sagte: Heute, denkt an mich, bekommt Amalia einen Bräutigam, da, ich weiß nicht warum, nahm ich mir das Halsband, meinen Stolz, ab und hing es Amalia um, gar nicht neidisch mehr. Ich beugte mich eben vor ihrem Sieg und ich glaubte, jeder müsse sich vor ihr beugen, vielleicht überraschte uns damals, daß sie anders aussah als sonst, denn eigentlich schön war sie ja nicht, aber ihr düsterer Blick, den sie in dieser Art seitdem behalten hat, ging hoch über uns hinweg und man beugte sich fast tatsächlich und unwillkürlich vor ihr. Alle bemerkten es, auch Lasemann und seine Frau, die uns abholen kamen." „Lasemann?" fragte K. „Ja. Lasemann," sagte Olga, „wir waren doch sehr angesehen und das Fest hätte z. B. nicht gut ohne uns anfangen können, denn der Vater war dritter Übungsleiter der Feuerwehr." „So rüstig war der Vater noch?" fragte K.

„Der Vater?" fragte Olga, als verstehe sie nicht ganz, „vor drei Jahren war er noch gewissermaßen ein junger Mann, er hat z. B. bei einem Brand im Herrenhof einen Beamten, den schweren Galater, im Laufschritt auf dem Rücken hinausgetragen. Ich bin selbst dabei gewesen, es war zwar keine Feuergefahr, nur das trockene Holz neben einem Ofen fing zu rauchen an, aber Galater bekam Angst, rief aus dem Fenster um Hilfe, die Feuerwehr kam und mein Vater mußte ihn hinaustragen, trotzdem schon das Feuer gelöscht war. Nun, Galater ist ein schwer beweglicher Mann und muß in solchen Fällen vorsichtig sein. Ich erzähle es nur des Vaters wegen, viel mehr als drei Jahre sind seitdem nicht vergangen und nun sieh, wie er dort sitzt." Erst jetzt sah K., daß Amalia schon wieder in der Stube war, aber sie war weit entfernt beim Tisch der Eltern, sie fütterte dort die Mutter, welche die rheumatischen Arme nicht bewegen konnte, und sprach dabei dem Vater zu, er möge sich wegen des Essens noch ein wenig gedulden, gleich werde sie auch zu ihm kommen, um ihn zu füttern. Doch hatte sie mit ihrer Mahnung keinen Erfolg, denn der Vater, sehr gierig, schon zu seiner Suppe zu kommen, überwand seine Körperschwäche und suchte die Suppe bald vom Löffel zu schlürfen, bald gleich vom Teller aufzutrinken und brummte böse, als ihm weder das eine noch das andere gelang, der Löffel längst leer war, ehe er zum Munde kam und niemals der Mund, nur immer der herabhängende Schnauzbart in die Suppe tauchte und es nach allen Seiten, nur in seinen Mund nicht, tropfte und sprühte. „Das haben drei Jahre aus ihm gemacht?" fragte K., aber noch immer hatte er für die Alten und für die ganze Ecke des Familientisches kein Mitleid, nur Widerwillen. „Drei Jahre," sagte Olga langsam, „oder genauer ein paar Stunden eines Festes. Das Fest war auf einer Wiese vor dem Dorf am Bach, es war schon ein großes Gedränge, als wir ankamen, auch aus den Nachbardörfern war viel Volk gekommen, man war ganz verwirrt von dem Lärm. Zuerst wurden wir natürlich vom Vater zur Feuerspritze geführt, er lachte vor Freude, als er sie sah, eine neue Spritze machte ihn glücklich, er fing an sie zu betasten und uns zu erklären, er duldete keinen Widerspruch und keine Zurückhaltung der andern, war etwas unter der Spritze zu besichtigen, mußten wir uns alle bücken und fast unter die Spritze kriechen, Barnabas, der sich damals wehrte, bekam deshalb Prügel. Nur Amalia kümmerte sich um die Spritze nicht, stand aufrecht dabei in ihrem schönen Kleid und niemand wagte ihr etwas zu sagen, ich lief manchmal zu ihr und faßte ihren Arm unter, aber sie schwieg. Ich kann es mir noch heute nicht erklären, wie es kam, daß wir so lange vor der Spritze standen, und erst als sich der Vater von ihr losmachte, Sortini bemerkten, der offenbar schon die ganze Zeit über hinter der Spritze an einem Spritzenhebel gelehnt hatte. Es war freilich ein entsetzlicher Lärm damals, nicht nur wie es sonst bei Festen ist, das Schloß hatte nämlich der Feuerwehr auch noch einige Trompeten geschenkt, besondere Instrumente, auf denen man mit der kleinsten Kraftanstrengung, ein Kind konnte das, die wildesten Töne hervorbringen konnte; wenn man das hörte, glaubte man, die Türken seien schon da, und man konnte sich nicht daran gewöhnen, bei jedem neuen Blasen fuhr man wieder zusammen. Und weil es neue Trompeten waren, wollte jeder versuchen, und weil es doch ein Volksfest war, erlaubte man es. Gerade um uns, vielleicht hatte sie Amalia angelockt, waren einige solche Bläser. Es war schwer, die Sinne dabei zusammenzuhalten, und wenn man nun auch noch nach dem Gebot des Vaters Aufmerksamkeit für die Spritze haben sollte, so war das das Äußerste, was man leisten konnte, und so entging uns Sortini, den wir ja vorher auch gar nicht gekannt hatten, so ungewöhnlich lange. „Dort ist Sortini", flüsterte endlich - ich stand dabei - Lasemann dem Vater zu. Der Vater verbeugte sich tief und gab auch uns aufgeregt ein Zeichen, uns zu verbeugen.

Ohne ihn bisher zu kennen, hatte der Vater seit jeher Sortini als einen Fachmann in Feuerwehrangelegenheiten verehrt und öfters zu Hause von ihm gesprochen, es war uns daher auch sehr überraschend und bedeutungsvoll, jetzt Sortini in Wirklichkeit zu sehen. Sortini aber kümmerte sich um uns nicht, es war das keine Eigenheit Sortinis, die meisten Beamten scheinen in der Öffentlichkeit teilnahmslos, auch war er müde, nur seine Amtspflicht hielt ihn hier unten. Es sind nicht die schlechtesten Beamten, welche grade solche Repräsentationspflichten als besonders drückend empfinden, andere Beamten und Diener mischten sich, da sie nun schon einmal da waren, unter das Volk. Er aber blieb bei der Spritze und jedem, der sich ihm mit irgendeiner Bitte oder Schmeichelei zu nähern suchte, vertrieb er durch sein Schweigen. So kam es, daß er uns noch später bemerkte als wir ihn.

Erst als wir uns ehrfurchtsvoll verbeugten und der Vater uns zu entschuldigen suchte, blickte er nach uns hin, blickte der Reihe nach von einem zum andern, müde, es war, als seufze er darüber, daß neben dem einen immer wieder noch ein zweiter sei, bis er dann bei Amalia halt machte, zu der er aufschauen mußte, denn sie war viel größer als er. Da stutzte er, sprang über die Deichsel, um Amalia näher zu sein, wir mißverstanden es zuerst und wollten uns alle unter Anführung des Vaters ihm nähern, aber er hielt uns ab mit erhobener Hand und winkte uns dann zu gehen. Das war alles. Wir neckten dann Amalia viel damit, daß sie nun wirklich einen Bräutigam gefunden habe, in unserem Unverstand waren wir den ganzen Nachmittag über sehr fröhlich. Amalia aber war schweigsamer als jemals. „Sie hat sich ja toll und voll in Sortini verliebt", sagte Brunswick, der immer etwas grob ist und für Naturen wie Amalia kein Verständnis hat. Aber diesmal schien uns seine Bemerkung fast richtig, wir waren überhaupt närrisch an dem Tag und alle, bis auf Amalia, von dem süßen Schloßwein wie betäubt, als wir nach Mitternacht nach Hause kamen. „Und Sortini?" fragte K. „Ja, Sortini," sagte Olga, „Sortini sah ich während des Festes im Vorübergehen noch öfters, er saß auf der Deichsel, hatte die Arme über der Brust gekreuzt und blieb so, bis der Schloßwagen kam, um ihn abzuholen. Nicht einmal zu den Feuerwehrübungen ging er, bei denen der Vater damals gerade in der Hoffnung, daß Sortini zusehe, vor allen Männern seines Alters sich auszeichnete." „Und habt ihr nicht mehr von ihm gehört?" fragte K. „Du scheinst ja für Sortini große Verehrung zu haben." „Ja, Verehrung," sagte Olga, „ja und gehört haben wir auch noch von ihm. Am nächsten Morgen wurden wir aus unserem Weinschlaf durch einen Schrei Amalias geweckt; die andern fielen gleich wieder in die Betten zurück, ich war aber gänzlich wach und lief zu Amalia. Sie stand beim Fenster und hielt einen Brief in der Hand, den ihr eben ein Mann durch das Fenster gereicht hatte, der Mann wartete noch auf Antwort. Amalia hatte den Brief - er war kurz - schon gelesen und hielt ihn in der schlaff hinabhängenden Hand; wie liebte ich sie immer, wenn sie so müde war. Ich kniete neben ihr nieder und las den Brief. Kaum war ich fertig, nahm ihn Amalia, nach einem kurzen Blick auf mich, wieder auf, brachte es aber nicht mehr über sich, ihn zu lesen, zerriß ihn, warf die Fetzen dem Mann draußen ins Gesicht und schloß das Fenster. Das war jener entscheidende Morgen. Ich nenne ihn entscheidend, aber jeder Augenblick des vorhergehenden Nachmittags ist ebenso entscheidend gewesen." „Und was stand in dem Brief?" fragte K. „Ja, das habe ich noch nicht erzählt," sagte Olga, „der Brief war von Sortini, adressiert war er an das Mädchen mit dem Granatenhalsband. Den Inhalt kann ich nicht wiedergeben. Es war eine Aufforderung, zu ihm in den Herrenhof zu kommen, und zwar sollte Amalia sofort kommen, denn in einer halben Stunde mußte Sortini wegfahren. Der Brief war in den gemeinsten Ausdrücken gehalten, die ich noch nie gehört hatte und nur aus dem Zusammenhang halb erriet. Wer Amalia nicht kannte und nur diesen Brief gelesen hatte, mußte das Mädchen, an das jemand so zu schreiben gewagt hatte, für entehrt halten, auch wenn sie gar nicht berührt worden sein sollte. Und es war kein Liebesbrief, kein Schmeichelwort war darin, Sortini war vielmehr offenbar böse, daß der Anblick Amalias ihn ergriffen, ihn von seinen Geschäften abgehalten hatte. Wir legten es uns später so zurecht, daß Sortini wahrscheinlich gleich abends hatte ins Schloß fahren wollen, nur Amalias wegen im Dorf geblieben war und am Morgen voll Zorn darüber, daß es ihm auch in der Nacht nicht gelungen war, Amalia zu vergessen, den Brief geschrieben hatte. Man mußte dem Brief gegenüber zuerst empört sein, auch die Kaltblütigste, dann aber hätte bei einer andern als Amalia wahrscheinlich vor dem bösen drohenden Ton die Angst überwogen, bei Amalia blieb es bei der Empörung, Angst kennt sie nicht, nicht für sich, nicht für andere. Und während ich mich dann wieder ins Bett verkroch und mir den abgebrochenen Schlußsatz wiederholte:

„Daß du also gleich kommst, oder -!" blieb Amalia auf der Fensterbank und sah hinaus, als erwarte sie noch weitere Boten und sei bereit, jeden so zu behandeln wie den ersten." „Das sind also die Beamten," sagte K. zögernd, „solche Exemplare findet man unter ihnen. Was hat dein Vater gemacht? Ich hoffe, er hat sich kräftig an zuständiger Stelle über Sortini beschwert, wenn er nicht den kürzeren und sichereren Weg in den Herrenhof vorgezogen hat. Das Allerhäßlichste an der Geschichte ist ja nicht die Beleidigung Amalias, die konnte leicht gutgemacht werden, ich weiß nicht, warum du so übermäßig großes Gewicht gerade darauf legst; warum sollte Sortini mit einem solchen Brief Amalia für immer bloßgestellt haben, nach deiner Erzählung könnte man das glauben, gerade das ist aber doch nicht möglich, eine Genugtuung war Amalia leicht zu verschaffen und in ein paar Tagen war der Vorfall vergessen, Sortini hat nicht Amalia bloßgestellt, sondern sich selbst. Vor Sortini also schrecke ich zurück, vor der Möglichkeit, daß es einen solchen Mißbrauch der Macht gibt.

Was in diesem Fall mißlang, weil es klipp und klar gesagt und völlig durchsichtig war und an Amalia einen überlegenen Gegner fand, kann in tausend anderen Fällen bei nur ein wenig ungünstigeren Umständen völlig gelingen und kann sich jedem Blick entziehen, auch dem Blick des Mißbrauchten." „Still," sagte Olga, „Amalia sieht herüber." Amalia hatte die Fütterung der Eltern beendet und war jetzt daran, die Mutter auszuziehen. Sie hatte ihr gerade den Rock losgebunden, hing sich die Arme der Mutter um den Hals, hob sie so ein wenig, streifte ihr den Rock ab und setzte sie dann sanft wieder nieder. Der Vater, immer unzufrieden damit, daß die Mutter zuerst bedient wurde, was aber offenbar nur deshalb geschah, weil die Mutter noch hilfloser war als er, versuchte, vielleicht auch um die Tochter für ihre vermeintliche Langsamkeit zu strafen, sich selbst zu entkleiden, aber trotzdem er bei dem Unnötigsten und Leichtesten anfing, den übergroßen Pantoffeln, in welchen seine Füße nur lose staken, wollte es ihm auf keine Weise gelingen, sie abzustreifen, er mußte es unter heiserem Röcheln bald aufgeben und lehnte wieder steif in seinem Stuhl.

„Das Entscheidendste erkennst du nicht," sagte Olga, „du magst ja recht haben mit allem, aber das Entscheidendste war, daß Amalia nicht in den Herrenhof ging; wie sie den Boten behandelt hatte, das mochte an sich noch hingehen, das hätte sich vertuschen lassen; damit aber, daß sie nicht hinging, war der Fluch über unsere Familie ausgesprochen, und nun war allerdings auch die Behandlung des Boten etwas Unverzeihliches, ja, es wurde sogar für die Öffentlichkeit in den Vordergrund gehoben." „Wie," rief K. und dämpfte sofort die Stimme, da Olga bittend die Hände hob, „du, die Schwester, sagst doch nicht etwa, daß Amaha hätte Sortini folgen und in den Herrenhof hätte laufen sollen?" „Nein," sagte Olga, „möge ich beschützt werden vor derartigem Verdacht, wie kannst du das glauben. Ich kenne niemanden, der so fest im Recht wäre wie Amalia, bei allem was sie tut. Wäre sie in den Herrenhof gegangen, hätte ich ihr freilich ebenso recht gegeben; daß sie aber nicht gegangen ist, war heldenhaft. Was mich betrifft, ich gestehe es dir offen, wenn ich einen solchen Brief bekommen hätte, ich wäre gegangen. Ich hätte die Furcht vor dem Kommenden nicht ertragen, das konnte nur Amalia.

Es gab ja manche Auswege, eine andere hätte sich z. B. recht schön geschmückt und es wäre ein Weilchen darüber vergangen und dann wäre sie in den Herrenhof gegangen und hätte erfahren, daß Sortini schon fort ist, vielleicht, daß er gleich nach Entsendung des Boten weggefahren ist, etwas, was sogar sehr wahrscheinlich ist, denn die Launen der Herren sind flüchtig. Aber Amalia tat das nicht und nichts Ähnliches, sie war zu tief beleidigt und antwortete ohne Vorbehalt. Hätte sie nur irgendwie zum Schein gefolgt, nur die Schwelle des Herrenhofes zur Zeit gerade überschritten, das Verhängnis hätte sich abwenden lassen, wir haben hier sehr kluge Advokaten, die aus einem Nichts alles, was man nur will, zu machen verstehen, aber in diesem Fall war nicht einmal das günstige Nichts vorhanden, im Gegenteil, es war noch die Entwürdigung des Sortinischen Briefes da und die Beleidigung des Boten." „Aber was für ein Verhängnis denn," sagte K., „was für Advokaten; man konnte doch wegen der verbrecherischen Handlungsweise Sortinis nicht Amalia anklagen oder gar bestrafen?" „Doch," sagte Olga, „das konnte man, freilich nicht nach einem regelrechten Prozeß und man bestrafte sie auch nicht unmittelbar, wohl aber bestrafte man sie auf andere Weise, sie und unsere ganze Familie, und wie schwer diese Strafe ist, das fängst du wohl an zu erkennen. Dir scheint das ungerecht und ungeheuerlich, das ist eine im Dorf völlig vereinzelte Meinung, sie ist uns sehr günstig und sollte uns trösten, und so wäre es auch, wenn sie nicht sichtlich auf Irrtümer zurückginge. Ich kann dir das leicht beweisen, verzeih, wenn ich dabei von Frieda spreche, aber zwischen Frieda und Klamm ist, abgesehen davon, wie es sich schließlich gestaltet hat, etwas ganz Ähnliches vorgegangen wie zwischen Amalia und Sortini und doch findest du das, wenn du auch anfangs erschrocken sein magst, jetzt schon richtig. Und das ist nicht Gewöhnung, so abstumpfen kann man durch Gewöhnung nicht, wenn es sich um einfache Beurteilung handelt; das ist bloß Ablegen von Irrtümern." „Nein, Olga," sagte K., „ich weiß nicht, warum du Frieda in die Sache hereinziehst, der Fall war doch gänzlich anders, misch nicht so Grundverschiedenes durcheinander und erzähle weiter." „Bitte," sagte Olga, „nimm es mir nicht übel, wenn ich auf dem Vergleich bestehe, es ist ein Rest von Irrtümern, auch hinsichtlich Friedas noch, wenn du sie gegen einen Vergleich verteidigen zu müssen glaubst. Sie ist gar nicht zu verteidigen, sondern nur zu loben. Wenn ich die Fälle vergleiche, so sage ich ja nicht, daß sie gleich sind, sie verhalten sich zueinander wie weiß und schwarz und weiß ist Frieda.

Schlimmstenfalls kann man über Frieda lachen, wie ich es unartigerweise - ich habe es später sehr bereut - im Ausschank getan habe, aber selbst wer hier lacht, ist schon boshaft oder neidisch, immerhin, man kann lachen. Amalia aber kann man, wenn man nicht durch Blut mit ihr verbunden ist, nur verachten. Deshalb sind es zwar grundverschiedene Fälle, wie du sagst, aber doch auch ähnlich." „Sie sind auch nicht ähnlich," sagte K. und schüttelte unwillig den Kopf, „laß Frieda beiseite, Frieda hat keinen solchen sauberen Brief von Sortini bekommen, und Frieda hat Klamm wirklich geliebt, und wer es bezweifelt, kann sie fragen, sie liebt ihn noch heute." „Sind das aber große Unterschiede?" fragte Olga. „Glaubst du, Klamm hätte Frieda nicht ebenso schreiben können? Wenn die Herren vom Schreibtisch aufstehen, sind sie so, sie finden sich in der Welt nicht zurecht, sie sagen dann in der Zerstreutheit das Allergröbste, nicht alle, aber viele. Der Brief an Amalia kann ja in Gedanken, in völliger Nichtachtung des wirklich Geschriebenen auf das Papier geworfen worden sein. Was wissen wir von den Gedanken der Herren? Hast du nicht selbst gehört oder erzählen hören, in welchem Ton Klamm mit Frieda verkehrt hat? Von Klamm ist es bekannt, daß er sehr grob ist, er spricht angeblich stundenlang nicht und dann sagt er plötzlich eine derartige Grobheit, daß es einen schaudert. Von Sortini ist das nicht bekannt, wie er ja überhaupt sehr unbekannt ist. Eigentlich weiß man von ihm nur, daß sein Name dem Sordinis ähnlich ist. Wäre nicht die Namensähnlichkeit, würde man ihn wahrscheinlich gar nicht kennen. Auch als Feuerwehrfachmann verwechselt man ihn wahrscheinlich mit Sordini, welcher der eigentliche Fachmann ist und die Namensähnlichkeit ausnützt, um besonders die Repräsentationspflichten auf Sortini abzuwälzen und so in seiner Arbeit ungestört zu bleiben. Wenn nun ein solcher weltungewandter Mann wie Sortini plötzlich von Liebe zu einem Dorfmädchen ergriffen wird, so nimmt das natürlich andere Formen an, als wenn der Tischlergehilfe von nebenan sich verliebt. Auch muß man doch bedenken, daß zwischen einem Beamten und einer Schusterstochter doch ein großer Abstand besteht, der irgendwie überbrückt werden muß, Sortini versuchte es auf diese Art, ein anderer mag's anders machen.

Zwar heißt es, daß wir alle zum Schloß gehören und gar kein Abstand besteht und nichts zu überbrücken ist, und das stimmt auch vielleicht für gewöhnlich, aber wir haben leider Gelegenheit gehabt zu sehen, daß es gerade, wenn es darauf ankommt, gar nicht stimmt. Jedenfalls wird dir nach dem allen die Handlungsweise Sortinis verständlicher, weniger ungeheuerlich geworden sein und sie ist tatsächlich, mit jener Klamms verglichen, viel verständlicher und, selbst wenn man ganz nah beteiligt ist, viel erträglicher. Wenn Klamm einen zarten Brief schreibt, ist es peinlicher als der gröbste Brief Sortinis. Verstehe mich dabei recht, ich wage nicht, über Klamm zu urteilen, ich vergleiche nur, weil du dich gegen den Vergleich wehrst. Klamm ist doch wie ein Kommandant über den Frauen, befiehlt bald dieser, bald jener, zu ihm zu kommen, duldet keine lange, und so wie er zu kommen befiehlt, befiehlt er auch zu gehen. Ach, Klamm würde sich gar nicht die Mühe geben, erst einen Brief zu schreiben. Und ist es nun im Vergleich damit noch immer ungeheuerlich, wenn der ganz zurückgezogen lebende Sortini, dessen Beziehungen zu Frauen zumindest unbekannt sind, einmal sich niedersetzt und in seiner schönen Beamtenschrift einen allerdings abscheulichen Brief schreibt. Und wenn sich also hier kein Unterschied zu Klamms Gunsten ergibt, sondern das Gegenteil, so sollte ihn Friedas Liebe bewirken? Das Verhältnis der Frauen zu den Beamten ist, glaube mir, sehr schwer oder vielmehr immer sehr leicht zu beurteilen. Hier fehlt es an Liebe nie. Unglückliche Beamtenliebe gibt es nicht. Es ist in dieser Hinsicht kein Lob, wenn man von einem Mädchen sagt - ich rede hier bei weitem nicht nur von Frieda -, daß sie sich dem Beamten nur deshalb hingegeben hat, weil sie ihn liebte.

Sie liebte ihn und hat sich ihm hingegeben, so war es, aber zu loben ist dabei nichts. Amalia aber hat Sortini nicht geliebt, wendest du ein. Nun ja, sie hat ihn nicht geliebt, aber vielleicht hat sie ihn doch geliebt, wer kann das entscheiden? Nicht einmal sie selbst. Wie kann sie glauben, ihn nicht geliebt zu haben, wenn sie ihn so kräftig abgewiesen hat, wie wahrscheinlich noch niemals ein Beamter abgewiesen worden ist. Barnabas sagt, daß sie noch jetzt manchmal zittert von der Bewegung, mit der sie vor drei Jahren das Fenster zugeschlagen hat. Das ist auch wahr und deshalb darf man sie nicht fragen; sie hat mit Sortini abgeschlossen und weiß nichts mehr als das; ob sie ihn liebt oder nicht, weiß sie nicht.

Wir aber wissen, daß Frauen nicht anders können als Beamte lieben, wenn sich diese ihnen einmal zuwenden, ja, sie lieben die Beamten schon vorher, so sehr sie es leugnen wollen, und Sortini hat sich Amalia ja nicht nur zugewendet, sondern ist über die Deichsel gesprungen, als er Amalia sah, mit den von der Schreibtischarbeit steifen Beinen ist er über die Deichsel gesprungen. Aber Amalia ist ja eine Ausnahme, wirst du sagen. Ja, das ist sie, das hat sie bewiesen, als sie sich weigerte, zu Sortini zu gehen, das ist der Ausnahme genug; daß sie nun aber außerdem Sortini auch nicht geliebt haben sollte, das wäre nun schon der Ausnahme fast zu viel, das wäre gar nicht mehr zu fassen. Wir waren ja gewiß an jenem Nachmittag mit Blindheit beschlagen, aber daß wir damals durch allen Nebel etwas von Amalias Verliebtheit zu bemerken glaubten, zeigte doch wohl noch etwas Besinnung. Wenn man aber das alles zusammenhält, was bleibt dann für ein Unterschied zwischen Frieda und Amalia? Einzig der, daß Frieda tat, was Amalia verweigert hat." „Mag sein," sagte K., „für mich aber ist der Hauptunterschied der, daß Frieda meine Braut ist, Amalia aber mich im Grunde nur so weit bekümmert, als sie Schwester des Barnabas, des Schloßboten, ist und ihr Schicksal in den Dienst des Barnabas vielleicht mitverflochten ist. Hätte ihr ein Beamter ein derart schreiendes Unrecht getan, wie es nach deiner Erzählung anfangs mir schien, hätte mich das sehr beschäftigt, aber auch dies viel mehr als öffentliche Angelegenheit denn als persönliches Leid Amalias. Nun ändert sich aber nach deiner Erzählung das Bild in einer mir zwar nicht ganz verständlichen, aber, da du es bist, die erzählt, in einer genügend glaubwürdigen Weise und ich will diese Sache deshalb sehr gern völlig vernachlässigen, ich bin kein Feuerwehrmann, was kümmert mich

Sortini. Wohl, aber kümmert mich Frieda und da ist es mir sonderbar, wie du Frieda, der ich völlig vertraute und gerne immer vertrauen will, auf dem Umweg über Amalia immerfort anzugreifen und mir verdächtig zu machen suchst. Ich nehme nicht an, daß du das mit Absicht oder gar mit böser Absicht tust, sonst hätte ich doch schon längst fortgehen müssen. Du tust es nicht mit Absicht, die Umstände verleiten dich dazu, aus Liebe zu Amalia willst du sie hocherhaben über alle Frauen hinstellen, und da du in Amalia selbst zu diesem Zwecke nicht genug Rühmenswertes findest, hilfst du dir damit, daß du andere Frauen verkleinerst. Amalias Tat ist merkwürdig, aber je mehr du von dieser Tat erzählst, desto weniger läßt sich entscheiden, ob sie groß oder klein, klug oder töricht, heldenhaft oder feig gewesen ist, ihre Beweggründe hält Amalia in ihrer Brust verschlossen, niemand wird sie ihr entreißen. Frieda dagegen hat gar nichts Merkwürdiges getan, sondern sie ist nur ihrem Herzen gefolgt, für jeden, der sich gutwillig damit befaßt, ist das klar, jeder kann es nachprüfen, für Klatsch ist kein Raum. Ich aber will weder Amalia heruntersetzen, noch Frieda verteidigen, sondern dir nur klarmachen, wie ich mich zu Frieda verhalte und wie jeder Angriff gegen Frieda gleichzeitig ein Angriff gegen meine Existenz ist. Ich bin aus eigenem Willen hierhergekommen und aus eigenem Willen habe ich mich hier festgehakt, aber alles, was seither geschehen ist, und vor allem meine Zukunftsaussichten - so trübe sie auch sein mögen, immerhin, sie bestehen - alles dies verdanke ich Frieda, das läßt sich nicht wegdiskutieren. Ich war hier zwar als Landvermesser aufgenommen, aber das war nur scheinbar, man spielte mit mir, man trieb mich aus jedem Haus, man spielt auch heute mit mir, aber wieviel umständlicher ist das, ich habe gewissermaßen an Umfang gewonnen, und das bedeutet schon etwas, ich habe, so geringfügig das alles ist, doch schon ein Heim, eine Stellung und wirkliche Arbeit, ich habe eine Braut, die, wenn ich andere Geschäfte habe, mir die Berufsarbeit abnimmt, ich werde sie heiraten und Gemeindemitglied werden, ich habe außer der amtlichen auch noch eine, bisher freilich unausnützbare persönliche Beziehung zu Klamm. Das ist doch wohl nicht wenig? Und wenn ich zu euch komme, wen begrüßt ihr? Wem vertraust du die Geschichte euerer Familie an? Von wem erhoffst du die Möglichkeit irgendeiner Hilfe? Doch wohl nicht von mir, dem Landvermesser, den z. B. noch vor einer Woche Lasemann und Brunswick mit Gewalt aus ihrem Haus gedrängt haben, sondern du erhoffst das von dem Mann, der schon irgendwelche Machtmittel hat. Diese Machtmittel aber verdanke ich Frieda, Frieda, die so bescheiden ist, daß, wenn du sie nach etwas Derartigem zu fragen versuchen wirst, sie gewiß nicht das geringste davon wird wissen wollen. Und doch scheint es nach dem allen, daß Frieda in ihrer Unschuld mehr getan hat als Amalia in allem ihrem Hochmut, denn sieh, ich habe den Eindruck, daß du Hilfe für Amalia suchst. Und von wem? Doch eigentlich von keinem andern als von Frieda?" „Habe ich wirklich so häßlich von Frieda gesprochen?" fragte Olga, „ich wollte es gewiß nicht und glaube es auch nicht getan zu haben, aber möglich ist es, unsere Lage ist derart, daß wir mit aller Welt zerfallen sind, und fangen wir zu klagen an, reißt es uns fort, wir wissen nicht, wohin. Du hast auch recht, es ist ein großer Unterschied jetzt zwischen uns und Frieda und es ist gut, ihn einmal zu betonen. Vor drei Jahren waren wir Bürgermädchen und Frieda, die Waise, Magd im Brückenhof, wir gingen an ihr vorüber, ohne sie mit dem Blick zu streifen, wir waren gewiß zu hochmütig, aber wir waren so erzogen worden. An dem Abend im Herrenhof magst du aber den jetzigen Stand erkannt haben. Frieda mit der Peitsche in der Hand und ich in dem Haufen der Knechte. Aber es ist ja noch schlimmer. Frieda mag uns verachten, es entspricht ihrer Stellung, die tatsächlichen Verhältnisse erzwingen es. Aber wer verachtet uns nicht alles! Wer sich entschließt uns zu verachten, kommt gleich in die allergrößte Gesellschaft. Kennst du die Nachfolgerin Friedas? Pepi heißt sie. Ich habe sie erst vorgestern abend kennengelernt, bisher war sie Zimmermädchen. Sie übertrifft gewiß Frieda an Verachtung für mich. Sie sah mich aus dem Fenster, wie ich Bier holen kam, lief zur Tür und versperrte sie, ich mußte lange bitten und ihr das Band versprechen, das ich im Haar trug, ehe sie mir aufmachte. Als ich es ihr aber dann gab, warf sie es in den Winkel. Nun, sie mag mich verachten, zum Teil bin ich ja auf ihr Wohlwollen angewiesen, und sie ist Ausschank-mädchen im Herrenhof. Freilich, sie ist es nur vorläufig und hat gewiß nicht die Eigenschaften, die nötig sind, um dort dauernd angestellt zu werden. Man mag nur zuhören, wie der Wirt mit Pepi spricht, und mag es dann vergleichen, wie er mit Frieda sprach. Aber das hindert Pepi nicht, auch Amalia zu verachten, Amalia, deren Blick allein genügen würde, die ganze kleine Pepi mit allen ihren Zöpfen und Maschen so schnell aus dem Zimmer zu schaffen, wie sie es nur auf ihre eigenen dicken Beinchen angewiesen niemals zustande brächte. Was für ein empörendes Geschwätz mußte ich gestern wieder von ihr über Amalia anhören, bis sich dann schließlich die Gäste meiner annahmen, in der Art freilich, wie du es schon einmal gesehen hast." „Wie verängstigt du bist," sagte K., „ich habe ja nur Frieda auf den ihr gebührenden Platz gestellt, aber nicht euch herabsetzen wollen, wie du es jetzt auffaßt. Irgend etwas Besonderes hat euere Familie auch für mich, das habe ich nicht verschwiegen; wie dieses Besondere aber Anlaß zur Verachtung geben könnte, das verstehe ich nicht." „Ach, K.," sagte Olga, „auch du wirst es noch verstehen, fürchte ich; daß Amalias Verhalten gegenüber Sortini der erste Anlaß dieser Verachtung war, kannst du auf keine Weise verstehen?" „Das wäre doch sonderbar," sagte K., „bewundern oder verurteilen könnte man Amalia deshalb, aber verachten? Und wenn man aus mir unverständlichem Gefühl wirklich Amalia verachtet, warum dehnt man die Verachtung auf euch aus, auf die unschuldige Familie?

Daß z. B. Pepi dich verachtet ist ein starkes Stück, und ich will, wenn ich wieder einmal in den Herrenhof komme, es ihr heimzahlen."

„Wolltest du, K.," sagte Olga, „alle unsere Verächter umstimmen, das wäre eine harte Arbeit, denn alles geht vom Schloß aus. Ich erinnere mich noch genau an den Vormittag, der jenem Morgen folgte. Brunswick, der damals unser Gehilfe war, war gekommen wie jeden Tag, der Vater hatte ihm Arbeit zugeteilt und ihn nach Hause geschickt, wir saßen dann beim Frühstück, alle, bis auf Amalia und mich, waren sehr lebhaft, der Vater erzählte immerfort vom Fest, er hatte hinsichtlich der Feuerwehr verschiedene Pläne, im Schloß ist nämlich eine eigene Feuerwehr, die zum Fest auch eine Abordnung geschickt hatte, mit der manches besprochen worden war, die anwesenden Herren aus dem Schloß hatten die Leistungen unserer Feuerwehr gesehen, sich sehr günstig über sie ausgesprochen, die Leistungen der Schloßfeuerwehr damit verglichen, das Ergebnis war ungünstig, man hatte von der Notwendigkeit einer Neuorganisation der Schloßfeuerwehr gesprochen, dazu waren Instruktoren aus dem Dorf nötig, es kamen zwar einige dafür in Betracht, aber der Vater hatte doch Hoffnung, daß die Wahl auf ihn fallen werde. Davon sprach er nun und wie es so seine liebe Art war, sich bei Tisch recht auszubreiten, saß er da, mit den Armen den halben Tisch umfassend, und wie er aus dem offenen Fenster zum Himmel aufsah, war sein Gesicht so jung und hoffnungsfreudig, niemals mehr sollte ich ihn so sehen. Da sagte Amalia mit einer Überlegenheit, die wir an ihr nicht kannten, solchen Reden der Herren müsse man nicht sehr vertrauen, die Herren pflegen bei derartigen Gelegenheiten gern etwas Gefälliges zu sagen, aber Bedeutung habe das wenig oder gar nicht, kaum gesprochen, sei es schon für immer vergessen, freilich bei der nächsten Gelegenheit gehe man ihnen wieder auf den Leim. Die Mutter verwies ihr solche Reden, der Vater lachte nur über ihre Altklugheit und Vielerfahrenheit, dann aber stutzte er, schien etwas zu suchen, dessen Fehlen er erst jetzt merkte, aber es fehlte doch nichts und sagte: Brunswick habe etwas von einem Boten und einem zerrissenen Brief erzählt, und er fragte, ob wir etwas davon wußten, wen es betreffe und wie es sich damit verhalte. Wir schwiegen, Barnabas, damals noch jung wie ein Lämmchen, sagte irgend etwas besonders Dummes oder Keckes, man sprach von anderem und die Sache kam in Vergessenheit."

AMALIAS STRAFE

„Aber kurz darauf wurden wir schon von allen Seiten mit Fragen wegen der Briefgeschichte überschüttet, es kamen Freunde und Feinde, Bekannte und Fremde. Man blieb aber nicht lange, die besten Freunde verabschiedeten sich am eiligsten. Lasemann, immer sonst langsam und würdig, kam herein, so als wolle er nur das Ausmaß der Stube prüfen, ein Blick im Umkreis und er war fertig, es sah wie ein schreckliches Kinderspiel aus, als Lasemann sich flüchtete und der Vater von anderen Leuten sich losmachte und hinter ihm hereilte, bis zur Schwelle des Hauses und es dann aufgab; Brunswick kam und kündigte dem Vater, er wolle sich selbständig machen, sagte er ganz ehrlich, ein kluger Kopf, der den Augenblick zu nützen verstand; Kundschaften kamen und suchten in Vaters Lagerraum ihre Stiefel hervor, die sie zur Reparatur hier liegen hatten, zuerst versuchte der Vater die Kundschaften umzustimmen - und wir alle unterstützten ihn nach unseren Kräften - später gab es der Vater auf und half stillschweigend den Leuten suchen, im Auftragsbuch wurde Zeile für Zeile gestrichen, die Ledervorräte, welche die Leute bei uns hatten, wurden herausgegeben, Schulden bezahlt, alles ging ohne den geringsten Streit, man war zufrieden, wenn es gelang, die Verbindung mit uns schnell und vollständig zu lösen, mochte man auch dabei

Verluste haben, das kam nicht in Betracht. Und schließlich, was ja vorauszusehen gewesen war, erschien Seemann, der Obmann der Feuerwehr; ich sehe die Szene noch vor mir, Seemann groß und stark, aber ein wenig gebeugt und lungen- krank, immer ernst, er kann gar nicht lachen, steht vor meinem Vater, den er bewundert hat, dem er in vertrauten Stunden die Stelle eines Obmannstellvertreters in Aussicht gestellt hat, und soll ihm nun mitteilen, daß ihn der Verein verabschiedet und um Rückgabe des Diploms ersucht. Die Leute, die gerade bei uns waren, ließen ihre Geschäfte ruhen und drängten sich im Kreis um die zwei Männer. Seemann kann nichts sagen, klopft nur immerfort dem Vater auf die Schulter, so als wolle er dem Vater die Worte ausklopfen, die er selbst sagen soll und nicht finden kann. Dabei lacht er immerfort, wodurch er wohl sich und alle ein wenig beruhigen will, aber da er nicht lachen kann und man ihn noch niemals lachen gehört, fällt es niemandem ein zu glauben, daß das ein Lachen sei. Der Vater aber ist von diesem Tag schon zu müde und verzweifelt, um jemandem helfen zu können, ja er scheint zu müde, um überhaupt nachzudenken, um was es sich handelt. Wir waren ja alle in gleicher Weise verzweifelt, aber da wir jung waren, konnten wir an einen solchen vollständigen Zusammenbruch nicht glauben, immer dachten wir, daß in der Reihe der vielen Besucher endlich doch jemand kommen werde, der halt befiehlt und alles wieder zu einer rückläufigen Bewegung zwingt. Seemann erschien uns in unserem Unverstand dafür besonders geeignet. Mit Spannung warteten wir, daß sich aus diesem fortwährenden Lachen endlich das klare Wort loslösen werde. Worüber war denn jetzt zu lachen, doch nur über das dumme Unrecht, das uns geschah. Herr Obmann, Herr Obmann, sagen Sie es doch endlich den Leuten, dachten wir und drängten uns an ihn heran, was ihn aber nur zu merkwürdigen Drehbewegungen veranlaßte. Endlich aber fing er, zwar nicht um unsere geheimen Wünsche zu erfüllen, sondern um den aufmunternden oder ärgerlichen Zurufen der Leute zu entsprechen, doch zu reden an. Noch immer hatten wir Hoffnung. Er begann mit großem Lob des Vaters. Nannte ihn eine Zierde des Vereins, ein unerreichbares Vorbild des Nachwuchses, ein unentbehrliches Mitglied, dessen Ausscheiden den Verein fast zerstören müsse. Das war alles sehr schön, hätte er doch hier geendet. Aber er sprach weiter.

Wenn sich nun trotzdem der Verein entschlossen habe, den Vater, vorläufig allerdings nur, um den Abschied zu ersuchen, werde man den Ernst der Gründe erkennen, die den Verein dazu zwangen. Vielleicht hätte es ohne die glänzenden Leistungen des Vaters am gestrigen Fest gar nicht so weit kommen müssen, aber eben diese Leistungen hätten die amtliche Aufmerksamkeit besonders erregt, der Verein stand jetzt in vollem Licht und müsse auf seine Reinheit noch mehr bedacht sein als früher. Und nun war die Beleidigung des Boten geschehen, da habe der Verein keinen anderen Ausweg gefunden, und er, Seemann, habe das schwere Amt übernommen, es zu melden. Der Vater möge es ihm nicht noch mehr erschweren.

Wie froh war Seemann, das hervorgebracht zu haben, aus Zufriedenheit darüber, war er nicht einmal mehr übertrieben rücksichtsvoll, er zeigte auf das Diplom, das an der Wand hing, und winkte mit dem Finger. Der Vater nickte und ging es holen, konnte es aber mit den zitternden Händen nicht vom Haken bringen. Ich stieg auf einen Sessel und half ihm. Und von diesem Augenblick an war alles zu Ende, er nahm das Diplom nicht einmal mehr aus dem Rahmen, sondern gab Seemann alles, wie es war. Dann setzte er sich in einen Winkel, rührte sich nicht und sprach mit niemandem mehr, wir mußten mit den letzten Leuten allein verhandeln, so gut es ging." „Und worin siehst du hier den Einfluß des Schlosses?" fragte K. „Vorläufig scheint es noch nicht eingegriffen zu haben. Was du bisher erzählt hast, war nur gedankenlose Ängstlichkeit der Leute, Freude am Schaden des Nächsten, unzuverlässige Freundschaft, Dinge, die überall anzutreffen sind, und auf Seite deines Vaters allerdings auch - wenigstens scheint es mir so - eine gewisse Kleinlichkeit, denn jenes Diplom, was war es? Bestätigung seiner Fähigkeiten und die behielt er doch, machten sie ihn unentbehrlich, desto besser, und er hätte dem Obmann die Sache wirklich schwer nur dadurch gemacht, daß er ihm das Diplom gleich beim zweiten Wort vor die Füße geworfen hätte. Besonders bezeichnend scheint mir aber, daß du Amalia gar nicht erwähnst, Amalia, die doch alles verschuldet hatte, stand wahrscheinlich ruhig im Hintergrund und betrachtete die Verwüstung." „Nein," sagte Olga, „niemandem ist ein Vorwurf zu machen, niemand konnte anders handeln, das alles war schon Einfluß des Schlosses." „Einfluß des Schlosses", wiederholte Amalia, die unvermerkt vom Hofe her eingetreten war, die Eltern lagen längst zu Bett.

„Schloßgeschichten werden erzählt? noch immer sitzt ihr beisammen? Und du hattest dich doch gleich verabschieden wollen, K., und nun geht es schon auf zehn. Bekümmern dich denn solche Geschichten überhaupt? Es gibt hier Leute, die sich von solchen Geschichten nähren, sie setzen sich zusammen, so wie Ihr hier sitzt und traktieren sich gegenseitig. Du scheinst mir aber nicht zu diesen Leuten zu gehören." „Doch," sagte K., „ich gehöre genau zu ihnen, dagegen machen Leute, die sich um solche Geschichten nicht bekümmern und nur andere sich bekümmern lassen, nicht viel Eindruck auf mich." „Nun ja," sagte Amalia, „aber das Interesse der Leute ist ja sehr verschiedenartig, ich hörte einmal von einem jungen Mann, der beschäftigte sich mit den Gedanken an das Schloß bei Tag und Nacht, alles andere vernachlässigte er, man fürchtete für seinen Alltagsverstand, weil sein ganzer Verstand oben im Schloß war. Schließlich aber stellte es sich heraus, daß er nicht eigentlich das Schloß, sondern nur die Tochter einer Aufwaschfrau in den Kanzleien gemeint hatte, die bekam er nun allerdings und dann war wieder alles gut." „Der Mann würde mir gefallen, glaube ich", sagte K. „Daß dir der Mann gefallen würde," sagte Amalia, „bezweifle ich, aber vielleicht seine Frau. Nun, laßt euch aber nicht stören, ich gehe allerdings schlafen und auslöschen werde ich müssen, der Eltern wegen. Sie schlafen zwar gleich fest ein, aber nach einer Stunde ist schon der eigentliche Schlaf zu Ende und dann stört sie der kleinste Schein. Gute Nacht." Und wirklich wurde es gleich finster, Amalia machte sich wohl irgendwo auf der Erde beim Bett der Eltern ihr Lager zurecht. „Wer ist denn dieser junge Mann, von dem sie sprach", fragte K. „Ich weiß nicht," sagte Olga, „vielleicht Brunswick, trotzdem es für ihn nicht ganz paßt, vielleicht aber auch ein anderer. Es ist nicht leicht, sie genau zu verstehen, weil man oft nicht weiß, ob sie ironisch oder ernst spricht. Meistens ist es ja ernst, aber es klingt ironisch." „Laß die Deutungen", sagte K. „Wie kamst du denn in diese große Abhängigkeit von ihr? War es schon vor dem großen Unglück so? Oder erst nachher? Und hast du niemals den Wunsch, von ihr unabhängig zu werden? Und ist denn diese Abhängigkeit irgendwie vernünftig begründet? Sie ist die Jüngste und hat als solche zu gehorchen. Sie hat, schuldig oder unschuldig, das Unglück über die Familie gebracht. Statt dafür jeden neuen Tag jeden von euch von neuem um Verzeihung zu bitten, trägt sie den Kopf höher als alle, kümmert sich um nichts als knapp gnadenweise um die Eltern, will in nichts eingeweiht werden, wie sie sich ausdrückt, und wenn sie endlich einmal mit euch spricht, dann ist es meistens ernst, aber es klingt ironisch. Oder herrscht sie etwa durch ihre Schönheit, die du manchmal erwähnst? Nun ihr seid euch alle drei sehr ähnlich, das aber, wodurch sie sich von euch zweien unterscheidet, ist durchaus zu ihren Ungunsten, schon als ich sie zum erstenmal sah, schreckte mich ihr stumpfer liebloser Blick ab. Und dann ist sie zwar die Jüngste, aber davon merkt man nichts in ihrem Äußeren, sie hat das alterlose Aussehen der Frauen, die kaum altern, die aber auch kaum jemals eigentlich jung gewesen sind. Du siehst sie jeden Tag, du merkst gar nicht die Härte ihres Gesichtes.

Darum kann ich auch Sortinis Neigung, wenn ich es überlege, nicht einmal sehr ernst nehmen, vielleicht wollte er sie mit dem Brief nur strafen, aber nicht rufen." „Von Sortini will ich nicht reden," sagte Olga, „bei den Herren im Schloß ist alles möglich, ob es nun um das schönste oder um das häßlichste Mädchen geht. Sonst aber irrst du hinsichtlich Amalias vollkommen. Sieh, ich habe doch keinen Anlaß, dich für Amalia besonders zu gewinnen, und versuche ich es dennoch, tue ich es nur deinetwegen. Amalia war irgendwie die Ursache unseres Unglücks, das ist gewiß, aber selbst der Vater, der doch am schwersten von dem Unglück getroffen war, und sich in seinen Worten niemals sehr beherrschen konnte, gar zu Hause nicht, selbst der Vater hat Amalia auch in den schlimmsten Zeiten kein Wort des Vorwurfs gesagt. Und das nicht etwa deshalb, weil er Amalias Vorgehen gebilligt hätte, wie hätte er, ein Verehrer Sortinis, es billigen können. Nicht von der Ferne konnte er es verstehen, sich und alles was er hatte, hätte er Sortini wohl gern zum Opfer gebracht, allerdings nicht so, wie es jetzt wirklich geschah, unter Sortinis wahrscheinlichem Zorn. Wahrscheinlichem Zorn, denn wir erfuhren nichts mehr von Sortini; war er bisher zurückgezogen gewesen, so war es von jetzt ab, als sei er überhaupt nicht mehr. Und nun hättest du Amalia sehen sollen in jener Zeit. Wir alle wußten, daß keine ausdrückliche Strafe kommen werde. Man zog sich nur von uns zurück. Die Leute hier, wie auch das Schloß. Während man aber den Rückzug der Leute natürlich merkte, war vom Schloß gar nichts zu merken. Wir hatten ja früher auch keine Fürsorge des Schlosses gemerkt, wie hätten wir jetzt einen Umschwung merken können. Diese Ruhe war das Schlimmste. Bei weitem nicht der Rückzug der Leute, sie hatten es ja nicht aus irgendeiner Überzeugung getan, hatten vielleicht auch gar nichts Ernstliches gegen uns, die heutige Verachtung bestand noch gar nicht, nur aus Angst hatten sie es getan und jetzt warteten sie, wie es weiter ausgehen werde. Auch Not hatten wir noch keine zu fürchten, alle Schuldner hatten uns gezahlt, die Abschlüsse waren vorteilhaft gewesen, was uns an Lebensmitteln fehlte, darin halfen uns im geheimen Verwandte aus, es war leicht, es war ja in der Erntezeit, allerdings Felder hatten wir keine und mitarbeiten ließ man uns nirgends, wir waren zum erstenmal im Leben fast zum Müßiggang verurteilt. Und nun saßen wir beisammen, bei geschlossenen Fenstern, in der Hitze des Juli und August. Es geschah nichts.

Keine Vorladung, keine Nachricht, kein Besuch, nichts." „Nun," sagte K., „da nichts geschah und auch keine ausdrückliche Strafe zu erwarten war, wovor habt ihr euch gefürchtet? Was seid ihr doch für Leute!" „Wie soll ich es dir erklären?" sagte Olga. „Wir fürchteten nichts Kommendes, wir litten schon nur unter dem Gegenwärtigen, wir waren mitten in der Bestrafung darin. Die Leute im Dorf warteten ja nur darauf, daß wir zu ihnen kämen, daß der Vater seine Werkstatt wieder aufmache, daß Amalia, die sehr schöne Kleider zu nähen verstand, allerdings nur für die Vornehmsten, wieder um Bestellungen käme, es tat ja allen Leuten leid, was sie getan hatten; wenn im Dorf eine angesehene Familie plötzlich ganz ausgeschaltet wird, hat jeder irgendeinen Nachteil davon, sie hatten, als sie sich von uns lossagten, nur ihre Pflicht zu tun geglaubt, wir hätten es an ihrer Stelle auch nicht anders getan. Sie hatten ja auch nicht genau gewußt, um was es sich gehandelt hatte, nur der Bote war, die Hand voll Papierfetzen, in den Herrenhof zurückgekommen. Frieda hatte ihn ausgehen und dann wiederkommen gesehen, ein paar Worte mit ihm gesprochen und das, was sie erfahren hatte, gleich verbreitet. Aber wieder gar nicht aus Feindseligkeit gegen uns, sondern einfach aus Pflicht, wie es im gleichen Falle die Pflicht jedes anderen gewesen wäre. Und nun wäre den Leuten, wie ich schon sagte, eine glückliche Lösung des Ganzen am willkommensten gewesen. Wenn wir plötzlich einmal gekommen wären mit der Nachricht, daß alles schon in Ordnung sei, daß es z. B. nur ein inzwischen völlig aufgeklärtes Mißverständnis gewesen sei, oder daß es zwar ein Vergehen gewesen sei, aber es sei schon durch die Tat gutgemacht oder - selbst das hätte den Leuten genügt - daß es uns durch unsere Verbindungen im Schloß gelungen sei, die Sache niederzuschlagen, - man hätte uns ganz gewiß wieder mit offenen Armen aufgenommen, Küsse, Umarmungen, Feste hätte es gegeben, ich habe Derartiges bei anderen einige Male erlebt. Aber nicht einmal eine solche Nachricht wäre nötig gewesen; wenn wir nur freigekommen wären und uns angeboten, die alten Verbindungen wieder aufgenommen hätten, ohne auch nur ein Wort über die Briefgeschichte zu verlieren, es hätte genügt, mit Freude hätten alle auf die Besprechung der Sache verzichtet, es war ja, neben der Angst, vor allem die Peinlichkeit der Sache gewesen, weshalb man sich von uns getrennt, einfach um nichts von der Sache zu hören, nicht von ihr sprechen, nicht an sie denken, in keiner Weise von ihr berührt werden zu müssen. Wenn Frieda die Sache verraten hatte, so hatte sie es nicht getan, um sich an ihr zu freuen, sondern um sich und alle vor ihr zu bewahren, um die Gemeinde darauf aufmerksam zu machen, daß hier etwas geschehen war, von dem man sich auf das sorgfältigste fernzuhalten hatte. Nicht wir kamen hier als Familie in Betracht, sondern nur die Sache und wir nur der Sache wegen, in die wir uns verflochten hatten. Wenn wir also nur wieder hervorgekommen wären, das Vergangene ruhen gelassen hätten, durch unser Verhalten gezeigt hätten, daß wir die Sache überwunden hatten, gleichgültig auf welche Weise, und die Öffentlichkeit so die Überzeugung gewonnen hätte, daß die Sache, wie immer sie auch beschaffen gewesen sein mag, nicht wieder zur Besprechung kommen werde, auch so wäre alles gut gewesen, überall hätten wir die alte Hilfsbereitschaft gefunden, selbst wenn wir die Sache nur unvollständig vergessen hätten, man hätte es verstanden und hätte uns geholfen, sie völlig zu vergessen. Statt dessen aber saßen wir zu Hause. Ich weiß nicht, worauf wir warteten, auf Amalias Entscheidung wohl, sie hatte damals an jenem Morgen die Führung der Familie an sich gerissen und hielt sie fest. Ohne besondere Veranstaltungen, ohne Befehle, ohne Bitten, fast nur durch Schweigen. Wir andern hatten freilich viel zu beraten, es war ein fortwährendes Flüstern vom Morgen bis zum Abend und manchmal rief mich der Vater in plötzlicher Beängstigung zu sich und ich verbrachte am Bettrand die halbe Nacht. Oder manchmal hockten wir uns zusammen, ich und Barnabas, der ja erst sehr wenig von dem Ganzen verstand und immerfort ganz glühend Erklärungen verlangte, immerfort die gleichen, er wußte wohl, daß die sorgenlosen Jahre, die andere seines Alters erwarteten, für ihn nicht mehr vorhanden waren, so saßen wir zusammen ganz ähnlich, K., wie wir zwei jetzt, und vergaßen, daß es Nacht wurde und wieder Morgen. Die Mutter war die Schwächste von uns allen, wohl, weil sie nicht nur das gemeinsame Leid, sondern auch noch jedes einzelnen Leid mitgelitten hat, und so konnten wir mit Schrecken Veränderungen an ihr wahrnehmen, die, wie wir ahnten, unserer ganzen Familie bevorstanden. Ihr bevorzugter Platz war der Winkel eines Kanapees, wir haben es längst nicht mehr, es steht in Brunswicks großer Stube, dort saß sie und - man wußte nicht genau, was es war - schlummerte oder hielt, wie die bewegten Lippen anzudeuten schienen, lange Selbstgespräche. Es war ja so natürlich, daß wir immerfort die Briefgeschichte besprachen, kreuz und quer in allen sicheren Einzelheiten und allen unsicheren Möglichkeiten, und daß wir immerfort im Aussinnen von Mitteln zur guten Lösung uns übertrafen, es war natürlich und unvermeidlich, aber nicht gut, wir kamen ja dadurch immerfort tiefer in das, dem wir entgehen wollten. Und was halfen denn diese noch so ausgezeichneten Einfälle, keiner war aus- führbar ohne Amalia, alle waren nur Vorberatungen, sinnlos dadurch, daß ihre Ergebnisse gar nicht bis zu Amalia kamen, und wenn sie hingekommen wären, nichts anderes angetroffen hätten als Schweigen. Nun, glücklicherweise verstehe ich heute Amalia besser als damals. Sie trug mehr als wir alle, es ist unbegreiflich, wie sie es ertragen hat und noch heute unter uns lebt. Die Mutter trug vielleicht unser aller Leid, sie trug es, weil es über sie hereingebrochen ist, und sie trug es nicht lange; daß sie es heute noch irgendwie trägt, kann man nicht sagen und schon damals war ihr Sinn verwirrt. Aber Amalia trug nicht nur das Leid, sondern hatte auch den Verstand, es zu durchschauen, wir sahen nur die Folgen, sie sah den Grund, wir hofften auf irgendwelche kleine Mittel, sie wußte, daß alles entschieden war, wir hatten zu flüstern, sie hatte nur zu schweigen, Aug' in Aug' mit der Wahrheit stand sie und lebte und ertrug dieses Leben damals wie heute. Wie viel besser ging es uns in aller unserer Not als ihr. Wir mußten freilich unser Haus verlassen. Brunswick bezog es, man wies uns diese Hütte zu, mit einem Handkarren brachten wir unser Eigentum in einigen Fahrten hier herüber, Barnabas und ich zogen, der Vater und Amalia halfen hinten nach, die Mutter, die wir gleich anfangs hergebracht hatten, empfing uns, auf einer Kiste sitzend, immer mit leisem Jammern.

Aber ich erinnere mich, daß wir selbst während der mühevollen Fahrten - die auch sehr beschämend waren, denn öfters begegneten wir Erntewagen, deren Begleitung vor uns verstummte und die Blicke wandte - daß wir, Barnabas und ich, selbst während dieser Fahrten es nicht unterlassen konnten, von unseren Sorgen und Plänen zu sprechen, daß wir im Gespräch manchmal stehen blieben und erst das Hallo des Vaters uns an unsere Pflicht wieder erinnerte. Aber alle Besprechungen änderten auch nach der Übersiedlung unser Leben nicht, nur daß wir jetzt allmählich auch die Armut zu fühlen bekamen. Die Zuschüsse der Verwandten hörten auf, unsere Mittel waren fast zu Ende, und gerade in jener Zeit begann die Verachtung für uns, wie du sie kennst, sich zu entwickeln.

Man merkte, daß wir nicht die Kraft hatten, uns aus der Briefgeschichte herauszuarbeiten, und man nahm uns das sehr übel, man unterschätzte nicht die Schwere unseres Schicksals, trotzdem man es nicht genau kannte, man wußte, daß man selbst die Probe wahrscheinlich nicht besser bestanden hätte als wir, aber um so notwendiger war es, sich von uns völlig zu trennen - man hätte, wenn wir es überwunden hätten, uns entsprechend hoch geehrt, da es uns aber nicht gelungen war, tat man das, was man bisher nur vorläufig getan hatte, endgültig, man schloß uns aus jedem Kreise aus. Nun sprach man von uns nicht mehr wie von Menschen, unser Familienname wurde nicht mehr genannt, wenn man von uns sprechen mußte, nannte man uns nach Barnabas, dem Unschuldigsten von uns, selbst unsere Hütte geriet in Verruf, und wenn du dich prüfst, wirst du gestehen, daß auch du beim ersten Eintritt die Berechtigung dieser Verachtung zu merken glaubtest; später, als wieder Leute manchmal zu uns kamen, rümpften sie die Nase über ganz belanglose Dinge, etwa darüber, daß die kleine Öllampe dort über dem Tisch hing. Wo sollte sie denn anders hängen, als über dem Tisch, ihnen aber erschien es unerträglich. Hängten wir aber die Lampe anderswohin, änderte sich doch nichts an ihrem Widerwillen. Alles was wir waren und hatten, traf die gleiche Verachtung."

BITTGÄNGE

„Und was taten wir unterdessen? Das Schlimmste, was wir hätten tun können, etwas, wofür wir gerechter verachtet werden dürfen als wofür es wirklich geschah - wir verrieten Amalia, wir rissen uns los von ihrem schweigenden Befehl, wir konnten nicht mehr so weiterleben, ganz ohne Hoffnung konnten wir nicht leben und wir begannen, jeder auf seine Art, das Schloß zu bitten oder zu bestürmen, es möge uns verzeihen. Wir wußten zwar, daß wir nicht imstande waren, etwas gutzumachen, wir wußten auch, daß die einzige hoffnungsvolle Verbindung, die wir mit dem Schloß hatten, die Sortinis, des unserem Vater geneigten Beamten, eben durch die Ereignisse uns unzugänglich geworden war, trotzdem machten wir uns an die Arbeit. Der Vater begann, es begannen die sinnlosen Bittwege zum Vorsteher, zu den Sekretären, den Advokaten, den Schreibern, meistens wurde er nicht empfangen, und wenn er durch List oder Zufall doch empfangen wurde - wie jubelten wir bei solcher Nachricht und rieben uns die Hände -, wurde er äußerst schnell abgewiesen und nie wieder empfangen. Es war auch allzu leicht, ihm zu antworten, das Schloß hat es immer so leicht. Was wollte er denn? Was war ihm geschehen? Wofür wollte er eine Verzeihung? Wann und von wem war denn im Schloß auch nur ein Finger gegen ihn gerührt worden? Gewiß, er war verarmt, hatte die Kundschaft verloren usw., aber das waren Erscheinungen des täglichen Lebens, Handwerks- und Marktangelegenheiten, sollte sich denn das Schloß um alles kümmern? Es kümmerte sich ja in Wirklichkeit um alles, aber es konnte doch nicht grob eingreifen in die Entwicklung, einfach und zu keinem andern Zweck, als dem Interesse eines einzelnen Mannes zu dienen. Sollte es etwa seine Beamten ausschicken und diese sollten den Kunden des Vaters nachlaufen und sie ihm mit Gewalt zurückbringen? Aber, wendete der Vater dann ein - wir besprachen diese Dinge alle genau zu Hause vorher und nachher in einen Winkel gedrückt, wie versteckt vor Amalia, die alles zwar merkte, aber es geschehen ließ - aber, wendete der Vater dann ein, er beklage sich ja nicht wegen der Verarmung, alles, was er hier verloren habe, wolle er leicht wieder einholen, das alles sei nebensächlich, wenn ihm nur verziehen würde. Aber was solle ihm denn verziehen werden? antwortete man ihm, eine Anzeige sei bisher nicht eingelaufen, wenigstens stehe sie noch nicht in den Protokollen, zumindest nicht in den der advokatorischen Öffentlichkeit zugänglichen Protokollen, infolgedessen sei auch, soweit es sich feststellen lasse, weder etwas gegen ihn unternommen worden, noch sei etwas im Zuge. Könne er vielleicht eine amtliche Verfügung nennen, die gegen ihn erlassen worden sei?

Das konnte der Vater nicht. Nun also, wenn er nicht wisse und wenn nichts geschehen sei, was wolle er denn? Was könne ihm verziehen werden? Höchstens, daß er jetzt zwecklos die Ämter belästige, aber gerade dieses sei unverzeihlich. Der Vater ließ nicht ab, er war damals noch immer sehr kräftig und der aufgezwungene Müßiggang gab ihm reichlich Zeit. „Ich werde Amalia die Ehre zurückgewinnen, es wird nicht mehr lange dauern", sagte er zu Barnabas und mir einigemal während des Tages, aber nur sehr leise, denn Amalia durfte es nicht hören; trotzdem war es nur Amalias wegen gesagt, denn in Wirklichkeit dachte er gar nicht an das Zurückgewinnen der Ehre, sondern nur an Verzeihung.

Aber um Verzeihung zu bekommen, mußte er erst die Schuld feststellen und die wurde ihm ja in den Ämtern abgeleugnet. Er verfiel auf den Gedanken - und dies zeigte, daß er doch schon geistig geschwächt war - man verheimliche ihm die Schuld, weil er nicht genug zahle, er zahlte bisher nämlich immer nur die festgesetzten Gebühren, die wenigstens für unsere Verhältnisse hoch genug waren. Er glaubte aber jetzt, er müsse mehr zahlen, was gewiß unrichtig war, denn bei unseren Ämtern nimmt man zwar der Einfachheit halber, um unnötige Reden zu vermeiden, Bestechungen an, aber erreichen kann man dadurch nichts. War es aber die Hoffnung des Vaters, wollten wir ihn darin nicht stören. Wir verkauften, was wir noch hatten - es war fast nur noch Unentbehrliches - um dem Vater die Mittel für seine Nachforschungen zu verschaffen, und lange Zeit hatten wir jeden Morgen die Genugtuung, daß der Vater, wenn er morgens sich auf den Weg machte, immer wenigstens mit einigen Münzen in der Tasche klimpern konnte. Wir freilich hungerten den Tag über, während das einzige, was wir wirklich durch die Geldbeschaffung bewirkten, war, daß der Vater in einer gewissen Hoffnungsfreudigkeit erhalten wurde. Dieses aber war kaum ein Vorteil. Er plagte sich auf seinen Gängen, und was ohne das Geld sehr bald das verdiente Ende genommen hätte, zog sich so in die Länge. Da man für die Überzahlungen in Wirklichkeit nichts Außerordentliches leisten konnte, versuchte manchmal ein Schreiber wenigstens scheinbar etwas zu leisten, versprach Nachforschungen, deutete an, daß man gewisse Spuren schon gefunden hatte, die man nicht aus Pflicht, sondern nur dem Vater zuliebe verfolgen werde - der Vater, statt zweifelnder zu werden, wurde immer gläubiger. Er kam mit einer solchen deutlich sinnlosen

Versprechung zurück, so als bringe er schon wieder den vollen Segen ins Haus, und es war qualvoll anzusehen, wie er immer hinter Amalias Rücken mit verzerrtem Lächeln und groß aufgerissenen Augen auf Amalia hindeutend uns zu verstehen geben wollte, wie die Errettung Amalias, die niemanden mehr als sie selbst überraschen werde, infolge seiner Bemühungen ganz nahe bevorstehe, aber alles sei noch ein Geheimnis und wir sollten es streng hüten. So wäre es gewiß noch sehr lange weitergegangen, wenn wir schließlich nicht vollständig außerstande gewesen wären, dem Vater das Geld noch zu liefern. Zwar war inzwischen Barnabas von Brunswick als Gehilfe nach vielen Bitten aufgenommen worden, allerdings nur in der Weise, daß er abends im Dunkel die Aufträge abholte und wieder im Dunkel die Arbeit zurückbrachte - es ist zuzugeben, daß Brunswick hier eine gewisse Gefahr für sein Geschäft unseretwegen auf sich nahm, aber dafür zahlte er ja dem Barnabas sehr wenig und die Arbeit des Barnabas ist fehlerlos - doch genügte der Lohn knapp nur, um uns vor völligem Hungern zu bewahren. Mit großer Schonung und nach viel Vorbereitungen kündigten wir dem Vater die Einstellung unserer Geldunterstützungen an, aber er nahm es sehr ruhig auf. Mit dem Verstand war er nicht mehr fähig, das Aussichtslose seiner Interventionen einzusehen, aber müde war er der fortwährenden Enttäuschungen doch. Zwar sagte er - er sprach nicht mehr so deutlich wie früher, er hatte fast zu deutlich gesprochen -, daß er nur noch sehr wenig Geld gebraucht hätte, morgen oder heute schon hätte er alles erfahren und nun sei alles vergebens gewesen, nur am Geld sei es gescheitert usf., aber der Ton, in dem er es sagte, zeigte, daß er das alles nicht glaubte. Auch hatte er gleich, unvermittelt, neue Pläne. Da es ihm nicht gelungen war, die Schuld nachzuweisen, und er infolgedessen auch weiter im amtlichen Wege nichts erreichen konnte, mußte er sich ausschließlich aufs Bitten verlegen und die Beamten persönlich angehen. Es gab unter ihnen gewiß auch solche mit guten mitleidigen Herzen, denn sie zwar im Amt nicht nachgeben durften, wohl aber außerhalb des Amtes, wenn man zu gelegener Stunde sie überraschte."

Hier unterbrach K., der bisher ganz versunken Olga zugehört hatte, die Erzählung mit der Frage: „Und du hältst das nicht für richtig?" Zwar mußte ihm die weitere Erzählung darauf Antwort geben, aber er wollte es gleich wissen.

„Nein," sagte Olga, „von Mitleid oder dergleichen kann gar nicht die Rede sein. So jung und unerfahren wir auch waren, das wußten wir und auch der Vater wußte es natürlich, aber er hatte es vergessen, dieses wie das Allermeiste. Er hatte sich den Plan zurechtgelegt, in der Nähe des Schlosses auf der Landstraße, dort wo die Wagen der Beamten vorüberfuhren, sich aufzustellen, und wenn es irgendwie ging, seine Bitte um Verzeihung vorzubringen. Aufrichtig gesagt, ein Plan ohne allen Verstand, selbst wenn das Unmögliche geschehen wäre und die Bitte wirklich bis zum Ohr eines Beamten gekommen wäre. Kann denn ein einzelner Beamter verzeihen?

Das könnte doch höchstens Sache der Gesamtbehörde sein, aber selbst diese kann wahrscheinlich nicht verzeihen, sondern nur richten. Aber kann denn überhaupt ein Beamter, selbst wenn er aussteigen und mit der Sache sich befassen wollte, nach dem, was der Vater, der arme, müde gealterte Mann ihm vormummelt, sich ein Bild von der Sache machen? Die Beamten sind sehr gebildet, aber doch nur einseitig, in seinem Fach durchschaut ein Beamter auf ein Wort hin gleich ganze Gedankenreihen, aber Dinge aus einer anderen Abteilung kann man ihm stundenlang erklären, er wird vielleicht höflich nicken, aber kein Wort verstehen. Das ist ja alles selbstverständlich, man suche doch nur selbst die kleinen amtlichen Angelegenheiten, die einen selbst betreffen, winziges Zeug, das ein Beamter mit einem Achselzucken erledigt, man suche nur dieses bis auf den Grund zu verstehen und man wird ein ganzes Leben zu tun haben und nicht zum Ende kommen. Aber wenn der Vater an einen zuständigen Beamten geraten wäre, so kann doch dieser ohne Vorakten nichts erledigen und insbesondere nicht auf der Landstraße, er kann eben nicht verzeihen, sondern nur amtlich erledigen und zu diesem Zweck wieder nur auf den Amtsweg verweisen, aber auf diesem etwas zu erreichen, war ja dem Vater schon völlig mißlungen. Wie weit mußte es mit dem Vater schon gekommen sein, daß er mit diesem neuen Plan irgendwie durchdringen wollte. Wenn irgendeine Möglichkeit solcher Art auch nur im Entferntesten bestünde, müßte es ja dort auf der Landstraße von Bittgängern wimmeln, aber da es sich hier um eine Unmöglichkeit handelt, welche einem schon die elementarste Schulbildung einprägt, ist es dort völlig leer. Vielleicht bestärkte auch das den Vater in seiner Hoffnung, er nährte sie von überallher. Es war hier auch sehr nötig, ein gesunder Verstand mußte sich ja gar nicht in jene großen Überlegungen einlassen, er mußte schon im Äußerlichsten die Unmöglichkeit klar erkennen. Wenn die Beamten ins Dorf fahren oder zurück ins Schloß, so sind das doch keine Lustfahrten, im Dorf und Schloß wartet Arbeit auf sie, daher fahren sie im schärfsten Tempo. Es fällt ihnen auch nicht ein, aus dem Wagenfenster zu schauen und draußen Gesuchsteller zu suchen, sondern die Wagen sind vollgepackt mit Akten, welche die Beamten studieren."

„Ich habe aber", sagte K., „das Innere eines Beamtenschlittens gesehen, in welchem keine Akten waren." In der Erzählung Olgas eröffnete sich ihm eine so große, fast unglaubwürdige Welt, daß er es sich nicht versagen konnte, mit seinen kleinen Erlebnissen an sie zu rühren, um sich ebenso von ihrem Dasein als auch von dem eigenen deutlicher zu überzeugen.

„Das ist möglich," sagte Olga, „dann ist es aber noch schlimmer, dann hat der Beamte so wichtige Angelegenheiten, daß die Akten zu kostbar oder zu umfangreich sind, um mitgenommen werden zu können, solche Beamte lassen dann Galopp fahren. Jedenfalls, für den Vater kann keiner Zeit erübrigen. Und außerdem: Es gibt mehrere Zufahrten ins Schloß. Einmal ist die eine in Mode, dann fahren die meisten dort, einmal eine andere, dann drängt sich alles hin. Nach welchen Regeln dieser Wechsel stattfindet, ist noch nicht herausgefunden worden. Einmal um 8 Uhr morgens fahren alle auf einer Straße, eine halbe Stunde später wieder alle auf einer anderen, zehn Minuten später wieder auf einer dritten, eine halbe Stunde später vielleicht wieder auf der ersten, und dort bleibt es dann den ganzen Tag, aber jeden Augenblick besteht die Möglichkeit einer Änderung. Zwar vereinigen sich in der Nähe des Dorfes alle Zufahrtsstraßen, aber dort rasen schon alle Wagen, während in der Schloßnähe das Tempo noch ein wenig gemäßigter ist. Aber so wie die Ausfahrordnung hinsichtlich der Straßen unregelmäßig und nicht zu durchschauen ist, so ist es auch mit der Zahl der Wagen. Es gibt ja oft Tage, wo gar kein Wagen zu sehen ist, dann aber fahren sie wieder in Mengen. Und all diesem gegenüber stell dir nun unseren Vater vor. In seinem besten Anzug, bald ist es sein einziger, zieht er jeden Morgen, von unseren Segenswünschen begleitet, aus dem Haus. Ein kleines Abzeichen der Feuerwehr, das er eigentlich zu Unrecht behalten hat, nimmt er mit, um es außerhalb des Dorfes anzustecken, im Dorf selbst fürchtet er es zu zeigen, trotzdem es so klein ist, daß man es auf zwei Schritt Entfernung kaum sieht, aber nach des Vaters Meinung soll es sogar geeignet sein, die vorüberfahrenden Beamten auf ihn aufmerksam zu machen. Nicht weit vom Zugang zum Schloß ist eine Handelsgärtnerei, sie gehört einem gewissen Bertuch, er liefert Gemüse ins Schloß, dort auf dem schmalen Steinpostament des Gartengitters wählte sich der Vater einen Platz. Bertuch duldete es, weil er früher mit dem Vater befreundet war und auch zu seinen treuesten Kundschaften gehört hatte, er hat nämlich einen etwas verkrüppelten Fuß und glaubte, nur der Vater sei imstande, ihm einen passenden Stiefel zu machen.

Dort saß nun der Vater Tag für Tag, es war ein trüber regnerischer Herbst, aber das Wetter war ihm völlig gleichgültig. Morgens zu bestimmter Stunde hatte er die Hand an der Klinke und winkte uns zum Abschied zu, abends kam er, es schien, als werde er täglich gebückter, völlig durchnäßt zurück und warf sich in eine Ecke. Zuerst erzählte er uns von seinen kleinen Erlebnissen, etwa daß Bertuch ihm aus Mitleid und alter Freundschaft eine Decke über das Gitter zugeworfen hatte, oder daß er in einem vorüberfahrenden Wagen den oder jenen Beamten zu erkennen geglaubt habe, oder daß wieder ihn schon hie und da ein Kutscher erkenne und zum Scherz mit dem Peitschenriemen streife. Später hörte er dann auf, diese Dinge zu erzählen, offenbar hoffte er nicht mehr auch nur irgend etwas dort zu erreichen, er hielt es schon nur für seine Pflicht, seinen öden Beruf, hinzugehen und dort den Tag zu verbringen. Damals begannen seine rheumatischen Schmerzen, der Winter näherte sich, es kam früher Schneefall, bei uns fängt der Winter sehr bald an, nun und so saß er dort einmal auf den regennassen Steinen, dann wieder im Schnee. In der Nacht seufzte er vor Schmerzen, morgens war er manchmal unsicher, ob er gehen sollte, überwand sich dann aber doch und ging. Die Mutter hing sich an ihn und wollte ihn nicht fortlassen, er, wahrscheinlich furchtsam geworden infolge der nicht mehr gehorsamen Glieder, erlaubte ihr mitzugehen, so wurde auch die Mutter von den Schmerzen gepackt. Wir waren oft bei ihnen, brachten Essen oder kamen nur zu Besuch oder wollten sie zur Rückkehr nach Hause überreden, wie oft fanden wir sie dort zusammengesunken und aneinanderlehnend auf ihrem schmalen Sitz, gekauert in eine dünne Decke, die sie kaum umschloß, ringsherum nichts als das Grau von Schnee und Nebel und weit und breit und tagelang kein Mensch oder Wagen, ein Anblick, K., ein Anblick! Bis dann eines Morgens der Vater die steifen Beine nicht mehr aus dem

Bett brachte, er war trostlos, in einer leichten Fieberphantasie glaubte er zu sehen, wie eben jetzt oben bei Bertuch ein Wagen haltmachte, ein Beamter ausstieg, das Gitter nach dem Vater absuchte und kopfschüttelnd und ärgerlich wieder in den Wagen zurückkehrte. Der Vater stieß dabei solche Schreie aus, daß es war, als wolle er sich von hier aus dem Beamten oben bemerkbar machen, und erklären, wie unverschuldet seine Abwesenheit sei. Und es wurde eine lange Abwesenheit, er kehrte gar nicht mehr dorthin zurück, wochenlang mußte er im Bett bleiben. Amalia übernahm die Bedienung, die Pflege, die Behandlung, alles, und hat es mit Pausen eigentlich bis heute behalten. Sie kennt Heilkräuter, welche die Schmerzen beruhigen, sie braucht fast keinen Schlaf, sie erschrickt nie, fürchtet nichts, hat niemals Ungeduld, sie leistet alle Arbeit für die Eltern, während wir aber, ohne etwas helfen zu können, unruhig herumflatterten, blieb sie bei allem kühl und still. Als dann aber das Schlimmste vorüber war und der Vater vorsichtig und rechts und links gestützt wieder aus dem Bett sich herausarbeiten konnte, zog sich Amalia gleich zurück und überließ ihn uns."

OLGAS PLÄNE

„Nun galt es wieder, irgendeine Beschäftigung für den Vater zu finden, für die er noch fähig war, irgend etwas, was ihn zumindest in dem Glauben erhielt, daß es dazu diene, die Schuld von der Familie abzuwälzen. Etwas Derartiges zu finden war nicht schwer, so zweckdienlich wie das Sitzen vor Bertuchs Garten war im Grunde alles, aber ich fand etwas, was sogar mir einige Hoffnung gab. Wann immer bei Ämtern oder Schreibern oder sonstwo von unserer Schuld die Rede gewesen war, war immer wieder nur die Beleidigung des Sortinischen Boten erwähnt worden, weiter wagte niemand zu dringen. Nun, sagte ich mir, wenn die allgemeine Meinung, sei es auch wieder nur scheinbar, nur von der Botenbeleidigung weiß, ließ sich, sei es auch wieder nur scheinbar, alles wieder gutmachen, wenn man den Boten versöhnen könnte. Es ist ja keine Anzeige eingelaufen, wie man erklärt, noch kein Amt hat also die Sache in der Hand und es steht demnach dem Boten frei, für seine Person, und um mehr handelt es sich nicht, zu verzeihen. Das alles konnte ja keine entscheidende Bedeutung haben, war nur Schein und konnte wieder nichts anderes ergeben, aber dem Vater würde es doch Freude machen und die vielen Auskunftgeber, die ihn so gequält hatten, könnte man damit vielleicht zu seiner Genugtuung ein wenig in die Enge treiben. Zuerst mußte man freilich den Boten finden. Als ich meinen Plan dem Vater erzählte, wurde er zuerst sehr ärgerlich, er war nämlich äußerst eigensinnig geworden, zum Teil glaubte er, während der Krankheit hatte sich das entwickelt, daß wir ihn immer am letzten Erfolg gehindert hätten, zuerst durch Einstellung der Geldunterstützung, jetzt durch Zurückhalten im Bett, zum Teil war er gar nicht mehr fähig, fremde Gedanken völlig aufzunehmen. Ich hatte noch nicht zu Ende erzählt, schon war mein Plan verworfen, nach seiner Meinung mußte er bei Bertuchs Garten weiter warten und da er gewiß nicht mehr imstande sein würde, täglich hinaufzugehen, müßten wir ihn im Handkarren hinbringen. Aber ich ließ nicht ab und allmählich söhnte er sich mit dem Gedanken aus, störend war ihm dabei nur, daß er in dieser Sache ganz von mir abhängig war, denn nur ich hatte damals den Boten gesehen, er kannte ihn nicht. Freilich, ein Diener gleicht dem andern, und völlig sicher dessen, daß ich jenen wiedererkennen würde, war auch ich nicht. Wir begannen dann in den Herrenhof zu gehen und unter der Dienerschaft dort zu suchen. Es war zwar ein Diener Sortinis gewesen und Sortini kam nicht mehr ins Dorf, aber die Herren wechseln häufig die Diener, man konnte ihn recht wohl in der Gruppe eines anderen Herren finden, und wenn er selbst nicht zu finden war, so konnte man doch vielleicht von den anderen Dienern Nachricht über ihn bekommen. Zu diesem Zweck mußte man allerdings allabendlich im Herrenhof sein und man sah uns nirgends gern, wie erst an einem solchen Ort; als zahlende Gäste konnten wir ja auch nicht auftreten. Aber es zeigte sich, daß man uns doch brauchen konnte. Du weißt wohl, was für eine Plage die Dienerschaft für Frieda war, es sind im Grunde meist ruhige Leute, durch leichten Dienst verwöhnt und schwerfällig gemacht, „es möge dir gehen wie einem Diener", heißt ein Segensspruch der Beamten und tatsächlich sollen, was Wohlleben betrifft, die Diener die eigentlichen Herren im Schloß sein, sie wissen das auch zu würdigen und sind im Schloß, wo sie sich unter seinen Gesetzen bewegen, still und würdig, vielfach ist mir das bestätigt worden, und man findet auch hier unter den Dienern noch Reste dessen, aber nur Reste, sonst sind sie dadurch, daß die Schloßgesetze für sie im Dorf nicht mehr vollständig gelten, wie verwandelt; ein wildes unbotmäßiges, statt von den Gesetzen von ihren unersättlichen Trieben beherrschtes Volk. Ihre Schamlosigkeit kennt keine Grenzen, ein Glück für das Dorf, daß sie den Herrenhof nur über Befehl verlassen dürfen, im Herrenhof selbst aber muß man mit ihnen auszukommen suchen; Frieda nun fiel das sehr schwer, und so war es ihr sehr willkommen, daß sie mich dazu verwenden konnte, die Diener zu beruhigen. Seit mehr als zwei Jahren, zumindest zweimal in der Woche, verbringe ich die Nacht mit den Dienern im Stall. Früher, als der Vater noch in den Herrenhof mitgehen konnte, schlief er irgendwo im Ausschankzimmer und wartete so auf die Nachrichten, die ich früh bringen würde. Es war wenig. Den gesuchten Boten haben wir bis heute noch nicht gefunden, er soll noch immer in den Diensten Sortinis sein, der ihn sehr hoch schätzt, und soll ihm gefolgt sein, als sich Sortini in entferntere Kanzleien zurückzog. Meist haben ihn die Diener ebensolange nicht gesehen wie wir, und wenn einer ihn inzwischen doch gesehen haben will, ist es wohl ein Irrtum. So wäre also mein Plan eigentlich mißlungen, und ist es doch nicht völlig, den Boten haben wir zwar nicht gefunden und dem Vater haben die Wege in den Herrenhof und die Übernachtungen dort, vielleicht sogar das Mitleid mit mir, soweit er dessen noch fähig ist, leider den Rest gegeben und er ist schon seit fast zwei Jahren in diesem Zustand, in dem du ihn gesehen hast und dabei geht es ihm vielleicht noch besser als der Mutter, deren Ende wir täglich erwarten; es verzögert sich nur dank den übermäßigen Anstrengungen Amalias. Was ich aber doch im Herrenhof erreicht habe, ist eine gewisse Verbindung mit dem Schloß; verachte mich nicht, wenn ich sage, daß ich das, was ich getan habe, nicht bereue. Was mag das für eine große Verbindung mit dem Schloß sein, wirst du dir vielleicht denken. Und du hast recht, eine große Verbindung ist es nicht. Ich kenne jetzt zwar viele Diener, die Diener aller der Herren fast, die in den letzten Jahren ins Dorf kamen, und wenn ich einmal ins Schloß kommen sollte, so werde ich dort nicht fremd sein. Freilich, es sind nur Diener im Dorf, im Schloß sind sie ganz anders und kennen dort wahrscheinlich niemanden mehr und jemanden, mit dem sie im Dorf verkehrt haben, ganz besonders nicht, mögen sie es auch im Stall hundertmal beschworen haben, daß sie sich auf ein Wiedersehen im Schloß sehr freuen. Ich habe es ja übrigens auch schon erfahren, wie wenig alle solche Versprechungen bedeuten.

Aber das wichtigste ist das ja gar nicht. Nicht nur durch die Diener selbst habe ich eine Verbindung mit dem Schloß, sondern vielleicht und hoffentlich auch noch so, daß jemand, der von oben mich und, was ich tue, beobachtet - und die Verwaltung der großen Dienerschaft ist freilich ein äußerst wichtiger und sorgenvoller Teil der behördlichen Arbeit -, daß dann derjenige, der mich so beobachtet, vielleicht zu einem milderen Urteil über mich kommt als andere, daß er vielleicht erkennt, daß ich in einer jämmerlichen Art zwar, doch auch für unsere Familie kämpfe und die Bemühungen des Vaters fortsetze.

Wenn man es so ansieht, vielleicht wird man es mir dann auch verzeihen, daß ich von den Dienern Geld annehme und für unsere Familie verwende. Und noch anderes habe ich erreicht, das allerdings machst auch du zu meiner Schuld. Ich habe von den Knechten manches darüber erfahren, wie man auf Umwegen, ohne das schwierige und jahrelang dauernde öffentliche Aufnahmeverfahren in die Schloßdienste kommen kann, man ist dann zwar auch nicht öffentlicher Angestellter, sondern nur ein heimlich und halb Zugelassener, man hat weder Rechte noch Pflichten, daß man keine Pflichten hat, ist das Schlimmere, aber eines hat man, da man doch in der Nähe bei allem ist, man kann günstige Gelegenheiten erkennen und benützen, man ist kein Angestellter, aber zufällig kann sich irgendeine Arbeit finden, ein Angestellter ist gerade nicht bei der Hand, ein Zuruf, man eilt herbei, und was man vor einem Augenblick noch nicht war, man ist es geworden, ist Angestellter. Allerdings, wann findet sich eine solche Gelegenheit? Manchmal gleich, kaum ist man hingekommen, kaum hat man sich umgesehen, ist die Gelegenheit schon da, es hat nicht einmal jeder die Geistesgegenwart, sie so, als Neuling, gleich zu fassen, aber ein anderes Mal dauert es wieder mehr Jahre als das öffentliche Aufnahmeverfahren, und regelrecht öffentlich aufgenommen kann ein solcher halb Zugelassener gar nicht mehr werden. Bedenken sind hier also genug, sie schweigen aber dem gegenüber, daß bei der öffentlichen Aufnahme sehr peinlich ausgewählt wird und ein Mitglied einer irgendwie anrüchigen Familie von vornherein verworfen ist, ein solcher unterzieht sich z. B. diesem Verfahren, zittert jahrelang wegen des Ergebnisses, von allen Seiten fragt man ihn erstaunt, seit dem ersten Tag, wie er etwas derartig Aussichtsloses wagen konnte, er hofft aber doch, wie könnte er sonst leben, aber nach vielen Jahren, vielleicht als Greis erfährt er die

Ablehnung, erfährt, daß alles verloren ist und sein Leben vergeblich war. Auch hier gibt es freilich Ausnahmen, darum wird man eben so leicht verlockt. Es kommt vor, daß gerade anrüchige Leute schließlich aufgenommen werden, es gibt Beamte, welche förmlich gegen ihren Willen den Geruch solchen Wildes lieben, bei den Aufnahmsprüfungen schnuppern sie in der Luft, verziehen den Mund, verdrehen die Augen, ein solcher Mann scheint für sie gewissermaßen ungeheuer appetitanreizend zu sein und sie müssen sich sehr fest an die Gesetzbücher halten, um dem widerstehen zu können. Manchmal hilft das allerdings dem Mann nicht zur Aufnahme, sondern nur zur endlosen Ausdehnung des Aufnahmeverfahrens, das dann überhaupt nicht beendet, sondern nach dem Tode des Mannes nur abgebrochen wird. So ist also sowohl die gesetzmäßige Aufnahme als auch die andere voll offener und versteckter Schwierigkeiten, und ehe man sich auf etwas Derartiges einläßt, ist es sehr ratsam, alles genau zu erwägen. Nun daran haben wir es nicht fehlen lassen, Barnabas und ich. Immer, wenn ich aus dem Herrenhof kam, setzten wir uns zusammen, und ich erzählte das Neueste, was ich erfahren hatte, tagelang sprachen wir es durch und die Arbeit in des Barnabas Hand ruhte oft länger, als es gut war. Und hier mag ich eine Schuld in deinem Sinne haben. Ich wußte doch, daß auf die Erzählungen der Knechte nicht viel Verlaß war. Ich wußte, daß sie niemals Lust hatten, mir vom Schloß zu erzählen, immer zu anderem ablenkten, jedes Wort sich abbetteln ließen, dann aber freilich, wenn sie im Gang waren, loslegten, Unsinn schwatzten, großtaten, einander in Übertreibungen und Erfindungen überboten, so daß offenbar in endlosem Geschrei, in welchem einer den andern ablöste, dort im dunklen Stall bestenfalls ein paar magere Andeutungen der Wahrheit enthalten sein mochten. Ich aber erzählte dem Barnabas alles wieder, so wie ich es mir gemerkt hatte, und er, der noch gar keine Fähigkeit hatte, zwischen Wahrem und Erlogenem zu unterscheiden und infolge der Lage unserer Familie fast verdurstete vor Verlangen nach diesen Dingen, er trank alles in sich hinein und glühte vor Eifer nach Weiterem. Und tatsächlich ruhte auf Barnabas mein neuer Plan. Bei den Knechten war nichts mehr zu erreichen. Der Bote Sortinis war nicht zu finden und würde niemals zu finden sein, immer weiter schien sich Sortini und damit auch der Bote zurückzuziehen, oft geriet ihr Aussehen und Name schon in Vergessenheit und ich mußte sie oft lange beschreiben, um damit nichts zu erreichen, als daß man sich mühsam an sie erinnerte, aber darüber hinaus nichts über sie sagen konnte. Und was mein Leben mit den Knechten betraf, so hatte ich natürlich keinen Einfluß darauf, wie es beurteilt würde, konnte nur hoffen, daß man es so aufnehmen würde, wie es getan war, und daß dafür ein Geringes von der Schuld unserer Familie abgezogen würde, aber äußere Zeichen dessen bekam ich nicht. Doch blieb ich dabei, da ich für mich keine andere Möglichkeit sah, im Schloß etwas für uns zu bewirken. Für Barnabas aber sah ich eine solche Möglichkeit.

Aus den Erzählungen der Knechte konnte ich, wenn ich dazu Lust hatte, und diese Lust hatte ich in Fülle, entnehmen, daß jemand, der im Schloßdienst aufgenommen ist, sehr viel für seine Familie erreichen kann. Freilich, was war an diesen Erzählungen Glaubwürdiges? Das war unmöglich festzustellen, nur daß es sehr wenig war, war klar. Denn wenn mir z. B. ein Knecht, den ich niemals mehr sehen würde, oder den ich, wenn ich ihn auch sehen sollte, kaum wiedererkennen würde, feierlich zusicherte, meinem Bruder zu einer Anstellung im Schloß zu verhelfen oder zumindest, wenn Barnabas sonstwie ins Schloß kommen sollte, ihn zu unterstützen, also etwa ihn zu erfrischen, denn nach den Erzählungen der Knechte kommt es vor, daß Anwärter für Stellungen während der überlangen Wartezeit ohnmächtig oder verwirrt werden und dann verloren sind, wenn nicht Freunde für sie sorgen – wenn solches und vieles andere mir erzählt wurde, so waren das wahrscheinlich berechtigte Warnungen, aber die zugehörigen Versprechungen waren völlig leer. Für Barnabas nicht; zwar warnte ich ihn, ihnen zu glauben, aber schon daß ich sie ihm erzählte, war genügend, um ihn für meine Pläne einzunehmen. Was ich selbst dafür anführte, wirkte auf ihn weniger, auf ihn wirkten hauptsächlich die Erzählungen der Knechte. Und so war ich eigentlich gänzlich auf mich allein angewiesen, mit den Eltern konnte sich überhaupt niemand außer Amalia verständigen, je mehr ich die alten Pläne meines Vaters in meiner Art verfolgte, desto mehr schloß sich Amalia von mir ab, vor dir oder anderen spricht sie mit mir, allein niemals mehr, den Knechten im Herrenhof war ich ein Spielzeug, das zu zerbrechen sie sich wütend anstrengten, kein einziges vertrauliches Wort habe ich während der zwei Jahre mit einem von ihnen gesprochen, nur Hinterhältiges oder Erlogenes oder Irrsinniges, blieb mir also nur Barnabas, und Barnabas war noch sehr jung. Wenn ich bei meinen Berichten den Glanz in seinen Augen sah, den er seitdem behalten hat, erschrak ich und ließ doch nicht ab, zu Großes schien mir auf dem Spiel zu sein. Freilich die großen, wenn auch leeren Pläne meines Vaters hatte ich nicht, ich hatte nicht diese Entschlossenheit der Männer, ich blieb bei der Wiedergutmachung der Beleidigung des Boten und wollte gar noch, daß man mir diese Bescheidenheit als Verdienst anrechne. Aber was mir allein mißlungen war, wollte ich jetzt durch Barnabas anders und sicher erreichen. Einen Boten hatten wir beleidigt und ihn aus den vorderen Kanzleien verscheucht, was lag näher, als in der Person des Barnabas einen neuen Boten anzubieten, durch Barnabas die Arbeit des beleidigten Boten ausführen zu lassen und dem Beleidigten es so zu ermöglichen, ruhig in der Ferne zu bleiben, wie lange er wollte, wie lange er es zum Vergessen der Beleidigung brauchte. Ich merkte zwar gut, daß in aller Bescheidenheit dieses Planes auch Anmaßung lag, daß es den Eindruck erwecken konnte, als ob wir der Behörde diktieren wollten, wie sie Personalfragen ordnen sollte, oder als ob wir daran zweifelten, daß die Behörde aus eigenem das Beste anzuordnen fähig war und es sogar schon längst angeordnet hatte, ehe wir nur auf den Gedanken gekommen waren, daß hier etwas getan werden könnte. Doch glaubte ich dann wieder, daß es unmöglich sei, daß mich die Behörde so mißverstehe oder daß sie, wenn sie es tun sollte, es dann mit Absicht tun würde, d. h., daß dann von vornherein ohne nähere Untersuchung alles, was ich tue, verworfen sei. So ließ ich also nicht ab und der Ehrgeiz des Barnabas tat das seine. In dieser Zeit der Vorbereitungen wurde Barnabas so hochmütig, daß er die Schusterarbeit für sich, den künftigen Kanzleiangestellten, zu schmutzig fand, ja daß er es sogar wagte, Amalia, wenn sie ihm, selten genug, ein Wort sagte, zu widersprechen, und zwar grundsätzlich. Ich gönnte ihm gern diese kurze Freude, denn mit dem ersten Tag, an welchem er ins Schloß ging, war Freude und Hochmut, wie leicht vorauszusehen gewesen war, gleich vorüber. Es begann nun jener scheinbare Dienst, von dem ich dir schon erzählt habe. Erstaunlich war es, wie Barnabas ohne Schwierigkeiten zum erstenmal das Schloß oder richtiger die Kanzlei betrat, die sozusagen sein Arbeitsraum geworden ist. Dieser Erfolg machte mich damals fast toll, ich lief, als es mir Barnabas abends beim Nachhausekommen zuflüsterte, zu Amalia, packte sie, drückte sie in eine Ecke und küßte sie mit Lippen und Zähnen, daß sie vor Schmerz und Schrecken weinte.

Sagen konnte ich vor Erregung nichts, auch hatten wir ja schon so lange nichts miteinander gesprochen, ich verschob es auf die nächsten Tage. An den nächsten Tagen aber war freilich nichts mehr zu sagen. Bei dem so schnell Erreichten blieb es auch. Zwei Jahre lang führte Barnabas dieses herzbeklemmende Leben. Die Knechte versagten gänzlich, ich gab Barnabas einen kleinen Brief mit, in dem ich ihn der Aufmerksamkeit der Knechte empfahl, die ich gleichzeitig an ihre Versprechungen erinnerte, und Barnabas, sooft er einen Knecht sah, zog den Brief heraus und hielt ihm ihn vor, und wenn er wohl auch manchmal an Knechte geriet, die mich nicht kannten, und wenn auch für die Bekannten seine Art, den Brief stumm vorzuzeigen, denn zu sprechen wagt er oben nicht, ärgerlich war, so war es doch schändlich, daß niemand ihm half, und es war eine Erlösung, die wir aus Eigenem uns freilich auch und längst hätten verschaffen können, als ein Knecht, dem vielleicht der Brief schon einige Male aufgedrängt worden war, ihn zusammenknüllte und in einen Papierkorb warf. Fast hätte er dabei, so fiel mir ein, sagen können: „Ähnlich pflegt ja auch ihr Briefe zu behandeln." So ergebnislos aber diese ganze Zeit sonst war, auf Barnabas wirkte sie günstig, wenn man es günstig nennen will, daß er vorzeitig alterte, vorzeitig ein Mann wurde, ja in manchem ernst und einsichtig über die Mannheit hinaus. Mich macht es oft sehr traurig, ihn anzusehen und ihn mit dem Jungen zu vergleichen, der er noch vor zwei Jahren war. Und dabei habe ich gar nicht den Trost und den Rückhalt, den er mir als Mann vielleicht geben könnte. Ohne mich wäre er kaum ins Schloß gekommen, aber seitdem er dort ist, ist er von mir unabhängig. Ich bin seine einzige Vertraute, aber er erzählt mir gewiß nur einen kleinen Teil dessen, was er auf dem Herzen hat. Er erzählt mir viel vom Schloß, aber aus seinen Erzählungen, aus den kleinen Tatsachen, die er mitteilt, kann man bei weitem nicht verstehen, wie ihn dieses so verwandelt haben könnte. Man kann insbesondere nicht verstehen, warum er den Mut, den er als Junge bis zu unser aller Verzweiflung hatte, jetzt als Mann dort oben so gänzlich verloren hat. Freilich, dieses nutzlose Dastehen und Warten Tag für Tag und immer wieder von neuem und ohne jede Aussicht auf Veränderung, das zermürbt und macht zweiflerisch und schließlich zu anderem als zu diesem verzweifelten Dastehen sogar unfähig. Aber warum hat er auch früher gar keinen Widerstand geleistet? Besonders da er bald erkannte, daß ich recht gehabt hatte und für den Ehrgeiz dort nichts zu holen war, wohl aber vielleicht für die Besserung der Lage unserer Familie. Denn dort geht alles, die Launen der Diener ausgenommen, sehr bescheiden zu, der Ehrgeiz sucht dort in der Arbeit Befriedigung und da dabei die Sache selbst das Übergewicht bekommt, verliert er sich gänzlich, für kindliche Wünsche ist dort kein Raum. Wohl aber glaubte Barnabas, wie er mir erzählte, deutlich zu sehen, wie groß die Macht und das Wissen selbst dieser doch recht fragwürdigen Beamten war, in deren Zimmer er sein durfte.

Wie sie diktierten, schnell, mit halbgeschlossenen Augen, kurzen Handbewegungen, wie sie nur mit dem Zeigefinger ohne jedes Wort die brummigen Diener abfertigten, die in solchen Augenblicken, schweratmend, glücklich lächelten, oder wie sie eine wichtige Stelle in ihren Büchern fanden, voll darauf schlugen, und wie die andern, soweit es in der Enge möglich war, herbeiliefen und die Hälse danach streckten. Das und ähnliches gab Barnabas große Vorstellungen von diesen Männern, und er hatte den Eindruck, daß, wenn er so weit käme, von ihnen bemerkt zu werden und mit ihnen ein paar Worte sprechen zu dürfen, nicht als Fremder, sondern als Kanzleikollege, allerdings untergeordnetster Art, Unabsehbares für unsere Familie erreicht werden könnte. Aber so weit ist es eben noch nicht gekommen und etwas, was ihn dem annähern könnte, wagt Barnabas nicht zu tun, trotzdem er schon genau weiß, daß er trotz seiner Jugend innerhalb unserer Familie durch die unglücklichen Verhältnisse zu der verantwortungsschweren Stellung des Familienvaters selbst hinaufgerückt ist. Und nun, um das Letzte noch zu gestehen: Vor einer Woche bist du gekommen. Ich hörte im Herrenhof jemanden es erwähnen, kümmerte mich aber nicht darum; ein Landvermesser war gekommen, ich wußte nicht einmal, was das ist. Aber am nächsten Abend kommt Barnabas - ich pflegte ihm sonst zu bestimmter Stunde ein Stück Wegs entgegenzugehen - früher als sonst nach Hause, sieht Amalia in der Stube, zieht mich deshalb auf die Straße hinaus, drückt dort das Gesicht auf meine Schulter und weint minutenlang. Er ist wieder der kleine Junge von ehemals. Es ist ihm etwas geschehen, dem er nicht gewachsen ist. Es ist, als hätte sich vor ihm plötzlich eine ganz neue Welt aufgetan, und das Glück und die Sorgen aller dieser Neuheit kann er nicht ertragen. Und dabei ist ihm nichts anderes geschehen, als daß er einen Brief an dich zur Bestellung bekommen hat.

Aber es ist freilich der erste Brief, die erste Arbeit, die er überhaupt je bekommen hat."

Olga brach ab. Es war still, bis auf das schwere, manchmal röchelnde Atmen der Eltern. K. sagte nur leichthin, wie zur Ergänzung von Olgas Erzählung: „Ihr habt euch mir gegenüber verstellt. Barnabas überbrachte den Brief wie ein alter vielbeschäftigter Bote und du ebenso wie Amalia, die diesmal also mit euch einig war, ihr tatet so, als sei der Botendienst und die Briefe nur irgendeine Nebensache."

„Du mußt zwischen uns unterscheiden", sagte Olga.

„Barnabas ist durch die zwei Briefe wieder ein glückliches Kind geworden, trotz allen Zweifeln, die er an seiner Tätigkeit hat. Diese Zweifel hat er nur für sich und mich, dir gegenüber aber sucht er seine Ehre darin, als wirklicher Bote aufzutreten, so wie seiner Vorstellung nach wirkliche Boten auftreten. So mußte ich ihm z. B., trotzdem doch jetzt seine Hoffnung auf einen Amtsanzug steigt, binnen zwei Stunden seine Hose so ändern, daß sie der enganliegenden Hose des Amtskleides wenigstens ähnlich ist und er darin vor dir, der du in dieser Hinsicht natürlich noch leicht zu täuschen bist, bestehen kann. Das ist Barnabas. Amalia aber mißachtet wirklich den Botendienst und jetzt, nachdem er ein wenig Erfolg zu haben scheint, wie sie an Barnabas und mir und unserem Beisammensitzen und Tuscheln leicht erkennen kann, jetzt mißachtet sie ihn noch mehr als früher. Sie spricht also die Wahrheit, laß dich niemals täuschen, indem du daran zweifelst. Wenn aber ich, K., manchmal den Botendienst herabgewürdigt habe, so geschah es nicht mit der Absicht, dich zu täuschen, sondern aus Angst. Diese zwei Briefe, die durch des Barnabas Hand gegangen sind, sind seit drei Jahren das erste allerdings noch genug zweifelhafte Gnadenzeichen, das unsere Familie bekommen hat. Diese Wendung, wenn es eine Wendung ist und keine Täuschung – Täuschungen sind häufiger als Wendungen – ist mit deiner Ankunft hier im Zusammenhang, unser Schicksal ist in eine gewisse Abhängigkeit von dir geraten, vielleicht sind diese zwei Briefe nur ein Anfang und des Barnabas Tätigkeit wird sich über den dich betreffenden Botendienst hinaus ausdehnen – das wollen wir hoffen, solange wir es dürfen – vorläufig zielt aber alles nur auf dich ab. Dort oben nun müssen wir uns mit dem zufrieden geben, was man uns zuteilt, hier unten aber können wir doch vielleicht auch selbst etwas tun, das ist: deine Gunst uns sichern oder wenigstens vor Deiner Abneigung uns bewahren, oder, was das Wichtigste ist, dich nach unseren Kräften und Erfahrungen schützen, damit dir die Verbindung mit dem Schloß – von der wir vielleicht leben können – nicht verloren geht. Wie dies alles nun am besten einleiten? Daß du keinen Verdacht gegen uns faßt, wenn wir uns dir nähern, denn du bist hier fremd und deshalb gewiß nach allen Seiten hin voll Verdacht, voll berechtigten Verdachtes. Außerdem sind wir ja verachtet und du von der allgemeinen Meinung beeinflußt, besonders durch deine Braut, wie sollen wir zu dir vordringen, ohne uns z. B., wenn wir es auch gar nicht beabsichtigen, gegen deine Braut zu stellen und dich damit zu kränken. Und die Botschaften, die ich, ehe du sie bekamst, genau gelesen habe – Barnabas hat sie nicht gelesen, als Bote hat er es sich nicht erlaubt – schienen auf den ersten Blick nicht sehr wichtig, veraltet, nahmen sich selbst die Wichtigkeit, indem sie dich auf den Gemeindevorsteher verwiesen. Wie sollten wir uns nun in dieser Hinsicht dir gegenüber verhalten? Betonten wir ihre Wichtigkeit, machten wir uns verdächtig, daß wir so offenbar Unwichtiges überschätzten und als Überbringer dieser Nachrichten dir anpriesen, unsere Zwecke, nicht deine verfolgten, ja, wir konnten dadurch die Nachrichten selbst in deinen Augen herabsetzen und dich so sehr wider Willen täuschen. Legten wir aber den Briefen nicht viel Wert bei, machten wir uns ebenso verdächtig, denn warum beschäftigten wir uns dann mit dem Zustellen dieser unwichtigen Briefe, warum widersprachen einander unsere Handlungen und unsere Worte, warum täuschten wir so nicht nur dich, den Adressaten, sondern auch unseren Auftraggeber, der uns gewiß die Briefe nicht übergeben hatte, damit wir sie durch unsere Erklärungen beim Adressaten entwerteten. Und die Mitte zwischen den Übertreibungen zu halten, also die Briefe richtig zu beurteilen, ist ja unmöglich, sie wechseln selbst fortwährend ihren Wert, die Überlegungen, zu denen sie Anlaß geben, sind endlos, und wo man dabei gerade halt macht, ist nur durch den Zufall bestimmt, also auch die Meinung eine zufällige. Und wenn nun noch die Angst um dich dazwischen kommt, verwirrt sich alles, du darfst meine Worte nicht zu streng beurteilen. Wenn z. B., wie es einmal geschehen ist, Barnabas mit der Nachricht kommt, daß du mit seinem Botendienst unzufrieden bist und er im ersten Schrecken und leider auch nicht ohne Botenempfindlichkeit sich angeboten hat, von diesem Dienst zurückzutreten, dann bin ich allerdings, um den Fehler gutzumachen, imstande, zu täuschen, zu lügen, zu betrügen, alles Böse zu tun, wenn es nur hilft. Aber das tue ich dann, wenigstens nach meinem Glauben, so gut deinetwegen wie unseretwegen."

Es klopfte. Olga lief zur Tür und sperrte auf. In das Dunkel fiel ein Lichtstreifen aus einer Blendlaterne. Der späte Besucher stellte flüsternde Fragen und bekam geflüsterte Antwort, wollte sich aber damit nicht begnügen und in die Stube eindringen. Olga konnte ihn wohl nicht mehr zurückhalten und rief deshalb Amalia, von der sie offenbar hoffte, daß diese, um den Schlaf der Eltern zu schützen, alles aufwenden werde, um den Besucher zu entfernen.

Tatsächlich eilte sie auch schon herbei, schob Olga beiseite, trat auf die Straße und schloß hinter sich die Tür. Es dauerte nur einen Augenblick, gleich kam sie wieder zurück, so schnell hatte sie erreicht, was Olga unmöglich gewesen war.

K. erfuhr dann von Olga, daß der Besuch ihm gegolten hatte. Es war einer der Gehilfen, der ihn im Auftrag Friedas suchte. Olga hatte K. vor dem Gehilfen schützen wollen; wenn K. seinen Besuch hier später Frieda gestehen wollte, mochte er es tun, aber es sollte nicht durch den Gehilfen entdeckt werden; K. billigte das. Das Angebot Olgas aber, hier die Nacht zu verbringen und auf Barnabas zu warten, lehnte er ab, an und für sich hätte er es vielleicht angenommen, denn es war schon spät in der Nacht und es schien ihm, daß er jetzt, ob er wollte oder nicht, mit dieser Familie derart verbunden sei, daß ein Nachtlager hier aus manchen Gründen vielleicht peinlich, mit Rücksicht auf diese Verbundenheit aber das für ihn natürlichste im ganzen Dorf sei, trotzdem lehnte er ab, der Besuch des Gehilfen hatte ihn aufgeschreckt, es war ihm unverständlich, wie Frieda, die doch seinen Willen kannte, und die Gehilfen, die ihn fürchten gelernt hatten, wieder derart zusammengekommen waren, daß sich Frieda nicht scheute, einen Gehilfen um ihn zu schicken, einen übrigens nur, während der andere wohl bei ihr geblieben war. Er fragte Olga, ob sie eine Peitsche habe, die hatte sie nicht, aber eine gute Weidenrute hatte sie, die nahm er; dann fragte er, ob es noch einen zweiten Ausgang aus dem Haus gebe, es gab einen solchen Ausgang durch den Hof, nur mußte man dann noch über den Zaun des Nachbargartens klettern und durch diesen Garten gehen, ehe man auf die Straße kam. Das wollte K. tun. Während ihn Olga durch den Hof und zum Zaun führte, suchte K. sie schnell wegen ihrer Sorgen zu beruhigen, erklärte, daß er ihr wegen ihrer kleinen Kunstgriffe in der Erzählung gar nicht böse sei, sondern sie sehr wohl verstehe, dankte ihr für das Vertrauen, das sie zu ihm hatte und durch ihre Erzählung bewiesen hatte, und trug ihr auf, Barnabas gleich nach seiner Rückkehr in die Schule zu schicken und sei es noch in der Nacht. Zwar seien die Botschaften des Barnabas nicht seine einzige Hoffnung, sonst stünde es schlimm um ihn, aber verzichten wolle er keineswegs auf sie, er wolle sich an sie halten und dabei Olga nicht vergessen, denn noch wichtiger fast als die Botschaften sei ihm Olga selbst, ihre Tapferkeit, ihre Umsicht, ihre Klugheit, ihre Aufopferung für die Familie.

Wenn er zwischen Olga und Amalia zu wählen hätte, würde ihm das nicht viel Überlegung kosten. Und er drückte ihr noch herzlich die Hand, während er sich schon auf den Zaun des Nachbargartens schwang.

Das sechzehnte Kapitel

Als er dann auf der Straße war, sah er, soweit die trübe Nacht es erlaubte, weiter oben vor des Barnabas Haus noch immer den Gehilfen auf und ab gehen, manchmal blieb er stehen und versuchte durch das verhängte Fenster in die Stube zu leuchten. K. rief ihn an; ohne sichtlich zu erschrecken, ließ er von dem Ausspionieren des Hauses ab und kam auf K. zu. „Wen suchst du?" fragte K. und prüfte am Schenkel die Biegsamkeit der Weidenrute. „Dich", sagte der Gehilfe im Näherkommen. „Wer bist du denn?" sagte K. plötzlich, denn es schien nicht der Gehilfe zu sein. Er schien älter, müder, faltiger, aber voller im Gesicht, auch sein Gang war ganz anders als der flinke, in den Gelenken wie elektrisierte Gang der Gehilfen, er war langsam, ein wenig hinkend, vornehm kränklich. „Du erkennst mich nicht?" fragte der Mann, „Jeremias, dein alter Gehilfe." „So", sagte K. und zog wieder die Weidenrute ein wenig hervor, die er schon hinter dem Rücken versteckt hatte. „Du siehst aber ganz anders aus?" „Es ist, weil ich allein bin", sagte Jeremias. „Bin ich allein, dann ist auch die fröhliche Jugend dahin." „Wo ist denn Artur?" fragte K. „Artur?" fragte Jeremias, „der kleine Liebling? Er hat den Dienst verlassen. Du warst aber auch ein wenig grob und hart zu uns, die zarte Seele hat es nicht ertragen. Er ist ins Schloß zurückgekehrt und führt Klage über dich." „Und du?" fragte K.

„Ich konnte bleiben," sagte Jeremias, „Artur führt die Klage auch für mich." „Worüber klagt ihr denn?" fragte K. „Darüber, daß du keinen Spaß verstehst. Was haben wir denn getan? Ein wenig gescherzt, ein wenig gelacht, ein wenig deine Braut geneckt. Alles übrigens nach dem Auftrag. Als uns Galater zu dir schickte –" „Galater?" fragte K. „Ja, Galater," sagte Jeremias, „er vertrat damals gerade Klamm. Als er uns zu dir schickte, sagte er – ich habe es mir genau gemerkt, denn darauf berufen wir uns ja –: Ihr geht hin als die Gehilfen des Landvermessers. Wir sagten: Wir verstehen aber nichts von dieser Arbeit. Er darauf: Das ist nicht das Wichtigste; wenn es nötig sein wird, wird er es euch beibringen. Das Wichtigste ist aber, daß ihr ihn ein wenig erheitert. Wie man mir berichtet, nimmt er alles sehr schwer. Er ist jetzt ins Dorf gekommen und gleich ist ihm das ein großes Ereignis, während es doch in Wirklichkeit gar nichts ist. Das sollt ihr ihm beibringen." „Nun," sagte K., „hat Galater recht gehabt und habt ihr den Auftrag ausgeführt?" „Das weiß ich nicht", sagte Jeremias. „In der kurzen Zeit war es wohl auch nicht möglich. Ich weiß nur, daß du sehr grob warst, und darüber klagen wir. Ich verstehe nicht, wie du, der du doch auch Angestellter bist und nicht einmal Schloßangestellter, nicht einsehen kannst, daß ein solcher Dienst eine harte Arbeit ist und daß es sehr unrecht ist, mutwillig, fast kindisch dem Arbeiter die Arbeit so zu erschweren, wie du es getan hast. Diese Rücksichtslosigkeit, mit der du uns am Gitter frieren ließest, oder wie du Artur, einen Menschen, den ein böses Wort tagelang schmerzt, mit der Faust auf der Matratze fast erschlagen hast oder wie du mich am Nachmittag kreuz und quer durch den Schnee jagtest, daß ich dann eine Stunde brauchte, um mich von der Hetze zu erholen. Ich bin doch nicht mehr jung!" „Lieber Jeremias," sagte K., „mit dem allen hast du recht, nur solltest du es bei Galater vorbringen. Er hat euch aus eigenem Willen geschickt, ich habe euch nicht von ihm erbeten. Und da ich euch nicht verlangt habe, konnte ich euch auch wieder zurückschicken und hätte es auch lieber in Frieden getan als mit Gewalt, aber ihr wolltet es offenbar nicht anders. Warum hast du übrigens nicht gleich, als ihr zu mir kamt, so offen gesprochen wie jetzt?" „Weil ich im Dienst war," sagte Jeremias, „das ist doch selbstverständlich." „Und jetzt bist du nicht mehr im Dienst?" fragte K. „Jetzt nicht mehr," sagte Jeremias, „Artur hat im Schloß den Dienst aufgesagt oder es ist zumindest das Verfahren im Gang, das uns von ihm endgültig befreien soll." „Aber du suchst mich doch noch so, als wärest du im Dienst", sagte K. „Nein," sagte Jeremias, „ich suche dich nur, um Frieda zu beruhigen. Als du sie nämlich wegen der Barnabas'schen Mädchen verlassen hast, war sie sehr unglücklich, nicht so sehr wegen des Verlustes als wegen deines Verrates, allerdings hatte sie es schon lange kommen sehen und schon viel deshalb gelitten. Ich kam gerade wieder einmal zum Schulfenster, um nachzusehen, ob du doch vielleicht schon vernünftiger geworden seist. Aber du warst nicht dort, nur Frieda saß in einer Schulbank und weinte. Da ging ich also zu ihr und wir einigten uns.

Es ist auch schon alles ausgeführt. Ich bin Zimmerkellner im Herrenhof, wenigstens solange meine Sache im Schloß nicht erledigt ist, und Frieda ist wieder im Ausschank. Es ist für Frieda besser. Es lag für sie keine Vernunft darin, deine Frau zu werden. Auch hast du das Opfer, das sie dir bringen wollte, nicht zu würdigen verstanden. Nun hat aber die Gute noch immer manchmal Bedenken, ob dir nicht unrecht geschehen ist, ob du vielleicht doch nicht bei den Barnabas'schen warst. Trotzdem natürlich gar kein Zweifel daran sein konnte, wo du warst, bin ich doch noch gegangen, es ein für allemal festzustellen; denn nach all den Aufregungen verdient es Frieda endlich einmal, ruhig zu schlafen, ich allerdings auch. So bin ich also gegangen und habe nicht nur dich gefunden, sondern nebenbei auch noch sehen können, daß dir die Mädchen wie am Schnürchen folgen. Besonders die Schwarze, eine wahre Wildkatze, hat sich für dich eingesetzt. Nun, jeder nach seinem Geschmack. Jedenfalls aber war es nicht nötig, daß du den Umweg über den Nachbargarten gemacht hast, ich kenne den Weg."

Nun war es also doch geschehen, was vorauszusehen, aber nicht zu verhindern gewesen war. Frieda hatte ihn verlassen. Es mußte nicht endgültig sein, so schlimm war es nicht, Frieda war zurückzuerobern, sie war leicht von Fremden zu beeinflussen, gar von diesen Gehilfen, welche Friedas Stellung für ähnlich der ihren hielten und nun, da sie gekündigt hatten, auch Frieda dazu veranlaßt hatten, aber K. mußte nur vor sie treten, an alles erinnern, was für ihn sprach, und sie war wieder reuevoll die seine, gar wenn er etwa imstande gewesen wäre, den Besuch bei den Mädchen durch einen Erfolg zu rechtfertigen, den er ihnen verdankte. Aber trotz dieser Überlegungen, mit welchen er sich Friedas wegen zu beruhigen suchte, war er nicht beruhigt.

Noch vor kurzem hatte er sich Olga gegenüber Friedas gerühmt und sie seinen einzigen Halt genannt, nun, dieser Halt war nicht der festeste, nicht der Eingriff eines Mächtigen war nötig, um K. Friedas zu berauben - es genügte auch dieser nicht sehr appetitliche Gehilfe -, dieses Fleisch, das manchmal den Eindruck machte, als sei es nicht recht lebendig.

Jeremias hatte sich schon zu entfernen angefangen. K. rief ihn zurück.

„Jeremias," sagte er, „ich will ganz offen zu dir sein, beantworte mir auch ehrlich eine Frage. Wir sind ja nicht mehr im Verhältnis des Herrn und des Dieners, worüber nicht nur du froh bist, sondern auch ich, wir haben also keinen Grund, einander zu betrügen.

Hier vor deinen Augen zerbreche ich die Rute, die für dich bestimmt gewesen ist, denn nicht aus Angst vor dir habe ich den Weg durch den Garten gewählt, sondern um dich zu überraschen und die Rute einige Male an dir abzuziehen. Nun, nimm mir das nicht übel, das alles ist vorüber; wärest du nicht ein vom Amt mir aufgezwungener Diener, sondern einfach mein Bekannter gewesen, wir hätten uns gewiß, wenn mich auch dein Aussehen manchmal ein wenig stört, ausgezeichnet vertragen. Und wir könnten ja auch das, was wir in dieser Hinsicht versäumt haben, jetzt nachtragen." „Glaubst du?" sagte der Gehilfe und drückte gähnend die müden Augen, „ich könnte dir ja die Sache ausführlicher erklären, aber ich habe keine Zeit, ich muß zu Frieda, das Kindchen wartet auf mich, sie hat den Dienst noch nicht angetreten, der Wirt hat ihr auf mein Zureden - sie wollte sich, wahrscheinlich um zu vergessen, gleich in die Arbeit stürzen - noch eine kleine Erholungszeit gegeben, die wollen wir doch wenigstens miteinander verbringen. Was deinen Vorschlag betrifft, so habe ich gewiß keinen Anlaß, dich zu belügen, aber ebensowenig, dir etwas anzuvertrauen. Bei mir ist es nämlich anders als bei dir. Solange ich im Dienstverhältnis zu dir stand, warst du mir natürlich eine sehr wichtige Person, nicht wegen deiner Eigenschaften, sondern wegen des Dienstauftrages, und ich hätte alles für dich getan, was du wolltest, jetzt aber bist du mir gleichgültig. Auch das Zerbrechen der Rute rührt mich nicht, es erinnert mich nur daran, einen wie rohen Herrn ich hatte, mich für dich einzunehmen ist es nicht geeignet." „Du sprichst so mit mir," sagte K., „wie wenn es ganz gewiß wäre, daß du von mir niemals mehr etwas zu fürchten haben wirst. So ist es aber doch eigentlich nicht. Du bist wahrscheinlich doch noch nicht frei von mir, so schnell finden die Erledigungen hier nicht statt -" „Manchmal noch schneller", warf Jeremias ein. „Manchmal," sagte K., „nichts deutet aber darauf hin, daß es diesmal geschehen ist, zumindest hast weder du noch habe ich eine schriftliche Erledigung in Händen. Das Verfahren ist also erst im Gang und ich habe durch meine Verbindungen noch gar nicht eingegriffen, werde es aber tun. Fällt es ungünstig für dich aus, so hast du nicht sehr dafür vorgearbeitet, dir deinen Herrn geneigt zu machen, und es war vielleicht sogar überflüssig, die Weidenrute zu zerbrechen. Und Frieda hast du zwar fortgeführt, wovon dir ganz besonders der Kamm geschwollen ist, aber bei allem Respekt vor deiner Person, den ich habe, auch wenn du für mich keinen mehr hast, - ein paar Worte, von mir an Frieda gerichtet, genügen, das weiß ich, um die Lügen, mit denen du sie eingefangen hast, zu zerreißen. Und nur Lügen konnten Frieda mir abwendig machen." „Diese Drohungen schrecken mich nicht," sagte Jeremias, „du willst mich doch gar nicht zum Gehilfen haben, du fürchtest mich doch als Gehilfen, du fürchtest Gehilfen überhaupt, nur aus Furcht hast du den guten Artur geschlagen." „Vielleicht", sagte K., „hat es deshalb weniger weh getan? Vielleicht werde ich auf diese Weise meine Furcht vor dir noch öfters zeigen können. Sehe ich, daß dir die Gehilfenschaft wenig Freude macht, macht es wiederum mir über alle Furcht hinweg den größten Spaß, dich zu ihr zu zwingen. Und zwar werde ich es mir diesmal angelegen sein lassen, dich allein ohne Artur zu bekommen, ich werde dir dann mehr Aufmerksamkeit zuwenden können." „Glaubst du," sagte Jeremias, „daß ich auch nur die geringste Furcht vor dem allen habe?" „Ich glaube wohl," sagte K., „ein wenig Furcht hast du gewiß, und wenn du klug bist, viel Furcht. Warum wärst du denn sonst nicht schon zu Frieda gegangen? Sag, hast du sie denn lieb?" „Lieb?" sagte Jeremias, „sie ist ein gutes kluges Mädchen, eine gewesene Geliebte Klamms, also respektabel auf jeden Fall. Und wenn sie mich fortwährend bittet, sie von dir zu befreien, warum sollte ich ihr den Gefallen nicht tun, besonders da ich damit doch auch dir kein Leid antue, der du mit den verfluchten Barnabassischen dich getröstet hast." „Nun, ich sehe deine Angst," sagte K., „eine ganz jämmerliche Angst, du versuchst mich durch Lügen einzufangen. Frieda hat nur um eines gebeten, sie von den wild gewordenen, hündisch lüsternen Gehilfen zu befreien, leider habe ich nicht Zeit gehabt, ihre Bitte ganz zu erfüllen, und jetzt sind die Folgen meiner Versäumnis da."

„Herr Landvermesser, Herr Landvermesser!" rief jemand durch die Gasse. Es war Barnabas. Atemlos kam er an, vergaß aber nicht, sich vor K. zu verbeugen. „Es ist mir gelungen", sagte er. „Was ist gelungen?" fragte K. „Du hast meine Bitte Klamm vorgebracht?" „Das ging nicht," sagte Barnabas, „ich habe mich sehr bemüht, aber es war unmöglich, ich habe mich vorgedrängt, stand den ganzen Tag über, ohne dazu aufgefordert zu sein, so nahe am Pult, daß mich einmal ein Schreiber, dem ich im Licht war, sogar wegschob, meldete mich, was verboten ist, mit erhobener Hand, wenn Klamm aufsah, blieb am längsten in der Kanzlei, war schon nur allein mit den Dienern dort, hatte noch einmal die Freude, Klamm zurückkommen zu sehen, aber es war nicht meinetwegen, er wollte nur schnell noch etwas in einem Buche nachsehen und ging gleich wieder, schließlich kehrte mich der Diener, da ich mich noch immer nicht rührte, fast mit dem Besen aus der Tür. Ich gestehe das alles, damit du mit meinen Leistungen nicht wieder unzufrieden bist." „Was hilft mir all dein Fleiß, Barnabas," sagte K., „wenn er gar keinen Erfolg hat." „Aber ich hatte Erfolg", sagte Barnabas. „Als ich aus meiner Kanzlei trat - ich nenne sie meine Kanzlei - sehe ich, wie aus den tieferen Korridoren ein Herr langsam herankommt, sonst war schon alles leer. Es war ja schon sehr spät. Ich beschloß, auf ihn zu warten. Es war eine gute Gelegenheit, noch dort zu bleiben, am liebsten wäre ich ja überhaupt dort geblieben, um dir die schlechte Meldung nicht bringen zu müssen. Aber es lohnte sich auch sonst, auf den Herrn zu warten, es war Erlanger. Du kennst ihn nicht? Er ist einer der ersten Sekretäre Klamms. Ein schwacher kleiner Herr, er hinkt ein wenig. Er erkannte mich sofort, er ist berühmt wegen seines Gedächtnisses und seiner Menschenkenntnis, er zieht nur die Augenbrauen zusammen, das genügt ihm, um jeden zu erkennen, oft auch Leute, die er nie gesehen hat, von denen er nur gehört oder gelesen hat, mich z. B. dürfte er kaum je gesehen haben. Aber trotzdem er jeden Menschen gleich erkennt, fragt er zuerst so, wie wenn er unsicher wäre. Bist du nicht Barnabas? sagte er zu mir. Und dann fragte er: Du kennst den Landvermesser, nicht? Und dann sagte er: Das trifft sich gut, ich fahre jetzt in den Herrenhof. Der Landvermesser soll mich dort besuchen. Ich wohne im Zimmer Nr. 15. Doch müßte er gleich jetzt kommen. Ich habe nur einige Besprechungen dort und fahre um 5 Uhr früh wieder zurück. Sag ihm, daß mir viel daran liegt, mit ihm zu sprechen."

Plötzlich setzte sich Jeremias in Lauf. Barnabas, der ihn in seiner Aufregung bisher kaum beachtet hatte, fragte: „Was will denn Jeremias?" „Mir bei Erlanger zuvorkommen", sagte K., lief schon hinter Jeremias her, fing ihn ein, hing sich an seinen Arm und sagte: „Ist es die Sehnsucht nach Frieda, die dich plötzlich ergriffen hat? Ich habe sie nicht minder und so werden wir in gleichem Schritte gehen."

Das siebzehnte Kapitel

Vor dem dunklen Herrenhof stand eine kleine Gruppe Männer, zwei oder drei hatten Handlaternen mit, so daß manche Gesichter kenntlich waren. K. fand nur einen Bekannten, Gerstäcker, den Fuhrmann. Gerstäcker begrüßte ihn mit der Frage: „Du bist noch immer im Dorf?" „Ja," sagte K., „ich bin für die Dauer gekommen." „Mich kümmert es ja nichts", sagte Gerstäcker, hustete kräftig und wandte sich anderen zu.

Es stellte sich heraus, daß alle auf Erlanger warteten. Erlanger war schon angekommen, verhandelte aber, ehe er die Parteien empfing, noch mit Momus. Das allgemeine Gespräch drehte sich darum, daß man nicht im Hause warten durfte, sondern hier draußen im Schnee stehen mußte. Es war zwar nicht sehr kalt, trotzdem war es rücksichtslos, die Parteien vielleicht stundenlang in der Nacht vor dem Haus zu lassen. Das war freilich nicht die Schuld Erlangers, der vielmehr sehr entgegenkommend war, davon kaum wußte und sich gewiß sehr geärgert hätte, wenn es ihm gemeldet worden wäre. Es war die Schuld der Herrenhofwirtin, die in ihrem schon krankhaften Streben nach Feinheit es nicht leiden wollte, daß viele Parteien auf einmal in den Herrenhof kamen. „Wenn es schon sein muß und sie kommen müssen", pflegte sie zu sagen, „dann um des Himmels willen nur immer einer hinter dem andern." Und sie hatte es durchgesetzt, daß die Parteien, die zuerst einfach in einem Korridor, später auf der Treppe, dann im Flur, zuletzt im Ausschank gewartet hatten, schließlich auf die Gasse hinausgeschoben worden waren. Und selbst das genügte ihr noch nicht.

Es war ihr unerträglich, im eigenen Hause immerfort „belagert zu werden", wie sie sich ausdrückte. Es war ihr unverständlich, wozu es überhaupt Parteienverkehr gab.

„Um vorn die Haustreppe schmutzig zu machen", hatte ihr einmal ein Beamter auf ihre Frage, wahrscheinlich im Ärger, gesagt, ihr aber war das sehr einleuchtend gewesen und sie pflegte diesen Ausspruch gern zu zitieren. Sie strebte danach und dies begegnete sich nun schon mit den Wünschen der Parteien, daß gegenüber dem Herrenhof ein Gebäude aufgeführt werde, in welchem die Parteien warten könnten. Am liebsten wäre es ihr gewesen, wenn auch die Parteibesprechungen und Verhöre außerhalb des Herrenhofes stattgefunden hätten, aber dem widersetzten sich die Beamten, und wenn sich die Beamten ernstlich widersetzten, so drang natürlich die Wirtin nicht durch, trotzdem sie in Nebenfragen kraft ihres unermüdlichen und dabei frauenhaft zarten Eifers eine Art kleiner Tyrannei ausübte. Die Besprechungen und Verhöre würde aber die Wirtin voraussichtlich auch weiterhin im Herrenhof dulden müssen, denn die Herren aus dem Schloß weigerten sich, im Dorfe in Amtsangelegenheiten den Herrenhof zu verlassen. Sie waren immer in Eile, nur sehr wider Willen waren sie im Dorfe, über das unbedingt Notwendige ihren Aufenthalt hier auszudehnen, hatten sie nicht die geringste Lust und es konnte daher nicht von ihnen verlangt werden, nur mit Rücksicht auf den Hausfrieden im Herrenhof zeitweilig mit allen ihren Schriften über die Straße in irgendein anderes Haus zu ziehen und so Zeit zu verlieren. Am liebsten erledigten ja die Beamten die Amtssachen im Ausschank oder in ihrem Zimmer, womöglich während des Essens oder vom Bett aus vor dem Einschlafen oder morgens, wenn sie zu müde waren aufzustehen und sich im Bett noch ein wenig strecken wollten. Dagegen schien die Frage der Errichtung eines Wartegebäudes einer günstigen Lösung sich zu nähern, freilich war es eine empfindliche Strafe für die Wirtin - man lachte ein wenig darüber -, daß gerade die Angelegenheit des Wartegebäudes zahlreiche Besprechungen nötig machte und die Gänge des Hauses kaum leer wurden.
Über alle diese Dinge unterhielt man sich halblaut unter den Wartenden. K. war es auffallend, daß zwar der Unzufriedenheit genug war, niemand aber etwas dagegen einzuwenden hatte, daß Erlanger die Parteien mitten in der Nacht berief. Er fragte danach und erhielt die Auskunft, daß man dafür Erlanger sogar sehr dankbar sein müsse. Es sei ja ausschließlich sein guter Wille und die hohe Auffassung, die er von seinem Amte habe, die ihn dazu bewegen, überhaupt ins Dorf zu kommen, er könnte ja, wenn er wollte - und es würde dies sogar den

Vorschriften vielleicht besser entsprechen - irgendeinen unteren Sekretär schicken und von ihm die Protokolle aufnehmen lassen. Aber er weigere sich eben meistens dies zu tun, wolle selbst alles sehen und hören, müsse dann aber zu diesem Zwecke seine Nächte opfern, denn in seinem Amtsplan sei keine Zeit für Dorfreisen vorgesehen. K. wandte ein, daß doch auch Klamm bei Tag ins Dorf komme und sogar mehrere Tage hierbleibe; sei denn Erlanger, der doch nur Sekretär sei, oben unentbehrlicher? Einige lachten gutmütig, andere schwiegen betreten, diese letzteren bekamen das Übergewicht und es wurde K. kaum geantwortet. Nur einer sagte zögernd, natürlich sei Klamm unentbehrlich, im Schloß wie im Dorf.

Da öffnete sich die Haustür und Momus erschien zwischen zwei lampentragenden Dienern. „Die ersten, die zum Herrn Sekretär Erlanger vorgelassen werden," sagte er, „sind Gerstäcker und K. Sind die zwei hier?" Sie meldeten sich, aber noch vor ihnen schlüpfte Jeremias mit einem: „Ich bin hier Zimmerkellner", von Momus lächelnd mit einem Schlag auf die Schulter begrüßt, ins Haus. „Ich werde auf Jeremias mehr achten müssen", sagte sich K., wobei er sich dessen bewußt blieb, daß Jeremias wahrscheinlich viel ungefährlicher war als Artur, der im Schloß gegen ihn arbeitete. Vielleicht war es sogar klüger, sich von ihnen als Gehilfen quälen zu lassen, als sie so unkontrolliert umherstreichen und ihre Intrigen, für die sie eine besondere Anlage zu haben schienen, frei betreiben zu lassen.

Als K. an Momus vorüberkam, tat dieser, als erkenne er erst jetzt in ihm den Landvermesser. „Ah, der Herr Landvermesser?" sagte er, „der, welcher sich so ungern verhören läßt, drängt sich zum Verhör. Bei mir wäre es damals einfacher gewesen. Nun freilich, es ist schwer, die richtigen Verhöre auszuwählen." Als K. auf diese Ansprache hin stehen bleiben wollte, sagte Momus: „Gehen Sie, gehen Sie! Damals hätte ich Ihre Antworten gebraucht, jetzt nicht." Trotzdem sagte K., erregt durch des Momus Benehmen: „Ihr denkt nur an euch. Bloß des Amtes wegen antworte ich nicht, weder damals noch heute." Momus sagte: „An wen sollen wir denn denken? Wer ist denn sonst noch hier? Sehen Sie!"

Im Flure empfing sie ein Diener und führte sie den K. schon bekannten Weg über den Hof, dann durch das Tor und in den niedrigen, ein wenig sich senkenden Gang.

In den oberen Stockwerken wohnten offenbar nur die höheren Beamten, die Sekretäre dagegen wohnten an diesem Gang, auch Erlanger, trotzdem er einer ihrer obersten war. Der Diener löschte seine Laterne aus, denn hier war helle elektrische Beleuchtung. Alles war hier klein, aber zierlich gebaut. Der Raum war möglichst ausgenützt. Der Gang genügte knapp, aufrecht in ihm zu gehen. An den Seiten war eine Tür fast neben der andern. Die Seitenwände reichten nicht bis zur Decke, dies wahrscheinlich aus Ventilationsrücksichten, denn die Zimmerchen hatten wohl hier in dem tiefen kellerartigen Gang keine Fenster. Der Nachteil dieser nicht ganz schließenden Wände war die Unruhe im Gang und notwendigerweise auch in den Zimmern. Viele Zimmer schienen besetzt zu sein, in den meisten war man noch wach, man hörte Stimmen, Hammerschläge, Gläserklingen. Doch hatte man nicht den Eindruck besonderer Lustigkeit. Die Stimmen waren gedämpft, man verstand kaum hie und da ein Wort, es schienen auch nicht Unterhaltungen zu sein, wahrscheinlich diktierte nur jemand etwas oder las etwas vor, gerade aus den Zimmern, aus denen der Klang von Gläsern und Tellern kam, hörte man kein Wort und die Hammerschläge erinnerten K. daran, was ihm irgendwo erzählt worden war, daß manche Beamte, um sich von der fortwährenden geistigen Anstrengung zu erholen, sich zeitweilig mit Tischlerei, Feinmechanik u. dgl. beschäftigen. Der Gang selbst war leer, nur vor einer Tür saß ein bleicher schmaler großer Herr im Pelz, unter dem die Nachtwäsche hervorsah. Wahrscheinlich war es ihm im Zimmer zu dumpf geworden, so hatte er sich hinausgesetzt und las eine Zeitung, aber nicht aufmerksam, gähnend ließ er öfters vom Lesen ab, beugte sich vor und blickte den Gang entlang, vielleicht erwartete er eine Partei, die er vorgeladen hatte und die zu kommen säumte. Als sie an ihm vorübergekommen waren, sagte der Diener in bezug auf den Herrn zu Gerstäcker: „Der Pinzgauer!" Gerstäcker nickte: „Er ist schon lange nicht unten gewesen", sagte er. „Schon sehr lange nicht", bestätigte der Diener.

Schließlich kamen sie vor eine Tür, die nicht anders als die übrigen war und hinter der doch, wie der Diener mitteilte, Erlanger wohnte. Der Diener ließ sich von K. auf die Schultern heben und sah oben durch den freien Spalt ins Zimmer. „Er liegt", sagte der Diener herabsteigend, „auf dem Bett, allerdings in Kleidern, aber ich glaube doch, daß er schlummert. Manchmal überfällt ihn so die Müdigkeit, hier im Dorf bei der geänderten Lebensweise. Wir werden warten müssen. Wenn er aufwacht, wird er läuten. Es ist allerdings schon vorgekommen, daß er seinen ganzen Aufenthalt im Dorf verschlafen hat und nach dem Aufwachen gleich wieder ins Schloß zurückfahren mußte. Es ist ja freiwillige Arbeit, die er hier leistet." „Wenn er jetzt nur schon lieber bis zu Ende schliefe," sagte Gerstäcker, „denn wenn er nach dem Aufwachen noch ein wenig Zeit zur Arbeit hat, ist er sehr unwillig darüber, daß er geschlafen hat, sucht alles eilig zu erledigen und man kann sich kaum aussprechen." „Sie kommen wegen der Vergebung der Fuhren für den Bau?" fragte der Diener, Gerstäcker nickte, zog den Diener beiseite und redete leise zu ihm, aber der Diener hörte kaum zu, blickte über Gerstäcker, den er um mehr als Haupteslänge überragte, hinweg und strich sich ernst und langsam das Haar.

Das achtzehnte Kapitel

Da sah K., wie er ziellos umherblickte, weit in der Ferne an einer Wendung des Ganges Frieda; sie tat, als erkenne sie ihn nicht, blickte nur starr auf ihn, in der Hand trug sie eine Tasse mit leerem Geschirr. Er sagte dem Diener, der aber gar nicht auf ihn achtete - je mehr man zu dem Diener sprach, desto geistesabwesender schien er zu werden - er werde gleich zurückkommen, und lief zu Frieda. Bei ihr angekommen, faßte er sie bei den Schultern, so als ergreife er wieder von ihr Besitz, stellte einige belanglose Fragen und suchte dabei prüfend in ihren Augen. Aber ihre starre Haltung löste sich kaum, zerstreut versuchte sie einige Umstellungen des Geschirrs auf der Tasse und sagte: „Was willst du denn von mir? Geh doch zu den - nun du weißt ja, wie sie heißen, du kommst ja gerade von ihnen, ich kann es dir ansehen." K. lenkte schnell ab; die Aussprache sollte nicht so plötzlich kommen und bei dem Bösesten, bei dem für ihn Ungünstigsten anfangen. „Ich dachte, du wärest im Ausschank", sagte er. Frieda sah ihn erstaunt an und fuhr ihm dann sanft mit der einen Hand, die sie frei hatte, über Stirn und Wange. Es war, als habe sie sein Aussehen vergessen und wollte es sich so wieder ins Bewußtsein zurückrufen, auch ihre Augen hatten den verschleierten Ausdruck des mühsam Sich-Erinnerns. „Ich bin für den Ausschank wieder aufgenommen", sagte sie dann langsam, als sei es unwichtig, was sie sage, aber unter den Worten führe sie noch ein Gespräch mit K. und dies sei das wichtigere, - „diese Arbeit taugt nicht für mich, die kann auch eine jede andere besorgen; jede, die aufbetten und ein freundliches Gesicht machen kann und die Belästigung durch die Gäste nicht scheut, sondern sie sogar noch hervorruft, eine jede solche kann Stubenmädchen sein. Aber im Ausschank, da ist es etwas anderes. Ich bin auch gleich wieder für den Ausschank aufgenommen worden, trotzdem ich ihn damals nicht sehr ehrenvoll verlassen habe, freilich hatte ich jetzt Protektion. Aber der Wirt war glücklich, daß ich Protektion hatte und es ihm deshalb leicht möglich war, mich wieder aufzunehmen.

Es war sogar so, daß man mich drängen mußte, den Posten anzunehmen; wenn du bedenkst, woran mich der Ausschank erinnert, wirst du es begreifen. Schließlich habe ich den Posten angenommen. Hier bin ich nur aushilfsweise. Pepi hat gebeten, ihr nicht die Schande zu tun, sofort den Ausschank verlassen zu müssen, wir haben ihr deshalb, weil sie doch fleißig gewesen ist und alles so besorgt hat, wie es nur ihre Fähigkeiten erlaubt haben, eine vierundzwanzigstündige Frist gegeben." „Das ist alles sehr gut eingerichtet," sagte K., „nur hast du einmal meinetwegen den Ausschank verlassen, und nun, da wir kurz vor der Hochzeit sind, kehrst du wieder in ihn zurück?" „Es wird keine Hochzeit geben", sagte Frieda. „Weil ich untreu war?" fragte K. Frieda nickte. „Nun sieh, Frieda," sagte K., „über diese angebliche Untreue haben wir schon öfters gesprochen und immer hast du schließlich einsehen müssen, daß es ein ungerechter Verdacht war. Seitdem aber hat sich auf meiner Seite nichts geändert, alles ist so unschuldig geblieben, wie es war und wie es nicht anders werden kann. Also muß sich etwas auf deiner Seite geändert haben, durch fremde Einflüsterungen oder anderes. Unrecht tust du mir auf jeden Fall, denn sieh, wie verhält es sich mit diesen zwei Mädchen? Die eine, die dunkle - ich schäme mich fast, mich so im einzelnen verteidigen zu müssen, aber du forderst es heraus - die dunkle also ist mir wahrscheinlich nicht weniger peinlich als dir; wenn ich mich nur irgendwie von ihr fernhalten kann, tue ich es und sie erleichtert das ja auch, man kann nicht zurückhaltender sein, als sie es ist." „Ja", rief Frieda aus, die Worte kamen ihr wie gegen ihren Willen hervor, K. war froh, sie so abgelenkt zu sehen; sie war anders, als sie sein wollte, „die magst du für zurückhaltend ansehen, die schamloseste von allen nennst du zurückhaltend und du meinst es, so unglaubwürdig es ist, ehrlich, du verstellst dich nicht, das weiß ich. Die Brückenhofwirtin sagt vor dir: leiden kann ich ihn nicht, aber verlassen kann ich ihn auch nicht, man kann doch auch beim Anblick eines kleinen Kindes, das noch nicht gut gehen kann und sich weit vorwagt, unmöglich sich beherrschen, man muß eingreifen." „Nimm diesmal ihre Lehre an," sagte K. lächelnd; „aber jenes Mädchen - ob es zurückhaltend oder schamlos ist, können wir beiseite lassen - ich will von ihr nichts wissen." „Aber warum nennst du sie zurückhaltend?" fragte Frieda unnachgiebig. K. hielt diese Teilnahme für ein ihm günstiges Zeichen, „hast du es erprobt oder willst du andere dadurch herabsetzen?"

„Weder das eine noch das andere," sagte K., „ich nenne sie so aus Dankbarkeit, weil sie es mir leicht macht, sie zu übersehen, und weil ich, selbst wenn sie mich nur öfters ansprechen würde, es nicht über mich bringen könnte, wieder hinzugehen, was doch ein großer Verlust für mich wäre, denn ich muß hingehen, wegen unserer gemeinsamen Zukunft, wie du weißt. Und deshalb muß ich auch mit dem anderen Mädchen sprechen, das ich zwar wegen seiner Tüchtigkeit, Umsicht und Selbstlosigkeit schätze, von dem aber doch niemand behaupten kann, daß es verführerisch ist." „Die Knechte sind anderer Meinung", sagte Frieda. „In dieser wie auch wohl in vieler anderen Hinsicht", sagte K, „Aus den Gelüsten der Knechte willst du auf meine Untreue schließen?" Frieda schwieg und duldete es, daß K. ihr die Tasse aus der Hand nahm, auf den Boden stellte, seinen Arm unter den ihren schob und im kleinen Raum langsam mit ihr hin und her zu gehen begann. „Du weißt nicht, was Treue ist," sagte sie, sich ein wenig wehrend gegen seine Nähe, „wie du dich auch zu den Mädchen verhalten magst, ist ja nicht das Wichtigste; daß du in diese Familie überhaupt gehst und zurückkommst, den Geruch ihrer Stube in den Kleidern, ist schon eine unerträgliche Schande für mich. Und du läufst aus der Schule fort, ohne etwas zu sagen. Und bleibst gar bei ihnen die halbe Nacht. Und läßt, wenn man nach dir fragt, dich von den Mädchen verleugnen, leidenschaftlich verleugnen, besonders von der unvergleichlich Zurückhaltenden. Schleichst dich auf einem geheimen Weg aus dem Haus, vielleicht gar um den Ruf der Mädchen zu schonen, den Ruf jener Mädchen! Nein, sprechen wir nicht mehr davon!" „Von diesem nicht," sagte K., „aber von etwas anderem, Frieda.

Von diesem ist ja auch nichts zu sagen. Warum ich hingehen muß, weißt du. Es wird mir nicht leicht, aber ich überwinde mich. Du solltest es mir nicht schwerer machen, als es ist. Heute dachte ich nur für einen Augenblick hinzugehen und nachzufragen, ob Barnabas, der eine wichtige Botschaft schon längst hätte bringen sollen, endlich gekommen ist. Er war nicht gekommen, aber er mußte, wie man mir versicherte und wie es auch glaubwürdig war, sehr bald kommen. Ihn mir in die Schule nachkommen lassen, wollte ich nicht, um dich durch seine Gegenwart nicht zu belästigen. Die Stunden vergingen und er kam leider nicht. Wohl aber kam ein anderer, der mir verhaßt ist. Von ihm mich ausspionieren zu lassen, hatte ich keine Lust und ging also durch den Nachbargarten, aber auch vor ihm verbergen wollte ich mich nicht, sondern ging dann auf der Straße frei auf ihn zu, mit einer sehr biegsamen Weidenrute, wie ich gestehe. Das ist alles, darüber ist also weiter nichts zu sagen; wohl aber über etwas anderes. Wie verhält es sich denn mit den Gehilfen, die zu erwähnen mir fast so widerlich ist wie dir die Erwähnung jener Familie? Vergleiche dein Verhältnis zu ihnen damit, wie ich mich zu der Familie verhalte. Ich verstehe deinen Widerwillen gegenüber der Familie und kann ihn teilen. Nur um der Sache willen gehe ich zu ihnen, fast scheint es mir manchmal, daß ich ihnen Unrecht tue, sie ausnütze. Du und die Gehilfen dagegen! Du hast gar nicht in Abrede gestellt, daß sie dich verfolgen, und hast eingestanden, daß es dich zu ihnen zieht. Ich war dir nicht böse deshalb, habe eingesehen, daß hier Kräfte im Spiel sind, denen du nicht gewachsen bist, war schon glücklich darüber, daß du dich wenigstens wehrst, habe geholfen, dich zu verteidigen, und nur weil ich ein paar Stunden darin nachgelassen habe, im Vertrauen auf deine Treue, allerdings auch in der Hoffnung, daß das Haus unweigerlich verschlossen ist, die Gehilfen endgültig in die Flucht geschlagen sind - ich unterschätzte sie noch immer, fürchte ich - nur weil ich ein paar Stunden darin nachgelassen habe und jener Jeremias, genau betrachtet, ein nicht sehr gesunder ältlicher Bursche, die Keckheit gehabt hat, ans Fenster zu treten, nur deshalb soll ich dich, Frieda, verlieren und als Begrüßung zu hören bekommen: „Es wird keine Hochzeit geben." Wäre ich es nicht eigentlich, der Vorwürfe machen dürfte, und ich mache sie nicht, mache sie noch immer nicht." Und wieder schien es K. gut, Frieda ein wenig abzulenken, und er bat sie, ihm etwas zum Essen zu bringen, weil er schon seit Mittag nichts gegessen habe.

Frieda, offenbar auch durch die Bitte erleichtert, nickte und lief, etwas zu holen, nicht den Gang weiter, wo K. die Küche vermutete, sondern seitlich ein paar Stufen abwärts. Sie brachte bald einen Teller mit Aufschnitt und eine Flasche Wein, aber es waren wohl nur schon die Reste einer Mahlzeit, flüchtig waren die einzelnen Stücke neu ausgebreitet, um es unkenntlich zu machen, sogar Wurstschalen waren dort vergessen und die Flasche war zu drei Vierteln geleert. Doch sagte K. nichts darüber und machte sich mit gutem Appetit ans Essen. „Du warst in der Küche?" fragte er. „Nein, in meinem Zimmer," sagte sie, „ich habe hier unten ein Zimmer." „Hättest du mich doch mitgenommen," sagte K., „ich werde hinuntergehen, um mich zum Essen ein wenig zu setzen." „Ich werde dir einen Sessel bringen", sagte Frieda und war schon auf dem Weg.

„Danke," sagte K. und hielt sie zurück, „ich werde weder hinuntergehen, noch brauche ich mehr einen Sessel." Frieda ertrug trotzig seinen Griff, hatte den Kopf geneigt und biß die Lippen. „Nun ja, er ist unten," sagte sie, „hast du es anders erwartet? Er liegt in meinem Bett, er hat sich draußen verkühlt, er fröstelt, er hat kaum gegessen. Im Grunde ist alles deine Schuld, hättest du die Gehilfen nicht verjagt und wärst jenen Leuten nicht nachgelaufen, wir könnten jetzt friedlich in der Schule sitzen. Nur du hast unser Glück zerstört. Glaubst du, daß Jeremias, solange er im Dienst war, es gewagt hätte, mich zu entführen? Dann verkennst du die hiesige Ordnung ganz und gar. Er wollte zu mir, er hat sich gequält, er hat auf mich gelauert, das war aber nur ein Spiel, so wie ein hungriger Hund spielt und es doch nicht wagt, auf den Tisch zu springen. Und ebenso ich. Es zog mich zu ihm, er ist mein Spielkamerad aus der Kinderzeit - wir spielten miteinander auf dem Abhang des Schloßberges, schöne Zeiten, du hast mich niemals nach meiner Vergangenheit gefragt. - Doch das alles war nicht entscheidend, solange Jeremias durch den Dienst gehalten war, denn ich kannte ja meine Pflicht als deine zukünftige Frau. Dann aber vertriebst du die Gehilfen und rühmst dich noch dessen, als hättest du damit etwas für mich getan, nun in einem gewissen Sinne ist es wahr. Bei Artur gelang deine Absicht, allerdings nur vorläufig, er ist zart, er hat nicht die keine Schwierigkeit fürchtende Leidenschaft des Jeremias, auch hast du ihn ja durch den Faustschlag in der Nacht - jener Schlag war auch gegen unser Glück geführt - nahezu zerstört, er flüchtete ins Schloß, um zu klagen, und wenn er auch bald wiederkommen wird, immerhin ist er jetzt fort. Jeremias aber blieb. Im Dienst fürchtet er ein Augenzucken des Herrn, außerhalb des Dienstes aber fürchtet er nichts. Er kam und nahm mich; von dir verlassen, von ihm, dem alten Freund beherrscht, konnte ich mich nicht halten. Ich habe das Schultor nicht aufgesperrt. Er zerschlug das Fenster und zog mich hinaus. Wir flogen hierher, der Wirt achtet ihn, auch kann den Gästen nichts willkommener sein, als einen solchen Zimmerkellner zu haben, so wurden wir aufgenommen, er wohnt nicht bei mir, sondern wir haben ein gemeinsames Zimmer." „Trotz allem", sagte K., „bedaure ich es nicht, die Gehilfen aus dem Dienst getrieben zu haben. War das Verhältnis so, wie du es beschreibst, deine Treue also nur durch die dienstliche Gebundenheit der Gehilfen bedingt, dann war es gut, daß alles ein Ende nahm. Das Glück der Ehe inmitten der zwei Raubtiere, die sich nur unter der Knute duckten, wäre nicht sehr groß gewesen. Dann bin ich auch jener Familie dankbar, welche unabsichtlich ihr Teil beigetragen hat, um uns zu trennen." Sie schwiegen und gingen wieder nebeneinander auf und ab, ohne daß zu unterscheiden gewesen wäre, wer jetzt damit begonnen hätte. Frieda, nahe an K., schien ärgerlich, daß er sie nicht wieder unter den Arm nahm. „Und so wäre alles in Ordnung," fuhr K. fort, „und wir könnten Abschied nehmen, du zu deinem Herrn Jeremias gehen, der wahrscheinlich noch vom Schulgarten her verkühlt ist und den du mit Rücksicht darauf schon viel zu lange allein gelassen hast, und ich alleine in die Schule oder, da ich ja ohne dich dort nichts zu tun habe, sonst irgendwohin, wo man mich aufnimmt. Wenn ich nun trotzdem zögere, so deshalb, weil ich aus gutem Grunde noch immer ein wenig daran zweifle, was du mir erzählt hast. Ich habe von Jeremias den gegenteiligen Eindruck. Solange er im Dienst war, ist er hinter dir her gewesen und ich glaube nicht, daß der Dienst ihn auf die Dauer zurückgehalten hätte, dich einmal ernstlich zu überfallen. Jetzt aber, seitdem er den Dienst für aufgehoben ansieht, ist es anders. Verzeih, wenn ich es mir auf folgende Weise erkläre: Seitdem du nicht mehr die Braut seines Herrn bist, bist du keine solche Verlockung mehr für ihn wie früher. Du magst seine Freundin aus der Kinderzeit sein, doch legt er - ich kenne ihn eigentlich nur aus einem kurzen Gespräch heute nacht - solchen Gefühlsdingen meiner Meinung nach nicht viel Wert bei. Ich weiß nicht, warum er dir als ein leidenschaftlicher Charakter erscheint. Seine Denkweise scheint mir eher besonders kühl. Er hat in bezug auf mich irgendeinen, mir vielleicht nicht sehr günstigen Auftrag von Galater bekommen, diesen auszuführen strengt er sich an, mit einer gewissen Dienstleidenschaft, wie ich zugeben will - sie ist hier nicht allzu selten -, dazu gehört, daß er unser Verhältnis zerstört; er hat es vielleicht auf verschiedene Weise versucht, eine davon war die, daß er dich durch sein lüsternes Schmachten zu verlocken suchte, eine andere, hier hat ihn die Wirtin unterstützt, daß er von meiner Untreue fabelte, sein Anschlag ist ihm gelungen, irgendeine Erinnerung an Klamm, die ihn umgibt, mag mitgeholfen haben, den Posten hat er zwar verloren, aber vielleicht gerade in dem Augenblick, in dem er ihn nicht mehr benötigte, jetzt erntet er die Früchte seiner Arbeit und zieht dich aus dem Schulfenster, damit ist aber seine Arbeit beendet, und von der Dienstleidenschaft verlassen, wird er müde, er wäre lieber an Stelle Arturs, der gar nicht klagt, sondern sich Lob und neue Aufträge holt, aber es muß doch auch jemand zurückbleiben, der die weitere Entwicklung der Dinge verfolgt. Eine etwas lästige Pflicht ist es ihm, dich zu versorgen. Von Liebe zu dir ist keine Spur, er hat es mir offen gestanden, als Geliebte Klamms bist du ihm natürlich respektabel, und in deinem Zimmer sich einzunisten und sich einmal als ein kleiner Klamm zu fühlen, tut ihm gewiß sehr wohl, das aber ist alles, du selbst bedeutest ihm jetzt nichts, nur ein Nachtrag zu seiner Hauptaufgabe ist es ihm, daß er dich hier untergebracht hat; um dich nicht zu beunruhigen, ist er auch selbst geblieben, aber nur vorläufig, solange er nicht neue Nachrichten vom Schloß bekommt und seine Verkühlung von dir nicht auskuriert ist." „Wie du ihn verleumdest!" sagte Frieda und schlug ihre kleinen Fäuste aneinander. „Verleumden?" sagte K., „nein, ich will ihn nicht verleumden. Wohl aber tue ich ihm vielleicht unrecht, das ist freilich möglich. Ganz offen an der Oberfläche liegt es ja nicht, was ich über ihn gesagt habe, es läßt sich auch anders deuten. Aber verleumden? Verleumden könnte doch nur den Zweck haben, damit gegen deine Liebe zu ihm anzukämpfen. Wäre es nötig und wäre Verleumdung ein geeignetes Mittel, ich würde nicht zögern, ihn zu verleumden. Niemand könnte mich deshalb verurteilen, er ist durch seine Auftraggeber in solchem Vorteil mir gegenüber, daß ich, ganz allein auf mich angewiesen, auch ein wenig verleumden dürfte. Es wäre ein verhältnismäßig unschuldiges und letzten Endes ja auch ohnmächtiges Verteidigungsmittel. Laß also die Fäuste ruhen."

Und K. nahm Friedas Hand in die seine; Frieda wollte sie ihm entziehen, aber lächelnd und nicht mit großer Kraftanstrengung. „Aber ich muß nicht verleumden," sagte K., „denn du liebst ihn ja nicht, glaubst es nur und wirst mir dankbar sein, wenn ich dich von der Täuschung befreie. Sieh, wenn jemand dich von mir fortbringen wollte, ohne Gewalt, aber mit möglichst sorgfältiger Berechnung, dann müßte er es durch die beiden Gehilfen tun. Scheinbar gute, kindliche, lustige, verantwortungslose, von hoch her, vom Schloß hergeblasene Jungen, ein wenig Kindheitserinnerungen auch dabei, das ist doch schon alles sehr liebenswert, besonders wenn ich etwa das Gegenteil von alledem bin, dafür immerfort hinter Geschäften herlaufe, die dir nicht ganz verständlich, die dir ärgerlich sind, die mich mit Leuten zusammenbringen, die dir hassenswert sind und etwas davon bei aller meiner Unschuld auch auf mich übertragen. Das Ganze ist nur eine bösartige, allerdings sehr kluge Ausnutzung der Mängel unseres Verhältnisses. Jedes Verhältnis hat seine Mängel, gar unseres, wir kamen ja jeder aus einer ganz anderen Welt zusammen, und seitdem wir einander kennen, nahm das Leben eines jeden von uns einen ganz neuen Weg, wir fühlen uns noch unsicher, es ist doch allzu neu. Ich rede nicht von mir, das ist nicht so wichtig, ich bin ja im Grunde immerfort beschenkt worden, seitdem du deine Augen zum erstenmal mir zuwandtest und an das Beschenktwerden sich gewöhnen ist nicht sehr schwer. Du aber, von allem anderen abgesehen, wurdest von Klamm losgerissen, ich kann nicht ermessen, was das bedeutet, aber eine Ahnung dessen habe ich doch allmählich schon bekommen, man taumelt, man kann sich nicht zurechtfinden, und wenn ich auch bereit war, dich immer aufzunehmen, so war ich doch nicht immer zugegen, und wenn ich zugegen war, hielten dich manchmal deine Träumereien fest oder noch Lebendigeres wie etwa die Wirtin - kurz es gab Zeiten, wo du von mir wegsahst, dich irgendwo ins Halb-Unbestimmte sehntest, armes Kind, und es mußten nur in solchen Zwischenzeiten in der Richtung deines Blicks passende Leute aufgestellt werden und du warst an sie verloren, erlagst der Täuschung, daß das, was nur Augenblicke waren, Gespenster, alte Erinnerungen, im Grunde vergangenes und immer mehr vergehendes einstmaliges Leben, daß dieses noch dein wirkliches jetziges Leben sei. Ein Irrtum, Frieda, nichts als die letzte, richtig angesehen verächtliche Schwierigkeit unserer endlichen Vereinigung. Komme zu dir, fasse dich; wenn du auch dachtest, daß die Gehilfen von Klamm geschickt sind - es ist gar nicht wahr, sie kommen von Galater - und wenn sie dich auch mit Hilfe dieser Täuschung so bezaubern konnten, daß du selbst in ihrem Schmutz und ihrer Unzucht Spuren von Klamm zu finden meintest, so wie jemand in einem Misthaufen einen einst verlorenen Edelstein zu sehen glaubt, während er ihn in Wirklichkeit dort gar nicht finden könnte, selbst wenn er dort wirklich wäre - so sind es doch nur Burschen von der Art der Knechte im Stall, nur daß sie nicht ihre Gesundheit haben, ein wenig frische Luft sie krank macht und aufs Bett wirft, das sie sich allerdings mit knechtischer Pfiffigkeit auszusuchen verstehen."

Frieda hatte ihren Kopf an K.s Schulter gelehnt, die Arme umeinander geschlungen gingen sie schweigend auf und ab. „Wären wir doch," sagte dann Frieda langsam, ruhig, fast behaglich, so als wisse sie, daß ihr nur eine ganz kleine Frist der Ruhe an K.s Schulter gewährt sei, diese aber wolle sie bis zum Letzten genießen, „wären wir doch gleich noch in jener Nacht ausgewandert, wir könnten irgendwo in Sicherheit sein, immer beisammen, deine Hand immer nahe genug, sie zu fassen; wie brauche ich deine Nähe, wie bin ich, seitdem ich dich kenne, ohne deine Nähe verlassen, deine Nähe ist, glaube mir, der einzige Traum, den ich träume, keinen andern."

Da rief es im Seitengang, es war Jeremias, er stand dort auf der untersten Stufe, er war nur im Hemd, hatte aber ein Umhängetuch Friedas um sich geschlagen. Wie er dort stand, das Haar zerrauft, den dünnen Bart wie verregnet, die Augen mühsam bittend und vorwurfsvoll aufgerissen, die dunklen Wangen gerötet, aber wie aus allzu lockerem Fleisch bestehend, die nackten Beine zitternd vor Kälte, so daß die langen Fransen des Tuches mitzitterten, war er wie ein aus dem Spital entflohener Kranker, demgegenüber man an nichts anderes denken durfte, als ihn wieder ins Bett zurückzubringen. So faßt es auch Frieda auf, entzog sich K. und war gleich unten bei ihm. Ihre Nähe, die sorgsame Art, mit der sie das Tuch fester um ihn zog, die Eile, mit der sie ihn gleich zurück ins Zimmer drängen wollte, schien ihn schon ein wenig kräftiger zu machen, es war, als erkenne er K. erst jetzt. „Ah, der Herr Landvermesser," sagte er, Frieda, die keine Unterhaltung mehr zulassen wollte, zur Begütigung die Wange streichelnd, „verzeihen Sie die Störung. Mir ist aber gar nicht wohl, das entschuldigt doch.

Ich glaube, ich fiebere, ich muß einen Tee haben und schwitzen. Das verdammte Gitter im Schulgarten, daran werde ich wohl noch zu denken haben, und jetzt, schon verkühlt, bin ich noch in der Nacht herumgelaufen. Man opfert, ohne es gleich zu merken, seine Gesundheit für Dinge, die es wahrhaftig nicht wert sind. Sie aber, Herr Landvermesser, müssen sich durch mich nicht stören lassen, kommen Sie zu uns ins Zimmer herein, machen Sie einen Krankenbesuch und sagen Sie dabei Frieda, was noch zu sagen ist. Wenn zwei, die aneinander gewöhnt sind, auseinandergehen, haben sie natürlich einander in den letzten Augenblicken so viel zu sagen, daß das ein Dritter, gar wenn er im Bett liegt und auf den versprochenen Tee wartet, unmöglich begreifen kann.

Aber kommen Sie nur herein, ich werde ganz still sein." „Genug, genug", sagte Frieda und zerrte an seinem Arm. „Er fiebert und weiß nicht, was er spricht. Du aber, K., geh nicht mit, ich bitte dich. Es ist mein und Jeremias' Zimmer oder vielmehr nur mein Zimmer, ich verbiete dir mit hineinzugehen. Du verfolgst mich, ach K., warum verfolgst du mich. Niemals, niemals werde ich zu dir zurückkommen, ich schaudere, wenn ich an eine solche Möglichkeit denke. Geh doch zu deinen Mädchen; im bloßen Hemd sitzen sie auf der Ofenbank zu deinen Seiten, wie man mir erzählt hat, und wenn jemand kommt dich abzuholen, fauchen sie ihn an. Wohl bist du dort zu Hause, wenn es dich gar so sehr hinzieht. Ich habe dich immer von dort abgehalten, mit wenig Erfolg, aber immerhin abgehalten, das ist vorüber, du bist frei. Ein schönes Leben steht dir bevor, wegen der einen wirst du vielleicht mit den Knechten ein wenig kämpfen müssen, aber was die zweite betrifft, gibt es niemanden im Himmel und auf Erden, der sie dir mißgönnt. Der Bund ist von vornherein gesegnet. Sag nichts dagegen, gewiß, du kannst alles widerlegen, aber zum Schluß ist gar nichts widerlegt. Denk nur, Jeremias, er hat alles widerlegt!" Sie verständigten sich durch Kopfnicken und Lächeln. „Aber," fuhr Frieda fort, „angenommen, er hätte alles widerlegt, was wäre damit erreicht, was kümmert es mich? Wie es dort bei jenen zugehen mag, ist völlig ihre und seine Sache, meine nicht. Meine ist es, dich zu pflegen, so lange, bis du wieder gesund wirst, wie du einstmals warst, ehe dich K. meinetwegen quälte." „Sie kommen also wirklich nicht mit, Herr Landvermesser?" fragte Jeremias, wurde nun aber von Frieda, die sich gar nicht mehr nach K. umdrehte, endgültig fortgezogen. Man sah unten eine kleine Tür, noch niedriger als die Türen hier im Gange, nicht nur Jeremias, auch Frieda mußte sich beim Hineingehen bücken, innen schien es hell und warm zu sein, man hörte noch ein wenig Flüstern, wahrscheinlich liebreiches Überreden, um Jeremias ins Bett zu bringen, dann wurde die Tür geschlossen.

Pierre-Ambroise-François Choderlos de Laclos, Bd. 91 *Gegen den Strich*, Joris-Karl Huysmany, Bd. 92 *Geschichte des Fräuleins von Sternheim*, Sophie v. La Roche, Bd. 93 *Geschichte vom braven Kasperl und dem Annerl*, Clemens Brentano, Bd. 94 *Geschichten aus dem Wienerwald*, Ödön v. Horváth, Bd. 95 *Glanz und Elend der Kurtisanen*, Honore de Balzac, Bd. 96 *Glück und Unglück der berühmten Moll Flanders*, Daniel Defoe, Bd. 97 *Götz von Berlichingen*, Johann Wolfgang v. Goethe, Bd. 98 *Gullivers Reisen*, Jonathan Swift, Bd. 99 *Heidis Lehr und Wanderjahre*, Johann Spyri, Bd. 100 *Heinrich von Ofterdingen*, Novalis, Bd. 101 *Hiob Roman eines einfachen Mannes*, Joseph Roth, Bd. *102 Immensee*, Theodor Storm, Bd. 103 *Iphigenie auf Tauris*, Johann Wolfgang v. Goethe, Bd. 104 *Italienische Märchen*, Clemens Brentano, Bd. 105 *Ivannhoe*, Walter Scott, Bd. 106 Jahrmarkt der Eitelkeiten, William Makepaece Thackeray, Bd. 107 *Jane Eyre*, Charlotte Brontë, Bd. 108 *Jugend ohne Gott*, Ödön v. Horvath, Bd. 109 *Jürg Jenatsch*, Conrad Ferdinand Meyer, Bd. 110 *Kabale und Liebe*, Friedrich v. Schiller, Bd. 111 *Kasimir und Karoline*, Ödön v. Horvath, Bd. 112 *Kinder- und Hausmärchen*, Gebrüder Grimm, Bd. 113 *Kleiner Mann, was nun*, Hans Fallada, Bd. 114 *König Alkohol*, Jack London, Bd. 115 *Krambambuli*, Marie Ebner-Eschenbach, Bd. 116 *Lausbubengeschichten*, Ludwig Thoma, Bd. 117 *Lavinia - Pauline - Kora*, George Sand, Bd. 118 *Leben und Lüge*, Detlev von Lilioncron, Bd. 119 *Lebensansichten des Katers Murr*, ETA Hoffmann, Bd. 120 *Lenz. Der hessische Landbote*, Georg Büchner, Bd. 121 *Lieutenant Gustl*, Arthur Schnitzler, Bd. 122 *Lord Jim*, Joseph Conrad, Bd. 123 *Luise*, Johann Heinrich Voß, Bd. 124 *Madame Bovary*, Gustave Flaubert, Bd. 125 *Märchen*, Wilhelm Hauff, Bd. 126 *Maria Stuart*, Friedrich v. Schiller, Bd. 127 *Max Havelaar*, Multatuli, Bd. 128 *Meister Floh*, ETA Hoffmann, Bd. 129 *Michael Kohlhaas*, Heinrich v. Kleist, Bd. 130 *Minna von Barnhelm*, Gotthold Ephraim Lessing, Bd. 131 *Moby Dick*, Hermann Melville, Bd. 132 *Nathan, der Weise*, Gotthold Ephraim Lessing, Bd. 133-1 und 133-2 *Nils Holgersson wunderbare Reise*, Selma Lagerlöf, Bd. 134 *Niels Lyne*, Jens Peter Jacobsen, Bd. 135 *Nußknacker und Mausekönig*, ETA Hoffmann, Bd. 136 *Oliver Twist*, Charles Dickens, Bd. 137 *Onkel Toms Hütte*, Herriett Beecher Stowe, Bd. 138 *Peter Schlemihls wundersame Geschichte*, Adalbert v. Chamisso, Bd. 139 *Peterchens Mondfahrt*, Gerdt v. Bassewitz, Bd. 140 *Pinocchio*, Carlo Collodi, Bd. 141 *Reinecke Fuchs*, Johann Wolfgang v. Goethe, Bd. 142 *Rheinmärchen*, Clemens Brentano, Bd. 143 *Rinaldo Rinaldini*, Christian August Vulpius, Bd. 144 *Robinson Crusoe*; Daniel Defoe, Bd. 145 *Romeo und Julia*, William Shakespeare Bd. 146 *Schach von Wuthenow*, Theodor Fontane, Bd. 147 *Schachnovelle*, Stefan Zweig, Bd. 148 *Schatzkästlein des rheinischen Hausfreundes*, Johann Peter Hebel, Bd. 149 *Schelmuffskys Reisebeschreibung*, Christian Reuter, Bd. 150 *Schloss Gripsholm*, Kurt Tucholsky, Bd. 151 *Siebenkäs*, Jean Paul, Bd. 152 *Sternstunden der Menschheit*, Stefan Zweig, Bd. 153 *Tao te king*, Laotse, Bd. 154 *Till Eulenspiegel*, Hermann Bote, Bd. 155 *Tolldreiste Geschichten*, Honorè de Balzac, Bd. 156 *Tom Jones, Geschichte eines Findelkindes*, Henry Fielding, Bd. 157 *Tom Sawyers Abenteuer und Streiche*, Mark Twain, Bd. 158 *Troquato Tasso*, Johann Wolfgang v. Goethe, Bd. 159 *Traumnovelle*, Arthur Schnitzler, Bd. 160 *Trost der Philosophie*, Boethius, Bd. 161 *Über den Umgang mit Menschen*, Adolph Freiherr v. Knigge, Bd. 162 *Uli der Knecht*, Jeremias Gotthelf, Bd. 163 *Uli der Pächter*, Jeremias Gotthelf, Bd. 164 *Ungeduld des Herzens*, Stefan Zweig, Bd. 165 *Ut oler Welt*, Wilhelm Busch, Bd. 166 *Vater Goriot*, Honorè de Balzac, Bd. *167 Väter und Söhne*, Ivan Sergejeviç Turgenev, Bd. 168 *Verlorene Illusionen*, Honorè de Balzac, Bd. 169 *Von der Freiheit eines Christenmenschen*, Martin Luther – Bd. 170 *Von der Ursache, dem Prinzip und dem Einen*, Bruno Giordano, Bd. 171 *Vor Sonnenuntergang*, Gerhard Hauptmann, Bd. 172 *Walden oder Leben in den Wäldern*, Henry D. Thoreau, Bd. 173 *Wilhelm Meisters Lehrjahre*, Johann Wolfgang v. Goethe, Bd. 174 *Wilhelm Meisters Wanderjahre*, Johann Wolfgang v. Goethe, Bd. 175 *Wilhelm Tell*, Friedrich v. Schiller

Von demselben Autor/Herausgeber sind bei BOD bereits erschienen:

Alle Tage Feiertage
ISBN 978-3-7386-0409-2, 280 S.
Allerlei Anlässe zum Aktionieren, Feiern und Gedenken

100 Kinderlieder
ISBN 978-3-7322-3024-2, 112 S.
100 Kinderlieder, altbekannt und immer wieder gern gesungen

Liederbuch (Deutsche Volkslieder)
ISBN 978-3-8423-6702-9, 312 S.
300 Volkslieder aus 8 Jahrhunderten und aller Herren Länder

Sagen und Erzählungen aus Marburg und Oberhessen
ISBN 978-3-7347-8909-0 , 164 S.
Allerlei Schwänke und Geschichten aus dem Marburger Land

Tausenderlei über die Freiheit
ISBN 978-3-7322-9721-4, 140 S.
Mehr als 1000 Zitate, Bonmots und Aphorismen über die Freiheit

Tausenderlei über das Glück
ISBN 978-3-7322-5525-2, 160 S.
Mehr als 1000 Zitate, Bonmots und Aphorismen über das Glück

Tausenderlei über die Liebe
ISBN 978-3-8423-7474-4, 140 S.
Mehr als 1000 Zitate, Bonmots und Aphorismen zum Thema Nr. Eins

Weihnachtsgedichte– Verse, Reime und Gedichte zum Fest
ISBN 978-3-7347-6393-9, 352 S.
290 Werke bekannter und unbekannter Dichter zum Weihnachtsfest

Weihnachtsgeschichten - Erzählungen und Märchen
ISBN 978-3-7347-6404-2, 392 S.
85 kurze und lange Texte zur Weihnachtszeit

Weihnachtsgeschichten 2
ISBN 978-3-7481-7533-9, 360 S.
35 kürzere und längere Geschichten zur Weihnacht

100 Weihnachtslieder
ISBN 978-3-7322-3375-5, 112 S.
100 Weihnachtslieder aus der Heimat und der ganzen Welt

Lob und Tadel an tessitore@web.de